Nuova Narrativa Newton
1054

Della stessa autrice:

Coincidenze che fanno innamorare

Copertina © Sebastiano Barcaroli

Titolo originale: *Our Little Lies*

First published in Great Britain in 2018 by Storyfire Ltd trading as Bookouture

Traduzione dalla lingua inglese di Jacopo Palladini
Prima edizione: novembre 2019

ISBN 978-88-227-3596-6

www.newtoncompton.com

Realizzazione a cura di Caratteri Speciali, Roma
Stampato nel novembre 2019 presso Puntoweb s.r.l., Ariccia (Roma)

Sue Watson

La casa delle bugie

Newton Compton editori

Questo libro è dedicato a Eve Watson, la mia complice

Prologo

Guardiamo le notizie, terrorizzate ma nello stesso tempo ipnotizzate. Come se il corpo che stanno caricando sull'ambulanza non fosse di qualcuno che conosciamo. E invece lo è... è di una persona che conosciamo molto bene.

Capitolo uno

La prima cosa che mi mette in allarme è il modo in cui pronuncia il suo nome. Sto imburrando i panini per i bambini quando lui dice: «Caroline…». Non colgo il resto, solo il modo in cui la sua bocca accarezza quelle lettere. *Caroline*.

È difficile da spiegare, ma qualcosa mi dice che sia più di una semplice collega. Forse è il modo in cui la lingua rotola languidamente sulla "r" per finire con un sospiro appagato su "ine".

Mentre passo lentamente il coltello sul burro alzo lo sguardo e vedo *lei* nei suoi occhi. Lo so, lo so, non ho idea di chi sia questa donna ed è stupido da parte mia trarre conclusioni affrettate. Ho bisogno di altre prove, oltre all'inflessione della sua dannata voce. Ma poi, di nuovo, so. *So* e basta. E lo sapevo già da un pezzo; lei si è piazzata qui con noi – con me – da qualche tempo. Anche se ancora non ho la diagnosi certa, l'esperienza mi dice che questi sintomi non possono essere ignorati. Non posso lasciare che arrivi l'infezione e che si estenda come un cancro dentro al mio matrimonio. Afferro un coltello pulito, apro il barattolo della marmellata e scavo nella vischiosità color ambra. *Caroline*.

«È nuova?», domando.

«Cosa?». Finge di non capire. «Oh, Caroline Harker?». Eccolo di nuovo, il rotolare della "r", il sospiro sulla "ine". «Ehm… no… ha cominciato in chirurgia prima di me».

«Da dove viene?». Ora sto rompendo un uovo sul bordo della ciotola, imponendomi di non immaginare che sia la sua testa.

«Edimburgo. Molto talentuosa, solo trentadue…».

Vengo sopraffatta da una forte ondata di nausea e mi allontano dalle uova, opache e di un giallo malaticcio. Avvolgendomi nell'accappatoio per ripararmi dal freddo rimetto rapidamente il coperchio al barattolo di marmellata, come se potesse traboccare. Ma forse è già troppo tardi: e la mia rabbia rischia di traboccare sul serio. Barcollante e disorientata, spruzzo il detersivo sul banco della cucina, coprendo ogni odore persistente con l'energia dei limoni freschi.

Mi aggiro solerte, strofinando ogni superficie. Non mi accontento di una, non posso: devo pulirle tutte.

«Stavo pensando… che ne dici della tinta Respiro dell'Elefante?».

Alza gli occhi dal telefono, perplesso, un riflusso di irritazione sul viso.

«La sfumatura della pittura per il soggiorno… è una specie di grigio», spiego.

Annuisce, assente. Sto parlando dei colori delle pareti per allontanare Caroline dalla cucina, la *mia* cucina, dove i *miei* bambini stanno per fare colazione. Strofino più forte i ripiani, rimpiangendo che non sia altrettanto semplice strofinare via lei. Lancio il panno nel lavandino con una forza eccessiva e torno a quello che stavo facendo. La colazione.

Affetto il pane integrale fatto in casa che ho cotto alle sei di stamattina, sbatto vigorosamente le uova crude e verso l'aranciata appena spremuta in tre bicchieri. *Così va meglio.*

I gemelli gridano e scalpitano al piano di sopra e guardo Simon, che ruota gli occhi.

«Riescono mai a fare qualcosa in silenzio, senza provare a uccidersi a vicenda?»

«Sarebbe noioso». Rido, riemergendo dall'abisso non appena Sophie entra fendendo l'aria, lo sguardo distaccato nei suoi occhi di diciassettenne.

La guardo colma di amore materno. Mi sono innamorata di lei quando mi sono innamorata di Simon. Lui aveva perso sua moglie, e Sophie sua madre. Aveva solo sei anni ed era smarrita e confusa. Non dimenticherò mai la prima volta che ci incontrammo, lei mi guardò chiedendomi: «Sarai tu la mia mamma ora?». In quel momento mi sciolsi e capii che potevo amare quella bambina come se fosse mia. Aveva bisogno di me, e mi piaceva pensare che non appena fossi entrata nella sua vita il suo mondo sarebbe tornato a risplendere. Non potrò mai rimpiazzare sua madre, eppure ci siamo quasi riuscite – è stato difficile, da quando sono nati i ragazzi, dedicarle il tempo e l'attenzione di cui ha bisogno. Questo mi fa sentire in colpa. Lei adora i suoi fratellastri, ma loro riempiono le nostre vite con le loro sfrenate e rumorose esigenze e temo che Sophie potrebbe a volte sentirsi un po' esclusa. Provo a prendermi qui e là mezz'ora da passare con lei: un po' di shopping, qualche pranzo, e ridiamo insieme come prima; ma non succede spesso, e di recente sembra essersi allontanata di nuovo. Presumo che sia l'improvviso trasferimento qui, o forse non ha nulla a che fare con la vita di casa. Che si sia innamorata? *Non farlo, Sophie. Non innamorarti, non ti rialzerai più.*

«Puoi chiamarmi i ragazzi, cara?». Le sorrido cogliendo l'occasione per guardarla in viso, per provare a misurare il livello di ormoni adolescenziali e di felicità.

«Alfieeee, Charlieeee», grida forte, praticamente in piedi vicino a me.

Mi copro le orecchie, scherzando. «*Questo* avrei potuto farlo anch'io», dico. «Quello che *intendevo* era andare in fondo alle scale e chiamarli». Sto mettendo nei piatti delle uova traballanti, servo con cura una porzione per ogni posto. Le sorrido indulgente attraverso il vapore.

«Sophie, devi proprio gridare così? Hai diciassette anni, non sette. Cresci!». L'improvviso squillo della voce di Simon fende l'aria calda e profumata di panini al burro.

Di certo non voleva essere duro, del resto lei lo ha solo fatto sussultare un po'. Sta provando a concentrarsi e ha avuto una reazione scomposta, cosa che raramente gli succede con i figli, ed è per questo che siamo sorprese. Guardo Sophie e lei sembra farsi piccola piccola di fronte a me. Controllo per vedere se si sia reso conto dell'effetto che hanno avuto le sue parole, ma è ancora al telefono, già in modalità lavoro. In sua assenza, sarò io a mettere un cerotto sui sentimenti feriti della figlia.

«Le sue uova, Maestà», dico roteando un braccio in modo elaborato e ossequioso mentre le metto il piatto davanti. Ma è troppo tardi, si sta lasciando cadere imbronciata su una sedia, le sue ali di seta tutte spiegazzate. Se solo lui si rendesse conto di quanto lo ama, di quanto disperatamente voglia la sua approvazione. Sophie è sempre stata la cocca di papà, e so che lui l'adora e farebbe qualsiasi cosa per lei. Ma quando lei è travolta dalle insicurezze adolescenziali Simon, con la sua mancanza di sensibilità, può farle male. Soffro per Sophie, ma adesso non ho tempo per cercare di consolarla. Sono già le otto e un quarto e i gemelli stanno scendendo rumorosamente giù per le scale. "Atterrano" in cucina litigando su chi sa fare il rutto più rumoroso, il tutto accompagnato da rivoltanti e vigorose dimostrazioni.

«Ragazzi, per favore, non è una bella cosa», dico stancamente, ma continuano a fare rumori disgustosi con la bocca e c'è il serio rischio che il tutto possa estendersi ai loro sederi.

Guardo Simon che sorride indulgente a loro mentre a me lancia uno sguardo di disapprovazione, come se fossi stata proprio io a proporre una gara di rutti. Mi aspetto che li rimproveri o si unisca anche lui nella sfida al rutto più rumoroso, invece afferra il caffè, se lo porta in giardino e si sistema lì con il suo cellulare.

I miei bambini hanno sei anni e sono identici, hanno capelli neri e folti come il padre e sono entrambi completamente selvaggi. Charlie, di quattro minuti più grande, è il leader, di solito è quello che inizia le lotte e ha un'ossessione per le nefandezze. Quello che Alfie non ha il coraggio di fare, lo dovrà fare comunque, costretto da Charlie. Ora stanno provando a rompere i piatti della colazione l'uno sulla testa dell'altro, il che è evidentemente una nuova e innovativa tecnica per provare chi ha il cranio più resistente.

«È un ESPERIMENTO MEDICO», mi grida in faccia Charlie quando lo rimprovero.

Parlo a bassa voce sperando che lui faccia la stessa cosa, e suggerisco gentilmente che non è né il momento né il luogo per gli esperimenti medici, e che se non mangiano le loro uova faranno tardi a scuola. Come previsto, sentir nominare la scuola provoca una silenziosa ribellione, e Charlie dà un ultimo colpo sulla testa del fratello in nome della ricerca in campo neurologico.

«ADESSO BASTA!», grido, mentre Alfie si stringe la testa e comincia a gridare.

«Charlieeee mi ha ucciso!».

«No, non ti ha *ucciso*, ma se continuate così, qualcuno lo farà: e sarò io!».

Mentre rimprovero Charlie tentando di consolare Alfie, Sophie accende la radio per sovrastare il rumore, cosa che davvero non aiuta. Mi chiedo come Simon possa concentrarsi sul suo dannato telefono con questo fracasso che arriva fino in giardino dalla porta aperta. Eppure mio marito ha questa incredibile capacità di isolarsi da tutto e da tutti – come fa la quasi totalità degli uomini, a giudicare da quello che sento dire all'uscita di scuola. Tuttavia nel caso di Simon è probabilmente una prerogativa utile, vista l'importanza del suo lavoro. Deve essere spesso reperibile, e sta sempre a controllare messaggi e mail, 24 ore su 24 e 7 giorni su 7, nel caso ci fosse una qualche emergenza. Sostiene che fare il chirurgo non sia un mestiere ma una condizione mentale, e per lui deve essere proprio così, perché un sacco di gente fa affidamento sulla sua professionalità. Nessuno nella sua posizione potrebbe staccare la spina e, di conseguenza, non ha sempre il tempo o l'energia per le piccole cose della vita di famiglia. Ma è qui che entro in gioco io. C'è bisogno di me in questa nostra vita, fatta di disegni a pastello sul frigo, ginocchia sbucciate, bisticci infantili, baci affrettati al mattino e in mezzo tutte le risa, le lacrime e il caos. Non vorrei vivere in nessun altro modo, anche se la mia amica Jen pensa che io sia matta.

È sposata con un uomo ricco e ha Juanita, la sua tata, che guida come un ubriaco, urla contro i bambini e ha vari fidanzati pronti per la notte. Eppure Jen la ama, sostiene che le abbia restituito la vita, e che può fare quello che vuole perché vale tanto oro quanto pesa. Jen sarebbe persa senza di lei, invece a me piace occuparmi dei bambini. Jen non è fatta per i figli, malgrado ne abbia tre, ma grazie a Juanita ha un sacco di "tempo per sé", come le piace dire. Sta imparando a ballare, prende lezioni di italiano ed è impegnata in ogni genere di attività di beneficenza. Io non sono come lei. Non ho bisogno di "tempo per me", voglio solo stare con i miei bambini, come una vera mamma.

Una volta ho preso in considerazione l'idea di fequentare un corso serale, tornare alla scuola d'arte e aggiornarmi sulle nuove tecniche; ma, come ha detto Simon, perché? Non abbiamo bisogno di denaro, lui ha un buono stipendio e sua madre è morta un paio d'anni fa lasciandogli una fortuna. Inoltre, chi baderebbe ai bambini? Con i suoi diciassette anni Sophie è abbastanza autosufficiente, ma ha bisogno di me quanto i ragazzi – solo, in un modo diverso. È bene che abbia qualcuno con cui parlare, specialmente da quando ci siamo trasferiti qui e ha dovuto dire addio ai suoi amici, ma ci sono momenti in cui davvero non ce la faccio. Le mie giornate sono piene: non è certo facile pulire casa, cucinare, scarrozzare i ragazzi e impedir loro di farsi del male o di farlo a qualcun altro nel raggio di otto chilometri.

Qualcuno potrebbe considerare Simon un uomo un po' all'antica, ma in realtà è solo uno che apprezza i ruoli tradizionali. Quando ci siamo conosciuti era un giovane chirurgo in difficoltà economiche, vedovo con una giovane figlia; la moglie era morta l'anno prima e la vita era dura per lui, perciò so bene quanto apprezza tutto ciò che faccio. Non mi stima di meno perché mentre lui esce per andare al lavoro io resto a casa, mi prendo cura della nostra famiglia e tengo il nido pulito e accogliente.

«Siamo una squadra, Marianne», dice sempre. «Il tuo lavoro non è meno importante del mio. Senza di te non potrei guadagnarmi da vivere e darti tutto quello che vuoi».

Per tutti gli altri è il dottor S. Wilson, l'affascinante e brillante cardiochirurgo, ma per me è solo Simon, mio marito e padre dei miei bambini. È anche una delle persone più intelligenti che abbia mai conosciuto – neanche arrivo a capire bene il suo titolo professionale, che include una specializzazione nella riparazione della valvola mitrale, nell'impianto transcatetere della valvola aortica e nella chirurgia di correzione della fibrillazione atriale (l'ho imparato a memoria per fare colpo su di lui, spero solo che non mi interroghi mai!). Capisco quanto sia faticoso il suo mestiere, tanto che qualche volta se ne porta a casa la tensione, specialmente ora che spera di essere promosso primario. Sta lavorando veramente sodo – certi giorni a malapena lo vediamo – ma, come dice, ne varrà la pena se otterrà quel posto, e io sono ben certa che ce la farà. La mia preoccupazione nel vederlo così determinato sta nel fatto che chiede troppo a sé stesso e comprime dentro tutto lo stress. Il guaio è che non può condividerlo veramente con me, perché non capisco la complessità e le competenze necessarie alla chirurgia cardiaca – ma chi potrebbe farlo, del resto? A parte *Caroline*.

«Cara, non posso nemmeno cominciare a spiegarti cos'è successo oggi, perché non capiresti», mi ha detto l'altra sera quando gli ho chiesto se si sentisse bene. «La vita delle persone è nelle mie mani… sono permanentemente in uno stato di massima allerta. Non riesco neanche a fare la pausa caffè e a prendermi qualche giorno di riposo, come fa un qualsiasi stupido ragioniere». Penso si stesse riferendo a Peter, il marito di Jen, che è un pezzo grosso del settore bancario. Jen ci aveva invitato per il weekend nella loro casa in Cornovaglia, ma Simon non è riuscito ad assentarsi dal lavoro e i bambini e io ci siamo rimasti male, cosa che lo ha fatto innervosire. Ha sempre detestato negarci qualcosa, e ce l'aveva con sé stesso; Simon non ha mai sopportato di dare delle delusioni ai suoi bambini.

Avrei dovuto limitarmi ad accettarlo, invece ho insistito, come al solito, sottolineando quanto ci sarebbe piaciuto trascorrere l'ultimo weekend d'estate in Cornovaglia con i Moreton. L'ho fatto stare malissimo e quella sera abbiamo litigato piuttosto seriamente; poi più tardi, quando i bambini sono andati a letto, l'ho raggiunto sul divano e abbiamo fatto pace. Ancora oggi, dopo dieci anni insieme, non riesco a tenergli il broncio a lungo, e mi basta guardarlo negli occhi per ricordarmi che è tutto quanto ho sempre voluto. E che sono veramente fortunata.

Ho sempre amato Simon, dal primo momento in cui l'ho visto; anche quando abbiamo avuto i nostri problemi, appena ci siamo trasferiti qui ho cominciato a sentire che ci stavamo rimettendo in carreggiata. Ora, però, c'è lo spettro di Caroline, la "talentuosa" trentenne con cui passa le giornate. Non posso consentirgli neanche per un attimo di pensare che io voglia scendere di nuovo su quel terreno, però… Terrò per me i pensieri spiacevoli, e proverò a non immaginarli insieme in sala operatoria, con le mascherine, gli occhi che si incontrano su un torace aperto, mentre flirtano su un defibrillatore. Sento il sangue salirmi alla testa mentre la immagino passargli il bisturi, un lungo battito di ciglia, le mani guantate che si toccano "accidentalmente". Sento la voce di Simon, autorevole e sexy, che istruisce l'équipe, mentre sta lavorando su un complesso quadruplo bypass, una voce che farebbe eccitare ogni donna presente – compresa me, se solo ci penso. La gelosia mi invade lo stomaco e il petto e ne sono talmente ricolma che mi viene da vomitare a immaginare questa scena. Mi sento debole e assente mentre guardo Alfie che si prende la sua rivincita su

Charlie colpendogli l'orecchio con un cucchiaino da tè. Non intervengo.

Mentre i ragazzi gridano, strillano e si fanno male, prendo una spazzola e pulisco il lavandino, distraendomi dalle stupide, perverse fantasie di Simon insieme a un'altra donna, e concentrandomi sulle cose positive. Per un istante smetto di strofinare e do un'occhiata ai bambini che adesso stanno facendo colazione; guardarli mi fa sempre sentire meglio. È vero, i ragazzi si ingozzano di cibo in modo poco educato e bevono rumorosamente il succo d'arancia, ma sono abituata a tutto questo trambusto. Provo la stessa cosa quando guardo Sophie mangiucchiare delicatamente un piccolo angolo del panino, i grandi occhi blu che fissano il vuoto: probabilmente sta sognando il suo principe o chiunque l'abbia fatta invaghire questa settimana, nel suo ultimo anno di istruzione obbligatoria. Poi c'è il mio affascinante marito – che potrebbe, ma anche no, star meditando su una nuova relazione mentre è seduto nel nostro bel giardino; affascinante, la folta frangia nera dei capelli che gli cala su un occhio mentre beve il caffè e fissa il telefono. Sembra fatto apposta per Instagram – voglio catturarlo, fotografarli tutti, qui, nella nostra bella casa. #LaMiaCasa, #IMieiAmori. Il messaggio nascosto a tutte le Caroline che stanno là fuori e pensano di avere una possibilità: la chiave è nel pronome possessivo – mia, miei… e di NESSUN altro.

Siamo qui solo da pochi mesi, ma già amo questa casa: l'ampio e bel giardino, la cucina tedesca di qualità che abbiamo installato appena trasferiti. Simon dice che ogni donna dovrebbe avere una cucina da favola, così questo è stato il suo regalo per me; ed è perfetta, se non fosse che in questo momento sulla mia tela perfetta sembra esserci una macchia. Guardo il modo in cui il sole del primo mattino entra obliquo attraverso le grandi finestre, aspettando che la calma mi pervada, ma non succede nulla – è tutta colpa di Caroline. Di solito amo il modo in cui il sole gioca sulla tinta "Blu pallido", trasformando le meravigliose tonalità della vernice Farrow&Ball nel grigio nuvola da sogno della mia parete. Ma stamattina, per quanto profondamente la fissi, non riesco a "rasserenarmi", e non posso certo concedermi il lusso di fissare a lungo una parete in un'affollata cucina senza che arrivi uno dei bambini a chiedere: «Mamma sta facendo di nuovo la spiritosa?»

Avendo appreso oggi dell'esistenza di Caroline, sono sulle spine. *Dannazione a te, Caroline, sei giovane, hai talento e lavori fianco a fianco con mio marito*. È decisamente primordiale il modo in cui mi si rizzano subito i capelli in testa quando mi capita anche solo di pensare a Simon con un'altra donna. Non che io lo faccia, eh. Cioè, non spesso, almeno.

All'inizio di quest'anno, quando ero convinta che Simon avesse una tresca con Julia, l'insegnante di piano dei bambini, mi sono guardata bene dal dire qualcosa. Volevo dimostrare a me stessa che ero in grado di controllarmi e inoltre non ne valeva la pena, visto tutto il dramma che ne sarebbe inevitabilmente derivato. Oh, e poi non avevo assolutamente alcuna prova, il che non sarebbe stato affatto d'aiuto se avessi voluto affrontarlo. Così, mentre il tempo passava, alla fine ho smesso di crederci. Ho dimostrato a me stessa che *posso* controllare le mie paure irrazionali, *posso* tenere a bada quei sentimenti che mi riempiono la pancia e il petto fino al punto che non riesco a respirare e mi fanno star male. La mia terapeuta mi ha chiesto se Simon sia un uomo che mette i bisogni e la felicità della moglie davanti ai suoi. Senza dubbio, ho risposto, certo, guarda la mia vita – ho una bella casa, non devo lavorare per vivere, e mio marito mi dà tutto quello che il mio cuore desidera. E poi mi sono chiesta: è possibile che un uomo come Simon, che dona alla moglie così spesso dei fiori, la tradisca davvero? Lui mi dimostra il suo amore in molti altri modi, ma l'arrivo regolare del suo bouquet è la prova che, nonostante la sua fitta agenda di vite da salvare e sale operatorie da dirigere, non smette di pensare a me. Il bouquet arriva una volta ogni due settimane, il martedì; è sempre bianco, fiori di stagione, splendido, costoso. Mi ricorda costantemente che Simon mi ama. E che ama solo me.

Abbiamo avuto un paio di anni difficili, ma le cose hanno cominciato a sistemarsi lo scorso febbraio, una volta trasferiti in questa nuova casa. Dopo dieci anni di matrimonio mi sono senz'altro calmata. Nei primi tempi, quando ero più giovane, passionale e istintiva, ero terribile: più gelosa di adesso, avrei affrontato a testa alta i miei ridicoli sospetti, senza badare alle conseguenze. Questo mio modo di fare ha causato in passato così tanti problemi tra noi che Simon alla fine ha minacciato di andarsene, dicendomi che gli stavo rendendo impossibile amarmi. Ho promesso che sarei cambiata e siamo andati in terapia di coppia, ma io non sono mai riuscita ad affrontare la questione in un modo maturo e lucido.

«Non puoi continuare a comportarti così, Marianne», aveva detto, dopo che lo avevo attaccato davanti alla terapeuta, accusandolo di ogni genere di nefandezza.

«E *tu* non puoi andare a letto con chi vuoi», gli avevo risposto per le rime, un po' stordita per le medicine che prendevo. Avevo notato lo sguardo che lui e la terapeuta si erano scambiati, e nonostante il mio stato alterato dai farmaci avevo capito cosa significava. Stavano entrambi prendendo silenziosamente atto del fatto che mi stavo inventando tutto. Simon era un uomo premuroso, che voleva il meglio per sua moglie, che le carezzava dolcemente i capelli, perfino quando era infuriata, e non si sarebbe mai sognato di tradirla, malgrado lei lo accusasse costantemente e lo mettesse regolarmente in imbarazzo in pubblico. Il loro sguardo confermava che io ero una donna instabile, pazza e vaneggiante.

Ci vollero parecchie settimane in ospedale e una forte terapia (per non parlare della pazienza di Simon) perché accettassi che mi stavo sbagliando e che i miei livelli eccessivi di ansia mi avevano portato a immaginare cose mai accadute. Solo allora, quando tutti furono sicuri che non ero un pericolo per me o per altri, fui dimessa.

«Mangiate lentamente», mormoro ai ragazzi. «Non vi ingozzate...». Mi distraggo pulendo i ripiani del frigo, sperando che i rumori dietro di me non facciano da preludio a un altro festival del rutto. Vedo con la coda dell'occhio che Sophie non ha mangiato quasi niente e che ora sta fissando il telefono. Scaccio via Caroline dalla mia mente, per permettere ai soliti pensieri sempre più spiacevoli di ripartire: *Sophie mangia abbastanza? Sarà anoressica*? Da quando ci siamo trasferiti qui si è certamente chiusa in sé come mai prima.

O Dio, la devo smettere.

Simon dice che Sophie è perfettamente sana, e se vuole mangiare di meno non c'è nulla di sbagliato. «Ho controllato il suo indice di massa corporea, sta bene», ha detto quando gliene ho parlato. «Probabilmente non vuole ingrassare per continuare a giocare bene a tennis».

Sono sicura che abbia ragione, e so che sta cercando di rassicurarmi. E, come mi ha fatto notare, sono irritante quando mi lamento perché uno dei bambini non mangia la verdura, a confronto con tutti quei problemi reali che Simon deve affrontare nella sua vita di tutti i giorni. Ma Sophie mi sembra dimagrita, e non posso fare a meno di preoccuparmi. Ho visto le foto della madre, la prima moglie di Simon: era anche lei molto magra, forse, mi dico, è un fatto genetico. Io, invece, se non sto attenta tendo a ingrassare, e Simon mi è sempre così d'aiuto quando mi metto a dieta, mi spiega le calorie e quale dovrebbe essere il mio indice di massa corporea. Lui mi tiene a stecchetto, eppure non gradisce quando sono io a parlare della sua pancetta, che finisce per sporgere fuori dai pantaloni nei periodi in cui si muove poco, come negli ultimi tempi, in cui non è riuscito a giocare a tennis.

A ogni modo Sophie sembra in salute, e va tutto bene, potrà essere anche molto magra ma si tiene in esercizio, il che è una cosa buona. Simon la porta con sé al tennis poiché sono entrambi membri del bel circolo che sta nei sobborghi; dice che ha un rovescio notevole. L'iscrizione costa un occhio della testa, ma è un bel posto, con fantastici campi all'aperto e un magnifico spazio coperto con tanto di bar. Simon continua a dire che dovremmo andarci una sera, ma ancora non ci siamo riusciti, perché sono troppo impegnata con i ragazzi. Dovremmo davvero sincronizzare le nostre agende. Mi piacerebbe vedere Sophie giocare a tennis, e forse anche godermi, dopo, un gin and tonic al circolo. Immaginarlo mi fa stare meglio. Come dice la mia terapeuta, è bene concentrarsi sulle cose positive, su qualcosa che ti permetta di guardare avanti.

«Non dimentichi nulla?», chiamo Sophie mentre corre alla porta, zaino in spalla, per stare tutta la giornata fuori. «Sophie?», chiamo un po' più forte; lei sulla porta si volta e il sole le fa brillare i capelli di un milione di riflessi color caramello. È già alta come il padre ed è proprio una bella ragazza – quasi posso vedere la donna che diventerà. Scatto una foto nella mia testa, ripensando alla ragazzina che aveva perso la madre e di cui mi ero innamorata; adesso eccola qui, quasi un'adulta. Mi ricordo quando ero io ad avere l'età di Sophie. Trattengo il respiro e vorrei avere diciassette anni di nuovo…

«Che c'è?», chiede impaziente.

Le mando un bacio. «Ciao», dice Sophie addolcendosi e alzando gli occhi al cielo. Increspa le labbra e in risposta mi soffia un bacio in aria, prima di fare una linguaccia affettuosa ai fratelli. Raccolgo il bacio e sorrido mentre lei esce indietreggiando dalla porta, per farsi inghiottire dalla sua giornata.

Simon rientra in cucina. «Farò io il giro delle scuole», dice, e passandomi la tazza sporca mi dà un bacio sulla fronte per scusarsi.

Il mio cuore sprofonda. Mi piace portare i ragazzi a scuola; è una delle poche cose davvero strutturate nella mia giornata. Inoltre, avevo dei programmi per questa mattina. «Grazie, ma credo di averti già detto che avevo in mente di prendermi un caffè con Jen». Sorrido, piegando con cura una tovaglietta, sbattendola delicatamente e guardandolo.

«Jen?». Solleva un sopracciglio, e il mio cuore sprofonda.

«Sì».

«Ma perché? È un'amicizia così strana. Non è il tuo tipo».

«È simpatica», dico, non cogliendo cosa intenda dire. «E in ogni caso, quale sarebbe il mio *tipo*?». Faccio una risatina per segnalare che non lo sto dicendo in modo polemico.

«Be', lei è proprio *diversa* da te».

«È più divertente, vuoi dire?». Mi sforzo di non sembrare aggressiva.

«No. Solo diversa...molto diversa».

Vorrei potesse vedere in Jen quel che vedo io, ma a lui non piace, non è mai piaciuta. Penso che la consideri un po' una minaccia, da quando gli è piombata addosso al ballo estivo della scuola. Addosso a lui e a circa altri cinque padri attraenti, potrei aggiungere. È proprio da lei.

«Il programma era di incontrarsi all'area giochi dopo aver lasciato i bambini...», dico, sperando che sia sufficiente a ottenere il permesso. Non vedo l'ora di ritrovare la mia nuova amica; mi sento ancora in colpa per averle dato buca in merito al weekend in Cornovaglia. So che ci vorrà tempo per rinsaldare la nostra amicizia; il fatto della Cornovaglia non ha aiutato, e poi tra noi c'è sempre di mezzo una campanella della scuola, o un bambino che è cascato o si è arrabbiato: un caffè e una chiacchierata lontano da tutte le preoccupazioni sarebbero l'equivalente di circa una settimana di incontri all'area giochi. Oliver, il figlio di Jen, gioca a rugby con i miei ragazzi, per questo ci siamo conosciute – lei è divertente e popolare e, poiché siamo arrivati qui solo da pochi mesi, sono nello stesso tempo lusingata e grata per la cordialità che mi riserva.

«Passo dalla scuola per andare all'ospedale; li lascio io i bambini», ribadisce Simon.

È evidente che pensi che lei abbia una cattiva influenza su di me, e teme che mi porterà nella direzione sbagliata. Il che tutto sommato non sarebbe poi tanto male. E alla fine dei conti, semplicemente non ho nient'altro da fare fra le nove di mattina e le tre del pomeriggio.

«Ma volevo vedere Jen...», provo a ribattere poco convinta, sapendo che è inutile discutere con lui. *Evita i conflitti che sai di perdere.*

«Ma che mi dici delle tinte per le pareti del soggiorno? Devi decidere il prima possibile», ribatte, come se si trattasse di scegliere che tipo di carriera intraprendere.

«Lo so, ma Jen mi sta aspettando per...».

«Marianne, diciamoci la verità: mi dispiace, ma Jen è un disastro, con quei suoi sfacciati capelli biondi e i vestiti attillati, così *vistosa*. Non riesco a capire per quale ragione vuoi trascorrere del tempo con una come lei. Lascia che ti salvi – la incontrerò quando lascio i bambini, e le spiegherò che hai da fare...». Mi si avvicina da dietro, facendomi scivolare le mani attorno alla vita; i suoi fianchi premono dolcemente contro i miei. È da un po' che non mi mostra questo tipo di interesse, e arrossisco per il sollievo e il piacere. Forse, dopotutto, non sta davvero prendendo in considerazione una tresca con questa misteriosa Caroline. «Cara», mi mormora nei capelli, «non posso credere che preferiresti sederti in qualche polveroso vecchio caffè con quella pettegola di Jen invece di restare qui, in questa bella casa». Si ritrae dolcemente, mi fa girare perché possa guardarlo in faccia. «Vorrei avere la tua fortuna e non essere costretto ad andar via di qui tutte le mattine...». Mi accarezza i capelli, sollevando una ciocca e accompagnandola dolcemente dietro l'orecchio. «Cosa darei per stare qui con te, fare dei lavoretti, cucinare e curare il giardino... non riesco a ricordare l'ultima volta che ho avuto la possibilità di *vivere* e basta».

Lo guardo negli occhi, e ora mi sento colpevole. Ripenso alla prima casa che abbiamo messo su insieme, tutti e due eccitati alla prospettiva di scegliere un nuovo divano e le tende. So che vorrebbe rimanere qui con me a passare in rassegna i campioni di colore da dare alle pareti e aiutarmi a rendere la nostra casa ancora più bella per la nostra famiglia. E invece, stronza ingrata che sono, preferirei stare seduta a bere caffè e a spettegolare. Lui pensa solo al mio benessere – si preoccupa che prendere un caffè con un'eccentrica come Jen mi possa stressare. Probabilmente ha ragione, dovrei restare qui, dove è sicuro. Dove *sono* al sicuro.

«Peraltro, cara, non voglio lamentarmi, ma hai visto in che condizioni è ridotto questo posto? Non avevi detto che volevi dargli una bella pulita una volta che i bambini fossero tornati a scuola?». Sorride, e io mi sento in colpa. L'intera casa è *effettivamente* abbastanza trascurata dopo un'estate piena di bambini e dei loro amici: pittura scrostata, giocattoli ovunque, e le merende improvvisate con i succhi di frutta spiaccicati sul tappeto. Mi sento improvvisamente irrequieta, non posso neanche aspettare che lui esca per cominciare a strofinare e a cancellare tutte le macchie dell'estate. Il divano è danneggiato. Il tappeto del soggiorno sembra una tela di Jackson Pollock con spruzzi di ribes nero e vari altri segni non identificabili, di cui non oso nemmeno provare a immaginare l'origine. Non so come mi sia venuto in mente: Simon ha ragione, come potrei ciondolare a un caffè ascoltando Jen che si lamenta del marito e spettegola sulle altri madri, quando dovrei rimanere qui a riordinare e a rendere bella la casa?

«Per non parlare del fatto che non vedo l'ora di mangiare alla grande stasera». Simon ora mi sta facendo l'occhiolino, e suggerisce una cena romantica a due. Merda, proprio non mi aspettavo che volesse una cena romantica il primo giorno di scuola; ho già tante di quelle cose a cui pensare. Che cosa diavolo posso cucinare stasera perché lui conservi questo umore così amabile? Non ci sono scuse. Ho tutto il giorno e sono sicura che sia stufo dei pasti che cucinavo di corsa con le ricette veloci di Jamie Oliver, mentre mi ingegnavo ad arbitrare incontri di wrestling e guidare incursioni estive dei pirati. No, è il momento di dargli qualcosa in cambio dei suoi sforzi e di farlo sentire amato e apprezzato. Stasera avremo l'occasione di ritrovarci, trascorrere del tempo insieme e provare a tornare al punto di partenza.

Passo in rassegna nella mia testa le ricette, una preoccupazione ne rimpiazza un'altra e poi un'altra e un'altra ancora, come se stessi mischiando le carte. So che una ricetta non è esattamente una "fonte di preoccupazione", ma è così che funziona la mia mente, ed è una tortura perché Simon è un po' perfezionista, e sembra così bendisposto. Voglio essere dell'umore giusto per farcela.

Ripenso ai nostri primi giorni, poco dopo che ci eravamo conosciuti. Promisi a me stessa che sarei stata la moglie e la madre perfetta per lui e la sua bambina. Strinsi presto un forte legame con Sophie – una bambina in lutto, fragile e vulnerabile – e, insieme a Simon, le garantii l'amore e il sostegno di cui aveva bisogno in quel momento terribile. In cambio, entrambi mi dettero una gioia enorme, e Simon l'amore e la sicurezza che avevo desiderato per tutta la vita. In un certo senso ci salvammo l'un l'altra. Provai un grande piacere a prendermi cura di Sophie, a cucinare cene gustose, a tenere la casa pulita. E provai un piacere sensuale a stirare le camicie di Simon: il profumo del suo dopobarba, già svanito ma risvegliato nel tessuto dal calore del ferro, mi riempiva di desiderio. Ho dato tutta me stessa a questa piccola famiglia perfetta, che aveva bisogno di me tanto quanto io di ciascuno di loro. Simon apprezzava sempre quello che facevo, ma poi la vita è arrivata come un'enorme onda anomala, portando con sé ogni genere di problemi, e in questi giorni a volte faccio fatica anche a fare i crostini con i fagioli, figuriamoci un pasto di tre portate da gourmet per mio marito. Sfortunatamente sono stata io a tenere alto il livello in tutti questi anni e lui, quando torna a casa dal lavoro, si aspetta pasti cucinati, una moglie serena e una torta che si sta raffreddando. Nei giorni buoni, posso ancora dare l'impressione di avere la situazione sotto controllo e concorrere alla nomination per Moglie e Madre dell'Anno. Potrei anche provare di nuovo qualche brivido stirando le sue profumate camicie di cotone pesante, se solo non avesse detto "Caroline" nel modo in cui lo ha detto.

Gli porgo il suo thermos di caffè e i panini – Brie francese su pane di segale con la marmellata di cipolle fatta in casa da me.

«Quindi siamo d'accordo? Riferirò a quella signora che hai cose molto più importanti da fare invece di inutili chiacchiere con lei?», dice gentilmente, mentre prende il sacchetto di carta marrone dalla mia mano, parlando ancora dell'appuntamento al bar con Jen appena cancellato.

«Sì… ma non metterla proprio così». Sorrido, preoccupata che possa essere scortese con lei.

«Naturalmente, non temere. Sarò gentilissimo». Sorride. «E tu puoi startene seduta qui nella tua bella cucina con la faccia sprofondata nelle tonalità delle tinte di Farrow&Ball».

Ricambio il sorriso. Simon quando vuole riesce ancora a farmi sorridere.

«Se la nuova tinteggiatura delle pareti a cui stai lavorando verrà bene come penso, quest'anno potremmo addirittura fare qui da noi il brindisi di Natale». Alza le sopracciglia, facendo ciondolare questa proposta davanti ai miei occhi come una scintillante pallina di Natale.

Colgo al volo l'opportunità. Noi non riceviamo mai ospiti; a lui proprio non va. «Oh, Simon, quanto mi piacerebbe», dico. Voglio farmi dei nuovi amici, aprire la nostra bella casa e invitare i vicini. Soprattutto voglio dimostrare a Simon che posso ancora essere quello che lui vuole che io sia, e che non ha bisogno di nessun'altra donna.

Così, malgrado manchino quasi quattro mesi a Natale, la mia testa è già piena di scintillanti vassoi di tartine e luci soffuse in ogni angolo. Mi vedo dare il benvenuto ai nostri ospiti in abito di velluto rosso da cocktail, in piedi accanto al mio bel marito. Riesco a sentirli già da ora: «I Wilson, sapete, il chirurgo e la sua bella moglie». E vedo anche quelle donne che gli lanciano sguardi furtivi, che flirtano con lui e gli infilano in tasca i loro numeri di telefono appena mi allontano. So che si chiedono cosa lui abbia trovato in me e si divertono a raccontarsi storie su come l'ho intrappolato, quali trucchi mi invento per tenermelo, ma non sanno niente. Al brindisi di Natale tutti ne avrebbero una prova lampante. «Oh, allora è *questo* che lui trova in lei? È una favolosa padrona di casa, tutto è perfetto e quel vestito rosso le esalta le curve. La sua torta salata e l'arredamento sono da sballo. Hai assaggiato i tortini al granchio? Oh, ora capisco, è *lei* il segreto del suo successo. Lui è affascinante e brillante – ma non sarebbe nulla senza di lei. Sai che è stata lei a scegliere la tinta del soggiorno? Come potrebbe il dottore pensare di andarsene altrove?». Questa prospettiva mi rende raggiante; mi sto già appuntando in mente la lista degli ospiti mentre aiuto i ragazzi a radunare le loro cose.

«Charlie, non dimenticare che ho bisogno che tu oggi esca da scuola subito per arrivare in tempo a lezione di violino», lo avverto. «E Alfie, hai già messo il violoncello in macchina? Devi essere dalla signora Pickering alle cinque e non voglio dover tornare indietro da scuola per venirlo a prendere, come lo scorso anno». Do un'occhiata a Simon mentre parlo. Si stupisce sempre di come io ricordi cosa deve fare ogni giorno ciascuno dei bambini, ma mi accorgo che lui improvvisamente è già a chilometri di distanza.

Simon è sempre stato molto contento del fatto che i bambini facciano altre attività dopo la scuola – i suoi genitori, invece, non erano interessati. Suo padre è morto quando lui era giovane e sua madre si è sempre attenuta a una rigida routine fatta di casa e scuola. «Sono troppi i bambini che tornano a casa da scuola e vengono abbandonati davanti alla televisione o alla

PlayStation, ma non in questa casa», dice sempre Simon, riconoscendomi il merito della fatica che mi sobbarco. Amo la faccia che fa quando gli elenco tutti i loro impegni, se mi chiede cosa stanno facendo i bambini. «Non so come fai a ricordarti tutto», dice ogni volta. Ma come gli faccio sempre notare, lui ha cose molto più importanti da tenere a mente rispetto a me e, a essere sincera, sono diventata famosa per essermi presentata a prendere Alfie dalla signora Pickering addirittura un'ora prima – ma non lo diciamo a papà.

Suppongo che ora stia pensando alla giornata che lo aspetta, mentre io ricordo ai ragazzi la loro settimana: «Martedì francese, mercoledì valutazione del film e non dimenticate l'allenamento di rugby giovedì e arti marziali venerdì». Mi fermo a venerdì; il weekend è un Cubo di Rubik moltiplicato per tre e anche io a volte faccio confusione su chi dovrebbe essere dove e a che ora. È veramente complicato, e dico a Simon, scherzando, che ci sarebbe bisogno di disegnare un grafico con le puntine rosse per segnalare dove ciascun bambino dovrebbe trovarsi. Ma è questo il mio compito. Amo farlo, e Simon mi ama perché lo faccio.

«Andiamo, ragazzi», dice lui, radunandoli. Si volta, mi bacia nel suo solito modo frettoloso e si dirige verso la porta travolto dal trambusto dei gemelli. Il mio cuore sprofonda un po' pensando a quanto siano cresciuti rapidamente. Da non crederci, stanno già per cominciare il terzo anno.

«E oggi fate i bravi, ragazzi. Avete una nuova insegnante e una nuova aula, perciò state attenti a ricordarvelo e a non andare nell'aula dell'anno scorso». Li bacio entrambi. A parte il desiderio di un caffè con Jen, questa mattina mi sarebbe piaciuto vederli nella loro nuova aula. Ogni momento è speciale con i tuoi bambini, e un nuovo anno scolastico è uno spartiacque, perciò mi dispiace di non accompagnarli io oggi. «Sei sicuro che puoi portarli tu, Simon? Credimi, per me non sarebbe un problema». Sto quasi supplicando.

Mi guarda con aria piuttosto severa. «Marianne, pensavo ne avessimo appena parlato».

Annuisco – non cambia idea, ma per i ragazzi sarà bello avere al loro fianco il padre, e di certo questo mi lascerà il tempo per provare a fare qualche passo in avanti con i lavori in casa e la cena di stasera.

«Ti aspetta una giornata impegnativa, caro?», chiedo, segnalando in questo modo di aver voltato pagina: non gli darò altri problemi. Li seguo tutti fin sulla porta di casa, sinceramente incuriosita dalla giornata di mio marito; un intervento complicato potrebbe spiegare perché è stato incollato al telefono tutto il weekend. Al barbecue di sabato a malapena ha parlato con qualcuno, e la domenica il tè è stato proprio una tortura: ha guardato con disapprovazione i ragazzi che si infilavano su per le narici dei pezzetti di pane, senza intervenire. Ma perché avrebbe dovuto, del resto? Lui ritiene responsabile *me* di come si comportano.

«Va tutto... bene...?», mormoro ora, evitando i suoi occhi mentre prendo un pettine dal tavolo dell'ingresso e stringo con forza i capelli di Charlie. Lui grida il suo disappunto, mettendomi a disagio.

«Naturalmente, perché non dovrebbe?», risponde, e sento uno scarto nella sua voce. Gli sto chiedendo del lavoro, ma in realtà sto cercando indizi, un segno che qualcosa non va.

«Ti stai agitando, Marianne», dice.

«Sì, smettila di agitarti, mamma», ripete Charlie, divincolandosi dal mio pettine.

Visto il mio comportamento strano di poco fa, non voglio che Simon si insospettisca, perciò mantengo un tono vivace e spigliato – cosa che probabilmente produce l'effetto opposto. «Mi dispiace, stavo solo chiedendo...».

«Bene, per tua informazione la sala operatoria 33 è riservata per tutto il giorno, ci potrebbero volere otto ore». Sospira, e io annuisco, combattuta tra lo stupore e l'invidia. Quanto deve essere meraviglioso lavorare dentro il corpo di qualcuno. Mio marito apre cavità nei toraci, entra e guarisce i cuori, li tiene tra le mani, procedendo sempre in bilico tra la vita e la morte. A stento riesco a comprenderlo. Come vorrei potermi concentrare abbastanza a lungo anche solo per immaginarmelo; ma già faccio fatica a cucire insieme pochi pezzi di tessuto, figuriamoci un corpo umano.

In pochi secondi la mia famiglia è sparita per andare a cominciare la giornata. Chiudo la porta d'ingresso mentre il silenzio mi copre come una pesante trapunta. Resto da sola con le mie preoccupazioni per Sophie, per il primo giorno di scuola dei ragazzi in una nuova classe – e per il modo in cui la bocca di mio marito pronuncia il nome "Caroline". Torno nella mia bella cucina e mi chiedo se ho ragione, o se invece sono pazza e non riesco a provare più sentimenti o impulsi reali. È la Mirtazapina che prendo per controllare l'ansia che mi ha di nuovo appiattito, o è qualcos'altro ad aver asportato la vita palpitante dalla mia cassa toracica? Forse, paradossalmente, sono io ad aver bisogno di un chirurgo che ripari il *mio* cuore e mi faccia star bene di nuovo.

Metto i bicchieri nella lavastoviglie uno a uno e mi guardo attorno in cucina, sorridendo a tutto quello che possiedo. Sono così fortunata. Amo ancora mio marito dopo tutti questi anni. Lo amo di una passione cieca, senza ragione, senza senso, e sono consapevole che ci sono momenti in cui dovrei essere più forte, eppure quando c'è di mezzo Simon perdo la ragione. Da bambina non mi sarei mai sognata di poter avere una vita come questa ed è tutto merito suo – senza Simon non ho nulla. Non *sono* nulla.

È per questo che sono così preoccupata per Caroline. *La giovane, talentuosa Caroline.*

Capitolo due

Se mi avessero mostrato un video della vita che avrei vissuto da adulta, non ci avrei mai creduto. Sono cresciuta in una casa popolare, figlia unica di una madre single che non riusciva a far fronte ai problemi della vita e che mi ha affidato ai servizi sociali quando avevo tre anni. La mia infanzia è stata una successione di case adottive, strutture di assistenza, mense scolastiche gratuite e vessazioni da parte delle altre ragazze. Non ho mai augurato una cosa del genere ai miei figli, e quando ho conosciuto Simon ho capito che poteva dare a me, e a ogni bambino che avessimo avuto insieme, la tranquillità familiare che avevo desiderato. E nonostante tutte le menzogne nascoste, l'irritazione sotto pelle, il silenzioso tormento nella mia mente, penso che alla fine potremmo farcela.

La nostra vita è come un articolo di un supplemento della domenica: i bambini sono belli, mio marito è bello e nei giorni buoni sono la madre attraente dei miei tre figli. Viviamo in questa bella casa e all'ingresso ci sono cinque paia di stivali Barbour, da quelli minuscoli con sopra le papere per i piccoli a quelli a fiori di Sophie a quelli grandi e verdi di Simon. Ai bambini non entrano più, ma solo vederli lì allineati in attesa di essere riempiti da piccoli piedi mi dà una sensazione di benessere, specialmente nei giorni cattivi.

Adoro la mia famiglia e mi impegno a fondo in ogni cosa, da una passeggiata tutti insieme nel parco alle feste di compleanno dei bambini. Mi assicuro che tutti siano vestiti in modo appropriato e che l'alimentazione sia perfetta. L'altro giorno con Sophie e i ragazzi siamo andati a fare una passeggiata nel giardinetto pubblico qui vicino per raccogliere le castagne e, siccome sono fatta così, ho colto l'occasione per fare un servizio fotografico. Ho insistito che indossassero i nuovi cappotti coordinati della Boden e le sciarpe, e quando abbiamo incontrato una mamma della scuola lei ha sorriso sorpresa. «Ma guardati: con tre figli hai sempre un bell'aspetto, e anche i tuoi ragazzi – siete proprio una di quelle famiglie che si vedono sulle riviste», ha sospirato scuotendo la testa piena di ammirazione.

Sono stata molto contenta per quel complimento ma, mentre la salutavo e proseguivamo verso casa, ho avuto un piccolo tuffo al cuore. Se solo lei sapesse. Niente, al numero cinque di Garden Close (descritta dagli agenti immobiliari come "una prestigiosa residenza monofamiliare, immersa in un magnifico parco privato") è quello che sembra. Fare la disinvolta e dare l'impressione di avere tutto sotto controllo è un lavoro duro, e non sempre ci riesco facilmente. Ci sono giorni in cui lotto contro le eccessive aspettative che nutro verso di me. Non posso mai davvero fare una pausa, mai lasciare qualcosa al caso perché per Simon tutto deve essere perfetto. E chi può biasimarlo? Come mi ricorda sempre, l'ultima cosa di cui ha bisogno quando rientra a casa dopo un giorno infernale è inciampare su un trenino o essere accolto da bambini sporchi che gridano con niente di pronto per cena. Voglio che tutto nella nostra casa sia perfetto e oggi ho passato intere ore a fissare i colori della pittura da dare nel soggiorno. Mi è risultato davvero difficile concentrarmi, ma alla fine sono andata sul sicuro e ho scelto il colore – "Casa bianca". A quanto pare si tratta di un bianco avorio puro con una fresca sfumatura giallo limone; mi ha fatto sentire pulita anche soltanto a guardarlo sul dépliant. Mi piace l'idea di una nuova, fresca superficie bianca che nasconda ogni cosa dalle pareti; una specie di copertura, suppongo. Se potessi decidere da sola, riempirei la casa di grandi macchie di colore – una parete rosa shocking, cuscini spaiati di varie tonalità, e velluti e sete e nappe. Sorrido tra me e me mentre guido verso la scuola per andare a prendere i ragazzi. Posso solo immaginare la reazione di Simon alla vista di una parete rosa brillante; direbbe che è di cattivo gusto. E probabilmente avrebbe anche ragione. Ero brava ad assemblare i colori – il mio vecchio professore di arte diceva che li facevo "cantare" – ma questo succedeva prima che imparassi l'approccio minimalista che Simon preferisce. E una cosa che ho imparato in terapia è che devi scendere a compromessi.

Le mamme nell'area giochi aspettano i loro piccoli e ora parlano delle vacanze, mentre io resto ai margini, ancora non del tutto coinvolta. I miei figli hanno cominciato la scuola qui solo a febbraio, a metà dell'anno scolastico, così sono ancora una che è appena arrivata, e dovrò guadagnarmi il privilegio di un inserimento senza problemi. Non è che posso invitarle tutte anche solo a bere qualcosa, dopo la scuola. Né posso accettare un loro invito per un drink in giardino, mentre i bambini giocano sul prato. Che succederebbe se Simon non mi trovasse in casa, al rientro? Rimarrebbe sconvolto, e peggio ancora sarebbe se rincasando si trovasse costretto a farsi largo tra un gruppetto di madri un po' alticce e bambini scatenati che corrono nel *nostro* giardino. Da quando i bambini hanno cominciato la scuola ho ricevuto inviti a incontri mattutini di beneficenza, a uscite serali di mamme in gruppo, a club del libro, a serate del Prosecco e altro ancora. Mi piacerebbe dire di sì, ma non lo faccio. Non sarebbe giusto lasciare Simon a fare il babysitter dopo una dura giornata di lavoro. Inoltre non sono stupida – queste donne non mi *vogliono* davvero alle loro "serate di sole donne". Sono sicura che siano gentili con me e mi sopportino solo a causa di Simon. Sono la moglie del fascinoso chirurgo e nonostante la mia limitata capacità di socializzare fuori dalla scuola, la vera ragione della mia inclusione nel gruppo è che ci vogliono entrambi alle loro serate eleganti. Simon le definisce "superficiali" e, mentre le sento chiacchierare delle tasse scolastiche e delle candele profumate, penso che non abbia tutti i torti. Sorrido e annuisco quando parlano, ma non stringo davvero amicizia. In realtà sto cercando Jen.

«Questa mattina ho visto tuo marito lasciare i bambini a scuola», mi dice Francesca, come se Simon fosse una specie di rockstar. Lei è la leader del gruppo, e proprio come adolescenti le sue "ragazze" le stanno intorno, alla ricerca della sua approvazione. Se fossi una compagna di scuola probabilmente mi umilierebbero e mi escluderebbero, ma non ora che sono la moglie di un uomo che conta. «Sei una donna fortunata, vorrei che il mio, di marito, mi consentisse una di queste mattine di rimanere a letto a poltrire», aggiunge, e le altre ridono non perché sia una cosa divertente ma perché l'ha detto lei.

«Non sono rimasta a letto, mi sono svegliata alle sei stamattina per cuocere il pane», dico sulla difensiva. Non voglio farmi sminuire. Non voglio che qualcuno cominci a pensare che non sto bene – non che sappiano qualcosa del mio passato. Questo è uno spazio nuovo; stiamo ricominciando da zero. Sento Simon che dice: «Nessuno ha bisogno di sapere, Marianne, a patto che tu ti comporti bene».

Ed è per questo che continuo a giustificarmi per non essere stata presente il primo giorno di scuola del nuovo anno. *Davvero imperdonabile.*

«Li ha portati Simon, i ragazzi, ma solo perché la scuola è di strada per il suo lavoro...», dico cercando disperatamente di essere convincente. *Io sono una buona madre.*

«All'ospedale... Sì». Francesca sorride scrutandomi da capo a piedi. Si sta chiedendo cosa lui abbia trovato in me. Mi ha squadrato allo stesso modo durante il suo barbecue, mentre infilzava carne cruda e parlava con Simon della Brexit. A lui piace parlare di politica e questioni internazionali ma il tentativo di Francesca di apparire informata mentre sbatteva le ciglia e il suo pollo sfrigolava sulla griglia era ridicolo. Non so nemmeno perché lui abbia accettato di andare al suo barbecue, ma per una volta aveva acconsentito, e durante la festa aveva affascinato tutti senza fatica.

Mi giro, sentendomi vulnerabile, ma subito mi risollevo alla vista di Jen che avanza barcollando sulla ghiaia, salutandomi e chiamandomi con le chiavi della macchina in mano.

Voglio correre verso di lei: la mia salvezza in questo consesso di perfide dolci mammine con il rossetto rosa. Simon sostiene che il problema di questa scuola sia proprio la cricca delle madri. A quanto pare, sono tutte mogli di uomini ricchi che si comportano come se avessero vinto la lotteria. «Non puoi ricavare seta da una scrofa, Marianne. E credimi, quelle donne sono più scrofe che seta», mi ha detto una volta. Sfortunatamente Sophie stava ascoltando, e gli ha dato del "fottuto misogino", il che lo ha fatto veramente arrabbiare. È rimasto talmente sconvolto dal linguaggio della figlia che le ha proibito di andare al ballo di fine anno, facendola piangere per giorni. Alla fine si è arreso, però, e le ha dato il permesso di andare, pur avendole reso l'evento meno piacevole. Nel tentativo di farsi perdonare si è offerto di pagare lui solo la limousine che era stata affittata in gruppo. La proposta ha sortito l'effetto opposto e la risposta di Sophie è stata che non poteva «sistemare tutto con i soldi». Io non mi sono immischiata, ma Simon mi ha fatto molta pena la sera del ballo, quando lei è schizzata su una motocicletta con uno dei ragazzi della sua classe. Mio marito adora i suoi figli e non sempre fa la cosa giusta, ma del resto non è così per tutti?

Jen in seguito ci ha raccontato che anche lei era andata al ballo di fine anno in moto con qualcuno, e che comunque non era successo niente. Ho dubitato che fosse vero – e, anche se Simon non è un suo grande fan, il racconto ha fatto effetto ed è sembrato rasserenarlo. Jen è brava in certe cose; sa come farti sentire bene – mi rassicura e mi fa ridere anche quando mi sento giù. Le altre mamme non sono divertenti come Jen, ma sono sicura che una volta scontata la mia pena, quando sarò accettata pienamente, diventeranno gradevoli, e i commenti di Simon alla fine si dimostreranno un po' ingiusti. Comunque, grazie a Dio, lui non ha mai espresso certi pensieri davanti a loro. Da quel che ricordo, durante quel barbecue non si è fatto sfuggire niente di simile, e anzi, non si è fatto alcun problema con la provocante Francesca nemmeno quando li hanno messi in coppia assieme alla tombola della festa d'estate. Non dimenticherò mai il modo in cui lei gli teneva gli occhi incollati addosso mentre ficcava la mano nel sacchetto della tombola per tirare fuori i numeri vincenti.

«Ciao, che piacere vederti. Mi dispiace che questa mattina non abbiamo preso il caffè insieme». Jen mi abbraccia forte e il costoso Fracas, il suo consueto profumo francese, mi arriva insistente al naso. È a base di tuberose, sexy, molto adatto a Jen. Non la vedo dal picnic della scuola di fine luglio perciò abbiamo un sacco di cose da dirci.

«Sì... Mi dispiace di non aver potuto prendere il caffè, Jen, avevo da fare», dico tenendomi sul vago, con la speranza di sembrare una che ha una vita eccitante e non ha passato tutto il giorno a pulire casa ed esaminare campioni di colore per tinteggiare le pareti.

«Oh, non c'è problema, Simon mi ha spiegato che non ti sentivi bene, ha parlato di un mal di testa».

«Oh... sì... ho avuto anche il mal di testa ma soprattutto avevo un sacco di cose da fare», ho aggiunto imbarazzata. Perché dice sempre che sto male? A dire il vero, gli uomini quando si tratta di trovare una scusa non hanno proprio immaginazione. Giusto lo scorso week-end siamo stati invitati a un giro di bevute a casa di un vicino. Sophie stava uscendo e non sarebbe potuto rimanere nessuno con i bambini; ma invece di declinare l'invito dicendo la verità Simon ha insistito perché uno di noi partecipasse. Poi ha deciso che sarebbe andato lui, raccontando a tutti che io ero a letto con un terribile mal di testa. Non ne ho saputo niente fino a quando non ho incontrato la coppia dei vicini che stava portando a spasso il cane; la loro battuta iniziale è stata: «Che sorpresa, come mai sei uscita subito dopo essere stata così indisposta?». Dopo quanto successo l'anno scorso non voglio che la gente si faccia di nuovo gli affari miei, e se vogliamo partire con il piede giusto è necessario che entrambi siamo sinceri su cosa mi succede. So che in passato Simon ha usato "i mal di testa di Marianne" come una copertura per qualsiasi cosa. Ma ho l'impressione che tutti sapessero che era un modo di dire. "Marianne ha di nuovo il suo solito mal di testa". In realtà voleva dire, ne sono sicura, "Marianne sta abbaiando di nuovo alla luna".

«Come è andata la vostra vacanza?», chiedo a Jen, la solita domanda che si fa ogni settembre. Lei e suo marito Peter posseggono, mi pare, tre proprietà: una villetta in cui vivono non lontano da qui, un rifugio per i weekend in Cornovaglia e una fattoria in Francia.

«Magnifica. In Francia i bambini hanno passato tre settimane in acqua. Erano anche detestabili, certo, facevano troppo rumore e dicevano parolacce in continuazione… perfino alcune che non avevo mai sentito prima». Considerando che il più piccolo ha solo tre anni, mi sembra che stia esagerando, ma è il classico modo di fare di Jen. «Peter era scontroso e insopportabile», continua, «ma fortunatamente abbiamo avuto rapporti solo in due occasioni, ed entrambe le volte ero ubriaca, perciò me ne ricordo a malapena». Ridacchia.

A volte Jen mi sbalordisce per le cose che dice e che fa, come quando nella giornata dei "Nasi Rossi", per raccogliere fondi per i clown in corsia, ha venduto al preside un bacio – e glielo ha dato. Sembra che la moglie non sia rimasta particolarmente felice della notizia, soprattutto quando è venuta a sapere che si trattava di un bacio con la lingua, e che il preside ha certamente ottenuto con le sue 50 sterline più di quanto avesse concordato. So che Simon pensa che Jen sia una donna volgare, ma invece a me piace la sua disinvoltura. Suppongo che sia perché è una dote che non ho mai davvero avuto. È anche divertente e affettuosa e mi piace il modo in cui mi coinvolge nelle conversazioni intime come se fossimo amiche da sempre.

Mi è venuta incontro l'anno scorso, quando ci eravamo trasferiti qui da poco e non conoscevo nessuno. «Sei la moglie del chirurgo?», mi ha chiesto, e io ho annuito provando un piccolo brivido di piacere, ma allo stesso un po' di imbarazzo. Tutti notano Simon; succede dovunque andiamo a vivere. Fa questo effetto, non c'è niente da fare. Lui è bello e affascinante e quando la gente viene a sapere che lavoro fa resta sempre impressionata. Non sempre accettiamo i numerosi inviti in società che riceviamo. Dopo una settimana di folle lavoro Simon è quasi sempre troppo stanco, giusto qualche volta ci capita di accettare un invito a cena o a un evento di beneficenza, e lì guardo gli altri ospiti seduti intorno al tavolo sbalorditi. Mentre parla i capelli neri gli scendono sull'occhio sinistro, la sua passione per quello che fa satura l'aria e si diffonde dappertutto. Le sue storie di vita e di morte, e di tutto ciò che sta in mezzo, ammaliano sempre il pubblico, le donne in particolare. Le padrone di casa lo vogliono alle loro cene e ai loro barbecue, amano i suoi drammatici racconti con sangue dappertutto, quegli attimi in cui la vita è appesa a un filo e lui, con una decisione rapida, una mossa abile, riporta tra i vivi un paziente.

Le donne fremono sulle sedie di fronte al mio fantastico marito mentre lui le diverte e le spaventa con le sue storie da sala operatoria. So che cosa pensano, perché lo penso anch'io. Ma sono io quella fortunata... *tornerà a casa con me.*

La campanella di scuola suona e le mamme si disperdono, ma Jen mi sta parlando di un qualche orribile avvelenamento da frutti di mare di cui hanno tutti sofferto in Bretagna.

«E allora noi siamo là al maledetto pronto soccorso... Oliver sta vomitando sangue dappertutto sul mio vestito di batista... Perché sorridi, Marianne?». Sembra perplessa. Io sono sicura che si è preoccupata più per il suo vestito che per il bambino che sanguinava tra le sue braccia, e la cosa mi diverte.

«Io non... io non sto sorridendo... sono inorridita», dico, lei annuisce e quando riprende a raccontare mi sento in colpa. Desidero offrirle la reazione che si aspetta, perché non voglio che pensi che sono fuori di testa; desidero *piacerle*. La conosco da pochi mesi ma è la cosa più simile a una migliore amica che ho – qualcuno con cui confidarsi e ridacchiare. Da tempo non ho una grande amica. Quando sei sposata con un uomo come Simon non ti servono le amiche, e io sono sempre stata un po' diffidente nello stringere legami perché in passato le cosiddette "amiche" mi hanno deluso. Come dice Simon: «Se sono delle vere amiche, ti accetteranno qualunque cosa tu faccia», e mi viene da pensare che le persone che immaginavo preoccupate per me in realtà non siano mai state vere amiche. Jen invece è diversa. È così presa dalla sua vita; non sta provando a prendersi un pezzo della mia.

Per essere settembre fa ancora caldo, gli strascichi dell'estate sono ancora nell'aria, e Jen ne approfitta indossando un vestito aderente di lino color menta. La sfumatura pastello le dona e il seno prorompente con il decolleté abbronzato non passa inosservato ai molti mariti che aspettano nell'area giochi. Lei sembra non dar peso a tutte queste attenzioni, si dà un colpetto sui capelli biondi con il taglio alla Marylin Monroe e chiude i grandi occhi blu con repulsione mentre ricorda l'episodio recente del sesso con suo marito.

Caroline mi è tornata in mente di botto e adesso non riesco più a togliermela dalla testa. Cerco di non pensare a lei e mi sforzo di farla sparire; alla fine pian piano se ne va e posso sorridere mentre annuisco a Jen, sperando che non si sia accorta che per un momento mi ero distratta e non ero del tutto concentrata su quello che stava dicendo. Penso che probabilmente dovrei impegnarmi di più con Jen se sono così desiderosa di farmela amica – ma non riesco a essere naturale. Poi, di nuovo, non sono più sicura di chi sia la "vera Marianne" e sono piena di gratitudine quando le porte della scuola si aprono e non devo fingere più di essere "io". Posso rientrare, senza soluzione di continuità, nella modalità "Mamma", e i bambini chiariranno tutti i miei dubbi.

Dopo qualche minuto vengono verso l'area giochi come soldatini e il mio cuore sprofonda – vorrei che corressero, gridassero e mettessero a terra i loro zainetti, ma la scuola è molto rigida in quanto a disciplina e loro non osano uscire dai ranghi. Simon dice che è una delle cose che gli piace di questa scuola; quando mi sono battuta per un indirizzo di tipo artistico per Alfie, che ama disegnare, Simon mi ha risposto che una scuola tutta dedicata alle arti consente ai bambini di comportarsi come dei selvaggi. Perciò eccoci qui alla Brownhills Primary School, che è meno arte e più sport e applica una disciplina di tipo militare. Charlie ci sta alla grande, come una papera nell'acqua, e sono sicura che anche Alfie alla fine si convincerà; e poi, un po' di disciplina fa bene a entrambi. Sophie è al sesto anno – nella stessa scuola ma in un istituto a un chilometro di distanza – e la odia, ma del resto non le piaceva molto neanche la scuola precedente; e come dice il padre, a chi mai è piaciuta la scuola?

Io e Jen salutiamo i bambini mentre lei prosegue a pezzi e bocconi con la storia dell'avvelenamento da frutti di mare e con i suoi divertenti racconti dei tentativi di evitare gli approcci di Peter, il suo maturo, ricco marito. «Mi fa accapponare la pelle». Fa le smorfie e io ridacchio come una studentessa maliziosa, divertita e colpita dalla sua insolenza.

Camminiamo insieme ai bambini fino al parcheggio dove Jen si appoggia alla sua Audi nera e parla senza sosta per altri quindici minuti, raccontandomi praticamente tutta la sua estate. Nel frattempo i ragazzi si sfilano gradualmente di dosso quella specie di camicia di forza che hanno dovuto vestire per tutto il giorno, fino a che non tornano alla loro consueta condizione di animali selvaggi. Oliver, il figlio di Jen, colpisce Charlie con lo zaino (piuttosto pesante); mi rassegno e provo ad ascoltare il nutrito resoconto di Jen sulla sua esperienza al pronto soccorso francese e su un medico particolarmente "fico". Poi Oliver tenta di uccidere Alfie spingendolo sotto un'auto in movimento proprio mentre Jen sta descrivendo un delizioso piatto di ostriche che lei e Peter si sono gustati in una rara serata di intimità.

«Non capisco come si possa andare in vacanza senza portarsi dietro un qualche genere di servizio di babysitteraggio, è assolutamente anacronistico», sta dicendo, giustificando così la loro tata Juanita che va con loro ovunque.

Afferro Alfie per il bavero della giacca senza dare nell'occhio e lo stringo a me malgrado la sua agitazione. Se Jen se ne accorge mi affibbierà di nuovo l'appellativo di madre-elicottero, ma non temo di essere eccessivamente protettiva, considerando la dimensione dell'auto a quattro ruote motrici che stava per schiacciare mio figlio e considerando il fatto che Oliver è un pazzo fuori controllo. Mi sento sottoposta a un enorme stress nel tenere d'occhio i ragazzi, ma non voglio offendere Jen dando l'impressione di non ascoltarla. Però, quando Oliver afferra Charlie in una presa di sottomissione e lo strattona per il collo, faccio un piccolo strillo e dico: «NO, Oliver», il che finalmente riporta Jen dalla Bretagna qui con noi.

«Vieni SUBITO qui, Oliver, piccolo STRONZO!», urla.

Muoio di vergogna mentre le dolci mammine si scambiano sguardi di disapprovazione. Mi torna alla mente quello che dice Simon sulle mamme di scuola, sulla "seta" e le "scrofe". Forse ha ragione, Jen non è esattamente un bocciolo di rosa – ma forse è proprio per questo che mi piace. Jen mi fa sentire più libera, anche solo mentalmente.

«Oh, Marianne, non c'è niente da fare, questi stronzetti non ci consentono di parlare, non trovi?». Blocca Oliver con una mano, mentre imbronciata si passa le dita dell'altra tra i capelli biondi ondulati e folti. «Perché queste cazzo di tate devono avere il giorno libero?», mi sibila sottovoce. «Voglio dire, di certo Juanita non ha una vita sua o qualcos'altro da fare – l'hai vista com'è, grassa come un maiale e taccagna il doppio».

Sghignazzo, anche se non dovrei: è davvero volgare, ma mi fa ridere di gusto, anche perché Oliver è stato finalmente bloccato e i miei figli sono sopravvissuti anche questa volta.

Continuando a dare di tanto in tanto degli scossoni al figlio, Jen riattacca a parlare del medico francese, e il mio sollievo si trasforma improvvisamente in agitazione quando guardo l'orologio e mi accorgo che ora è. Faremo tardi alla lezione di musica dei ragazzi. Ho dovuto praticamente implorare il signor Mendels di dare lezioni private di violino a Charlie. È il migliore insegnante di violino nei dintorni; Sadie, la figlia di Francesca, prende lezioni da lui, perciò ho pensato dovesse essere proprio in gamba. Quando mi ha detto che non aveva posto Simon mi ha suggerito di riprovarci e offrirgli il doppio di quanto prendeva normalmente. «Mai prendere un "no" come una risposta definitiva, ricordati che ognuno ha il suo prezzo», ha detto. E anche in quell'occasione Simon ha avuto ragione: il vecchio Mendels ha accettato – non vedeva l'ora di sfogliare contanti. Però, su una cosa ha insistito: «Puntualità, signora Wilson – se il ragazzo non arriva puntuale cancello la lezione e la paga lo stesso».

Sto pensando al suo vecchio viso grinzoso e pieno di rughe, ma Jen è un fiume in piena e non posso ancora scappare.

Riesco a sentire il sangue che mi sale alla testa, vorrei solo gridarle che devo andare via ma mi ficco le unghie nel palmo, sorrido cortese e ringrazio il Dio della Mirtazapina che mi consente di controllarmi. Dopo altri sei minuti e quarantacinque secondi di chiacchiere sulle sue brame verso il medico francese, però, sono costretta a interromperla. Mi sento in colpa, ma non ho scelta, e la placo con vaghi progetti di un qualche caffè da prendere insieme più avanti in settimana.

«Non mi darai buca la prossima volta, vero?», mi chiede mentre apro la portiera e faccio salire i ragazzi sul sedile di dietro. «Caffè e ci aggiorniamo – siamo rimaste parecchio indietro».

«Senz'altro», dico, spingendo i bambini in macchina mentre protestano rumorosamente.

«Non ti far venire una delle tue emicranie», scherza prendendosi la testa tra le mani.

«Non esiste, hai la mia parola». Sorrido e avvio l'auto, abbassando il finestrino per salutarla mentre mi allontano, sperando che non abbia già interpretato in chissà quale modo il mal di testa di stamattina.

Quando vivevamo nella vecchia casa me la svignavo ogni tanto per un caffè con Jayne, una mamma che avevo conosciuto a scuola. Poi mi sono ammalata, e credo che non mi abbia mai davvero perdonato per le cose che le ho detto. Chi può biasimarla? Ma tutto questo appartiene al passato, ora ho bisogno di guardare avanti.

Venendo via da scuola, nel disperato tentativo di non arrivare tardi alla lezione dei ragazzi, guido troppo velocemente, e di colpo mi viene in mente che ho dimenticato le loro dannate merende, hummus fatto in casa e bastoncini di carote. Non ce la faranno mai a far lezione di musica senza mangiare qualcosa, così mi fermo alla prima stazione di servizio e in mancanza di hummus compro due sacchetti di patatine e due barrette di Mars. Mentre esco con le mani piene di porcherie vedo quell'odiosa della signora Mallory fermarsi a far benzina e poi scappare via di corsa. Mallory è una mia vicina, anche lei socia del tennis club di Simon e oltretutto una stronza spocchiosa – se mi ha visto farà senza dubbio la spia con un rapporto dettagliato fin nei minimi particolari. Così apro la portiera, lancio i miei acquisti ai ragazzi sul sedile di dietro e come un eroe dei film d'azione mi getto dentro l'auto – con loro grande gioia. Accendo il motore e parto di corsa con le gomme che stridono e i ragazzi che urlano di felicità. E rido anch'io, forte, insieme a loro: una pazza che ha la responsabilità dei figli e che ora guida un macchinone in cui sono sparpagliate merendine piene di conservanti. Tutto sotto controllo, no? I ragazzi non sanno perché tornando mi sono fiondata in macchina con una capriola stile commando, ma sanno che non devono mai dire al padre che hanno mangiato patatine e barrette Mars.

Appena la smettono di ridere, aprono i sacchetti di patatine e cominciano a sgranocchiare pieni di felicità; io mi do una calmata. Devo ricordarmi di passare l'aspirapolvere in macchina e lasciare i finestrini abbassati per far cambiare l'aria, di modo che Simon non possa cogliere l'odore di patatine o di cioccolato. Da bravo medico, è molto rigoroso sulla dieta dei figli, e ha ragione, ma io mi sono vista costretta: a mali estremi, estremi rimedi.

Con i ragazzi con la bocca piena, il percorso è gradevole e tranquillo. Alcuni genitori non sopportano il compito di trasbordare come tassisti i propri figli, ma a me piace. Lo vivo come un momento di felicità. Sono sola con i miei bambini, siamo tutti al sicuro, e liberi, e qualche volta vorrei poter solo guidare, guidare e ancora guidare.

Mentre mi dirigo verso la lezione di violoncello della signora Pickering rallento un po', per dare ad Alfie il tempo di finire le sue merendine. Prima di aprire la portiera afferro la custodia del violoncello e scorto Alfie al sentiero d'ingresso. Una volta che l'ho consegnato, porto Charlie alla lezione di violino a quattro chilometri di distanza, prima di andare a prendere Sophie alla scuola di danza. Poi mi godo un'altra ora di splendida libertà al centro commerciale Sainsbury con Sophie, prima di tornare a prendere i ragazzi. Dopo ciò che è successo questa mattina, è piacevole avere un po' di tempo solo per noi, darle l'attenzione che da quando sono nati i bambini non riesco più così spesso a dedicarle. Giriamo per il reparto abbigliamento dove lei ammira un reggiseno rosa chiaro. Lo metto nel cestino e sorridiamo con aria di intesa, poi suggerisco di prendere un caffè e lei accetta molto volentieri. Sceglie un biscottino da accompagnare alla tazzina e lo mangia con gusto, cosa che mi sorprende. È anche insolitamente loquace e mi chiedo per un momento per quale motivo a casa non sia mai così felice.

Non torneremo prima delle sei, ma va bene, perché Simon ha detto che stasera farà tardi e ho tutto il tempo di cucinare il piatto speciale che ho previsto per lui. Come mi ha fatto notare, ora che è ricominciata la scuola devo sapermi organizzare, avere tutto sotto controllo – fa bene a me e alla mia salute mentale. Per stasera ho in programma di preparare a mio marito una spigola al forno con limone su un letto di capperi, patate dolci dorate e un'insalata verde. Accenderò le candele e ci guarderemo negli occhi come facevamo una volta. Perlomeno lo spero.

Accostando l'auto fuori casa, con i due ragazzi stanchi morti e una teenager tornata di nuovo con il broncio, vedo la macchina di Simon nel vialetto e ho un tonfo al cuore. È tornato a casa e io non ero qui ad aspettarlo, con la cena pronta e i ragazzi già lavati – non è colpa mia se è rientrato prima del previsto, ma mi sento male lo stesso. La bella cena che avevo programmato richiederà del tempo e posso cominciare solo dopo aver fatto il bagno ai ragazzi e averli messi a letto. Il sogno che mi ero immaginata – io in piedi nella mia bella cucina alla luce delle candele e tutta una sera per noi – sta rapidamente scomparendo. Sto per avere un attacco di panico e stringo il volante con entrambe le mani, ma i ragazzi sono particolarmente irritabili e in un attimo scoppia una rissa. Tiro il freno a mano mentre gridano e lottano con ruggiti infantili, il primo testosterone li spinge a distruggersi l'un l'altro. Mi sale il panico in gola, so che è irrazionale, ma voglio gridare. Mi viene da piangere e mi rendo conto di aver perso il controllo.

Mi metto a strillare forte per farli SMETTERE, SMETTERE... dimenticando che il finestrino è aperto e quel vecchio stronzo ficcanaso di Michael, il vicino della porta accanto, sta portando fuori la spazzatura. Mi guarda come se fossi matta, ma io non lo sono. *Non lo sono.* I ragazzi non mi hanno nemmeno sentito. Nessuno sembra darmi retta in questi giorni, salvo Michael che si è fermato a guardarmi: vorrei metterlo in fuga con un ruggito, come un animale selvatico, ma la mia voce grida BASTA. Charlie ora sta usando il suo violino come un'arma e Alfie risponde con i pugni (fortunatamente il suo ingombrante violoncello è nel portabagagli e non lo può usare per difendersi). Sophie sta gridando a tutti e due e provando ad afferrare il violino quando la porta di ingresso si apre. Ho la bocca secca.

«Cos'è tutto questo baccano?». La voce di Simon sovrasta il rumore. È calma, neutra, e lui è veramente sereno – o forse solo preoccupato per i vicini? Che cosa diamine penserà avendo trovato, al rientro, tutto questo casino e niente cena? Se ha avuto una giornata faticosa, un'operazione difficile, Dio non voglia la morte di un paziente, non sarà dell'umore giusto per sopportare questo circo sulla porta di casa.

Prendo fiato, alzo lentamente gli occhi e, con mio grande sollievo, sta sorridendo. Voglio abbracciarlo.

Mi rimetto in sesto rapidamente e scendo dalla macchina, cercando di avere l'aria di una che *non* ha gridato come una pazza per parecchi secondi e che ha tutto sotto controllo.

«Andiamo, ragazzi», dico andandogli incontro e premendo

il pulsante del telecomando. «Mi dispiace, caro, questa sera è andato tutto storto, non ho ancora cucinato la cena...». Le parole mi escono tutte di un fiato.

«Perché non ce l'hai fatta?». La sua espressione è improvvisamente indecifrabile.

Deglutisco. «Perché, perché... Sono appena tornata a casa, caro... E mi pare di ricordare che questa mattina mi hai detto che avevi riservato la sala operatoria... numero 33... per otto ore...».

«Sul serio?». Mi guarda con un sorriso dubbioso. Non ho la più pallida idea di che cosa significhi e non so proprio come ribattere.

«Mi dispiace... Devo aver capito male», butto là, sapendo che non è vero.

«La sala operatoria 33? Be', sembra proprio che tu ne sappia più di me», risponde allegramente, e lo vedo che contrae appena appena la mascella.

I bambini ci superano sul vialetto e li seguiamo. Simon si scansa per farmi entrare in casa. Lo ringrazio cogliendo l'occasione per guardarlo in faccia. Non ho ancora capito cosa pensi esattamente. Ma mentre procediamo insieme dietro ai bambini si ferma all'ingresso e si volta verso di me. Allunga improvvisamente una mano e io resto ad aspettare qualsiasi cosa stia per accadere.

«Fermati, questa sera mi sembri nervosa, Marianne», dice con gentilezza.

Non dico nulla, non rivelo nulla. Non ci provo neanche. Faccio quello che faccio sempre, resto ad aspettare. Avvicina lentamente la mano al mio viso e io smetto di respirare, consapevole che in cucina ci sono i bambini che sono diventati improvvisamente silenziosi.

«Papà», dice Sophie entrando in anticamera. «Ho fatto un test di francese, oggi. Novantotto su cento». Lo so che cosa sta facendo. Non è vero che ha avuto una prova di francese oggi. La amo per questo ma non voglio che venga coinvolta. Vorrei solo che scomparissero tutti e tre. Non devono accorgersi di nulla.

Simon sorride a Sophie. «Ben fatto, cara». E mentre si gira di nuovo verso di me mi tocca il viso. Mi fa una carezza sulla guancia con il dorso della mano, leggera come una ragnatela – e per un momento non so come andrà a finire. E penso che non lo sappia neanche lui.

Sophie resta in piedi a guardare completamente immobile.

«Perciò non hai ancora nemmeno cominciato a cucinare?», dice quasi bisbigliando.

«No... mi dispiace... Io...».

Cercando un indizio sul suo viso, resto disorientata. Lui, che ne è ben consapevole, mantiene la stessa espressione indecifrabile per parecchi, angoscianti secondi. Incontro lentamente il suo sguardo e vedo un'ombra di incertezza, finché le sue labbra non si aprono in un sorriso indulgente. Mi giro subito verso Sophie, che se ne sta lì pietrificata. È come se avesse smesso di respirare.

«Niente cena, Marianne?», mormora lui.

Attacco o fuga.

Sposta lo sguardo lentamente da me a Sophie e da Sophie a me. «In questo caso...», mi guarda dritto negli occhi e in momenti come questi sono convinta che mi legga nel pensiero. «Andiamo tutti in quella nuova pizzeria in città?».

Torna a respirare.

Vorrei piangere di gioia. Il mio cuore trabocca di sollievo, gratitudine e amore.

Acconsento con energia, come una bambina, stringendolo a me e abbracciandolo. Ride come un padre comprensivo. Stasera dopotutto passeremo insieme una bella serata.

Capitolo tre

So che non sto ancora completamente bene, ma seguo la terapia. Dovrei prendere i medicinali la sera prima di andare a dormire ma confesso che spesso cambio orario per sperimentare. Di conseguenza qualche volta sono fuori fuoco. Posso interpretare male quello che succede e perciò potrei anche essermi immaginata tutto, ma ogni volta che Simon e io stiamo insieme c'è un clima particolare.

Me lo sono immaginato? Me lo sto *inventando*?

Ieri ero in cucina e guardavo Simon e i gemelli giocare a pallone in giardino. Lui si era messo in porta e ogni volta che uno dei ragazzi colpiva il pallone si buttava sull'erba facendo delle smorfie e fingendo di cadere con un tonfo. I ragazzi morivano dalle risate e solo a guardarli dalla finestra mi scoppiava il cuore di amore. Io non ho mai avuto un padre, ma i miei figli sì; e lui è fantastico con loro e anche con Sophie – benché lei sia una teenager e quindi tutto sia un po' più complicato. Simon e Sophie hanno sempre avuto proprio un bel legame, fin da quando era più piccola – lui era pazzo di lei, lo è ancora – e ovviamente questo sarà di grande aiuto ora che ci avviamo verso le acque tempestose dell'adolescenza. È un buon padre, e lui e i piccoli passano insieme dei momenti davvero felici, come succede a me quando resto sola con loro. Ma quando siamo tutti insieme, di recente, mi sono sentita come fossi un'estranea. Sento come se non fossi al mio posto e mi chiedo se dipenda da me, dalla mia malattia, dalla terapia o da qualcos'altro… Dipenderà da Caroline?

Mi sento come un investigatore che prova a risolvere un crimine con un milione di indizi misteriosi. Perciò ecco la prova: Simon recentemente ha lavorato spesso fino a tardi. È stato anche a due convegni nei fine settimana e a quanto pare non poteva proprio farne a meno. Lui dice che da uno che vuole diventare primario ci si attende che lavori di più e partecipi a più eventi, ma è anche previsto che si rivolga a me in tono costantemente arrabbiato?

Quando mi parla sembra che nella sua voce ci sia sempre nervosismo. Vedo risentimento nei suoi occhi. È perché sono io e non lei. Non sono né sarò mai Caroline Harker, assistente chirurgo ed *enfant terrible* della sala operatoria. Ieri ho stretto i denti e ho fatto qualcosa che non avrei dovuto fare: ho aperto le porte dell'inferno e sono andata a cercarla sui social. È stupenda. Mentre io sono bruna, bassa e con la tendenza a ingrassare, lei è alta, snella, con capelli biondi e occhi blu di ghiaccio. Sembra una modella della pubblicità della L'Oréal… quella dello slogan "Perché io valgo". Da quel momento ho passato fin troppo tempo a cercare il suo nome su Google, e ho scoperto un universo di vera sofferenza. È stata una delle chirurghe più giovani a qualificarsi nel suo campo, viene da una dinastia di medici affermati e la sua bevanda preferita è, guarda un po', lo champagne. Oh, come si diverte, questa Caroline, con tutti i suoi giovani amici privilegiati e sorridenti. Tramonti infiniti impregnati d'alcol, scintillanti meravigliose affascinanti facce stipate di fronte alla macchina fotografica; una gondola a Venezia, Caroline in piazza San Marco, con le braccia protese ad abbracciare la sua fantastica vita; un lungo weekend a Parigi, Caroline sola sotto la Torre Eiffel, simile a Uma Thurman da giovane. Devo distogliere lo sguardo da lei che sbircia da sopra gli occhiali da sole a Roma, mezza nuda su un'isola greca, in piena frenesia da selfie sghignazzanti, primi piani delle sue lunghe gambe abbronzate su fottute spiagge sparse per ogni dove. È fissata con i social.

E io sono fissata con lei.

Sophie mi dice che la definizione "top model" ormai non si usa più, ma è l'unica etichetta possibile per descrivere Caroline, con le gambe lunghe e giovani e il corpo perfetto. La nostra Caroline gioca a fare, con lo stesso sex appeal, la ragazzina ingenua acqua e sapone e la vamp trentenne, e più la vedo più ne sono ossessionata.

Posso quasi sentirla ansimare mentre mi guarda con fare lascivo dalla sua pagina Instagram – bikini striminziti su spiagge lontane, selfie con i filtri in top scollati. La pagina Facebook è meno porno soft e più controllata, versione per famiglie, mentre tracanna piacevoli cocktail con gli amici, partecipa a matrimoni vari e tiene in braccio i bambini degli amici come una dannata Madre Teresa. Non conosco il suo status nei confronti di mio marito, ma secondo Facebook è ancora single… Lo sarà davvero?

È nella versione per famiglie, come appare su Facebook, che incontro la fragrante Caroline in carne e ossa, quando ci imbattiamo in lei nei grandi magazzini Waitrose. È sabato, sono passati due giorni dalla nostra pizza en famille e la ritrovata unità della famiglia fondata sulla pizza alla marinara e i gelati mi ha convinto che nonostante tutto le cose si metteranno bene. Avevamo tutti felicemente chiacchierato da Pizza Express, Simon era di buon umore, i ragazzi erano stanchi ma non di una stanchezza *cattiva* e Sophie è intervenuta nella conversazione e ha perfino mangiato un po' di pizza. È stata una serata magica, una di quelle serate che non dimenticherò mai. E chiunque quella sera ci avesse guardato da fuori, dalla finestra del ristorante, avrebbe visto l'immagine perfetta della famiglia felice. #BaciatiDallaFortuna.

Una volta rientrati, il calore della casa e i due bicchieri di vino che avevo preso con la pizza hanno conferito a tutto una luce speciale e, una volta messi a letto i ragazzi, io e Simon ci siamo divisi una bottiglia di vino davanti al caminetto. Sono rimasta sorpresa quando ha cominciato a spogliarmi sul divano, cosa che è successa poche volte da quando sono nati i gemelli perché c'è sempre la possibilità che uno dei due possa arrivare. Sembrava divorato dal desiderio, e non stavamo litigando. Ero felice di perdermi tra le sue braccia forti e di essere amata. Era così dolce, non era la solita botta e via, del tipo "sbrighiamoci perché io mi devo alzare presto", però non era neanche una di quelle robe da *Cinquanta sfumature* che a lui piacciono parecchio. No, era speciale, come le prime volte, quando le sue dolci ma insistenti carezze facevano piazza pulita della mia fastidiosa paranoia. La mattina dopo, quando mi sono svegliata, ogni traccia di Caroline era sparita.

Ma è tornata presto, e in carne e ossa.

Intanto le cose mi stavano sfuggendo di mano e avevo dimenticato di comprare i limoni per la spigola ai capperi rinviata alla cena di questa sera. La mia dimenticanza ha comportato un viaggio imprevisto da Waitrose con l'intera famiglia perché, provocando l'irritazione dei ragazzi e un rifiuto inorridito di Sophie, Simon ha insistito che andassimo tutti insieme a comprare quei dannati limoni.

«È sabato», ha detto. «Non ho molti fine settimana liberi, e quindi il tempo che passiamo insieme in famiglia deve essere di qualità».

Non sono convinta che un supermercato sia il luogo migliore per passare insieme del tempo di qualità, ma quello che conta è il pensiero, ed è bello che ci voglia tutti insieme.

«Ma perché non possiamo rimanere a casa a giocare alla PlayStation?», si è lamentato Charlie.

«Perché sta distruggendo le tue cellule cerebrali. Se fai il bravo ti comprerò una rivista di calcio e Alfie potrà avere...».

«Un album dei dinosauri! Per favore, per favore, per favore, per favooore!».

Quel discorso ha fatto venire ad Alfie una voglia pazza di tirannosauro e si è messo a saltare freneticamente. Entrambi i bambini sono esageratamente eccitati all'idea di ottenere un album a testa, e si sono messi a cantilenare a voce alta. Nel frattempo Sophie è tornata di sopra e io mi sono infilata il cappotto. Mi sono messa ad aspettare Simon, e ora passeggio nel giardino davanti casa. Sto lasciando i ragazzi incustoditi in cucina con i loro iPad, cosa probabilmente un po' rischiosa, ma ho bisogno di qualche attimo di pace. Dopo aver tolto i rami secchi alle ultime rose di fine stagione accanto alla porta di ingresso, rientro con la consapevolezza che due ragazzi di sei anni possono essere fantastici, divertenti e amabili – ma anche veramente tremendi se lasciati da soli. Trovo Alfie in piedi sul bancone centrale della cucina, quello in mezzo alla stanza. Lo usiamo per preparare da mangiare, ma in questo momento per i ragazzi è diventato il palco di *Britain's Got Talent.* Questo contravviene a tutte le mie regole di igiene e sicurezza, e nel frattempo Charlie sta lanciando in faccia ad Alfie delle mele, facendogli perdere l'equilibrio: è evidente che siamo a una mela di distanza da un incidente con lesioni gravi con vittima un minore. Se non fossi entrata proprio in quel momento una mela l'avrebbe colpito dritto in testa e sarebbe caduto da un'altezza considerevole sul duro pavimento di pietra.

«Charlie, non essere così stupido!», grido forte.

«Io NON SONO STUPIDO!», ruggisce, il che costringe Simon a scendere dritto in cucina, ignaro di quello che è successo nel frattempo.

«Marianne, per favore, non dare dello stupido a Charlie», dice con evidente insofferenza, facendomi sentire uno schifo.

«È vero, hai urtato i miei sentimenti», borbotta Charlie con fare scontroso. Io voglio mettermi a urlare; lui sembra sinceramente offeso, ma potrei ammazzare Simon per avermi sminuito in questo modo, e non è la prima volta. Certo, io a volte posso arrabbiarmi, ma è solo una conseguenza del fatto che li amo e che mi preoccupo per loro. Quando Simon mi riprende davanti ai ragazzi, fanno le vittime come se avessi commesso una grande ingiustizia, mentre sto agendo esattamente come farebbe una buona madre: cerco di evitare che si facciano male.

«Mi dispiace di averti offeso, Charlie», dico, sapendo che devo farlo, anche se questo mi renderà più debole ai loro occhi. Tutto il rispetto che mi sono guadagnata andrà perso. «Era solo perché Alfie si sarebbe potuto fare veramente male...», aggiungo.

«Per piacere, smettila, mi sta venendo il mal di testa», è la brusca replica di Simon. Mi sento umiliata come se fossi la figlia più piccola della famiglia ma non mi metto a litigare. Non voglio cominciare una discussione che potrebbe durare tutto il weekend.

Entrare in auto è una tana-libera-tutti. I ragazzi se la sono cavata con poco, e ora hanno il via libera per gridare e fare a botte durante tutto il percorso. Non me la sento di intervenire di nuovo. Mi fa male la testa e sono agitata per tutto il rumore che fanno, senza parlare del rischio che si facciano male sul serio. Sussulto a ogni schiaffo che si danno, ogni gemito di dolore mi fa fare un salto, ma Simon continua a guidare come se niente fosse. Mi ficco le unghie nei palmi delle mani e guardo fuori dal finestrino le auto e i negozi che mi passano accanto cercando di mandar via il rumore dalla mia testa.

Arrivati al supermercato i tre ragazzi barcollano come zombie nel parcheggio senza sapere perché si trovino lì e cosa ci si aspetti da loro. Comprare i dannati limoni è una cosa che avrei potuto fare facilmente da sola; mi sarebbe piaciuto proprio fare un piccolo giro in città e una passeggiata in solitudine lungo gli scaffali. Avrei anche fatto tutto in modo più efficiente, molto più rapidamente e senza discutere, ma quando Simon si mette in testa una cosa non c'è niente da fare. Qualche volta mi chiedo se lo faccia apposta per farmi arrabbiare. Ma non dovrei lamentarmi. È bello che ci voglia tutti insieme – dovrei essergliene grata. Lo ricordo a me stessa solo qualche minuto più tardi, mentre con la forza separo i ragazzi che si stanno affrontando in modalità ninja nella zona agrumi.

«Uccidimi adesso», sbadiglia Sophie mentre attraversiamo il reparto di frutta e verdura. È al telefono mentre i ragazzi si sono impadroniti delle arance trasformando tutto il reparto in una zona di guerra. Sto provando a strappare dalle loro mani appiccicose le "bombe a mano" (i pompelmi) quando sento Simon dire: «Ciao». Lo dice dolcemente, e per un attimo credo che stia parlando con uno dei piccoli o forse anche con me, così mi calmo e mi giro verso di lui, confortata dalla gentilezza nella sua voce.

Ma non parla ai bambini o a me, sta parlando con una bionda sconosciuta. Che per me non è una sconosciuta. L'ho già vista in posti diversi con diversi amici. *Caroline.*

Lui sembra sinceramente sorpreso (e felice?) di vederla. «Che ci fai qui?», chiede, trattenendo un sorriso. È ovvio, o no? Sta comprando delle dannate verdure... – a meno che non stia perseguitando noi, o piuttosto perseguitando Simon. Del resto, non sarebbe la prima volta che una donna fa in modo di stargli accanto tutto il giorno. Un tempo incontravamo, sempre "per caso", Margaret, quella del bar del posto dove vivevamo prima; lei lo palpeggiava come se io non ci fossi. Io ho messo subito fine a quel giochino. Questo è il prezzo da pagare quando sei sposata con un uomo come Simon: le donne sono pronte a togliersi le mutande e a saltare in un letto con lui al primo *ciao*. La cosa mi mette in costante allarme, ed è proprio come mi sento ora, mentre osservo attentamente da dietro una parete di mandarini loro due che chiacchierano. Chiedo a Sophie di portare i ragazzi alla corsia delle riviste per scegliere qualcosa da leggere, afferro un sacco di limoni biologici, urtando e facendo quasi cadere un bambino nella fretta di raggiungere Simon per potermi intromettere, farmi vedere e impedire che venga detto qualcosa che non può essere detto.

Mi fermo in piedi accanto a lui senza dire una parola, un sorriso pieno sul mio viso. È il mio sorriso aperto e accogliente che dice che io non ho nulla da temere per il mio matrimonio. Un sorriso che mente.

All'apparenza stanno scambiando due chiacchiere di cortesia; ci sono riferimenti al lavoro, e poi generiche premesse. Simon alla fine si accorge della mia presenza e indietreggia; il suo braccio mi indica vagamente ma non mi tocca.

«Non credo che tu conosca Marianne… mia moglie».

Sto lì in piedi aggrappata con tutte le mie forze al mio sacco di limoni e al mio autocontrollo.

Ricambia il sorriso con una certa riluttanza, o forse è solo timidezza? Poi allunga la mano per stringere la mia. Il suo palmo è freddo, ma non quanto i suoi occhi.

«Lei è Caroline… una collega. Caroline Harker», dice Simon.

Provo di nuovo un dolore acuto dappertutto per il modo in cui pronuncia il suo nome.

Stasera andrà a cena da un amico, dice lei.

«Sto comprando il vino». Caroline sorride, con tutti i denti perfettamente bianchi, sollevando il cestello per mostrargli le bottiglie, come un bambino in cerca di approvazione. Intravedo un buon bianco e uno champagne costoso. Ecco qui una donna che non sa cosa sia la povertà, la disperazione… la morte, la vita vera. *Equitazione da piccola e scuole private,* penso mentre si barcamena nella conversazione, sicura di sé, ridendo apertamente quando Charlie va a sbattere sulle gambe di Simon, che è costretto a piegarle. Lancio uno sguardo a mio marito – di solito non gli piace che si rida di lui ma ora è qui a sorridere con lei mentre entrambi abbassano lo sguardo verso Charlie come se fossero i suoi genitori. Ho un improvviso desiderio di tirar via mio figlio e spaccarle in testa la sua dannata bottiglia di Sauvignon. Poi ci ripenso. Sullo scaffale in alto vedo un buon Chateauneuf Du Pape d'annata; è un rosso, l'effetto sarebbe più drammatico e macchierebbe di più.

Continuano a parlare, io sorrido e annuisco di fronte alle loro stupide chiacchiere mentre mi godo la scena della bottiglia che colpisce il suo cranio spezzando ossa e vetro, il vino che schizza scarlatto sul suo soprabito Armani rosa chiaro.

Stai attenta, Caroline, tu e i tuoi denti perfetti.

All'improvviso appare Sophie con Alfie e l'album dei dinosauri che gli avevo promesso. Lo tiene tra le mani come se fosse la cosa più preziosa che abbia mai posseduto. Sorrido, e chiedo a bassa voce notizie del tirannosauro che sta sulla copertina, sollevata dall'avere un diversivo e una via di uscita; cominciavo a sentirmi un terzo incomodo. Indico i dinosauri e fingo interesse mentre ascolto e guardo gli altri due con la coda dell'occhio. È un istinto primordiale: i miei sensi si acuiscono, il mio cuore batte freneticamente di fronte a quest'ultima minaccia alla mia sopravvivenza, la *nostra* sopravvivenza come famiglia. Ho aspettato tutta la vita di avere una famiglia mia e che io sia dannata se lascerò che se la prenda una ipocrita trentenne con uno schiocco delle sue dita curate. Sono l'unica che possa tenere insieme questa famiglia in pezzi. Magari sbaglio, lei sarà pure solo una collega, ma non posso permettermi di riposare sugli allori – non devo mai abbassare la guardia. Mi sono sbagliata in passato, ma non posso rilassarmi mai. Chi non si farebbe qualche problema a vedere la bella bionda, intelligente Caroline che lavora accanto a suo marito? Sfortunatamente questo genere di donna è il primo bersaglio di ciò che sia Simon che la mia psicoterapeuta chiamano "la paranoia di Marianne". Lei ha dieci anni meno di me, una risata squillante e un brio che nasconde il suo status di stimato membro del collegio reale dei chirurghi. *E io la odio.*

Gli indizi ci sono tutti: il sorriso imbambolato, come la guarda mentre le parla, il modo in cui lei si accarezza il collo prima di rispondere. Chiunque assistesse a questa tipica scena da supermercato del sabato pomeriggio – le chiacchiere, le risate formali, i bambini che giocano a nascondino dietro i barattoli di fagioli – non si accorgerebbe di nulla. *Ma io me ne accorgo.*

Lui la provoca su qualche dannato commento che lei ha fatto a una riunione di chirurghi e lei gli dà un colpetto con il gomito in modo scherzoso. Non solo tutto questo mi esclude ma non riesco neanche a ricordare l'ultima volta in cui Simon ha provocato me in questo modo gentile e seducente. Mi giro, posso quasi sentire nell'aria l'odore di sesso, una cosa che non mi era mai successa da Waitrose. Continuano la loro presunta conversazione su un nuovo reparto di chirurgia ma io sospetto che sia una specie di codice sessuale segreto. Mi avvicino e ne approfitto per studiare il contenuto del cestello della spesa di lei, perché un cestello della spesa può dire molto di una persona. E io voglio sapere tutto di questa donna. Un sacchetto monoporzione di insalata bio, un cestino di fragole tardive, il vino costoso e lo champagne. Niente carboidrati, niente zucchero e niente latticini. A giudicare dal contenuto del suo cestello, è una che non trae grande piacere dal mangiare. *E allora, Caroline, il piacere dove te lo vai a cercare?*

Da quando sono sposata, ho sviluppato una sensibilità particolare nei confronti delle amiche di Simon. A prima vista potrebbe essere una collega o una conoscente, la moglie di qualcuno – ma spesso ecco che vedo un'amante potenziale, a volta addirittura la sua compagna di giochetti fissa. Amica o nemica? Non sono ancora del tutto sicura della categoria in cui inquadrare Caroline, ma so che mi preoccupa profondamente. *Saranno guai.*

Alla fine lei si decide educatamente a prendere l'iniziativa. Quando due persone si conoscono bene e la terza è solo una spettatrice si genera una scomoda dinamica. Ma chi è la spettatrice, io o lei?

«Non sapevo che vivesse da queste parti», mi scappa detto durante la fase un po' imbarazzante nella quale ci dirigiamo alla cassa seguiti dal nostro riluttante entourage. Tocco il braccio di Simon mentre avanziamo: un inutile tentativo di affermare i miei diritti e allo stesso tempo di addolcire il tono accusatorio che sento nella mia voce.

«Mi dispiace che tu non lo sapessi, ma ignoravo di essere obbligato a informarti di tutti gli indirizzi privati dei miei colleghi», risponde irritato senza guardarmi.

Il mio cuore sobbalza. La leggerezza che ha caratterizzato gli ultimi due giorni è scomparsa. Tutta la felicità che era rimasta viva anche dopo la serata in pizzeria si è spezzata come un elastico troppo teso. Perché non mi va mai bene niente? Perché devo sempre rovinare tutto con le mie stupide domande gelose? Sono così dannatamente stupida e meschina – perché non posso liberarmi da tutto questo? Ma poi, ancora una volta, come posso liberarmene dopo quello che è successo?

La fila non avanza, i ragazzi si lamentano – ora hanno fame – e Sophie aggrotta la fronte guardando il suo cellulare acceso. Non ho la più pallida idea di cosa la preoccupi. Un tempo potevo metterle un cerotto sul ginocchio, darle un bacetto curativo, portarla fuori per un dolce e tutto si sistemava ma da quando è diventata grande è come se tra noi si fosse aperto un abisso e ormai ci sono momenti in cui sembra quasi irraggiungibile. Ho parecchio da fare con gli altri due (che adesso stanno facendo a botte nei pressi della cassa), ma a volta lei mi sembra perduta, e devo aiutarla a ritrovarsi.

Chiamo i ragazzi con l'intenzione di raggruppare la famiglia intorno al nostro piccolo nucleo, per tenerci uniti.

L'unione fa la forza.

Potrei anche essere una moglie cornuta, ma sono prima di tutto una madre, e inevitabilmente la mia sensibilità risente degli umori dei miei figli. Li guardo mentre stiamo in fila; sono tutto per me, e lotterò con le unghie e con i denti per la loro felicità e la loro sicurezza. Come la maggior parte delle mamme, assorbo tutti i loro odi e dolori, delusioni e amori

(Charlie odia perdere, ama il calcio e il pollo con le patatine; Alfie odia lo sport, ama i cioccolatini al latte e i dinosauri; e Sophie… cosa ama Sophie? Penso che odi mangiare ma ami molto Lana Del Rey e… tiro a indovinare, un certo Josh del corso di francese, dal modo in cui il suo nome continua a saltar fuori). È probabile che io senta ogni loro gioia, ogni gratificazione, perfino ogni piccola ferita ancor più intensamente di loro stessi. Assorbo la mia famiglia come una spugna. Non vorrei niente di diverso.

Guardo Simon, incurante dei bambini. Mi chiedo se stia pensando a *lei* e sento il desiderio di intromettermi nei suoi pensieri.

«Ma che coincidenza incontrare Caroline». Non posso mollare la presa. Devo fare una biopsia, frugarci dentro e capire se e quanto lei rappresenti un pericolo.

«Perché?». Mi sta guardando; pretende che io gli risponda. Lo domanda con un'aggressività che mi mette a disagio. Mi pento immediatamente di avere aperto bocca e cerco una risposta adeguata.

«Perché l'hai nominata per la prima volta solo l'altro giorno e… viviamo qui anche noi».

«Una coincidenza? Quindi è una coincidenza che due persone che lavorano insieme vivano anche nello stesso quartiere? Se lo dici tu».

Il suo sarcasmo mi colpisce e sono arrabbiata con me stessa per avergli fatto cambiare umore. L'unica ragione per cui siamo in questo posto è perché mi sono dimenticata di quei cazzo di limoni per cucinare la dannata spigola. Se me ne fossi ricordata non saremmo mai dovuti venire da Waitrose. E se non fossimo mai venuti qui non l'avremmo mai incontrata, e non avrei mai potenzialmente rovinato a tutti il weekend facendo a Simon domande inopportune su di *lei*. Gli lancio un'occhiata cercando un indizio; ricambia lo sguardo con fare annoiato come se mi potesse leggere nel pensiero.

«Tutto a posto?», borbotto sapendo già che non è così.

«Io sto bene. Ma sei tu che chiaramente non stai bene. Devi calmarti e smettere di fare la paranoica solo perché capita che una donna con cui lavoro faccia la spesa nel mio stesso supermercato», sibila sottovoce.

«Mi dispiace... Non volevo dire... niente di che». Ma sappiamo entrambi che invece lo volevo dire eccome. E ora l'ho davvero irritato. Ed è l'ultima cosa che intendevo fare.

Fino a poco tempo fa eravamo convinti di avercela fatta a superare i nostri problemi. Sembrava che, con il sostegno della terapia, fossi riuscita finalmente a controllare il mio comportamento ossessivo e irrazionale. E invece no, mi immagino ancora ogni specie di ridicola stronzata e mi odio perché rovino ogni momento lieto con i miei sospetti infondati. Dio, ma quando imparerò?

«Scusami, sono un'idiota», dico di nuovo, sperando di sembrare normale. *Non sono pazza. Ti prego, non pensare che lo sia. Prometto che non parlerò più di lei.*

Guardo in basso, dentro il mio cestello della spesa, mi concentro sul suo misero contenuto – quattro limoni, un album di dinosauri e una copia di «Match!». Che direbbe la mia terapeuta di questo cestino? Probabilmente alzerebbe il dosaggio dei farmaci e mi farebbe ricoverare. *Lui non ha fatto altro che incontrare per caso una collega e Marianne presume che abbiano una relazione sessuale.*

Una zuffa in corso di fronte a noi nella fila mi risveglia da queste fantasticherie. Vedo due bambini carponi che si fanno strada tra le gambe dei clienti e per un attimo mi compiaccio di non essere la loro madre – poi mi rendo conto che, invece, la loro madre sono proprio io.

Simon si piega in avanti, dà un colpetto a Charlie sulla schiena e dice dolcemente a entrambi di "alzarsi e smetterla di fare gli scemi". Lo fa con una luce negli occhi che non sfugge al cassiere, che fa una risatina mentre alza benevolo gli occhi al cielo. «A quanto pare sono nella giungla», spiega. Tenero, voce appropriata, bel viso, irradia fascino anche lì in piedi accanto al registratore di cassa. Non gli si può resistere. Luccico di disponibilità quando si gira verso di me, ancora con il sorriso sulle labbra, e di fronte a tutta la fila dice: «Cara, dovremmo proprio comprare un ponte di corda per il nostro giardino». Sono raggiante mentre vedo le altre donne in fila che guardano con invidia questo bell'uomo e padre che ho sposato. *Simon potrebbe stare con chiunque ma ha scelto di stare con me.*

«Guardano troppi programmi televisivi inadatti alla loro età», mi mormora quando siamo fuori e l'incantesimo è finito. I ragazzi nel frattempo si stanno "sparando" da dietro le auto parcheggiate.

«Gli consento di guardare solo i programmi della lista che abbiamo approvato insieme», dico sulla difensiva. «Non posso controllarli tutto il tempo. Non so cosa vedano a scuola… gli altri ragazzi…».

Mi lancia un'occhiata e io chiudo il becco. Continuiamo a camminare e decido che starmene zitta per un po' potrebbe migliorare le cose – questo è il giorno di riposo di Simon, e non ha bisogno della mia ostilità. Guardo davanti a me e il mio stomaco va in subbuglio quando vedo Caroline in fondo al parcheggio. Sta salendo su una scintillante auto sportiva, sembra una decappottabile. La immagino alla guida lungo una strada costiera deserta, i capelli al vento, il sole sulle spalle – lungo stretti e pericolosi tornanti. L'auto che sbanda… potrebbe facilmente andare giù nel precipizio, cadere per centinaia o forse, meglio, migliaia di metri giù a picco, fracassandosi sugli scogli… La devo smettere di pensare a queste cose. Non ho alcuna prova che lei sia più di una collega, tranne per il fatto che solo a vederla mi si rizzano i capelli.

La vedo partire e tiro un sospiro di sollievo, cercando di non immaginare la sua auto che si ribalta in fondo al burrone spazzato dal vento. Sembra che Simon non l'abbia vista, e se lo ha fatto non lo dà a vedere; inoltre è troppo impegnato a ordinare ai ragazzi di "camminare e non correre". Contrae la mascella per la tensione e io intravedo chi è veramente il sorridente, affascinante uomo che tutti alla cassa hanno potuto ammirare.

«Simon, loro stanno bene. Lascia che si sfoghino», dico a bassa voce.

Si volta bruscamente. «Che hai detto?»

«Hanno bisogno di correre, sono solo… dei ragazzi».

«Oh certo, allora va bene, vero? Suppongo che sia quello che dicono le madri dei ladri e degli assassini – *sono solo dei ragazzi*», dice con voce lagnosa, presumibilmente per farmi il verso. Non gli rispondo; sarebbe inutile. «Forse se stessi più attenta al comportamento dei nostri figli, invece che a quello che faccio io…», mi sibila sotto voce.

Ma non ci riesco, devo stargli addosso. Sono costretta ad ascoltare le sue telefonate e a controllare i suoi messaggi perché, se non lo faccio, tutto andrà a rotoli e la nostra famiglia scomparirà.

Capitolo quattro

La prima volta in cui mi venne il sospetto che Simon mi stesse tradendo non eravamo ancora sposati – esattamente due settimane prima del matrimonio. Era andato a bere dopo il lavoro ed era tornato abbastanza ubriaco alle 4 di notte. Ero agitata e piangevo ma lui disse che non era niente di grave, solo una serata con i colleghi che si era protratta più del previsto. Non gli credetti, e il giorno seguente in singhiozzi lo implorai di dirmi la verità. Lo *sapevo* e basta. Sfinito dalla mia reazione e dal mio rifiuto di lasciar perdere, alla fine ammise di provare un po' di panico per il nostro futuro. Descrisse una serata di bevute con i colleghi e confessò colpevolmente che si era ritrovato a parlare fino a tardi con una giovane infermiera di chirurgia. Disse che gli piaceva – ma niente più di questo – e mi giurò che non era successo niente, ma in quel momento ero talmente sconvolta che minacciai di far saltare il matrimonio. Grazie a Dio continuò a parlarmi, dimostrando di tenere davvero a me e convincendomi che stavo commettendo un errore irrecuperabile. «Mi farò perdonare ogni singolo giorno delle nostre vite», mi disse con passione. «Io ti adoro, non potrebbe mai esserci nessun'altra – mai. Sei la luna di tutte le mie stelle».

Mi sciolsi a quelle parole. Era proprio ciò che volevo sentire, che avevo bisogno di sentire. E forse, come lui stesso mi disse in seguito, avevo avuto una reazione del tutto esagerata. Però qualche volta mi chiedo se in realtà in quell'occasione io non abbia scelto di chiudere gli occhi – seppellendo quei sospetti così in profondità che ancora vivono dentro di me: il timore che potrebbe lasciarmi in ogni momento; la consapevolezza che avrebbe potuto avere qualsiasi donna desiderasse. Sento che questi pensieri pervadono ancora oggi il nostro matrimonio, erodendo il fulcro della nostra identità, modificando chi potremmo essere se solo io fossi in grado di lasciar perdere.

È una dura lotta riuscire a tenermi Simon e mettere in salvo la nostra famiglia. Non è colpa sua se deve ogni giorno misurarsi con la tentazione; le donne sono sempre cadute ai suoi piedi. Lui ha il fisico, la verve, l'intelligenza e il fascino per far sentire una donna come se fosse una dea. So cosa significa perché capitava anche a me. Anche ora, malgrado tutto quello che è successo, non so che darei per provare di nuovo quella sensazione. E nonostante quello che abbiamo passato, le cose terribili che ci siamo detti, basta una sola carezza, una sola notte per farmi ritornare dritta al giorno del mio matrimonio, prima che cominciassero tutte le nostre bugie.

Mi piacerebbe sentirmi così di nuovo, ma ho trascorso il nostro matrimonio in uno stato permanente di paranoia – in una competizione continua con commesse, bariste e perfino con le mie migliori amiche. Ho giudicato male, ho reagito in modo eccessivo, e ci sono state volte (a cui cerco di non pensare) nelle quali mi sono comportata come una belva – per dirla con Simon, "come una pescivendola" e "come una selvaggia". Abbiamo dovuto cambiare casa più di una volta, Simon ha dovuto cambiare posto di lavoro ed è tutta colpa mia. Ho perfino dei precedenti penali – chi ha mai sentito di una moglie di un chirurgo con precedenti penali? Sono soltanto un peso, è quello che dice lui, e ha ragione. Non sono la moglie che merita o la madre che meritano i suoi figli – che genere di madre fa quello che ho fatto io? Perché sta ancora con me? Amo la mia casa e la mia famiglia ma non posso godermele, perché passo le giornate a preoccuparmi di non essere all'altezza, e Simon troverà un'altra migliore di me, e mi lascerà, ed è la ragione per cui sono sempre sul chi vive. Pensavo di essermi liberata del mio demone, invece mi sta sempre addosso. E stavolta il suo nome è Caroline.

Dopo anni di terapia ero convinta davvero di aver imparato finalmente a convivere con la mia sofferenza, il mio senso di colpa e i tradimenti immaginari di Simon. Trasferirmi in questo quartiere benestante, pieno di case signorili con il doppio ingresso, è stato un bene per me, eppure sto cominciando a chiedermi se ci scrolleremo mai di dosso chi siamo e il dolore che ci portiamo dentro. Essere qui mi ricorda anche chi ero. Non è molto lontano dal luogo in cui viveva mia madre e ho trascorso un periodo della mia infanzia da queste parti – anche se dall'altra parte dei binari. Vivevo in una famiglia adottiva a pochi isolati di distanza da qui e passavo davanti a case come quella in cui vivo ora andando e tornando da scuola. Intravedevo un altro mondo e sognavo a occhi aperti la vita che poteva essere vissuta in case così belle. Sotto la luce delle lampade, nelle fredde sere di inverno, una famiglia perfetta con genitori affettuosi, il fuoco acceso nel camino, biscotti caldi per il tè. E qui, al numero cinque di Garden Close, nella nostra bella casa con il prato elegante e curato, con gli allori simmetrici ai lati dell'ingresso, cominciavo quasi a sentire che ce l'avevo fatta, che ero finalmente al mio posto. Nessuno mi avrebbe mandato via, nessuno se ne sarebbe andato – era tutto mio e io ero al sicuro. Fino a ora. Fino a Caroline.

Il nostro presente è condizionato dal nostro passato, le paure, le insicurezze – la perdita. Ma perché non posso ignorare queste nuove paure e apprezzare quello che ho? Quando in passato stavo male piantavo rose, pulivo a fondo la cucina e cuocevo grandi quantità di pane biologico per togliermi dalla testa l'amante immaginaria di Simon. Stavolta è diverso; Caroline è un'altra cosa. Non è come le altre. È qui tutto il tempo, nella mia testa, nella mia cucina, e più strofino e lucido più vedo il suo viso sulle superfici splendenti, e sento il suo profumo nell'aroma del pane appena cotto. Mi sento come se stessi per perdere ogni cosa. *Ma non mi sembrava di star meglio?*

Mi chiedo se non ho terminato troppo presto le sedute con Saskia, la mia terapeuta. Quando abbiamo deciso di trasferirci sentivo che questo grande cambiamento mi avrebbe fatto bene, e forse sarei potuta tornare a vivere senza rete di protezione – dovevo cominciare a pensare a me stessa e prendere le mie decisioni in autonomia senza doverle verificare con nessuno. *Ma ce la posso fare?* Ho imparato i suoi insegnamenti e usato gli strumenti per svoltare la giornata, sebbene qualche volta senta ancora di aver bisogno di parlare con qualcuno. «Sii positiva, Marianne», diceva lei. «Pensa a quello che hai, non a quello non hai». Bene, allora: ho una bella casa, tre figli perfetti e un affascinante e affettuoso marito che è anche un ottimo padre e lavora duro per mantenere la sua famiglia – la famiglia che ho sempre desiderato. E se mio marito ha amiche e colleghe a cui tiene? Non c'è niente di male in questo. O forse sì?

Saskia mi direbbe anche di «far ricorso alla forza dell'autostima» o qualcosa di ugualmente incomprensibile. Ma io vado al sodo, e allora mi dico che non sono brutta, che non sono stupida e che sono degna di un uomo come Simon. Lo sono. O no?

È strano adesso pensare che quando ci siamo incontrati per la prima volta io ero un fiore e il povero Simon era un casino. Aveva appena perso Nicole e non ce la faceva a star dietro alla bambina, ed era sua madre Joy a prendersi cura di Sophie – con questo intendo cha la portava e la riprendeva da scuola, assicurandosi che mangiasse per poi metterla a letto tutte le sere alle sette, in modo da non interagire mai realmente con lei. Joy era gioiosa di nome ma non di fatto: la persona più fredda e meno materna che avessi mai conosciuto. Tuttora qualche volta, quando Simon diventa cattivo, cerco di ricordarmelo. Siamo figli dei nostri genitori e benché Simon sia affettuoso e amorevole soprattutto con i propri figli, la mancanza di istinto materno in Joy deve aver avuto la sua influenza.

Dalla nostra storia d'amore si potrebbe trarre un bel film: un giovane vedovo in difficoltà incontra un ragazza frivola piena di talento e contro ogni previsione la cosa funziona. Allora vivevo a Londra e la mia coinquilina che faceva la PR mi invitò ad andare con lei alla presentazione di un libro, con la promessa di champagne gratis, e quindi io naturalmente l'accompagnai. Si presentava il memoir di un chirurgo all'avanguardia alla libreria Waterstones a Piccadilly, e poiché non conoscevo nessuno e la maggior parte dei presenti aveva superato i settanta, compreso l'"illustre" chirurgo che aveva scritto il libro, mi accomodai accanto al buffet. Stavo bevendo champagne di bassa qualità come se fosse limonata quando vidi Simon nella sezione dei "libri di medicina". I nostri sguardi si incrociarono – era l'uomo più affascinante che avessi mai visto – e quando si avvicinò e si presentò rimasi a bocca aperta. Mi piacque il suo essere così sicuro di sé, il modo in cui i folti e luminosi capelli gli cadevano sui grandi occhi blu che brillavano, dando ad intendere che sapeva come divertirsi. Io lavoravo in un'azienda di moda, lui era un chirurgo, e benché avessimo poco in comune, in qualche modo siamo andati subito d'accordo. Mi invitò a cena fuori per la sera seguente, e mangiando ostriche e bevendo champagne ci raccontammo le nostre vicende in un bar.

La storia della mia vita era davvero molto noiosa. Persi mia madre quando avevo dieci anni e una delle mie madri affidatarie notò il mio talento per l'arte e suggerì che lo approfondissi alla scuola superiore. Successivamente andai al liceo artistico e divenni la responsabile acquisti di una grande azienda svedese di moda che stava andando bene. Amavo il mio lavoro, ed ero anche brava, ma dopo essere uscita un po' di volte con Simon la mia carriera aveva smesso di essere la cosa più importante della mia vita. Prima avevo avuto solo relazioni occasionali e senza impegno, ma ecco arrivare l'uomo dei miei sogni: e non era solo gentile, divertente e affascinante, ma addirittura, dopo appena qualche settimana, mi aveva chiesto di sposarlo. Ero innamorata, non potevo credere di essere così fortunata e malgrado le mie amiche mi avvisassero che stavo correndo troppo, mi accorgevo dei loro sguardi pieni di desiderio e invidia quando lo incontravano.

Sophie aveva un evidente bisogno di amore e comprensione (non ne stava ricevendo per niente da Joy-senza-gioia), così, non appena fissata la data delle nozze, Simon scelse un nuovo appartamento vicino all'ospedale dove lavorava, e tutti e tre ci trasferimmo lì. Sfortunatamente l'appartamento, perfetto per il lavoro di Simon, rispetto al mio lavoro era troppo lontano: si trovava dall'altra parte di Londra, e così dovetti licenziarmi. Mi dispiaceva dire addio a una carriera che amavo e per la quale avevo faticato, ma di certo era importante che Simon vivesse vicino al suo posto di lavoro. Avevo sperato di poter continuare come free-lance ma il successo nel mondo della moda dipende proprio dall'essere presenti e dal partecipare a tutte le sfilate della capitale: stando fuori, nei sobborghi, non riuscivo a stare dietro a tutto. E poi ormai avevo una famiglia bella e fatta a cui badare. Simon lavorava tutto il giorno, Sophie aveva bisogno di qualcuno che si prendesse cura di lei, perciò in pochi mesi abbondonai l'idea di lavorare da casa e accettai volentieri quella nuova vita. E la prima volta che Sophie mi chiamò "mamma" mi dimenticai qualsiasi eccitante carriera avrei potuto fare nel mondo della moda. Piansi di gioia. Ero a casa.

Mi piaceva passare il tempo con Sophie. E piaceva anche a lei. Per rafforzare il nostro rapporto e riempire il vuoto lasciato dalla morte di sua madre Nicole le leggevo libri, la portavo al cinema e a fare acquisti. Condividevamo anche un hobby: mentre lei era a scuola mi ero cercata qualcosa da fare e avevo iniziato a fabbricare piccole borse a tracolla ed elastici per capelli fatti con ritagli di tessuti e cianfrusaglie. Nei weekend in cui Simon lavorava andavamo alla ricerca di bei tessuti nei negozi di abiti usati e di vecchia bigiotteria con cui decorare i nostri prodotti – inoltre, le insegnavo a cucire. Erano tempi felici e la maggior parte delle sere, quando Simon lavorava fino a tardi, ci divertivamo molto a tirar fuori idee e poi cucire – e sembrava che a Sophie piacessero le sue cuciture incerte e i terribili ma graziosi abbinamenti di colori. Avevo pensato di affittare una bancarella in città nei fine settimana per vendere le nostre creazioni, tuttavia Simon era preoccupato che "tutta quella storia" distraesse Sophie, che doveva invece concentrarsi sulla scuola.

«Sono certo, mia cara, che le borsette e tutto il resto siano belle, ma preferirei che lei si impegnasse di più nello studio», aveva detto una sera in cui era tornato a casa insolitamente presto.

Era una giusta osservazione, dovetti ammetterlo. Così proposi di continuare da sola – avevo avuto una qualche manifestazione di interesse dal mio vecchio capo, che mi aveva chiesto di mostargli le mie opere. Ma anche in quell'occasione, come Simon mi aveva fatto notare, le borse «erano appariscenti ma non erano come quelle di Chanel». «Tra l'altro», aveva aggiunto, «non è che ci guadagneresti molto. Certo, se fossi fortunata ci potresti tirar su qualche sterlina – ma quei soldi non ci aiuterebbero certo a pagare gli studi dei nostri figli». Mi era piaciuto che avesse detto «i nostri figli» anche se non ne avevamo ancora uno davvero nostro.

So che di questi tempi può sembrare una follia, ma dopo aver lottato per tutti i miei vent'anni per arrivare alla fine del mese accolsi con gioia il fatto che lui si occupasse di me. Avevo finalmente l'occasione di prendere fiato, badare a Sophie, fermarmi a sentire il profumo delle rose e stare dietro alla nostra casa, o "la casa delle bambole" come scherzando la definiva Simon. «Ti piace giocare alla famiglia felice, vero Marianne?», mi aveva punzecchiato una sera dopo una cena particolarmente buona, cucinata da me con amore. Ed era proprio vero. Certo, avevo amato la mia vita spensierata, ma ero pronta per crescere e voltare pagina. Avevo fatto un gran lavoro e mi ero data un gran daffare per arrivare fin là, ma sentivo che stare con Simon e Sophie era il vero significato della mia vita. Ora erano loro – e i nostri futuri bambini – la mia carriera, ed ero pronta a dare tutta me stessa per quella causa. Quando passi l'infanzia in affidamento e in mezzo a famiglie adottive, non dai niente per scontato; e tutto quello che avevo sempre desiderato era essere inclusa nel progetto di vita di qualcuno che si prendesse cura di me.

Mi sentivo come se fossi merce avariata, ma Simon mi aveva preso a bordo, trascinandomi via dalla vita notturna, dai viaggi, dal vino e dalla droga – la ricerca senza fine di qualcosa che placasse la tristezza tremenda che mi pesava sul cuore. Mi aveva portata dritto nel suo letto facendomi sentire la più bella ragazza del mondo, mi aveva aiutato a dimenticare la vacuità e i drammi del mio passato e mi aveva offerto un nuovo radioso futuro. Lui era l'inizio di tutto; mi condusse in un mondo nuovo e perfetto, un sogno che mi sembrava non potesse accadere mai – e per la prima volta mi sentii come avevo sempre desiderato sentirmi: proprio come tutti gli altri.

La nostra prima vacanza estiva la passammo nel soleggiato Dorset, dove lui era cresciuto. Sua madre ancora possedeva lì una casa di vacanza, e passammo le giornate tra picnic sulla spiaggia, grandi distese verdi, fuochi all'aria aperta nelle sere più fredde e marmellata e focaccine all'ora del tè. Era tutto fantastico, il genere di vacanza di cui avevo letto e sognato fin da piccola e che non avevo mai avuto. Sfortunatamente sua madre si unì a noi per qualche giorno e provò per me un'avversione immediata, perché non avevo fatto le scuole giuste e a quanto pareva non sapevo come ci si comporta in società.

Era sconvolta, e mise in chiaro che io non ero all'altezza di suo figlio. Ma io ero talmente felice che non me ne importava niente. Ero innamorata; e anche lui. E avevamo un segreto – ero incinta.

Mentre penso a quell'estate piena di speranze, ai tempi in cui avevamo tutta la vita davanti, sul tavolo della cucina il suo cellulare si illumina. Ho da poco smesso di ficcare il naso, ma c'è qualcosa nell'aria, e sento che è un messaggio di Caroline. Lui è al piano di sopra e pur sapendo che non dovrei mi avvicino, dando un'occhiata alle prime righe. È un certo Roger – ma non ci credo neanche per un attimo: so che il messaggio lo manda lei.

Capitolo cinque

Non resisto: mi chino sul cellulare, con il terrore che Simon possa arrivare da un momento all'altro.

Che ne dici di domani sera? Puoi dirle che sei…

Non riesco a vedere il resto del testo. E non posso sbloccare il cellulare perché ha il touch ID e io non conosco il codice di accesso. È così frustrante, e terribilmente ipnotico. Anche se potessi sbloccarlo non lo farei, perché alla fine si accorgerebbe che ho letto il messaggio.

Non è la prima volta che mi capita di convincermi di una sua relazione solo per via di un messaggio letto a metà sul cellulare. L'anno scorso mi sono trovata in una situazione simile: «Tu conosci bene il cuore…», diceva il frammento di messaggio. Disperata, pensai subito che si vedesse con qualcun'altra, ma non sapendo di chi si trattasse ed essendo fuori di me mi sentii obbligata ad aprire il messaggio. Non potevo lasciar perdere. Tentai con le date di nascita dei figli e dopo un paio di fallimenti indovinai il codice: la data in cui Simon aveva ottenuto la specializzazione – sapevo che era uno dei giorni più importanti della sua vita. Sbloccai il cellulare con le lacrime agli occhi, odiando me stessa e il fatto che ancora una volta stessi toccando il fondo. Ma malgrado il disprezzo per me stessa e il senso di colpa, cliccai sul messaggio, preparata alla marea di dolore che stavo per infliggermi. «Tu conosci bene il cuore *del mio paziente*», diceva la prima riga. Solo tre parole, *tre* meravigliose parole avevano trasformato un messaggio d'amore in un semplice consulto medico. Ovviamente mi ero completamente sbagliata. Avrei dovuto saperlo e *avrei dovuto fidarmi di mio marito.*

Ricordo che cominciai a ridere come una pazza mentre leggevo il messaggio, che in realtà riprendeva un precedente scambio sulla procedura da seguire con il paziente in questione. Piansi di gioia, sebbene fossi preoccupata. Simon si sarebbe accorto che avevo controllato il suo telefono aprendo un suo messaggio privato. Sapevo che l'informazione era delicata e importante, ma cancellai lo stesso il messaggio. Mi sentii costretta. Era pura follia: preferii occultare la comunicazione e rischiare che qualcuno subisse dei danni gravi piuttosto che confessare a Simon di aver sbirciato nel suo cellulare. Non riuscii a perdonarmelo, e dopo due giorni di tormento glielo confessai. Comprensibilmente si arrabbiò molto, sostenendo che a causa mia non era stato in grado di intervenire sulla base della segnalazione del collega e che il paziente era morto.

«Lo avrai sulla coscienza per sempre», aveva aggiunto mentre singhiozzavo sommessamente, disgustata da me stessa e da come, mossa dalla mia paranoia e malvagità, avevo praticamente ucciso un uomo.

Piansi per settimane. Non riuscivo a perdonarmi per quello che avevo fatto e l'odio per me stessa non era mai stato tanto forte – come del resto diventò forte il dosaggio dei miei farmaci. Poi un giorno, di punto in bianco, Simon venne a dirmi che il paziente non era morto, sebbene il mio "gesto incosciente ed egoista" avrebbe *potuto* comportare che morisse.

«Ma allora mi hai mentito», gli risposi piangendo.

«Solo una piccola bugia, fatta per il tuo bene – per darti una lezione», aveva detto. «Non ti permettere mai più di interferire con il mio lavoro. Sono ancora colpito da quello che hai fatto, Marianne. Credo di non potermi più fidare di te, di mia moglie», disse lasciandomi lì impalata, in castigo come un bambino.

Perciò, dopotutto, non avevo la responsabilità della morte

di un estraneo. Però la sua delusione nei miei confronti mi feriva lo stesso come un coltello.

Dopo quell'episodio Simon cambiò il codice di accesso del telefono e tutte le password sul computer per impedirmi di entrare. Non lo biasimo, e ne sono felice, perché non sono sicura che non potrei trattenermi dal guardare.

Non posso fidarmi di me stessa.

So che dovrei tenermi lontana dal suo cellulare che sta ancora lì, di fronte a me, a tentarmi. Dovrei avere fiducia in mio marito perché mi ama – ma non posso, perché quello che sto immaginando minaccia la mia stessa sopravvivenza. Tutte le pillole del mondo non possono darmi la tranquillità a cui anelo. Non posso rilassarmi finché non so cosa sta succedendo. Anche se la parte razionale di me dice che potrebbe essere un innocente messaggio tra colleghi, l'altra parte, quella folle, mi urla che si tratta di qualcos'altro.

Allungo la mano per prendere il telefono proprio mentre Simon appare sulla porta. Ha appena letto ai bambini una favola per addormentarli e sta sorridendo per qualcosa che ha detto uno dei due. Rido nervosa e lui mi si avvicina, mi bacia sulla guancia e tutto di colpo torna a posto. Respiro profondamente e mi lascio andare tra le sue braccia. Sono patetica. Devo smetterla di tormentarmi per delle sciocchezze, perché ne sta risentendo di nuovo la mia salute mentale, per non parlare della nostra relazione.

Lui mi bacia sulla nuca, mormorando dolci frasi. Ecco, se solo ne avessi bisogno, la prova che mio marito non ha una relazione passionale con una collega. Non è vero nulla, è solo un messaggio – vorrei lanciare quel dannato telefono dall'altra parte della cucina e mandarlo in frantumi sui banconi appena comprati, ma mi ficco le unghie nelle mani e cerco di rilassarmi appoggiata a lui.

Alla fine si sposta, e mentre torno al forno e giro il sugo per la pasta lo vedo andare verso il telefono. Mi giro ignorando la pentola che bolle e gli lancio uno sguardo per vedere se sta rispondendo al messaggio, ma lui posa il cellulare con cura e comincia a sfogliare la posta arrivata oggi.

«Sto preparando la tua pasta preferita», dico, sperando che la cantilena familiare della mia voce possa addolcire ogni cosa, come se stessi spruzzando per tutta la stanza un deterrente anti Caroline. «Dici sempre che il sugo al pomodoro ti ricorda quella vacanza a Sorrento. Son passati dieci anni ormai», continuo, e mentre ricordo faccio un sorriso girandomi verso di lui. «Ti ricordi quanto faceva caldo quell'estate? Ero incinta di...», e mi fermo.

«Certo, amo l'Italia». Sorride assente mentre scorre l'estratto conto della carta di credito e la mia voce cinguettante gli volteggia intorno. Non mi sta ascoltando ma è accigliato per qualcosa che ha a che fare con il conto della carta e io mi sento un po' a disagio. «Hai per caso comprato dei fiori, Marianne?»

«Sì... sì. Volevo dirtelo, sono stata alla tomba di mamma, ho messo qualche rosa là per il suo anniversario».

«Avresti dovuto ricordarmelo; sarei venuto con te. L'anniversario ti rende sempre piuttosto...».

«Va tutto bene... Ce l'ho fatta», dico prima che lui aggiunga altro. Mia madre è stata sempre una questione controversa tra noi – solo nominarla può far riaffiorare tutto ciò che cerco di reprimere prima che prenda il sopravvento su di me. Istinto di conservazione, immagino. La madre di Simon è morta due anni fa e lui non ne ha parlato neanche una volta, persino il giorno dell'anniversario. So che non erano molto legati ma lei, dopotutto, era sua madre. Immagino che ciascuno abbia il suo modo di elaborare il lutto.

Vorrei che il mio dolore non fosse così struggente – così stratificato, così duraturo. Giro il sugo e vedo acqua rossa, stracci bianchi macchiati di sangue. Il messaggio sul suo cellulare mi ha turbato e stringo gli occhi per non vederlo, quel sangue.

Simon si siede all'isola e si appoggia al piano di lavoro in marmo Calacatta Oro: l'architetto ci aveva assicurato che avrebbe messo in risalto le nitide linee dei mobili in legno di quercia europea ecosostenibile.

Non mi frega niente da dove viene questo cazzo di legno. *Voglio sapere se vai a letto con lei.*

Do una rapida occhiata mentre allunga la mano per prendere il cellulare e apre il messaggio. L'aria è intrisa di vapore e di odori italiani ma tutto quello che provo è paura e dolore.

«Oh... sembra che domani farò tardi al lavoro», dice.

Butto la pasta nell'acqua che bolle, sono rimasta senza parole. Il silenzio aleggia nell'aria tra noi, pesante e profumato. Alla fine riesco a rispondere.

«Oh. E perché farai tardi?»

«Cosa intendi con *perché*?», sbotta lui, e io sono consapevole di essere sul punto di rovinare una bella serata perfetta.

«Volevo solo dire... c'è forse un'emergenza?», faccio, provando a sembrare interessata ma non troppo.

«Un'emergenza? È improbabile, no? Se lo fosse, non interverremmo ventiquattro ore dopo, non ti pare?», borbotta mentre prende una bottiglia di rosso e apre il cassetto alla ricerca del cavatappi.

«L'ho messo là sul tavolo della cucina», gli dico. Provo sempre ad anticipare ogni suo desiderio. Un'amica di dove abitavo prima mi prendeva in giro dicendo che sembravo uscita dalla "Fabbrica delle mogli", ma non è vero, non sono così efficiente. È solo che Simon fa un lavoro impegnativo e l'ultima cosa di cui ha bisogno, dopo una giornata passata in chirurgia a operare a cuore aperto, è perder tempo per un dannato cavatappi. Ma stasera sembra che ne abbia, di tempo.

«Francamente, Marianne, tu sai quanto sono sotto pressione. Sto lavorando duramente per diventare primario. Oggi ho avuto un colloquio veramente difficile con il professor Cookson. Non sono il solo che ambisce a quella carica, lui ci sprona a gareggiare senza esclusione di colpi e ora che sono a casa tu, con tutte le tue domande, aggiungi alla mia situazione di stress la tua *perenne* diffidenza... che mi sta facendo impazzire!». E picchietta il dito su una tempia per rappresentare la follia. La *mia* follia. Ha la faccia rossa, arrabbiata e risentita, e provo sollievo quando afferra il cavatappi: se non altro ora ha le mani occupate. Spingendo forte la spirale di metallo nel sughero morbido e flessibile mi fissa fino a quando il tappo non esce; dopo un morbido *pop* si versa un abbondante bicchiere di vino.

«Ne prendo uno anch'io», dico con falsa allegria, fingendo che vada tutto bene. *Forse se continuo a far finta che non ci sia nessun problema, le difficoltà spariranno da sole?*

Guardo il suo cellulare ancora posato sul tavolo – non posso farne a meno. Non voglio rimuginare dentro la mia testa su quel dannato messaggio come se fosse un cruciverba. Ma so che lo farò. Devo risolvere il rompicapo, trovare la risposta alla mia domanda. Sono in balia della mia mente malata. «Che ne dici di domani sera? *Puoi dirle che sei...*». Che cosa? Sul punto di lasciarla? Che non sei più innamorato? *Cosa dice il resto di quel fottuto messaggio?*

Non mi ha versato il vino, perciò mi avvicino. Se ne sta in piedi con il bicchiere in mano. Mi servo.

«Sei sicura di poter bere vino?», mi chiede come se fossi una bambina.

Annuisco mentre mando giù. «Sto bene, non ho ancora preso neanche una pillola, oggi». Lascio che il caldo liquido rosso mi riempia la gola e mi lenisca l'anima, e appena lui si gira ne prendo un altro sorso, più grande.

«Non hai ancora preso nulla?». Non riesce a crederci.

«No, mi piacerebbe interrompere per un po' la terapia. Mi sento abbastanza bene, Simon».

Sto molto meglio – ora mi ami?

Ma lui si spazientisce e ha l'aria preoccupata. «Marianne,

dovresti prendere le tue medicine. Non si scherza con queste cose. Lo sai cosa ti succede quando non le prendi».

«Sì, ma quando non le prendo mi sento meglio, più vigile… più…».

«Più cosa? Matta? Psicotica? Paranoica?».

Ci resto male. Non so perché; non è la prima volta. Conosco la mia situazione ma il suono di quelle parole rende tutto ancora più reale.

«Odio davvero sentirmi come se stessi sguazzando nell'ovatta tutto il giorno», mormoro, tornando alla sicurezza che mi dà mescolare il sugo. Vorrei mandar giù quella dannata bottiglia tutta di un sorso. Prendo fiato e mi volto per parlargli. «Voglio stare meglio, Simon. Di solito la sera prendevo i 30 milligrammi giornalieri e andavo a letto tramortita, ma perlomeno il giorno dopo stavo meglio. Ora che il dottor Johnson ha alzato la dose a 45 mg, credo che sia troppo».

«Oh, non hai tutti i torti, chi meglio di te può sapere qual è il dosaggio giusto? Dopotutto hai passato anni e anni a studiare medicina», mugugna con sarcasmo.

«Non fare così, Simon, sai cosa intendo… Te l'ho già detto, barcollo tutto il giorno. Con 45 milligrammi ogni cosa mi appare confusa».

«Ma non ti rendono più tranquilla?»

«Sì, credo che tu abbia ragione. Ma insieme alla sensazione di torpore mi vengono pensieri indesiderati… e trovo tutto così fastidioso. Simon, io *voglio* essere presente a me stessa… *voglio* essere una brava moglie e una brava madre», aggiungo, sperando che proverà almeno a vedere le cose dal mio punto di vista.

Ma non alza nemmeno gli occhi dal suo cellulare. «Brava moglie e madre? È un po' tardi per questo, non credi?».

Comincio a piangere in silenzio sul sugo che sta bollendo.

Alla fine Simon si rende conto che sono sconvolta e mi si avvicina. «Mi spiace, non intendevo *quello*», dice, e di nuovo sento l'intensità della sua riprovazione per quello che è accaduto parecchi anni fa. «Stavo parlando del modo in cui cominci... ad agitarti... quando non prendi i farmaci», sta dicendo. «Non si tratta di te, Marianne. Devi tener conto che hai una famiglia – che effetto pensi che facciano i tuoi "episodi" sui nostri figli sopravvissuti?»

«Non... non... Simon...». Sono di nuovo sul punto di piangere e lui si rende conto che è molto probabile che io possa avere un attacco isterico, se non la smette.

«Pensi sempre che stia dicendo una cosa quando invece intendo tutt'altro», sbotta. «Devi davvero smetterla di saltare subito alle conclusioni, Marianne. Mi dispiace che ora tu sia sconvolta, ma devi rimetterti in sesto per il bene di tutti noi».

Mi volto verso di lui, il viso pieno di lacrime. Non è questo il modo in cui speravo che le cose sarebbero andate con la mia pasta alla marinara. Puntavo a evocare i ricordi di Sorrento e i sorrisi amorevoli, non a singhiozzare e a far sgocciolare le mie lacrime nel sugo.

«Mi spiace, scusa». Lui alza le mani in segno di resa. «È... ho aspettative troppo alte su di te e... non dovrei perché tu non stai bene, ti senti poco bene, mia cara», aggiunge con più dolcezza.

Io non mi "sento poco bene", e infatti fino a quando lui non ha nominato solo qualche giorno fa la parola che comincia con la C (Caroline), mi sentivo alla grande – mai stata meglio. Mi ero messa tutto alle spalle, stavo voltando pagina e Simon e io stavamo cominciando di nuovo a essere in sintonia. Ma il passato è tornato violentemente nel presente e ora mi vortica intorno come acqua torbida sotto i piedi. So che non vuole farmi del male, sono solo ipersensibile – ma forse mi sentirò sempre "poco bene", e non mi sono mai sentita davvero meglio se non facendo finta. Dovrei seguire il suo consiglio e rispettare le dosi prescritte della terapia.

Dieci anni fa il mio medico di base mi prescrisse per un

periodo degli antidepressivi, ma in poco tempo ne diventai dipendente, e io e Simon che io ci preoccupammo per le reazioni che avevo quando smettevo di prenderli. I miei livelli di ansia schizzavano alle stelle e così andammo insieme dal mio medico. Simon suggerì che forse avevo bisogno di qualcosa di più forte che potessi prendere per un lungo periodo. Questo è successo anni fa, e benché abbia avuto i miei momenti difficili, nel complesso sono rimasta sempre relativamente tranquilla. Il recente incremento della dose, invece, mi ha mandato fuori controllo. Forse è il prezzo da pagare perché io non impazzisca e non compia gesti folli?

Dovrei essere ragionevole e tornare a prendere le medicine – non vogliamo che accada quello che è successo l'anno scorso. Sono maledettamente fortunata ad avere un marito che si prende cura di me, che mi resta vicino dopo tutto quello che è successo. Simon più di una volta ha dovuto raccogliere i cocci lasciati dai miei disastri. Mi stava parlando proprio l'altra sera di un suo collega che ha mollato la moglie per una donna di dieci anni più giovane perché lei si era lasciata andare. È una cosa che mi ha fatto riflettere – io ho fatto molto più che lasciarmi andare e lui è rimasto ancora con me, fino a oggi. Lui ha la pazienza di un santo e il minimo che possa fare è prendere le pillole e rendere la sua vita un po' più sopportabile. Devo rigare dritta, tenermi tutto dentro e non perseguitarlo con le mie stupidaggini. Non posso dargli il pretesto per lasciarmi, non potrei sopportare di perderlo.

All'improvviso il tegame con l'acqua per la pasta comincia a traboccare e bolle schiumose cadono sui fornelli. Grido e afferro il manico, ma mi scotto. Mi metto a urlare per il dolore, e invece Simon non fa una piega, si limita a mandare giù un lungo sorso di vino.

«Dici sempre di voler essere una brava madre e una brava moglie e non sai nemmeno far bollire l'acqua per la pasta», dice con durezza e scuote la testa con fare incredulo, poi distoglie lo sguardo, non più in grado di sopportare la donna tutta sbagliata che gli sta di fronte. Una donna tutta sbagliata in una cucina che non merita, in una vita di cui non è degna.

«Mamma, stai bene?». Subito Sophie mi è accanto, mi mette la mano sotto l'acqua fredda del rubinetto mentre lancia al padre uno sguardo che potrebbe ucciderlo.

«Sto bene, cara», dico, grata per la sua gentilezza, commossa dalla sua sollecitudine. Partirà per l'università alla fine della prossima estate e mi chiedo che vita sarà la mia senza di lei.

Mi tampona la mano ustionata con un tovagliolo pulito e Simon continua a giocherellare con il telefono. Sta probabilmente inviando un messaggio a Caroline per organizzare la loro serata intima di domani sera, dicendole cosa le farà sul grande letto di ottone di lei (oh, ovviamente l'ho visto – su Instagram ha una foto in posa sul letto. Tento di non lasciarmi ossessionare, ma non posso fare a meno di continuare a pensarci, a quella foto, tanto dolorosa da vedere).

Quando Sophie torna finalmente al piano di sopra, al suo mondo virtuale, apro senza farmi notare lo sportello dell'armadietto e allungo la mano dietro i barattoli di salsa di pomodoro. Vedo Simon che mi guarda mentre apro il flacone di Mirtazapina.

«Prendine il dosaggio giusto, non fare la tirchia», dice continuando a cliccare velocemente sul cellulare.

«Voglio solo non sentirmi così stanca», sospiro, più a me stessa che a lui. «Consumano tutta la mia energia. Non lavoro più a niente da una vita».

«Lavoro?»

«Mi riferivo alle mie borsette».

«E che grande perdita per il mondo delle *borse fatte a mano* sarà mai». Dice borse come potrebbe dire *merda.*

Non ribatto. È inutile. Avevo talento nel lavorare con le stoffe e con i colori – mi piace pensare che ne sarei ancora capace – ma non è un talento che Simon considera degno di valore, probabilmente perché il suo, di talento, è basato su dati scientifici. Non ha mai capito l'utilità della moda o del design e, benché quando ci siamo conosciuti aveva detto che ammirava la mia grinta, non credo che abbia mai capito veramente il mio mondo. Troppo lontano dai suoi interessi. «*Vive la difference!*», diceva. «Rende il nostro rapporto più eccitante». Un anno dopo il matrimonio ho dato alla luce la nostra bambina e non ho più avuto bisogno di creare alcunché – avevo una vita piena che spegneva ogni mia possibile aspirazione nel campo del design, anche solo come passatempo.

Avevo tanto desiderato di diventare mamma, di tenere quella bambina tra le braccia, ma le cose che desideri non sempre si realizzano. L'intera esperienza della maternità mi aveva colto di sorpresa. Ero così sopraffatta dall'amore per la mia bambina che perfino Simon era passato in secondo piano. Ero esausta, e per lui non rimaneva niente. Infatti – e trovo molto difficile tornare a questo pensiero – a causa della mia trascuratezza, mio marito cercò conforto nella compagnia di un'altra donna.

Lo venni a sapere da un amico, quando Emily aveva appena qualche mese. L'avevano visto mano nella mano con una donna in un ristorante del luogo; non aveva nemmeno avuto la decenza di essere discreto. Quando lo affrontai disse che lo aveva fatto di proposito perché lo scoprissi, che era solo una passione passeggera e nient'altro. Anzi, era un sollievo che lo fossi venuta a sapere. Per me, invece, non era un sollievo ma un'atroce sofferenza. Prima che ci sposassimo, mi aveva giurato di non essere *quel* genere di uomo: che per lui "per sempre" significava "per sempre", non poteva neanche immaginare di vedersi con un'altra. Come avrei mai potuto tornare ad avere fiducia in lui?

Indebolita dalle notti insonni, dall'aumento di peso per la gravidanza e dalla sensazione che non avrei mai smesso di essere una neo mamma, alla fine accettai quel che era accaduto.

Volevo solo tenermi mio marito, e far restare unita la mia famiglia: se questo significava perdonare e dimenticare, dovevo farlo. E non si trattava di sesso. Secondo Simon non c'era stato niente tra loro – al massimo ci aveva pensato, ma disse che non aveva fatto nulla per ferirmi. Perciò lo perdonai anche per averci solo *pensato*. Non so sinceramente cosa avrei fatto se avesse confessato una relazione in piena regola. Mi piace pensare che ce l'avrei fatta ad andarmene, ma a quell'epoca non riuscivo a immaginare niente di peggio che rimanere senza di lui. Poi qualcosa di peggio è accaduto. La mia mente sconvolta fa ancora fatica a tornare a quello che successe, a quei giorni bui e solitari di sfinimento e al senso di pesantezza per l'allattamento. Cerco di dimenticare, ma la mia terapeuta e Simon non me lo consentono. Saskia disse che affrontare quanto era successo mi avrebbe aiutato a guarire e andare avanti, che è la stessa ragione per cui Simon ogni tanto prova a farmene parlare. Ma riesco a malapena a dire il nome della bambina e mi tappo le orecchie quando lo dice lui. E quindi devo andare in terapia.

Per riuscire ad arrivare a fine giornata quando i bambini sono a scuola, qualche volta provo a evitare il dosaggio extra. Non sempre funziona. Qualche volta ne ho bisogno – chissà cosa farei se non prendessi le pillole. Ma nei giorni buoni posso mantenermi tranquilla facendo borsette con i ritagli delle stoffe, come facevo un tempo. Recentemente ho fatto una borsa a tracolla per il compleanno di Jen, usando ritagli di seta e velluto blu notte punteggiati con piccole stelline d'argento. Gliel'ho consegnata alla cena del suo compleanno – una delle poche occasioni conviviali a cui Simon e io abbiamo partecipato qui. Jen era molto felice. Stringeva la borsetta al petto dicendo che era la cosa più bella che avesse mai visto. Tutti l'hanno ammirata, alcune delle sue amiche mi hanno chiesto perfino di farne delle altre per loro, e mi ricordo di aver guardato Simon che si era girato verso di me, con la bocca aperta e un boccone di pane che non riusciva a mandar giù, in attesa della mia risposta.

«No, sono troppo occupata con le faccende di casa», ho mentito.

Scegli bene le tue battaglie.

Devo ammettere che fare la borsetta e donarla a Jen mi ha reso felice come non mi accadeva da tempo. Malgrado quello che ho detto di fronte a Simon, a proposito dei miei impegni, avrei voluto fare di più e ho preso in considerazione di creare una pagina Facebook per provare a venderle. L'ho detto a Simon qualche giorno dopo ma, come mi ha fatto notare, dove mai avrei trovato il tempo con tre figli, una casa enorme e un marito super impegnato?

Ovviamente aveva ragione lui: sarebbe stupido passare tutto quel tempo a cucire per pochi spiccioli quando potrei utilizzare il mio tempo in modo più fruttuoso. Ma mi è piaciuto fare quella borsetta per Jen, e mentre ci lavoravo riuscivo a dimenticare di essere malata e a prendermi una pausa dall'acqua torbida che mi gira vorticosamente intorno, ancorandomi da qualche parte tra le stelline del tessuto. Anche soltanto per qualche ora.

Adesso mi rendo conto che non è questa la risposta, è solo una toppa temporanea che non funziona sul lungo periodo. Tornerò al dosaggio più alto per impedirmi di rimuginare su tutto. Ho capito che non riesco a controllare me stessa con la stessa efficacia con cui possono farlo le medicine. Ma posso aiutarmi. Mi riprometto di non pensare a Caroline. Smetterò di controllare ogni minuto i suoi strumenti di comunicazione e di immaginare ogni genere di scenari ridicoli. Ho anche fatto voto di non mettermi in nessuna situazione che possa causare problemi a me o a quelli che amo. Sono davvero ottimista. E cerco disperatamente di non crollare.

Capitolo sei

I giorni che seguono li trascorro a tentare di raggiungere uno stato d'animo più sereno. Purtroppo, malgrado l'aumento del dosaggio della terapia, Caroline continua a mostrarmi il suo brutto muso. Non riesco a tenerla lontana neanche con i 45 mg di Mirtazapina. La vedo da Waitrose, al bar Costa che sorseggia un latte macchiato, immagino perfino di vederla nell'ufficio di Simon quando passo davanti all'ospedale, cosa che qualche volta mi capita. Ma lo so che quella non è Caroline, è solo colpa delle medicine.

Mi sento come sull'orlo di un precipizio. Cadrò da sola o verrò spinta? Devo restare al sicuro, mantenere la mente concentrata, non uscire dalla retta via, non provocare di nuovo il caos. Quindi, escluso il tragitto per andare e tornare da scuola, resto a casa e faccio la spesa online, così evito Waitrose, Costa e Caroline. Tengo la casa perfettamente pulita, mi occupo del giardino e cucino per Simon e i bambini. Tirando fuori le ricette dei suoi piatti preferiti, mi torna in mente come cucinavo per lui nei primi tempi. Sophie al sicuro, rimboccata nel suo letto, il vino che scorreva. La maggior parte delle notti, sesso dopo cena. Sfoglio ricette per cene alla francese in famiglia, soufflé da sbavarci sopra, ricordo la consistenza della *steak tartare*, il gustoso sapore delle cremose patate all'aglio alla *dauphinoise*. E mi viene in mente che, se rivoglio il Simon di un tempo, devo tornare a essere la Marianne di allora.

Perciò nei giorni successivi mi impegno metodicamente per rimettere in sesto la mia mente e il mio matrimonio, e per rivivere qualcuno di quei momenti romantici. Setaccio i libri di cucina di Julia Child ed Elizabeth David alla ricerca delle ricette migliori, le più impegnative e le più gustose. Preparo i loro complicati piatti francesi e mediterranei che richiedono ore, esaurisco le scorte, stendo a strati i diversi sapori e in questo modo resto concentrata per tutto il tempo. Faccio la pasta in casa, come una volta, e riempio la casa dell'aroma caldo dei panini tostati alle erbe da abbinare a stufati gustosi. Cucinare è un'attività creativa ed è una delle poche cose che so fare bene – Simon ha sempre apprezzato il mio cibo e io voglio nutrirlo e renderlo felice come facevo una volta. Non avrò fatto una brillante carriera nel campo della chirurgia e non avrò capelli biondi con un taglio perfetto, ma posso certo battere Caroline in cucina. *Lui si stancherà presto delle tue labbra morbide e del tuo sculettare, Caroline, mentre il mio pane lievitato al naturale e il mio brodo continueranno a fargli perdere la testa.*

Lavoro duramente per essere certa che la cena sia pronta nel momento in cui lui varca la porta di casa, i bambini hanno già fatto il bagno e sono a letto e io ho già preso le mie pillole. Per tutto il giorno mi sento stanca morta e il più delle volte vado con il pilota automatico, a testa bassa, determinata a proteggere il mio matrimonio e la mia vita – non posso consentire che Caroline o anche solo l'*idea* di lei espugni il nostro castello.

Questo non è il mio primo rodeo. Siamo stati costretti a traslocare tre volte a causa della mia malattia e l'ultima volta ci siamo traferiti qui. Ma Caroline è diversa. Mi irrita anche più delle altre. Lei è molto di più – una collega, alla sua altezza, una pari grado, con cui può condividere opinioni e problemi. Caroline è degna di lui. Simon potrebbe andare a casa sua e parlarle della sua giornata e lei capirebbe, perché deve affrontare le stesse sfide. Caroline saprebbe come comportarsi alla festa di Natale del reparto di chirurgia. Non mischierebbe pillole e gin e non accuserebbe la prima che capita di fare sesso con suo marito. Non brucerebbe la cena, non lascerebbe i gemelli in un'auto infuocata, non scriverebbe oscenità sulla pagina Facebook di un'altra donna e non si strofinerebbe la pelle con il disinfettante così forte da farla sanguinare. Sì, lei è tutto quello che io non sono. Questa è una *vera* minaccia – e sospetto che lei non sia solo un diversivo, come pensavo che invece potessero essere l'infermiera, la barista, la migliore amica o la madre dell'amica di Sophie.

Simon dice che la sua prima moglie, Nicole, era una cuoca addirittura straordinaria; e io mi sento addosso tutto il peso della sua eredità, in aggiunta a quella di tutte le donne che mi sono immaginata. Per me è solo l'ennesimo pretesto tra i tanti per aspirare ancora di più alla perfezione, per non scivolare e poi cadere e schiantarmi sulle rocce sotto di me. Simon sottolinea spesso anche che era una moglie e madre a dir poco meravigliosa, e io so benissimo che non sarò mai alla sua altezza – come potrei, del resto? Lei era perfetta. Nicole ora è un angelo, mentre io sono solo una semplice mortale con tutte le colpe che ne conseguono, come Simon spesso ha una gran voglia di ricordarmi. Perciò, spronata dalla sfida a essere la moglie "migliore", oltre ai sovrumani risultati che ottengo in cucina, non alzo mai la voce, non faccio domande indiscrete e non tiro fuori accuse assurde. Strofino continuamente tutte le superfici con detergente antibatterico, passo lo shampoo secco su ogni tappeto e pulisco a fondo ogni stanza della casa. Qualche volta mi alzo perfino dopo mezzanotte per pulire il pavimento della cucina, così nessuno ci passerà sopra. Mi capita di sedermi nella semioscurità ad ammirare tutta questa perfezione nella quiete delle prime ore del mattino. Le mie superfici incontaminate da piedi o mani umane – ogni cosa è perfetta. Ma nulla dura per sempre e presto riappaiono le impronte sporche che offuscano la brillantezza, rompendo la perfezione, e mi sembra di dover combattere in ogni momento per tenere tutto sotto controllo.

Oggi dopo scuola i ragazzi hanno lezione di francese, e Sophie sta studiando in camera sua al piano di sopra. È tesa per l'esame di maturità e l'aver dovuto cambiare scuola all'improvviso all'inizio dell'anno non l'ha di certo aiutata. Simon dice che se si diploma con il massimo dei voti le comprerà una macchina, ma come ho fatto notare deve prima superare il test per la patente. L'esame di guida e ottimi voti: due sfide molto impegnative, e mi sembra che lei sia troppo sotto pressione. Ho suggerito che potrebbe prendersi un periodo di riposo, un anno sabbatico prima dell'università, ma Simon non vuole neanche sentirne parlare. Dice che un anno di riposo va bene per "i mocciosi viziati" e che lei deve "darci dentro"; è il consiglio giusto, credo, ma a volte, quando vedo l'espressione corrugata di Sophie e il suo sopracciglio sollevato mi chiedo quanto sia ragionevole costringerla ad andare all'università a diciotto anni, solo perché è la cosa più produttiva.

Andrà Jen a prendere i ragazzi e Oliver, quindi ho un'intera preziosissima ora tutta per me. Ho pulito tutto quello che mi è capitato tra le mani, ho un arrosto nel forno per cena e mi chiedo come usare al meglio questo tempo senza interruzioni. Odio non fare niente – mi costringe a pensare, a ricordare. *Non voglio ricordare.* Dovrei cominciare una nuova borsetta? Mi piacerebbe ma Simon si potrebbe irritare, se una volta tornato a casa mi trovasse a "ciondolare" in quello che io chiamo scherzando "il mio ufficio" e che è praticamente un angolo della lavanderia.

«Cucire borsette non contribuisce in alcun modo alla vita di casa», ha osservato Simon l'ultima volta che mi ha sorpresa a lavorare. «È solo… un atto auto compiaciuto. È troppo chiederti che tu prima faccia il bagno ai ragazzi e tolga di mezzo tutta questa robaccia?».

Non c'era in giro una grande confusione, ma gli ho dato ragione. Inoltre la terapia che faccio annienta ogni traccia di creatività – ma l'energia per fare le pulizie non mi manca. Togliere lo sporco è un'attività compulsiva e non la smetto fino a che la casa non è splendente.

Mi rendo conto che lo studio di Simon è l'unica stanza della casa che non pulisco da un po' di tempo. Deve essere sporca – i ragazzi non possono entrarci e anche io, di conseguenza, mi tengo alla larga. Ma mentre la carne è sul fuoco posso senz'altro dargli una passata. Posso anche metterci dei fiori, dare una rinfrescata e profumare la stanza. L'idea mi piace. Perciò raccolgo tutti i miei arnesi per le pulizie e salgo su alla quinta camera da letto, "l'ufficio di papà". Mi aspetto quasi che la porta sia chiusa a chiave ma ho la piacevole sorpresa di ritrovarmi dentro solo girando la maniglia. La stanza è molto piccola, con un tavolo bianco e una sedia, uno scaffale che contiene vari libri di medicina e una piccola scultura di una giovane donna. Nuda. Gliel'ha donata una paziente. «Dice che è lei e che corrisponde dal punto di vista anatomico», ha riso quando l'ha portata a casa circa cinque anni fa. «E corrisponde?», mi sono permessa di chiedere.

Non mi ha mai risposto.

Scaccio dalla mente il pensiero sgradito di mio marito insieme a donne nude e contemplo la stanza. Non posso fare a meno di sorridere; viaggia leggero, mio marito. Se fosse una celebrità e io fossi la concorrente di uno di quei programmi televisivi dove si deve indovinare "Di chi è questa casa?" non ci azzeccherei mai, eppure sono sua moglie.

Lo scorso Natale Sophie gli ha comprato un bel fermacarte di vetro a forma di cuore che secondo lei sarebbe stato bene sulla sua scrivania.

«Grazie, Sophie», ha detto tenendolo sul palmo disteso come se potesse essere contagioso. Poi ha individuato il difetto. «È graffiato». È trasalito sollevandolo controluce. Ho temuto che Sophie si mettesse a piangere.

«Va bene, cara. È comunque bello, il graffio non si vede», l'ho consolata.

«Naturalmente. È abbastanza carino», ha aggiunto lui, rendendosi conto di aver sbagliato. Ma era troppo tardi, Sophie ci era rimasta male e si era di nuovo chiusa in sé.

La scena mi ha spezzato il cuore, e mi fa piacere adesso vedere quel fermacarte sulla scrivania. È il dono di una figlia al padre e ancora mi commuove. Adoro tutti i miei figli – tutti e tre. Simon dice che sono una mamma-tigre e credo che sia vero. Li proteggerò fino alla morte. Non l'ho mai detto a Simon ma loro vengono prima di tutto, anche prima di lui – è sempre stato così e sempre lo sarà. Anche Sophie che non è mia figlia ma è come se lo fosse.

Lucido la scintillante scrivania bianca, passo il piumino negli angoli del soffitto e l'aspirapolvere con forza sul tappeto. Due volte. Do una pulita al suo telefono fisso con un detersivo al limone forte che, come dice l'etichetta sul flacone con rassicurante sicurezza, è in grado di uccidere il 99,9 per cento dei germi. Grazie a quel pungente odore di limone fresco, mi appare Caroline che fluttua verso di me. Mi chiedo se Simon abbia mai visto il suo account Instagram o dato un'occhiata alla sua pagina Facebook. Ne dubito, perché non si diletta con i social – dice che non sarebbe professionale e del resto un paziente potrebbe vederlo online e, Dio ne scampi, chiedergli l'amicizia. «È per adolescenti tristi senza interessi», dice sempre, cosa che ritengo un po' ingiusta, specialmente perché io sono su Facebook e Instagram e metto le mie ricette e i miei suggerimenti per la casa su Pinterest. Mi piace postare le foto della mia nuova cucina, dei bambini mascherati per la giornata mondiale del libro e per Halloween, con tutta la roba di famiglia nel mezzo. Che male c'è a mostrare le nostre parti migliori? Non ho detto a Simon che ho degli account online. Non approverebbe e mi chiederebbe probabilmente di chiuderli. Dice che "le attività online di Sophie" ci espongono al rischio di un attacco informatico che potrebbe mettere in pericolo la sua carriera. Mi pare che un po' drammatizzi, ma il fatto che non lo impedisca a Sophie è la prova del suo amore per lei, visto che le consente di indugiare in un'attività che lui percepisce come una minaccia per la sua privacy. Lui è un fanatico della privacy, dice che le società di dati stanno vendendo i nostri segreti alla Russia, ma in tutta franchezza, se qualcuno vuole violare i miei account e rubare la mia ricetta per la torta di meringhe al limone o i miei consigli su come si toglie la muffa ai rubinetti, è il benvenuto. Russo o meno.

Sospetto che la vera ragione per cui Simon vuole che stia lontana dai social media sia che non si fida di me; pensa che mi metterò a spiare, che andrò in confusione. Una volta mi è venuto in mente che Simon avesse una relazione con una vicina e ho scritto cose oscene sulla bacheca Facebook di lei. Ci è venuta a trovare, insultandomi e minacciando un'azione legale, una cosa veramente imbarazzante. È successo circa due anni fa e devo ricordarmi di questi episodi quando decido di interrompere la terapia. Quando non prendo i farmaci non ci si può fidare di me.

Continuo a pulire il tavolo, e anche i cassetti, anche se naturalmente sono chiusi, perché Simon qualche volta porta a casa informazioni riservate sui pazienti. E non sarebbe opportuno che rimanessero aperti e accessibili. Comunque qui non entra mai nessuno. Rispettiamo tutti lo spazio di Simon, anche se a lui al contrario è concesso di essere scorretto e andare nella lavanderia, quando non ci sono, a frugare tra le mie borsette di stoffa. In questi giorni non ho cucito molto, anche se per me è un gesto che conta parecchio e che mi fa piacere. Lui l'altro giorno ha rovesciato una tazza di caffè nero bollente su un pezzo di stoffa pregiato. L'avevo messo da parte e, lo so che è stupido, ma mi sono messa a piangere quando l'ho ritrovato tutto rovinato in una pila. Non aveva nemmeno provato a lavarlo o a dirmelo, l'aveva solo lasciato lì intriso di caffè nero zuccherato e macchiato di melassa. Gliene ho parlato e lui ha detto che doveva essere stato uno dei bambini. Ma sono certa che sia stato lui perché nessun altro in casa beve caffè nero con lo zucchero.

Smetto di pensare al bel pezzo di stoffa e mi soffermo un attimo a esaminare le pulizie che ho fatto nello studio di Simon. Ora l'ambiente profuma ma non sembra sia cambiato molto: quando sono entrata era già piuttosto pulito e vuoto. Questi due aggettivi, *pulito* e *vuoto,* mi colpiscono – nei giorni neri li usavo per descrivere la mia vita, anche se naturalmente non era esattamente così: era solo il modo di ragionare della mia mente confusa. Come Simon dice spesso: «Ti ho dato tutto, ma tutto non è mai abbastanza per te, vero, Marianne?».

Dall'ingresso il mio sguardo indugia sul portatile che giace incontaminato al centro della scrivania. Sembra che mi stia guardando, o forse sono solo le medicine che mi rendono un po' strana?

Ho fatto troppe cose terribili quando non ho preso le pillole e, come dice Simon, in certi casi sono "senza guinzaglio". L'ultima volta fummo costretti a lasciare la casa di Ellis Road. Fu un vero peccato, là eravamo felici, ma rovinai tutto perché mi ero messa in testa che Simon avesse una relazione travolgente con la barista ventitreenne del pub accanto. Davvero una cosa da stupidi, perché Simon disse che era abbastanza giovane da essere sua figlia, e si precipitò a sottolineare che "non era neanche tanto bella". Ma allora ero già stata al bar dove lavorava, il The Hare of the Hounds, l'avevo aggredita e le avevo gettato un bicchiere di birra addosso. Povero Simon, era proprio mortificato – disse che non sarebbe potuto mai più andare a bere lì, e il giorno successivo aveva messo la casa in vendita. Mesi dopo ci eravamo trasferiti, con la forte opposizione di Sophie che si era finalmente ambientata a scuola. Avevamo vissuto a Ellis Road meno di tre anni, e l'idea di dover lasciare tutti gli amici che a fatica era riuscita a farsi, per trasferirsi di nuovo a quaranta chilometri di distanza in una nuova città, la turbava parecchio.

Una volta qui Sophie ha mostrato evidenti difficoltà con lo studio e le nuove amicizie – la vita è abbastanza dura per una teenager anche senza essere sradicata dal suo mondo ogni due anni. La sua insegnante sosteneva che avesse difficoltà a misurarsi con il nuovo ambiente, e io sapevo che era tutta colpa mia, ma Sophie si era messa in testa che in quell'occasione ci eravamo trasferiti perché Simon voleva cambiare lavoro. Comunque tutto è stato subito chiarito quando lui le ha spiegato che il trasferimento era avvenuto a causa mia, che ero stata male di nuovo e avevo gettato nell'imbarazzo tutta la famiglia. Con mio orrore, è venuto fuori che Sophie sapeva della mia breve spedizione al The Hare and Hounds per lanciare una pinta di birra sulla testa della giovane barista.

«Ne parlano tutti a scuola», ha detto abbattuta.

So cosa si prova.

«Cara, mi dispiace tanto tanto», le ho detto.

«Va bene, mamma, sapevo che qualcosa era andato storto ma non volevo turbarti».

«Peccato che tua madre non abbia avuto lo stesso rispetto per i tuoi sentimenti quando ha fatto irruzione in un locale pubblico e ha aggredito una ragazza dello staff», ha detto Simon, con rabbia rinnovata per le mie stupide azioni.

Rivivo di nuovoquell'assoluto senso di vergogna. Sono una stupida stronza, non merito di essere amata.

Sto ancora fissando il portatile di Simon, riflettendo. Provo a resistere alla tentazione di aprirlo, ma non credo di potercela fare. Qualcosa mi spinge attraverso l'appannamento dei farmaci e non sono in grado di controllarmi. Come dice Simon, non posso dare la colpa alle mie condizioni di salute, perché fanno parte di ciò che sono, e neppure le medicine più forti possono cambiare la personalità difettosa di una persona. Il problema è che sono emotiva, troppo emotiva, e agisco sulla spinta delle mie pulsioni. *Non mi controllo. Non ci si può fidare di me.*

Infilo le dita sotto lo schermo. È freddo, e mentre lo sollevo con delicatezza prende vita: al tremolio della sua luce mi chiedo quali segreti possa contenere questo oggetto liscio e oblungo. Immagino il groviglio di informazioni esplosive che si ritorce nell'hard disk. Le conoscenze recondite che ci vivono dentro si fanno strada attraverso la scheda madre serpeggiando lungo le membrane della tastiera, in attesa di saltare fuori.

Premo un tasto e mi volto di scatto. *Mi sta guardando dall'entrata, forse?*

Il senso di colpa e la paura mi travolgono, ma mi manca l'aria per il desiderio incontrollabile di scoperchiare questo vaso di Pandora. Mi sporgo per vedere meglio, appoggio una mano sulla scrivania e trovo il coraggio di provare una password. Scelgo una parola banale e digito «chirurgia». Il computer mi dice che ho sbagliato e mi suggerisce di riprovare. Una parte di me si sente sollevata – se trovassi qualcosa Simon potrebbe uccidermi. Ma ecco, invece, se non trovo nulla mi tranquillizzerò. Desidero un po' di pace. Tornare a vivere e stare bene, con la certezza che siamo ancora una famiglia e lui non mi lascerà portandosi via i bambini. Questa è la cosa che temo di più; è quello che mi tiene sveglia la notte nell'annebbiamento della Mirtazapina.

Poi mi viene un dubbio. E se ci fosse un modo in cui Simon può accorgersi che qualcuno è entrato nel suo computer e ha curiosato nell'hard disk? Non saprei, ma ormai è troppo tardi. Devo sapere se sono *pazza, paranoica, psicotica,* ovvero tutte le parole che usa per descrivermi, al posto delle parole di un tempo (e cioè *bella, luminosa e piena di talento*). Voglio di nuovo essere così per lui. Voglio tornare a essere la donna di cui si è innamorato. Forse così alla fine mi perdonerà per quello che è successo alla nostra bambina, e potremo continuare a vivere insieme.

Digito piena di speranza la password più improbabile. «Marianne», premo i tasti lentamente e con attenzione. E il mio cuore sprofonda quando mi appare la scritta «Prova di nuovo». *Una volta ero io la sua password.* Giro intorno alla scrivania come un cacciatore che bracca la preda e mi dico di fare un ultimo tentativo. Non riesco a guardare mentre digito il suo nome. «Caroline» – ed eccola qua. Una volta ero io, ora è Caroline a consentire l'accesso al suo mondo. Non avrei bisogno di sapere altro, ma adesso non posso di certo fermarmi. Sono passata dall'altra parte dello specchio e non tornerò indietro.

Una spiaggia qualunque fa da sfondo sullo schermo, e ora ho l'opportunità di fare un tuffo nel mondo di Simon e immergermi nei suoi segreti, sguazzare nella privacy a cui tiene così tanto. Mi chino sul computer, non riesco a sedermi al suo posto sapendo che sto invadendo la vita privata di mio marito, ma la curiosità e la rabbia irrazionale mi spingono ad andare avanti. Ho bisogno di un luogo, di una persona verso cui incanalare questa strana rabbia – o è solamente ancora una volta la mia follia?

Guardo l'ora sullo schermo. Ci ho messo più tempo del previsto a passare l'aspirapolvere, in modo accurato e pieno di energia e fra mezz'ora lui sarà di ritorno a casa.

Dovrei chiudere il PC e andarmene ma naturalmente non ci riesco. Invece apro la cartella dei file preferiti. Non ha pensato di nascondere nulla, perché non è mai successo che qualcuno gli disobbedisse ed entrasse nel suo studio, figuriamoci nel suo portatile. Perciò, adesso: dove voglio guardare – mail, foto, documenti? Clicco sulle mail e davanti a me appare la sua vita messa a nudo. Mail dall'ospedale, dal circolo del tennis, da vari colleghi e amici, e poi eccola, la trovo nascosta in una cartella. Lei ha una cartella tutta sua nella posta in arrivo di Simon. *Caroline.*

Clicco su Caroline con più forza di quanto dovrei, e nonostante mi aspetti un bel numero di mail, rimango comunque colpita dall'enorme quantità di scambi. O mio Dio, ho vinto un'orribile lotteria – il premio a chi arriva per ultimo. Scorro verso il basso. Simon ha cominciato a lavorare in questo ospedale a febbraio ma non vedo mail da o per lei prima di aprile, perciò parto da qui, da quando tutto è cominciato… cominciato cosa, davvero non lo so. Ma sono sicura che finirò per scoprirlo.

Capitolo sette

Apro la prima mail – inviata da lui a lei. A quanto pare sembra che Caroline abbia cominciato solo da poco a lavorare in ospedale; è una specie di introduzione, tipo un "ciao, sono qui, se hai bisogno di aiuto e consigli". Fa notare che è lì solo da due mesi ma sa che significa essere "l'ultima o l'ultimo arrivato" e si interessa delle carriere dei giovani chirurghi del suo reparto.

Ma non è solo delle loro fottute carriere che si interessa.

La mail di Simon ha un tono amichevole, ma per quanto riesco a vedere non sembra avere secondi fini. E la risposta di lei è ugualmente professionale. Lo ringrazia e chiede informazioni su certe procedure chirurgiche, e bla bla bla.

La conversazione continua così, per altre dieci o più mail, un mese o due passati a chiacchierare di chirurgia. Lui è il collega di livello più elevato, il suo mentore non ufficiale, e mentre le mail continuano ad andare avanti e indietro, posso vedere come si sviluppa tra loro una relazione professionale. Fin qui tutto bene. Sono stranamente combattuta tra il sollievo e una leggera delusione – dunque non hanno una relazione, è solo la mia immaginazione, e alla fine sono io la pazza? Sono quella "stronza che bolle il coniglio" (come in *Attrazione fatale*), per riprendere le parole con cui mio marito mi ha etichettato dopo la rissa con quella dannata barista? O è successo quando pensavo che andasse a letto con la mamma dell'amica di Sophie? Non riesco a distinguere i due episodi – si fondono in uno solo e tutti insieme nella mia testa. E anche così siamo sempre alle solite: è solo il prodotto della mia mente malata?

Non ho molto tempo: salto a luglio, dove trovo la prima conversazione interessante e una piccola parte del mio cuore sprofonda. È una mail di lei. Gli chiede se possono incontrarsi per bere qualcosa insieme, dice che ha un paziente di cui vuole discutere, un'operazione in cui è coinvolta con un'équipe diversa il giorno dopo. È preoccupata e vuole solo parlare con un professionista più esperto.

Apro la sua risposta: «Si certo, al The Dog and Duck alle sette va bene? Per allora dovrei aver finito in sala operatoria, altrimenti ti chiamo». Mi si rizzano i capelli – è cominciato tutto qui? Sono una pazza perché non sopporto che mio marito vada al pub con una donna giovane e bella?

A questo punto è chiaro che ha anche il suo numero di cellulare. Naturalmente si saranno anche scambiati messaggini, ma so che con quelli fa sempre più attenzione visto il casino che ho combinato quella volta. Presumo che sia convinto che le mail siano più sicure, meno accessibili. A differenza dei messaggi, non spuntano fuori all'improvviso sul telefonino e non suonano per avvertire le mogli ficcanaso che sta succedendo qualcosa.

Sto per continuare la ricerca quando sento bussare alla porta di casa. Senza dubbio Jen che riporta i bambini. Aspetto un momento, incapace di interrompere lo svolgimento della storia e, con mio grande sollievo, scende Sophie e apre. Sento Jen chiedere dove sono. Sophie è come al solito vaga e monosillabica e risponde di non saperlo, cosa che normalmente mi irrita ma in questa occasione gioca a mio favore. I ragazzi approfitteranno del fatto che non ci sono adulti in giro e andranno dritti a sedersi davanti alla TV proibita. Questo mi concederà almeno altri venti minuti prima che abbiano fame e inizino a vagare per la casa alla ricerca della mamma che gli dia da mangiare.

Non ho molto tempo e scorro rapidamente le poche mail dei giorni successivi: un educato ringraziamento da parte di lei per averle parlato quando si trovava "sull'orlo del baratro", come si esprime scherzosamente. La immagino letteralmente sul cornicione – il parcheggio multipiano in città sarebbe l'ideale. La vedo volare nell'aria con grande leggerezza. Indossa quel cappotto rosa baby. Si spiaccica al suolo, una poltiglia sul marciapiede. Quel bel cappotto e il suo cranio.

Continuo a scorrere il mese di luglio. Si rivela privo di eventi di rilievo – niente chiacchierate sul sesso o foto di nudità, ma d'altronde penso che certe cose siano riservate ai cellulari, no? Ciononostante penso che lo intuirei se le mail contenessero un sottotesto sessuale, un sottofondo di intimità, ma a luglio niente di interessante. Dovrei fermarmi ora? Era meno di due mesi fa; che cosa può essere mai successo, verosimilmente, in così breve tempo? Per Dio, nelle prime due settimane di agosto siamo stati insieme con i figli a Creta e, a parte qualche tensione, un piccolo bisticcio sull'auto a noleggio e le sue sfuriate per il comportamento dei bambini, siamo stati bene. Abbiamo fatto sesso almeno tre volte – era frettoloso, un po' senza sentimento, a essere sincera, ma meglio della modalità brutale che piace a lui quando siamo a casa e nessuno può sentirci. Mi immagino cosa succederebbe se raccontassi tutto questo a Jen, nello stesso modo in cui lei condivide con me la sua vita sessuale. Sono sicura che scoppierebbe a ridere a proposito del gioco perverso degli schiaffi e delle manette ben strette. Condividerlo con un'amica, non tenerlo più solo per me, mi farebbe sentire meglio, ma non credo di poterci riuscire – inoltre, sarebbe una scorrettezza verso Simon.

Scorro e arrivo alle mail dei primi di agosto, e mi accorgo che le comunicazioni si vanno facendo più frequenti: non più una al giorno o una ogni due, come in precedenza, ma più volte al giorno. Torno indietro, apro la prima di agosto. Era il 2, il giorno in cui in effetti siamo partiti in aereo per Creta.

Non riesco a capire perché si scambiassero mail mentre lui era in vacanza, è sempre così rigoroso con i colleghi di lavoro e non vuole che lo disturbino quando è in ferie. «È l'unico momento in cui stacco», dice sempre. «Non posso discutere di procedure di chirurgia da una spiaggia mentre sono in vacanza con la famiglia». Ma guardando questa successione di meraviglie, sembra che durante la nostra vacanza fossero molte le questioni che doveva discutere con una collega.

Non posso credere che te ne andrai per due intere settimane, comincia a scrivere lei, e già noto il cambiamento di tono. Se non è abbastanza evidente, la frase successiva lo dice chiaramente: *Mi mancherai. Non posso sopportare di pensarti lontano per così tanto tempo*. Bingo, avevo ragione io – il dolore che sento al petto mi fa pensare di essere vicina a un attacco di cuore. Alla fine mi ricompongo e trovo da qualche parte la forza di continuare a leggere. *Ti mancherò*? chiede lei, e riconosco la sua insicurezza: quei primi giorni, quando non sei così certa di quale sia il tuo posto e hai bisogno di essere costantemente rassicurata sulla tua posizione nella vita e nel cuore di qualcuno.

Lui risponde che sì, gli mancherà, e non sa se "riuscirà a sopravvivere " alle successive due settimane, come se una vacanza su un'isola greca con moglie e figli sia una cosa da *sopportare*. Ma questi sono solo i preliminari e a breve precipito nel mio peggiore incubo. Come avevo temuto – lo sentivo a ogni piccola contrazione dei miei muscoli – il presentimento che si era insinuato dentro di me fin nel profondo si è rivelato esatto: mio marito e Caroline hanno una relazione. Non ho dubbi – è evidente in ogni frase, in ogni parola.

La prima dannata mail che rende chiaro che hanno una relazione è quando lei gli ricorda che l'ha lasciata sola nel letto "di domenica" e, guardando le date, siamo al giorno prima della partenza per le vacanze. Mi aveva detto che quel fine settimana doveva essere reperibile per l'ospedale. Non lo avevamo visto per due giorni ed era tornato a casa domenica sera, "esausto", dopo due giorni di "sala operatoria", incluso un trapianto di cuore durato sette ore. Io gli avevo creduto. «C'è stato un momento in cui il cuore del paziente ha smesso di battere, ma io sono intervenuto e con le mie dita l'ho riportato in vita», aveva detto. Di fronte a tutta quell'enfasi avevo fatto una piccola smorfia, ma ho ripreso subito ad ammirarlo perché era un eroe e io lo amavo.

Manipolare un cuore con le dita? Stava manipolando *qualcosa* con le sue dita e non era il dannato cuore di un donatore. Sento il *mio* di cuore che mi batte in gola come se potesse venire su fino a che non lo vomiterò fuori sulla scrivania bianca.

Non so se potrò sopportare la mail successiva, ma ancora una volta non posso fermarmi. È come guardare un film dell'orrore – sai che sarà angosciante ma non puoi distogliere lo sguardo dalla malvagità assoluta. Sono quasi grata per essere sotto farmaci. È come sentire il dolore attraverso uno strato di ovatta; anche se è ancora insostenibile, è leggermente attenuato, meno acuto. Vorrei chiudere gli occhi mentre leggo le parole con cui Simon racconta la mia bella vacanza; mi colpisce scoprire quanto si sentisse solo con noi, quanto si sentisse svuotato, quanto niente in quella vacanza gli procurasse gioia. Apprendo che il pesce delizioso che abbiamo mangiato in un bel piccolo ristorante a Chania era "terribile". A quanto pare i ragazzi hanno fatto i capricci e io li ho rimproverati, il che ha provocato un diverbio, uno dei molti. Io non me li ricordo. Ci sono stati davvero – e li ho cancellati dalla mia mente? *La perfetta vacanza in famiglia dunque me la sono solo immaginata?*

Vengo a sapere davvero molte cose dalle sue mail a un'altra donna. Scopro con orrore che non si fida di me riguardo ai bambini, che ha paura di lasciarmi perché non sa quali saranno le mie reazioni. A quanto pare si chiede perché mi ha sposato, ma sospetta che sia successo perché stava cercando di riprendersi dalla morte di Nicole.

Il dolore a leggere queste cose è lancinante. So che la gente mente quando ha una relazione; deve. Dubito che Simon ci creda veramente, pensa che sia quello che lei vuole sentirsi dire. Ma per me è un tale colpo, come una martellata in testa seguita da un lento, spaventoso strangolamento.

Tutte le cose che vorrei farti, Caroline.

Continuo a leggere, incapace di staccarmi. L'orrore e l'attrazione sono un cocktail tossico e una persona con i miei problemi non dovrebbe mai trovarsi in questa situazione. Penso al consueto modo di dire "mi fa impazzire..." e mi rendo conto che è proprio così che mi sento. Queste mail mi conducono dritta al crollo, in un mondo di dolore e turbamento che mi farà perdere il controllo; Simon mi ha detto che, se succede un'altra volta, divorzierà e mi toglierà i bambini. Ma ecco proprio qui la prova della mia follia – i miei occhi non ascoltano la parte di me che sta gridando di non leggere, perciò continuo.

Sembra che Simon non riesca a sopportare di trascorrere un altro minuto con me (e senza di lei). Con lei ha fatto il sesso migliore della sua vita e non vede l'ora di lasciare questo schifo di località greca dove sta con la famiglia e farla decollare su in cielo non appena atterrato in quel cesso di Gatwick. Mi ci vuole un po' per mandarlo giù; sono completamente devastata ma alla fine so che avevo ragione io: il mio istinto ha fatto centro. Non mi ero mai aspettata di avere *davvero* così ragione – è tutto così opprimente, così brutale, così... intimo.

Clicco su altre mail e fra i commenti malevoli sui colleghi, e le discussioni tecniche sulla vita in sala operatoria, apprendo altre cose interessanti e strazianti sul mio matrimonio e su me stessa.

Cara, non posso sopportare di stare lontano da te questo fine settimana, comincia una mail inviata solo un paio di settimane fa. Sembra che lei sia andata a trovare i genitori e il pensiero di quarantotto ore di lontananza lo rendeva «incredibilmente triste». Poi continua dicendole che Marianne è di nuovo malata, *non è colpa sua ma io faccio una gran fatica a sopportarlo. L'altra sera ha rimproverato Charlie, gli ha detto che era stato un idiota ma lui ha solo sei anni. Era così turbato dalle parole di sua madre. Questo succede quando non prende i suoi farmaci. Le chiedo continuamente se li ha presi ma lei si rifiuta, dice che la fa sentire stanca ma non si rende conto di quello che sta facendo a noi tutti. L'altra mattina a colazione ha sgridato i ragazzi, minacciandoli di colpirli solo perché non mangiavano il loro uovo. Cara, so che dovrei essere più forte ma quando lei è cattiva con me e i bambini, vorrei solo caricarli tutti in macchina e correre da te.*

Rimango senza fiato, non più in grado di respirare. Come può dire cose del genere? Certo, questi episodi sono effettivamente accaduti ma non nel modo in cui li racconta. Dipende tutto da come li interpreti, ma a quale versione posso credere? Altre volte ha minacciato di portarsi via i bambini ma è sempre successo nel mezzo di un diverbio, nella foga del momento – vederlo scritto nero su bianco rende la minaccia molto più reale.

Infine distolgo gli occhi dallo schermo. Non ce la faccio più a continuare a leggere. So che ci sono stati dei segnali, e ci sono stati momenti nel nostro matrimonio in cui il suo amore è stato per motivi comprensibili messo alla prova. Ma pensavo che avessimo superato tutto questo e che, malgrado io fossi un po' paranoica, mi avesse perdonato e che ora fossimo di nuovo sulla strada giusta. Non riesco ad accettare che facciano sesso ma il modo in cui parla di me è perfino più doloroso. Svela ogni più piccolo aspetto della mia vita, perfino il fatto che sono in terapia. Mi sento esposta, violata. Mi giudicano, interpretano i miei comportamenti; la mia vita, il mio passato, i miei segreti vengono tutti saccheggiati. Sono anche ferita dal modo in cui si rivolge a lei e intravedo il passato, il *nostro* passato, il Simon di cui mi sono innamorata. Posso sentire e ricordare le reazioni calorose e piene di affetto, il desiderio pressante di fare l'amore. Le lacrime mi scorrono sulle guance mentre vedo il suo amore svolazzare dall'altra parte dello schermo come una nube di coriandoli. Vedo come eravamo e mi rendo conto di quanto siamo lontani adesso da tutto ciò – e dall'essere felici.

Avanzo sulla fune sospesa senza rete di protezione. Senza Simon che cosa mi resta?

Per quanto mi faccia male, ho bisogno di sapere la verità e torno alla mail deglutendo forte, provando a concentrarmi nonostante gli occhi pieni di lacrime. Queste sono più recenti, di qualche settimana fa; lei chiede se possono passare insieme un fine settimana ad Amsterdam – lei non è mai stata ad Amsterdam. Lui le manda il link a un piccolo hotel di lusso, propone di noleggiare delle biciclette e girare lungo i canali. Sono così invidiosa. Dovrei essere io quella che Simon porta a weekend romantici. Lei dice che vuole andare al Museo Van Gogh. Lui risponde che possono andare a vedere *qualsiasi cosa tu desideri – io voglio solo passare tutta la notte tra le tue braccia e svegliarmi vicino a te*.

Il Simon di Caroline è rilassato, felice, affettuoso e gentile... così gentile. È il Simon che incontrai alla presentazione del libro, quello che mi portò a cena fuori con ostriche e champagne, che mi faceva ridere. L'uomo che in quella libreria comprò un libro sulla danza per la sua bambina e parlò di lei con un tale amore che io capii che avrei voluto che fosse il padre dei miei figli. A quel tempo non mi importava di niente salvo che dei suoi occhi azzurri, delle sue braccia intorno a me e della possibilità di svegliarmi accanto a lui ogni mattina. Mi aveva giurato eterno amore. Ma mentiva. Con Caroline mio marito è tornato a essere l'uomo di cui mi sono innamorata, e questo è quello che davvero mi uccide – pensavo che quell'uomo fosse scomparso, ma è ancora qui e non è più con me.

Sono spaventata e mi sento male. Se non riprendo il controllo di me stessa e non mi do una calmata ci sono moltissime probabilità che da un momento all'altro dovrò pulire questa immacolata scrivania dal mio stesso vomito.

All'improvviso sento qualcuno alla porta di ingresso ed esco dalle mail con un rapido clic. Tutto sparisce dallo schermo, come se non fosse mai esistito – ma invece c'era eccome. Lo so perché l'ho visto con i miei occhi. Simon è rientrato a casa. Chiudo il portatile di corsa, con il cuore in subbuglio e il respiro spezzato, come se avessi fatto una corsa.

Esamino rapidamente la stanza per controllare di non aver lasciato in giro qualcosa che possa tradirmi e corro giù ad accoglierlo con l'agnello arrosto con aglio e rosmarino secondo la ricetta di Elizabeth David. *Non rinuncerò a mio marito, lei non potrà mai averlo.*

Non oso menzionare le mail, perché se lo faccio dirà che sono di nuovo malata. Tre anni fa, quando io avevo avuto parecchi di questi "episodi", fece ciò che riteneva la cosa migliore per me e mi disse che avremmo passato insieme una "serata romantica": saremmo andati a cena in un ristorante appena aperto in un piccolo villaggio nelle vicinanze. La mia migliore amica avrebbe tenuto i bambini e io comprai per l'occasione un vestito nuovo – era bianco e nero a pois. Mi piaceva e anche a Simon. Ero così felice, quella sera, mentre andavamo lungo le stradine di campagna. Mi ricordo di avergli raccontato qualche storiella su qualcosa di divertente che i ragazzi avevano detto – e lui rideva. Rideva davvero con me per la mia storiella e io pensai: *sì, il peggio è passato, sto di nuovo bene.*

Ma non andammo al nuovo ristorante; ci fermammo fuori da una clinica e io immediatamente ebbi un attacco di panico. Sapevo cosa significava. Cominciai a gridare e quando qualcuno provò a tirarmi fuori dalla macchina naturalmente lo colpii. Seppi successivamente che ero stata sedata, interrogata da uno psichiatra, mi erano stati prescritti dei forti calmanti. Mi avevano trattenuta per otto settimane di terapia elettroconvulsiva. Furono necessarie parecchie sessioni in cui, inviando al mio cervello una forte scarica elettrica che innescava un attacco epilettico, i dottori tentavano di attenuare i sintomi della mia malattia mentale. Non funzionò, mi lasciò solo degli effetti collaterali: apatia, perdita di memoria a breve termine e perdita di energia e creatività – per non parlare delle settimane passate lontano dai miei bambini. Tutto questo perché avevo sospettato che mio marito avesse una relazione con una delle mamme di scuola. So che Simon mi ha fatto ricoverare per il mio bene ma è stato il momento peggiore della mia vita e non posso pensare di viverlo un'altra volta, e questa è la ragione per cui non ho il coraggio di parlargli delle mail, perché si convincerà che sono di nuovo malata. E questa volta potrebbe approfittarne per cacciarmi via e far trasferire qui Caroline.

Simon è in cucina quando scendo e sta già conversando al cellulare, come se ne andasse della sua vita. Le sta mandando un messaggio, lo so. Lei ora è qui con noi, nella nostra bella casa, nella mia cucina. Non solleva nemmeno lo sguardo mentre entro trafelata e tiro fuori le verdure dal frigo. Davvero non avrei dovuto passare tutto quel tempo nel suo studio. A parte l'ovvio – e cioè che non avrei dovuto curiosare – sono rimasta indietro con la cena e le carote Chantenay ci metteranno almeno sette minuti per cuocere. Per la miseria. La cena avrebbe dovuto essere già pronta sul tavolo al suo arrivo. Devo fargli vedere che sto bene, che mi controllo e che sono in grado, più di Caroline, di costruire una vita familiare.

«Maaaaamma», mi sento chiamare improvvisamente dal soggiorno. Cazzo! Avevo dimenticato i ragazzi. Ero così presa da quelle dannate mail che non ho più pensato a loro. Sono un disastro di madre; come ho potuto dimenticare i miei bambini?

Subito do un'occhiata a Simon, aspettandomi un'osservazione tagliente sul fatto che i ragazzi siano stati "buttati lì" davanti alla TV, ma sta ancora esaminando il display del cellulare, incurante a quanto pare del casino che ho combinato. Ringrazio il cielo che non l'abbia notato ed esco di corsa dalla cucina dopo aver messo sul fuoco le carote e il cavolfiore e controllato che le patate intorno all'agnello arrosto non si siano bruciate. Devo fare in modo che tutto proceda come sempre. Non voglio che lui capisca che io so.

«Oh, tesori miei, vi chiedo scusa», dico a bassa voce, avvicinandomi ai due bambini attoniti e con gli occhi spalancati davanti alla TV. Ci sono molliche di biscotti dovunque e tracce di marmellata intorno alla loro bocca. Sophie deve aver dato loro il pacchetto dei biscotti Jammie Dodgers che avevo nascosto in fondo alla credenza. Simon è contrario ai biscotti per l'alimentazione dei bambini – troppo zucchero, dice, e naturalmente ha ragione, ma qualche volta un biscotto o una barretta di cioccolato impediscono a tutti noi di impazzire. Sono grata a Sophie per avergli dato qualcosa da sgranocchiare, ma desiderosa di cancellare le tracce del sotterfugio che ha scelto per tenerli buoni.

«Ragazzi, volete mangiare?», chiedo sapendo che per loro è un po' tardi, ma non voglio mandarli a letto senza cena. Scuotono entrambi la testa e sprofondano ancora di più nel divano, stanchi e incapaci di allontanarsi dallo schermo gigante che li ipnotizza. Egoisticamente, non voglio davvero essere costretta a tornare in cucina insieme a loro e spiegare a Simon che non hanno ancora mangiato. Decido di mandarli a letto con una tazza di latte caldo e mando un messaggio a Sophie perché scenda a darmi una mano. Lei sa come stanno le cose. Non devo spiegarle che bisogna evitare che papà venga coinvolto o potrei trovarmi nei guai. In pochi minuti eccola al mio fianco, lei prende Charlie e io porto su Alfie. Facciamo entrambi dolcemente *shhh* ai bambini e ridacchiamo salendo. *Perderò i miei bambini?*

«Grazie, cara», le sussurro quando arriviamo su. «Non voglio che papà si arrabbi perché sono stati davanti alla TV, lo sai...».

«Lo so», alza gli occhi al cielo e mi aiuta a metterli a letto. Mi chiedo di nuovo come farò senza di lei quando l'anno prossimo andrà all'università.

I bambini crollano sui cuscini e non ho nemmeno il tempo di dar loro il latte caldo. Si addormentano subito ed entrambe sospiriamo per il sollievo e la pura follia di tutto questo.

Chiudiamo la porta della stanza dei ragazzi senza far rumore e mentre camminiamo sul pianerottolo lei si ferma. «Perché fai questo, mamma?», mi chiede a bruciapelo, con la faccia seria e gli occhi alla ricerca di una risposta.

«Perché hanno bisogno di dormire», dico facendo finta di niente.

«Non intendo questo, parlavo di papà. Perché non gli hai detto che hai avuto da fare e che è per questo che i ragazzi sono andati a dormire un po' più tardi? Meglio ancora: perché non può metterli lui a letto? Con me lo faceva, no?»

«Sì, lo faceva... e ogni sera ti leggeva anche una favola».

Lei sorride al ricordo e mi chiedo se le manchi il Simon di un tempo come manca a me. So che lui adora Sophie ma non sempre lo dimostra – spero che lei ne sia consapevole.

«Cara, va tutto bene», dico nascondendomi dietro un sorriso. «Papà è solamente... ci ama tutti molto ma, diciamocelo, non posso lasciare che torni a casa dopo una giornata in sala operatoria e trovi quei due mattacchioni svegli e scatenati». Alzo gli occhi. «Lavora così tanto, lo faccio solo per salvaguardare l'armonia».

«Lo so». Mi dà uno sguardo che non capisco fino in fondo e mi appoggia il braccio sulla spalla.

Sono toccata. Sophie non è una che dimostra apertamente i suoi sentimenti, però ha intuito. È come se avesse capito che sono turbata e a modo suo stesse provando a tirarmi su.

«Lo sai che ti voglio bene, non è vero, mamma?». Lo dice in

modo così sincero che per un momento mi chiedo se stia per darmi cattive notizie. Ma quando la guardo vedo amore nei suoi occhi. Non c'è molto amore intorno a me in questi giorni e la gentilezza della mia figlia acquisita mi fa venire voglia di piangere.

Rimaniamo entrambe sul pianerottolo, interdette, dobbiamo restare qui al sicuro o affrontare quello che ci aspetta di sotto? Provo una sensazione di inquietudine, come se stesse per succedere qualcosa di terribile, ma mi sto facendo condizionare dalla lettura delle mail. Tutto andrà bene perché io non permetterò che vada in altro modo.

«Andiamo», dico con un tono di voce troppo vivace. «Noi adulti possiamo mangiare, anche se sono una madre crudele che fa morire di fame i più piccoli». Le faccio l'occhiolino e lei mi risponde un sorriso distratto.

«Non ho fame, ma grazie lo stesso».

«Non devi mica mangiare la carne», dico, «ma per favore mangia qualcosa. In casa ci sono i prodotti vegetariani della Quorn». La sto pregando di cenare con noi e lei lo sa. «Dolcezza, *stai* mangiando, vero, non è che stai facendo una dieta o qualcosa di stupido?», le prendo la mano mentre parliamo.

«Dio, no. Ho mangiato un'*enorme* pizza a pranzo oggi – sono ancora piena». Si dà un colpetto sulla pancia piatta come una tavola e gonfia le guance come se fosse un enorme maiale. Non le credo. D'altronde non so più a *chi* credere – non so nemmeno se credo a me stessa. Penso di nuovo alle mail e mi chiedo se me le sono sognate. È solo colpa delle pillole che annebbiano la mia mente? Le parole sono così chiare nella mia testa – *mi manchi, non sopporto di starti lontano, voglio solo passare tutta la notte tra le tue braccia*. È possibile che le abbia davvero solo immaginate?

Sophie mi abbraccia e provo a tenerla stretta, ma lei si ritrae subito e torna in camera sua, perciò resto da sola ad affrontare la situazione.

Torno giù a finire di preparare la cena per Simon. Con mia grande gioia la cucina è deserta. Sono felice di avere un po' di spazio. Ho bisogno di scoprire cosa è vero e cosa non lo è. Ho la testa piena di lui insieme a *lei*, la nostra vacanza a Creta, Caroline e Simon che si baciano, Sophie che non mangia, Simon che ama Caroline, i ragazzi che mangiano solo Jammie Dodgers con il tè, le loro facce appiccicose di marmellata, il divano pieno di briciole...

Merda! Il DIVANO. Corro nel soggiorno per rimuovere le dannate briciole che rivelano almeno due peccati materni – e cioè che hanno guardato la TV e che hanno mangiato dei biscotti. Se a Simon arriva anche solo un soffio del mio cattivo comportamento come madre penserà che non sono in grado di prendermi cura dei bambini. Mi getto con la faccia in giù sul divano, spalando le briciole da una mano all'altra. Sono in ginocchio, disperatamente determinata a rimuovere ogni piccola dolce prova. Ma all'improvviso ho la sensazione di non essere sola. Mi vengono i brividi e alzando la testa lentamente lo vedo con la coda dell'occhio. È seduto sulla poltrona grande, aspetta e guarda solo me.

«Oh, Simon», arranco, «stavo solo...».

«Vai avanti... che cosa stavi *solo*...?». Solleva la testa lentamente, con fare incuriosito.

Le sue parole restano sospese nell'aria come una minaccia. Sa dei biscotti.

«Stavo solo... pulendo il divano». Sono ancora in ginocchio e lo fisso chiedendomi che cosa succederà ora.

«Marianne, dimmi una cosa», fa levandosi la lanugine dai pantaloni.

Io aspetto. E aspetto. Sono sempre in ginocchio e guardo verso di lui seduto in poltrona. Se la prende comoda. La sua espressione è indecifrabile; ha capito? Posso farla franca?

Finalmente guarda in alto e piegando la testa da una parte chiede: «Pensi forse che io sia stupido?».

Capitolo otto

«No, che dici, naturalmente non penso che tu sia stupido». Provo a fare una risata indignata ma mi viene fuori una specie di borbottio spaventato. Sento Sophie al telefono – sembra stia scendendo le scale. Spero di no; non la voglio tra i piedi in queste situazioni. Dopo due secondi sento la porta che si chiude al piano di sopra. Sophie non dovrà assistere a qualsiasi cosa accadrà e di questo le sono infinitamente grata.

«Perciò ho ragione a pensare che tu *non* pensi che io sia uno stupido?»

«No… assolutamente… no tu non sei…». Sembro impietrita nella mia posizione prona davanti al divano, con una manciata di briciole ormai calde strette nel palmo sudaticcio.

«In questo caso, come mai mi tratti come un idiota?»

«Io… io non lo faccio. Tu non sei…». Sento la terra oscillare sotto di me; le pillole mi fanno venire le vertigini.

«Perciò, che cosa ti fa pensare che tu puossa nascondermi il fatto che i ragazzi stasera sono stati tutto il tempo buttati davanti alla TV senza cena, mentre tu giravi per casa?»

«Non ho provato a nascondere nulla…È che io…».

«Mi dispiace, non riesci a spiegarti». Ora mi sta fissando, il suo sguardo perfora il mio viso, la mia anima.

«Ero occupata a pulire… e quando sono scesa si erano quasi addormentati e…». Mi sento così colpevole. Se non mi fosse venuta l'ossessione di curiosare tra le sue mail, nulla di questo sarebbe successo.

A questo punto lui si alza in piedi e io, ancora in ginocchio, istintivamente mi allontano da lui carponi sul pavimento, praticamente gattonando. Mi sento come un animale in trappola. Voglio uscire da questa stanza ma il mio corpo non me lo permette; inoltre devo spiegargli cosa è successo, dimostrargli che non sono una cattiva madre, che sto bene; ma Simon parla per primo e io già mi sento perduta.

«Dopo... *tutto,* mi ero convinto veramente che tu, quando ci sono di mezzo i bambini, avessi la situazione sotto controllo».

«Io ero... Io sono...».

«No, tu chiaramente *non* lo eri e sto seriamente analizzando la situazione, Marianne».

«No... ti prego... Simon...».

«Ti avevo avvertito. I bambini devono essere la tua priorità. I ragazzi ora hanno sei anni e non possono essere lasciati soli mentre tu vai in giro a fare quello che ti pare».

«Ero *qui,* non li ho abbandonati, io... ero occupata». Il panico si sta impossessando di me. *Metterà i bambini in macchina e me li porterà via... da lei.*

«Occupata? *Occupata?* Tu non conosci il significato della parola "occupata". Ma ecco qui due parole di cui conosci bene il significato e su cui voglio che rifletti prima di esaminare le conseguenze per il futuro della nostra famiglia – "inadeguata" e "madre"». Fa un semplice passo verso di me e io sollevo lo sguardo pronta a ricevere quello che merito. Ha ragione, non sono adatta a fare la madre e non sono nemmeno abbastanza brava da essere la moglie di Simon. Mi sovrasta e dice digrignando i denti: «Alzati».

Mi alzo lentamente, spostandomi davanti a lui, tenendomi pronta per la sberla che arriva subito forte sul mio viso. La botta della sua mano mi fa venire le palpitazioni, ma tengo gli occhi aperti per contemplare il suo disprezzo e il suo disgusto – che è quello che merito.

Dammene un altro.

«Non sei proprio adatta, Marianne».

Aspetto il secondo schiaffo, il colpo. Lo accolgo con favore e chiudo gli occhi. Sono pronta per qualsiasi dolore fisico ed emotivo lui senta opportuno infliggermi. Lo desidero. Chi potrebbe biasimarlo dopo quello ho fatto? Però non arriva.

«Esci dalla stanza, vai in camera nostra e aspettami». Si sfrega contro di me in modo brutale e io trasalisco, ma non ci sono sberle, non mi manda al tappeto.

Non ancora, comunque, ma più tardi mi procurerà dolore, perché devo essere punita.

E io so cosa viene dopo il dolore. È un po' di tempo che non facciamo sesso ma stasera mi vuole… non mi desidera con affetto e tenerezza, ma comunque mi desidera.

Se ne va e dopo qualche secondo sento sbattere la porta d'ingresso. Il rumore della sua auto che parte. Torno a respirare di nuovo.

Salgo al piano di sopra e faccio come mi ha detto. Mi siedo sul letto in attesa, ma chissà dove è andato e quanto ci metterà, non ho potuto chiederglielo.

Sono sola e, per quanto possa sembrare folle dopo tutto quello che è successo stasera, torno a pensare a lei. *Caroline.* Gettandomi sull'iPad come una drogata, accedo e me lo porto rabbiosamente in camera da letto. Cancello sempre la cronologia perciò ci metto un po' a trovare il suo Instagram – ma quando ci riesco il mondo di Caroline si apre davanti a me.

Niente chiavi per entrare nella vita di questa donna. Nessuna password, niente segreti.

Vado indietro di alcuni giorni e arrivo a Caroline che beve e fa smorfie verso la fotocamera, un mazzo di rose, a quanto pare «Dal mio amore #VeroAmore». Non ho voglia di guardare ma è un'ossessione. La faccia ancora mi brucia per il forte schiaffo, mi accarezzo la guancia e sento il suo tocco mentre guardo *lei*. Una giornata al mare postata solo la scorsa settimana, lei è sola sulla spiaggia, ma non può essere sola davvero perché c'è qualcuno che la fotografa.

Sei tu, Simon?

Lei è pensierosa, spontanea, come una bella ragazza sul poster di un gruppo alla moda. La foto è presa da dietro, i suoi corti capelli biondi luccicano al sole d'autunno. La spiaggia è di ciottoli, di un grigio chiaro, e sono turbata da quanto si intoni con il suo cardigan rosa scuro oversize. Sembra una modella. Poi vedo qualcosa di familiare sulla sabbia. Guardo un po' più da vicino e vedo che è seduta sulla nostra fottuta tovaglia da picnic, quella che Simon tiene nel portabagagli della sua macchina.

Devo fermarmi un momento e fare mente locale: l'amante di Simon è seduta sulla nostra tovaglia da picnic. La usiamo in ogni occasione: da bambini i ragazzi ci si sedevano, lì sopra, Sophie ci si sdraiava a prendere il sole nel Devon e in Grecia e ora lui la mette *sotto di lei*. Come osa sedere sulla mia tovaglia da picnic di famiglia – mi pulsa la guancia e mi fa male il cuore. Non penso di poterlo sopportare ancora a lungo, ma allo stesso tempo non posso fermarmi. Devo continuare a percorrere tutto il mio inferno privato su Instagram, ogni foto un altro violento dolore.

Cerco indizi e li trovo facilmente: la nuca di lui, la sua macchina sullo sfondo. Ogni foto è un'ulteriore conferma, come se ne avessi bisogno, che le vite di Caroline e Simon sono intimamente intrecciate. Sono avvinghiate l'una all'altra in una complessa rete di vene e arterie che vibrano ritmicamente attraverso i loro giorni e la loro quotidianità. E non posso tenere lei fuori perché ci è entrata per conto suo.

Sono ancora sul letto piegata sull'iPad – sto ancora scorrendo le immagini alla ricerca del mio obiettivo, quando Sophie bussa alla porta. Non so quanto tempo sia passato. Mi chiedo dove sia finito Simon e mi odio perché non dovrei preoccuparmene. Sophie mi chiede se sto bene, io lascio l'iPad e le rispondo che sì, sto bene, sono solo stanca e, malgrado i divieti di Simon, le dico che mi farò una tazza di tè.

Lei mi segue in cucina.

Sento improvvisamente l'odore dell'agnello bruciato e mi torna in mente in modo vago il progetto di una cena, ma quando apro lo sportello del forno trovo una carne annerita e immangiabile. Sono proprio un disastro. Non sono capace di preparare una cena senza rovinarla. Che cosa mi è successo?

Accendo il bollitore e chiedo a Sophie se ha fame, sapendo già la risposta. Entro nella modalità "Mamma", in cui mi sento sicura e posso fingere che non sia successo niente, che non stessi aspettando a letto mio marito non ancora rientrato, e che Caroline non abbia trascorso con lui una giornata al mare quando Simon avrebbe dovuto essere al lavoro.

«Dolcezza, vorrei che mangiassi».

«E io vorrei che tu ti opponessi a lui, qualche volta». Mi lancia un'occhiataccia dall'altra parte della cucina. L'aria è impregnata dall'odore acre di carne bruciata e io sono sconvolta perché Sophie deve aver sentito la nostra conversazione. Sa anche che sono andata in camera da letto ad aspettarlo. Che cosa deve pensare di noi?

«Oh, Sophie, non è come sembra», tento. «Papà è provato. È stanco e un po' irritabile e… non voglio mandarlo in bestia e inasprire la situazione».

«È per questo che accetti che lui ti colpisca?».

Rimango davvero sconvolta. Non so perché. Probabilmente Sophie nel corso degli anni ha visto anche troppo, ma io devo fingere. Devo raccontarle le piccole bugie che racconto a me stessa… le bugie che dico a Simon e quelle che lui dice a me. Le nostre piccole bugie.

«Lui è… lui non… La gente fa delle cose… non è sempre come sembra». Mi ero quasi dimenticata dello schiaffo. Sono sicura che quando tornerà sarà dispiaciuto. Suppongo sia andato a farsi un giro per calmarsi – o per vedere lei.

Sophie mi guarda. I suoi occhi… il gene dominante di Simon ha sopraffatto il marrone di Nicole, come ha sopraffatto il colore dei miei, dando anche ai ragazzi i caratteristici grandi occhi azzurri. La differenza adesso è che negli occhi celesti di Sophie non vedo il suo odio. Però scorgo gli stessi dubbi sulla mia salute mentale. Sophie ci ha sorpresi a litigare anche prima di ora. Sa che le cose possono diventare un po' brusche; sa anche che ho sofferto di depressione e sa della piccola Emily. E poi c'è dell'altro – io che mi scontro con le altre donne, le madri delle sue amiche, io che "aggredisco" una sconosciuta in un bar, all'inizio di quest'anno. Non ho mai dubitato dell'amore di Sophie – è la mia bambina, anche se non è mia figlia – ma mi chiedo se, dopotutto, abbia fiducia in me e sia consapevole che io ci sarò sempre per lei. Spero che si senta al sicuro accanto a me e non tema che io possa fare qualcosa di imprevedibile e fuori controllo. Vorrei rassicurarla, dirle che sono guarita – ma non posso.

Voglio che il mio rapporto con Sophie sia diverso da quello tra me e mia madre. Quello era un legame complicato – la mente logorata di quella povera donna riusciva a malapena a mettere insieme una labile realtà. Soffriva di depressione e non era in grado di prendersi cura di me, il che mi fece finire in affidamento durante la maggior parte dell'infanzia. Alla fine mi permisero di vederla, quando avevo dieci anni, e dopo alcune visite sotto lo sguardo severo di un addetto, potemmo trascorrere interi weekend assieme senza assistenti sociali. Mia madre era affettuosa e gentile, sebbene un po' triste, e ricordo che abbrustoliva marshmallow sul falò nella sua casetta con il terrazzino. Aveva una nuova bambina, Megan, la mia sorella acquisita, e un bel nuovo compagno, David, che avrei voluto fosse *mio* padre. Dopo la prima visita osai sperare di poter finalmente far parte di una famiglia – era il mio desiderio più grande, perfino più di una Barbie. Poi, un weekend, andai a trovarli e mamma sembrava più silenziosa del solito, quasi apatica. Sabato mattina David mise Megan sul passeggino e andò a fare la spesa. Faceva tutto lui quando mamma non stava bene: cucinava, puliva e badava a Megan. Quel giorno non c'era niente da mangiare e quindi gli toccò uscire per fare compere. Poiché sembrava che Megan piangesse sempre, credo che David sperasse che grazie alla mia presenza mamma sarebbe stata un po' meglio. Magari avremmo potuto passare un po' di tempo tranquille da sole. «Ragazze, vi lascio a chiacchierare», disse gentilmente mentre usciva, e poi, rivolto a me: «Tieni d'occhio tua madre».

Appena uscirono mamma salì al piano superiore, lasciandomi a guardare *The Wide Awake Club* in televisione. Dopo un po' mi resi conto che non era ancora scesa e la chiamai.Poi salii di sopra a vedere che cosa stesse facendo. La trovai nel bagno; l'acqua era rossa e all'inizio ero così confusa che pensai a un nuovo strano bagnoschiuma. Continuai per un po' a dirle di svegliarsi ma visto che non rispondeva tirai via il tappo e lasciai che l'acqua rossa scorresse via. Il sangue però continuava a uscire – veniva dai suoi polsi. David mi trovò mentre tentavo di avvolgerla in un asciugamano, insistendo che stava dormendo. Devo aver avuto uno shock tremendo. Anche ora non riesco a pensarci senza tremare. E quando non sto bene chiudo gli occhi e vedo ancora gli asciugamani bianchi macchiati del sangue di mia madre. Quella era stata la mia prima esperienza di morte prematura, e non sarebbe stata l'ultima.

Accadde più di trent'anni fa, non la conoscevo bene ma era mia madre. Per un breve e magnifico periodo della mia infanzia ho potuto intravedere una famiglia, ma quando ho provato ad afferrarla si è disintegrata nella mia mano. Ho pianto per la madre che ho perso, la madre che per molti anni non avevo mai avuto; ancora oggi a volte mi trovo immersa nel dolore per una donna che ho a malapena conosciuto. Solo quando divenni madre io stessa mi chiesi come avesse potuto lasciarmi in modo così brutale, sapendo che probabilmente sarei stata proprio io a trovarla. Anni fa ne ho parlato con David, che si è risposato, ma non ho avuto nessuna risposta.

«Prova solo a perdonarla, Marianne. Stava molto male ma ti amava».

Dopo anni di terapia, e con una famiglia mia, sono arrivata a capirlo, e a perdonare mia madre per avermi lasciato. È per questo che la mia relazione con Sophie è così importante, e so quanto lei abbia bisogno di me, perciò stasera, con Simon fuori e i ragazzi a letto, preparo per entrambe il tè alla camomilla e ci sediamo nella penombra della cucina. Alla fine mi dà il bacio della buonanotte e se ne va a letto. Quando arriva alla porta si gira verso di me.

«Promettimi che non lascerai che papà ti faccia del male un'altra volta».

Scuoto la testa. «Non glielo consentirò», mento sperando di rassicurarla con il mio sorriso fiducioso. Più tardi quella notte, quando lui tornerà, morderò il cuscino e proverò a non gridare per non farle sapere che non sono riuscita a mantenere la mia promessa.

La mattina dopo lui si presenta nella cucina coperta di vapore, piena di briciole di pane e chiacchiere dei bambini, e si mette dietro di me mentre faccio il caffè. Fa scivolare le mani attorno alla mia vita, poi le abbassa fino alle cosce. Le stringe leggermente, ridestando il sesso e i lividi della scorsa notte. Vorrei gridare per il dolore ma invece mi giro e sorrido. Mi fingo molto occupata mentre i miei occhi si riempiono di lacrime.

Più tardi, dopo aver portato i bambini a scuola, con Simon al lavoro, immergo il mio corpo dolorante in un bagno caldo e provo a essere gentile con me stessa. Mi sento così disperatamente sola e in momenti come questo vorrei avere una madre con cui parlare. Una madre che condivida il mio dolore e mi dia dei consigli. *Non so proprio cosa fare.* È così che dovrebbe essere un matrimonio? Lo so che non dovrei parlare dei miei problemi personali – non devo far entrare nessuno nei fatti nostri per evitare domande imbarazzanti – ma vorrei tanto avere un'amica. Ho bisogno di un'amica. Non ho mai avuto molta fortune con le amicizie, finché di recente non ho incontrato Jen; purtroppo so che a Simon non piace, e ne capisco anche il perché. Ma vorrei che lui si rilassasse su questo – quando si tratta delle mie amiche, a essere sincera, un po' si infastidisce. All'inizio del nostro matrimonio, quando eravamo solo in tre – io, lui e sua figlia – mi piaceva molto invitare le amiche di Sophie e organizzare qualcosa di carino. Un giorno le dissi che poteva invitare per il tè la sua migliore amica Kate, dopo la lezione di danza. Sophie, che aveva quasi nove anni, tutta eccitata afferrò la mano dell'amica e gridando salirono le scale di corsa per andare nella sua camera. Più tardi, quando Sonia, la mamma di Kate, venne a prenderla, la invitai per un caffè e ci sedemmo al tavolo della cucina a chiacchierare. Ricordo di aver pensato: *È proprio una cosa carina, dovrei farlo più spesso*, mentre condividevamo esperienze da madri di preadolescenti.

Entusiasmata da quella nuova conoscenza, scherzai sul fatto che mi sarebbe piaciuto che restasse a chiacchierare con me tutta la sera.

«Vorrei aprire una bottiglia di vino e dire a Simon di andare a prendersi una pizza – stasera non mi va di cucinare», dissi ridendo.

«Ma sì, lascia che si prenda una pizza; o ancora meglio chiedi a lui di cucinare per te», stava dicendo ad alta voce quando Simon entrò. Non l'avevo sentito arrivare e mi prese un colpo quando me lo vidi davanti. Sonia ridacchiò aspettando che facessi lo stesso ma io mi sentivo malissimo. Era così sleale da parte mia dire una cosa del genere a una sconosciuta. Vidi Simon irrigidirsi e mi accorsi che contraeva il muscolo della mascella. Il mio cuore si fermò.

«Oh, a che cosa dobbiamo il piacere?», chiese, facendo il suo sorriso più seducente.

Sonia immediatamente divenne una ragazzina, arrossì e si presentò.

«Bene, Sonia, è bello averti qui».

«Il piacere è tutto mio – avete una bellissima casa», disse lei.

Io non dissi nulla, mi limitavo a guardare e ad ascoltare con in faccia un ghigno innaturale. Era come una partita di tennis, e sapevo che in ogni momento lui avrebbe potuto consegnarle il trofeo della vittoria oppure colpire la palla con una forza tale da sbattergliela in faccia.

«Sì, non è certo una baracca, vero?», disse contemplando la cucina come se non l'avesse mai vista prima. «Ci vogliono sangue, sudore e lacrime per possedere una casa come la mia, Sonia...», aggiunse con un sorriso. Lei sembrò un po' confusa ma ricambiò il sorriso.

«Vuoi un caffè, Simon?». Sentii la mia stessa vocetta che pronunciava queste parole nel silenzio che seguì.

«No, cara, non prendo mai il caffè dopo le sei, lo sai». Si voltò verso Sonia. «Mi rende nervoso, Sonia».

«Oh, certamente, la caffeina».

«Mi rende altrettanto nervoso non avere una cena decente che mi aspetta quando ho lavorato duro tutto il giorno, e questa», fece indicandomi, «se ne sta qui in cucina a chiacchierare amabilmente con te». Aggiunse al tutto un sorriso smagliante come se stesse scherzando. Ma non stava scherzando.

«*Simon...*». Tentai quello che speravo sembrasse un rimprovero civettuolo.

«Oh, mi dispiace, non mi ero resa conto che stavo impedendo a Marianne di sbrigare le faccende di casa», disse Sonia.

«E invece pare proprio che le cose stiano così», rispose fissandola senza sorridere.

Lei smise subito di sorridere e mentre si alzava si girò a guardare me e poi di nuovo Simon. «Mi dispiace – non mi ero resa conto che fossimo tornati agli anni Cinquanta», disse, riprendendosi alla grande con un sorriso vittorioso. Io e Simon ci scambiammo uno sguardo mentre lei prendeva la sua borsetta, chiamava la figlia e usciva di casa sbattendo la porta.

Simon fingeva di aver trovato divertente l'episodio e rideva, ma nei suoi occhi si leggeva che era furioso. Strizzandomi la guancia, mi chiese perché non ridessi.

«Perché non era divertente», dissi, con la voglia di piangere. Avevo creduto di essermi fatta un'amica. «Sono imbarazzata. Dirà a tutte le altre madri che tra noi c'è una relazione bizzarra... come se io fossi uscita dalla Fabbrica delle mogli».

«Che è esattamente la ragione per la quale non dovresti mescolarti con queste persone spregevoli», commentò versandosi un grande bicchiere di rosso. «Solo perché una donna ama suo marito e ci tiene ad accoglierlo per bene a casa dopo una dura giornata di lavoro, non vuol dire che sia uscita dalla Fabbrica delle mogli», aggiunse. «*Purtroppo*».

Gli feci un mezzo sorriso, grata che avesse ancora voglia di scherzare un po' – e sapevo che non valeva la pena di continuare a discutere. Ero avvilita, però e mi chiedevo come mi sarei comportata quando l'avessi incontrata di nuovo, ma tenni per me il mio risentimento, fermai le lacrime e cominciai a pulire le verdure.

Non parlai mai più con Sonia. La vidi nell'area giochi e lei mi sorrise, ma sembrava mossa solo da compassione; io non avevo bisogno di compassione, avevo bisogno di un'amica. Ora la mia amica è Jen. Con lei mi sento a mio agio e la cosa migliore è che ha incontrato Simon parecchie volte e sa come comportarsi. Lui ne parla male con me ma reagisce bene ai suoi complimenti e alle sue provocazioni – e Jen è brava in questo. Vorrei mettere a nudo la mia anima, raccontare tutto alla mia amica. Le ho accennato che può essere molto difficile vivere con mio marito ma lei non ha fatto una piega e si è messa a ridere aggiungendo con leggerezza: «È così per tutti, no?».

Capitolo nove

Sono passati parecchi giorni da quando ho scoperto l'esistenza delle mail e sono stata sui carboni ardenti, senza sapere a cosa e a chi credere. Non sapevo nemmeno se potevo credere a me stessa. La sola cosa di cui sono certa è che non ho la forza di affrontare un'altra estenuante discussione che mi procurerebbe solo dolore fisico e mentale. Per questo mi sono tenuta a distanza da Caroline. Ho provato a non pensare a lei e ho evitato di tornare nello studio di Simon a controllare la sua posta elettronica. Ma non so per quanto potrò continuare a vivere così, sapendo che lui ha un'altra vita a cui posso accedere facilmente, con due clic.

Posso gestire Simon. Credo di poter sopportare il suo umore e il modo in cui qualche volta mi tratta, perché voglio che la mia famiglia rimanga unita. È un piccolo prezzo da pagare perché i bambini si sentano al sicuro e felici. Ma se, come sospetto, è veramente innamorato di un'altra, io non ce la faccio. «Quando ti ho promesso di restare insieme fino a che morte non ci separi, intendevo proprio quello, Marianne. Voglio solo sperare che pensassi anche tu la stessa cosa», mi ha detto recentemente. Ma ora mi chiedo se pretende che resti con lui per punirmi del fatto che non sono la donna che vorrebbe – e per farmela pagare per tutto quello che è successo negli anni passati. Quando avrò saldato tutti i miei debiti? Non è sufficiente che io pensi alla mia bambina ogni giorno e pianga per lei quasi tutte le notti prima di addormentarmi?

Simon ha bisogno di precisione nella vita quotidiana – del

resto è un chirurgo – ma temo che stia peggiorando e che questa sua caratteristica si stia trasformando in qualcos'altro. È sempre stato un perfezionista, e spesso ha cercato di usare quel bisogno di precisione contro di me, in modo anche aggressivo e odioso, tirando poi va avanti come se niente fosse. Anche io sono responsabile: mento a me stessa e mi racconto che è stressato dal lavoro, che questa è l'ultima volta che mi farà del male, che è l'ultima volta che glielo consentirò, ma poi succede di nuovo. Recentemente la sua rabbia non si è limitata alla camera da letto, ed è esplosa nuda e cruda nella nostra vita quotidiana: ha cominciato a farmi le pulci proprio sulle poche cose che penso di *saper* fare. La mia salsa al burro fuso è troppo acquosa, il nuovo copripiumino nella stanza degli ospiti è "troppo a buon mercato", i suoi libri sullo scaffale non sono in ordine alfabetico, i bambini non stanno facendo i compiti come si deve. Tutte cose che rientrano tra i *miei* doveri, elementi della nostra vita su cui ho un notevole controllo e per i quali ho un certo talento. Mi sembra di non avere più un ruolo. Più lui mi critica, mi prevarica e mi umilia – specialmente davanti ai ragazzi – più mi sembra di diventare a poco a poco invisibile. Sono sempre stata fiera di come mi prendo cura della mia famiglia; è importante che i bambini siano felici e vadano bene a scuola. Partecipo da sola alla maggior parte delle serate fra genitori, so con chi giocano i bambini, so quando arrivano gli esami di ammissione e ho sotto controllo i corsi di Sophie e le materie in cui eccelle. E tuttavia sento ancora di non essere all'altezza. «Devi assicurarti che i ragazzi facciano matematica», direbbe Simon, «perché Alfie l'altro giorno non è riuscito a fare tre più sette. Che sta succedendo?».

In questi giorni, quando Simon è in giro per casa, mi sento come se fossi una che sbircia dall'esterno cosa succede dentro. Da piccola guardavo le famiglie in televisione, guardavo i genitori delle mie compagne e mi creavo mille idee su come dovesse essere un ambiente familiare. Ricordo la pubblicità della Oxo, il papà che doveva tornare a casa per cena e tutti che erano lì ad aspettarlo. Qualche volta mi sembra che Simon mi allontani dai ragazzi – fa le linguacce quando parlo, e se provo a inserirmi nei momenti in cui lui e i ragazzi stanno scherzando, alza gli occhi al cielo e dice: «Le donne non sono divertenti» – e ai ragazzi questo dileggio piace, mentre io penso che sia una mancanza di rispetto nei confronti delle donne. Non va bene che loro pensino che le ragazze valgono meno dei ragazzi, è una cosa che mi ferisce.

Questa sera Simon ha rivolto verso Sophie la sua ostilità, facendo un'osservazione sgradevole sui jeans che aveva indosso e su quanto poco "le donassero". L'ha fatta scoppiare in lacrime e correre a rifugiarsi in camera. Avrei voluto andarle dietro, ma sapevo che se lo avessi fatto avrei solo peggiorato le cose.

«Che diavolo le prende… come si deve parlare al giorno d'oggi? Ma chi si crederà mai di essere, l'unica perla rara in circolazione?», è sbottato lui.

«Simon, è un'adolescente. Odia sé stessa ed è sotto pressione. Tu hai fatto un commento sul suo aspetto fisico – senza accorgerti di quanto sia imbarazzante».

So che devo andarci con i piedi di piombo, ma si tratta di una cosa importante; riguarda un'adolescente già in difficoltà che non ha bisogno di commenti indelicati da parte del padre. Mi preoccupa molto che, come i ragazzi, lei possa essersi fatta un'idea sbagliata sulle relazioni in base a quanto le capita di vedere della nostra vita insieme. Provo a nascondere i momenti difficili – le nostre piccole bugie, la tensione, i battibecchi, gli scontri – ma viviamo tutti insieme e i bambini si accorgono di ogni dettaglio. Voglio che i nostri figli ricordino i momenti felici e che la loro infanzia e le loro relazioni non siano segnate da come percepiscono i comportamenti dei genitori. Simon può essere un uomo difficile e in questo momento non semplifico le cose, con le mie preoccupazioni sulle sue scappatelle, ma possiamo anche essere affettuosi e premurosi e spero davvero che presto staremo di nuovo bene insieme.

So che è turbato, ma è troppo orgoglioso per correrle dietro, scusarsi o perlomeno abbracciarla.

Si è fatto perdonare da Sophie più tardi, offrendosi di darle una lezione di guida. Lei sembrava contenta, ma durante la lezione deve essere successo qualcosa perché sono tornati a casa tardi e lei è andata dritta in camera sua in lacrime. Di qualsiasi cosa si tratti, lui evidentemente se ne attribuisce la colpa – non ne ha voluto parlare con me, ma so che qualcuno la pagherà. E quel qualcuno sono io. E adesso sono in attesa delle ripercussioni e, come previsto, comincia gridandomi dal soggiorno che i copridivani sono un "casino".

Sono in cucina con i ragazzi, ma appena mi chiama li lascio soli e vado in soggiorno sospirando, sconfitta in partenza. È tardi, i ragazzi hanno fatto i birbanti, sono preoccupata per Sophie – e penso che i copridivani siano a posto. Oggi ho passato quasi un'ora a distenderli in modo che ogni angolo fosse ben allineato (come lui mi ha *suggerito* un paio di settimane fa). L'ho presa troppo a cuore ed è diventata un'ossessione: ogni volta che passo davanti al soggiorno entro, e alla ventesima volta, oggi, sono riuscita ad allontanarmi definitivamente dalla stanza.

Sto per precipitare.

«Io ti compro i copridivano di cashmere e tu li tratti come se fossero di un tessuto acrilico da quattro soldi», dice guidandomi spazientito attraverso la stanza per darmi una lezione su come si piegano gli angoli.

«Simon, vanno bene...», dico provando a controllare l'irritazione nella mia voce.

«Per te va tutto bene, lasci che il casino dilaghi ovunque, la casa è piena di polvere e tu...».

«Simon, spolvero ogni singolo giorno. Lucido fino al punto che posso vedere la mia dannata faccia rispecchiata su tutto». Non posso tenermi dentro ogni cosa, oggi mi sento così profondamente ferita che mi sembra di essere sul punto di esplodere.

«Non imprecare, sei meglio di così», sbotta.

«Ma in realtà non lo pensi davvero, o sbaglio? Non sono meglio di così. Questa sono io, e non sono abbastanza brava». Sto quasi gridando. So che non finirà bene ma sono sull'orlo di una crisi isterica. La tensione degli ultimi giorni mi travolge. Non riesco a fermarmi. «Non sono mai stata abbastanza brava, vero Simon? Tua madre l'ha messo in chiaro appena mi ha visto. E da allora ho dimostrato che aveva ragione».

Ora lui si muove tra i divani, buttando sul pavimento i teli che io avevo accuratamente disteso e ripiegato.

«Non parlare in questo modo di mia madre, pace all'anima sua».

Sono incredula per la sua devozione. «Pace all'anima... Simon, tu non sei mai andato alla sua tomba...».

«Come osi». E si blocca. Mi chiedo se ho esagerato; perché mi sono messa a provocarlo? Avrei potuto piegare quei dannati copridivani e lasciar perdere.

«È... è vero, ma non ti sto accusando, avevi con tua madre un rapporto freddo...».

«Oh, e tu saresti quella che sa tutto delle famiglie, vero? Tua madre ti ha praticamente abbandonato appena sei nata». Mi lancia un'occhiataccia che mi fa venire voglia di nascondermi.

«Simon, per favore, non... stavo solo dicendo...», provo a dire. Ora voglio solo far pace. Ma ormai il danno è fatto. E sono stata io ad averlo causato.

Viene verso di me, mi afferra per il colletto del maglione e mi solleva quasi da terra. Il suo viso è vicinissimo al mio e i suoi occhi sono così pieni di odio che mi brucia la pelle. Avrei dovuto tenere la bocca chiusa. Mi prenderei a schiaffi per aver detto una cosa così meschina su sua madre. Che genere di moglie sono? Come posso essere così crudele?

«Stavi solo dicendo...?».

Sento il calore che passa dal suo viso al mio, gli occhi che mi perforano; resto immobile, trattengo il respiro e aspetto il colpo. Ma suppongo che potrebbe solo darmi una testata adesso, perché non ha una mano libera: le ha entrambe strette intorno alla mia gola. Non posso sopportarlo un secondo di più; di recente i suoi attacchi d'ira sono divenuti più frequenti, più prolungati, più spaventosi. E per la prima volta da quando sono sposata sono sinceramente preoccupata che possa strangolarmi. Finirò per diventare un numero nella statistica delle vittime di violenza domestica?

Quando ero single, a vent'anni, facevo la bella vita a Londra ed ero forte e indipendente. Non avrei mai consentito a un uomo di pagarmi la cena. Mai mi sarei immaginata di potermi trovare in questa situazione, qui nella mia casa con le mani di mio marito alla gola. Temo per la mia vita ma non sono in grado di fermarlo. Quando mi sono ridotta in questo stato?

Aspetto la mia punizione, trattenendo il respiro, sperando sia rapida e silenziosa. Ma all'improvviso la voce di Charlie fende l'aria pesante e tossica – mi chiama urlando e io tento di liberarmi dalla presa di Simon.

«Resta qui», ordina, ma io mi divincolo – il mio bambino ha bisogno di me. «Marianne, se vai via, te ne pentirai», minaccia mentre raggiungo a fatica la porta. La sua rabbia è tangibile, ma non posso ignorare il mio bambino.

«Mammaaaa!». Ora è Alfie a chiamare, e Charlie si unisce al coro; il suono del loro pianto è sufficiente a causarmi una reazione fisica. Corro verso la cucina: Alfie ha battuto la testa contro l'isola. Lo prendo immediatamente in braccio e gli riempio di baci il visino.

«Caro, fa' vedere alla tua mamma», gli dico, scostandogli dolcemente i capelli per controllare se si è tagliato la cute o se c'è solo un bernoccolo. Non riesco a vedere nulla ma chiamo Simon, che arriva di corsa. La ferita del suo bambino gli fa accantonare per il momento tutta la rabbia.

Mi spinge da parte bruscamente e dà una rapida controllata alla testa di Alfie. «Stai bene, amico?», chiede, e lo guarda negli occhi, lo esamina a lungo, tastando delicatamente la ferita.

«Ha battuto la testa – non dovremmo portarlo al pronto soccorso?», chiedo.

«No, starà bene, ma penso che abbiamo un'emergenza tra le mani», dice in tono allarmante.

«Oh... che cosa? Che cosa?». Io riesco a malapena arginare il panico, eppure sembra che lui si stia divertendo.

Si guarda intorno cercando Alfie, poi guarda di nuovo Charlie. «Penso che quella che ci troviamo ad affrontare sia un'emergenza gelato al cioccolato».

Scoppiano strilli di gioia mentre Charlie sale in groppa ad Alfie, facendolo quasi cadere, pretendendo di essere incluso nella sua "emergenza".

Rido sollevata e stendo le braccia verso Alfie, stringendolo e baciando Charlie sulla testa. Mi chiedo da dove verrà fuori il gelato al cioccolato. Non ce n'è nel frigo; Simon non approva che lo si compri.

«Va bene – perciò mamma infermiera... tira fuori il gelato d'emergenza», dice Simon.

I ragazzi mi guardano e sono un po' smarrita. «Io... non... non abbiamo nessun... dottore».

Simon mette su un'espressione di genuina sorpresa. «Hai mangiato tutto il gelato, mamma?», dice ruotando gli occhi, e i ragazzi protestano contro la "mamma ghiottona", che a quanto pare passa i giorni a svuotare il frigo dai dolci.

«Va bene: allora, se lo ha mangiato la mamma, sarà lei a trovarne un altro», dice Simon.

Guardo lui, poi i ragazzi – mi sta prendendo in giro?

«Che cosa... tu...?»

«Va' a prenderci del gelato al cioccolato d'emergenza». Lo dice con voce leggera, ma solo io vedo che i suoi occhi si sono fatti di nuovo cupi.

«Sì, andiamo mamma», si unisce Charlie, divertito dal gioco.

«Ora?», chiedo.

Simon annuisce e guarda i ragazzi che annuiscono con lui.

«Ma è tardi... sono le otto passate. Dovrò guidare fino al supermercato che sta dall'altra parte della città».

«Sì, dovrai», dice Simon. «Vero, ragazzi?»

«Oh sì», rispondono all'unisono.

«Che cosa *vuoi* da me, Simon?», dico. È in cucina con un cavatappi in mano. Una bottiglia di vino da aprire attende sull'isola davanti a lui. I ragazzi hanno finito ora il gelato al cioccolato che sono andata a comprare guidando per venticinque minuti fino all'altra parte della città. Sono quasi le nove, e li ho portati a letto. Alfie si lamentava del dolore al pancino e Charlie minacciava di vomitare.

«Che cosa voglio...», Simon è rosso di collera, prende la bottiglia e ci pianta il cavatappi. Mi sembra che stia spingendo quella punta affilata di metallo dentro di me, torcendola nella mia carne come la avvita nella bottiglia. Lo sfido raramente, per non dire mai, ma anche solo chiedergli cosa vuole viene presa come una sfida – è tutto relativo. «Quello che *voglio* è che *tu* vada a letto a continuare la discussione che avevamo cominciato prima che corressi via gridando istericamente di chiamare un'ambulanza per un bernoccolo sulla testa».

«Non dicevo... un'ambulanza... pensavo solo che avremmo dovuto farlo controllare». Provo a restare calma. Devo restare calma.

«Io sono un medico. L'ho controllato – o forse vorresti una seconda opinione? Forse non sono un dottore abbastanza bravo per te?», dice, distaccato, scandendo le sillabe come se volesse inculcare dentro di me ogni singola parola. Sta in piedi nell'ingresso, con il bicchiere di vino in mano, dimentico della ferita di Alfie. «È ora di andare a letto», annuncia; e il mio cuore sprofonda.

Chi non lo conosce potrebbe credere che mi stia chiedendo di stringerci per delle coccole e dei baci. Piccoli, dolci preliminari alle gioie del matrimonio. Ma non posso che pensarla diversamente. E nello stato di terrore in cui mi trovo per quello che sta per succedere tra poco, vedo Caroline. Viene da me nei momenti più difficili, si infila accanto a noi tra le lenzuola, e mi mostra quanto Simon la ama, e come è diverso dal modo in cui ami me.

Con te, Caroline, si crogiola nella felicità?

Mi fa cenno di camminare davanti a lui, e sapendo che non ci sono alternative (l'unica possibilità è un litigio rumoroso che potrebbe svegliare e sconvolgere i bambini), mi alzo sulle gambe vacillanti e lui mi segue sulle scale un gradino per volta. Malgrado tutto, di solito sono piena di rispetto e amore per mio marito – ma stasera sono a pezzi. Nonostante tutte le cose che mi ha detto e fatto, i tradimenti veri o presunti, ho sempre saputo che mi amava. Ma ora sembra che ami qualcun'altra e più la ama più mi fa soffrire. Se non ci fosse lei staremmo bene, e mi amerebbe come un tempo e saremmo felici di nuovo, ma così come stanno le cose io rischio di perdere non solo lui ma tutta la mia famiglia.

Ho sempre avuto un po' paura di lui, ma la cosa che più mi terrorizza è il timore che se ne vada. Mi dispiace che sia disposto a mandare in rovina tutto quello che abbiamo – la nostra famiglia, la nostra magnifica casa, il futuro – per un'altra. Ma la mia vera paura è per i bambini. So che perderli è una minaccia molto concreta, specialmente se nella sua vita c'è una donna che può prendersene cura.

Dicono che tutti vogliono sempre lo stesso tipo di partner, e benché io non sia mai stata una top model bionda, abbiamo qualcosa in comune, io e Caroline. Proprio come lei, una volta anche io ero una ragazza single che si faceva strada verso una carriera promettente. *Anche il mio carrello al supermercato una volta era pieno di champagne e fragole, Caroline.* Simon diceva sempre che era attratto dal mio modo di vivere, da come mi mettevo a ballare senza problemi, da come ridevo forte, riempiendo tutta una stanza di colore; ma invece di mettersi comodo e di godersi la farfalla, ha preferito catturarla. Mi ha fissato con uno spillo e mi ha messo in cornice, ma gli spilli che tengono ferma la farfalla sono quasi invisibili e nessuno può vedere che sono in trappola. Con il passare del tempo la farfalla è svanita – lui mi ha tolto tutto quello che mi aveva reso quella che ero, e ora è rimasto con questa donna spenta e incolore che ha paura di dire ciò che pensa davvero. *E non posso più ballare.*

È difficile conciliare la persona che ero con la donna che sono ora, in piedi impotente nella mia bella camera con gli armadi di quercia fatti a mano e i piumini di seta color oro. La sola molla che mi sprona ad alzarmi la mattina sono i miei bambini; sono la mia ragione di vita, e senza di loro non penso che sopravvivrei.

Tra Simon e me le cose non sono mai state perfette, ma la mia vita era sopportabile fino a Caroline; ora la vedo intrufolarsi nel nostro letto matrimoniale. Si sdraia seducente sul nostro divano, le braccia sulle spalle dei ragazzi, dei miei ragazzi, e poi eccola in cucina a servire la colazione. Questa donna vuole portarmi via il marito, e se glielo consento mi porterà via anche la mia vita, i miei bambini. Sophie tornerà a mangiare con appetito grazie ai perfetti pancake di Caroline, i ragazzi manderanno giù tutto rumorosamente prima di chiedere il bis e lei cucinerà per loro qualche altra pietanza usando le mie padelle nella mia cucina. Ora è seduta nel mio bagno, e spruzza il mio profumo preferito sulla sua pelle perfetta.

Non può averlo: lui è mio, ed è mio marito.

«Marianne, dobbiamo parlare», dice Simon togliendosi la

cravatta e appendendola, e mi chiedo se mi parlerà di lei, se porrà fine alle mie sofferenze. Spero di no. Non riuscirei a sopportarlo.

Per anni mi sono sentita come se gli dovessi qualcosa, perché era rimasto con me dopo quello che era successo con Emily. Avrebbe potuto, in diverse occasioni, chiedere il divorzio, ma non l'ha fatto – e io gliene sono sempre stata grata. Ma ora il pensiero di Caroline che ruba i miei bambini mi avvelena la mente e di colpo ribollo di rabbia, come un vulcano fumante, pronto a eruttare. Odio questa donna che non conosco, e ho paura che Simon mi lasci per lei, come ho paura di ciò che potrebbero fare dopo. Ma ho anche paura di quello che potrei fare io.

«Sai che hai bisogno di aiuto, vero?», dice sedendosi sul letto, bevendo ancora il suo vino, facendolo dondolare lentamente nel bicchiere come un sommelier.

«Sto bene».

«Ma Marianne, cara, sei un disastro – non sopporti nemmeno la minima critica...».

«Se parli dei copridivani...».

«Sì, ma molto peggio è stata... la reazione isterica che hai avuto per un piccolo bernoccolo». Si volta a guardarmi, preoccupato. Non sono sicura che questa premura sia vera. «Cara, devi capire, sono preoccupato per loro... quando sono con te».

Sento il panico che cresce. Questa minaccia non è mai troppo lontana. So che è preoccupato per il mio comportamento con i bambini, ma lui sa bene che il pensiero di perderli mi atterrisce.

«Stanno bene con me, insisto».

«Cara, tu non sei in buone condizioni... il comportamento assurdo di stasera lo dimostra...».

«Alfie si era fatto male – se una madre accorre quando suo figlio si mette a gridare non significa che sia pazza...».

«Hai reagito in modo del tutto esagerato, come sempre, e stai trasmettendo la tua ansia ai bambini».

«E tu stai trasmettendo la tua misoginia ai ragazzi», mi sento dire. Non so da dove mi venga tutta questa audacia (o stupidità?). Sono solo arrabbiata.

«Oh cara, stai davvero perdendo il controllo, vero? Non sono io il malato, Marianne – e certamente non odio le donne. È evidente che tu sia di nuovo in una condizione di paranoia».

«Simon, all'ultimo incontro lo psichiatra ha detto che me la sto cavando bene. Non puoi fare una diagnosi di disagio mentale sulla base di quello che è successo stasera».

«Ci risiamo, mi sminuisci».

Non posso crederci; sta distorcendo tutto. «No, non è vero, tu mi manipoli, mi fai dire cose che non intendo dire...», attacco, come se leggessi un copione.

«No, è la tua malattia che ti fa dire cose che non intendi dire».

Mi rendo conto, mentre faccio marcia indietro, che il mio comportamento consueto è sempre stato finalizzato a tranquillizzarlo – così da andare a letto a un'ora ragionevole e senza scenate. Ma lui stasera ha chiaramente un conto in sospeso e senza dubbio intende regolarlo.

«Perché cogli ogni opportunità per attaccarmi?», dice ora. «Tutto quello che chiedo è rispetto. È chiedere troppo, Marianne?», domanda, facendo la vittima, il povero marito maltrattato dalla moglie pazza. Riconduce sempre ogni cosa a lui.

«Io... io... ho un grande rispetto per te, e il fatto che mi preoccupi di mio figlio se si fa male non significa che ti manco di rispetto».

«Mi hai mancato di rispetto». Ha alzato la voce e si vede che vuole andare fino in fondo; non lascerà perdere. «Poco fa mi hai piantato in asso mentre ti stavo parlando...».

«Mi stavi parlando di come stendo i teli sui divani... e sono dovuta correre in cucina per un'emergenza». Sto attenta a come parlo ma lui è sorpreso dal mio atteggiamento di rivalsa. So che vedendo le cose in prospettiva, non sono esattamente quella che si dice una guerriera, ma penso che lui avverta un sottile cambiamento in me. La sua relazione con Caroline mi ha rafforzato, perché so che è reale – ne ho le prove, le ho lette – perciò dopotutto non sono del tutto matta.

Mi guarda a lungo e so che sta aspettando che mi sottometta come una poveraccia, la solita vittima che solo lui può guarire. È in attesa che crolli, e quando non lo faccio si alza in piedi e fa qualcosa che mi sarei aspettata solo e soltanto dai ragazzi. Rovescia lentamente il suo bicchiere di vino sul piumino dorato, poi sul tappeto oro pallido, e lascia la stanza.

I copridivani hanno dato inizio a tutto. Lui li considera una specie di feticcio. Ha insistito che li comprassimo quando una sera d'estate abbiamo invitato a cena la nostra vicina Renee e suo marito. Lei è una donna attraente, con un talento per il design d'interni, e Simon era davvero entusiasta di mostrarle i nostri teli in cashmere appena acquistati prima di condurla in giardino a vedere le rose. A mezzanotte. *Non me lo sarei mai aspettato*. Non posso pensarci ora – troppe donne, troppe bugie, ma chi è che mente? Sono le bugie di Simon o le mie? Non so a chi credere mentre siedo sola, circondata dai teli in disordine sporchi di macchie di vino rosso. Sono troppo stanca per piangere. Voglio soltanto dormire. Ma prima devo pulire il casino che lui ha combinato sul nostro magnifico, prezioso tappeto. Quello che ha scelto lui. Simon ama gli oggetti di lusso come ama le belle donne, considera tutto come una dimostrazione del suo successo. Suppongo che Caroline all'inizio fosse solo un altro *objet d'art* da aggiungere alla sua collezione, come ero stata io un tempo. Ma ora che ha un altro gingillo più nuovo e più brillante io non sono più degna di essere esibita. Sono imperfetta, come i copridivani e questo bel tappeto, ormai rovinati. Vedo la macchia rossa allargarsi lentamente sulla lana chiara e capisco che sono diventata un intralcio. Simon non permette mai che qualcosa o qualcuno si frapponga tra lui e quello che desidera – e questo mi spaventa.

Pulisco il tappeto per quanto è possibile e metto i tessuti in lavatrice. Alla fine lo sento rientrare – sembra che si sia fatto un altro "giro", e posso immaginare cosa significhi. Gli do una mezz'ora e quando alla fine salgo su e mi metto a letto, è già addormentato. Penso alla povera Nicole, la prima moglie, la madre di Sophie, e per la prima volta mi chiedo se il loro matrimonio fosse perfetto come dice. Se era davvero così impeccabile, come mai lei è andata in overdose da farmaci? Come ha potuto lasciare Sophie senza madre? Simon sostiene che aveva i suoi demoni, un'infanzia infelice che l'aveva portata alla depressione, e non posso fare a meno di pensare che assomigli un po' a me.

Non vedo l'ora di leggere il prossimo episodio della tresca di mio marito. Sta russando forte, capisco che ha bevuto molto e che dorme profondamente, così provo a entrare nelle sue mail attraverso il mio telefono. Dopo solo un paio di clic sono felice ma anche un po' impaurita di vederle aprirsi davanti a me. C'è qualcosa di emozionante e spaventoso nel fare tutto questo, mentre lui è disteso accanto a me nell'oscurità, e non sa che sto rovistando nei suoi luoghi segreti.

Trovo le mail degli ultimi due giorni e scavo nella sua seconda vita, cercando avidamente cose che non vorrei trovare. Caroline che dice a Simon che è il miglior amante che abbia mai avuto, che ama la sua passionalità, il modo in cui va avanti tutta la notte per poi svegliarsi presto lo stesso e portarle a letto i pancake al mirtillo. I maledetti pancake al mirtillo! Non è il Simon che conosco; non è mai entrato in cucina se non per mangiare e dirmi che avevo fatto qualcosa di sbagliato.

Mi fa male aprire un'altra mail e assistere alla sua vita parallela, dove tutto è diverso ma è lo stesso, e nulla ha senso – un intero mondo svelato da un tocco sullo schermo. Nell'oscurità sono messi a nudo davanti a me i loro momenti più intimi, le loro sensazioni, e posso flagellarmi con i particolari. Resto sconvolta da una scoperta: Caroline glielo fa venire duro ogni volta che gli passa accanto nel corridoio dell'ospedale, e lui può a malapena concentrarsi su quello che sta facendo in sala operatoria perché il pensiero di lei gli occupa la mente. Nel frattempo, lei non vede l'ora di sentirlo dentro, di cavalcarlo e farsi cavalcare, e lui risponde ricordandole come è bello che lei stia sopra, come ama i suoi seni sul viso e le sue lunghe gambe piegate strette attorno al corpo.

Resto senza fiato per il dolore mentre apro ogni intimità condivisa, ogni segreto, ogni tradimento. Grazie alle loro mail posso sedere in fondo al letto mentre fanno l'amore. Sono nel guardaroba, sbircio da dietro le tende, in piedi a guardare. Sono il terzo incomodo, l'idiota nella stanza – l'altra donna. Ma sono l'innocente di cui stanno distruggendo la vita con ogni colpo di reni; ogni loro orgasmo spegne il mio matrimonio. #MoglieTerzoIncomodo.

Alla fine spengo il telefono, sentendomi come se mi avessero fatta a pezzi. Malgrado la sua crudeltà, i suoi schiaffi, il suo disprezzo, sono ancora gelosa di lei, del Simon che lei ha e io no. Sono la moglie, ho indossato l'abito di pizzo bianco, avevo speranze e sogni e lui li ha distrutti tutti, ma lei mi ha dato il colpo finale. Per la maggior parte del tempo Simon mi rivolge a malapena la parola, ma a Caroline scrive di tutto; ogni frase carica di sesso scambiata nel cyberspazio mi colpisce e fa male più di ogni suo schiaffo. Ma la vera tragedia è che ancora mi importa di lui, lo voglio ancora, è mio. Non sono pronta a rinunciare a lui, né sono sicura che lo farò. Torniamo ogni volta a farci del male, a noi stessi e reciprocamente, ma è tutto quello che io abbia mai conosciuto. E non riesco a immaginare di poter amare nessun altro.

Sono distesa al buio, penso e ripenso a ogni riga, torturandomi con le loro parole, colpita da quanto ora lo desideri. Sarà che ho letto la profondità della sua passione, sarà che sento di aver bisogno di essere toccata nello stesso modo in cui tocca lei, ma il dolore che provo è intenso e bruciante. Voglio che lui torni a essere mio, voglio riprendere possesso di lui. Lo accarezzo sul petto mentre dorme, poi scendo con la mano giù sotto il suo pigiama. Mi sento come se avessi perso il controllo, come se qualcun altro avesse preso il mio posto mentre lo afferro, stringendolo forte con la mano. Si muove e lo bacio sul collo. Sono così combattuta, così intorpidita dalle pillole, ma eccitata, e quando si sveglia gli monto sopra, spingendolo dentro di me e muovendomi sinuosa. Mi piego in avanti, premendo il seno sul suo viso. Proprio come fa Caroline.

Comincia a reagire, spingendo, mi afferra i capezzoli e li strizza forte. Tra un morso e l'altro mi dice a bassa voce che sono una puttana e che devo essere punita. E ha ragione. Spingo in basso più forte, muovendomi più velocemente che posso, finché lui non viene gemendo. Ma io non ho ancora finito, e malgrado le sue proteste, continuo a guidarlo dentro di me, sibilandogli le mie oscenità. Una volta che sono venuta rotolo giù, il mio sudore e la sua saliva che gocciolano fra i miei seni. Mi fa male il cuore e le cosce mi bruciano, ma è tornato per pochi brevi momenti a essere mio. Così mi addormento, piena di amore e disgusto.

Pensavo di averlo riconquistato con quel singolo episodio, di avergli mostrato che potevo essere come lui aveva bisogno che fossi: se è quello che vuole, posso essere come Caroline. Qualsiasi cosa per tenerci uniti, per tenere al sicuro i miei bambini. Per tenere al sicuro *me*.

Ma la volta successiva che mi avventuro nel suo studio e apro il portatile resto in quello spazio sterile a fissare lo schermo mentre lui dice *a lei* quanto la "adora", giurandole che è “la luna di tutte le sue stelle”, e mi sorprendo a sentire che sulle mie guance scorrono lacrime fredde. È come tornare indietro nel tempo. Ricordo che all’inizio del nostro matrimonio (quando provava a convincermi che non mi aveva tradita) aveva usato le stesse espressioni anche per me. Questo mi riempie di nuovo dolore: trasuda dal mio corpo, brucia la mia carne come sale su una ferita aperta.

Non sono come Caroline. Non mi piace soffrire, ma Simon dice che devo impegnarmi di più, e che se lo amassi farei come chiede senza tante storie. Ma lei non *deve* sforzarsi – lei è rapita, abbandonata al suo dolore e al suo piacere, sbattuta con forza, presa e posseduta spesso e ovunque. È eccitante e bella. Come posso competere con questa donna perfetta? Desidero staccarmi dalle mail che descrivono la scorsa notte, come si sono scopati fino a farsi saltare il cervello. Ma non riesco a smettere. Io faccio la guardona nella relazione tra mio marito e un’altra donna e non riesco a lasciar perdere.

«Quando possiamo vederci?», chiede lui. «Non posso passare più di qualche minuto lontano da te, sono drogato di te, cara». La risposta di lei è altrettanto piena di desiderio e decisamente più poetica. «Ti ho guardato mentre bevevi il caffè questa mattina, le tue lunghe dita snelle che stringevano la tazza», scrive, e penso alle sue lunghe e abili mani che aprono i cuori e li tagliano. Quelle mani hanno tenuto il mio cuore nella loro stretta troppo a lungo. «Volevo quelle dita su di me», continua a dire. «Proprio in quel momento, alla mensa dell’ospedale, volevo che le tue dita mi carezzassero, che mi penetrassero, toccando ogni parte segreta». *Calmati, Caroline, sporcacciona sfasciafamiglie*. «Continuo a pensare a ieri notte. O Dio, non avevo mai goduto così».

Voglio vomitare. La posso quasi sentire mentre emette respiri brevi e accelerati, fino a un crescendo di grida su quel grande letto di ottone, e ancora una volta, stranamente, sono eccitata e atterrita nello stesso tempo. Queste poche righe riescono a restituirmi tutta intera la realtà. Per quanto provi a staccarmi, vengo risucchiata di nuovo nella sua stanza mentre giacciono abbracciati e guardo, proprio come una stalker, lei che gli monta sopra. Ora io la sto carezzando, mentre lei va su e giù, e grido con lei mentre Simon le morde i capezzoli e lei lo cavalca, finché lui non esplode, le loro grida assordanti nell'oscurità della mia mente.

All'improvviso mi fermo, chiudo le mail, non ce la faccio a leggere ancora. La rabbia è la sola cosa che può darmi la forza di andare fino in fondo, ma continuo a piangere. Penso di nuovo a come eravamo, prima della tragedia, prima che perdessi la testa e lui prendesse a poco a poco il controllo, finché non ci siamo distrutti l'un l'altra a modo nostro.

Come in tutti i matrimoni ci sono luci e ombre, e non è sempre andato tutto male. I primi tempi Simon e io eravamo uniti, mentre arredavamo il nuovo appartamento, pianificando il nostro matrimonio. Era persino venuto con me a scegliere il vestito da sposa. La commessa disse che era "insolito" che lo sposo fosse coinvolto e che avrebbe potuto portarci sfortuna, ma noi ci mettemmo a ridere. Chi altro avrebbe potuto accompagnarmi? Mia madre era morta, i miei amici del college e del lavoro si erano trasferiti. Non avevo nessun altro parente; lui era tutto quello che mi restava. Inoltre, volevo che fosse al mio fianco. Pensavo che fosse un gesto carino e non ero superstiziosa – lui era il mio portafortuna, non il mio portasfortuna. Ma la commessa si rivolgeva a me come se lui non ci fosse e rovinò l'atmosfera. Ricordo di essermi accorta che Simon contraeva la mascella mentre lei chiedeva se volevo *davvero* che vedesse i vestiti che provavo. Potevo sentire la tensione nell'aria, mentre sfioravo le diverse sfumature dei morbidi tessuti bianchi e crema sugli appendiabiti. Quella ragazza stava rovinando la giornata.

«Sono io che pago», aveva detto lui, «perciò sì, vedrò i vestiti che la mia fidanzata si prova. Il matrimonio è proprio questo, o no? Fare le cose insieme», aveva aggiunto, facendomi l'occhiolino. Ero raggiante per il mio cavaliere dalla scintillante armatura che era venuto con me a vestirmi di pizzo bianco e mi aveva preso e portato via, verso una vita migliore. Alla fine "l'amore" era arrivato, e Simon non mi avrebbe abbandonato come aveva fatto mia madre, nè mi avrebbe rimandato indietro come avevano fatto le famiglie affidatarie.

Mi piaceva il vestito crema attillato con il top scollato e il volant arricciato, e la commessa era d'accordo. «Le sta meravigliosamente bene», disse, e io mi ero voltai in attesa dell'approvazione di Simon. Ma si capiva dall'espressione del suo viso che quel vestito non gli piaceva; suggerì, invece, quello bianco che aveva visto in vetrina, e la commessa andò a cercarlo della mia taglia.

«Mi piace questo», dissi, quando lei uscì.

«Cara, non ti meriti un vestito così scadente», sospirò, in piedi dietro di me, scuotendo la testa.

«Oh, ma è carino...».

«Marianne, sembri una puttana con problemi di peso», sbottò. Non avrei mai immaginato che mi dicesse una cosa del genere, e sentii che mi veniva da piangere mentre stavo lì *come una puttana con problemi di peso*. Fissò i miei occhi che si riempivano di lacrime e sospirò. «In questi giorni non posso dirti nulla, sei così suscettibile. Non mi sarei mai aspettato che fossi così».

È una frase che ho sentito spesso nel corso degli anni: non mi sarei mai aspettato questo, perché ho sempre pensato che saresti stata una moglie, madre, amante migliore.

Sono una donna deludente.

Comunque, alla fine, il mio vestito da sposa fu quello bianco e leggero, e la commessa mi avvertì che alla lunga "si sarebbe scolorito". Aveva maniche lunghe e collo alto, e Simon commentò che era: «Perfetto. Sei proprio come ho sempre immaginato che dovesse essere la signora Wilson – mia moglie».

Ero giovane e innamorata. Non mettevo in discussione nulla, non potevo credere alla fortuna che avevo avuto quando avevo trovato un marito come Simon. Jill, una delle poche amiche con cui ero rimasta in contatto, era stupita dalla mia buona sorte. «Ben fatto, strega fortunata, ti sei presa un dottore». Ma altri amici non furono così benevoli: dicevano che lui sembrava un po' lunatico, che non lo conoscevo davvero e che non avrei dovuto buttarmi a capofitto. Avrei fatto meglio ad aspettare per essere sicura. Pensavo fossero gelosi. Non volevo ascoltarli. Nella mia vita non ero mai stata così sicura di qualcosa e non ero disposta a rischiare di perderlo temporeggiando troppo. Malgrado tutti mi dicessero che ero carina, non avevo molta fiducia in me stessa, e non riuscivo a immaginare che qualcuno volesse sposarmi, figuriamoci Simon Wilson, che stava per diventare chirurgo: un uomo così sicuro di sé, affascinante, sistemato. Che cosa ci trovava in me? Ammettiamolo, da un punto di vista finanziario, familiare e genetico, non ero esattamente un buon partito. Joy-senza-gioia vedeva quanto fossimo diversi e aveva offerto a Simon di pagargli un viaggio di studio in Europa, suggerendogli di portare anche Sophie. Ma lui aveva rifiutato, dicendo che mi amava e, contro ogni previsione, mi era rimasto accanto, sposandomi. Ero sbalordita e felice per la sua lealtà – nessuno mi aveva mai scelta prima.

A quel punto eravamo noi contro il mondo, emi confortava sapere che era pronto a rinunciare a quella che era probabilmente una grande opportunità di carriera, opponendosi ai desideri di Joy pur di stare con me. Ero una ragazza molto fortunata. Simon mi stava offrendo sé stesso e la possibilità di costruirci una nostra vita e una famiglia insieme – era tutto ciò che avevo sempre desiderato.

Mi tenne tra le braccia nella nostra nuova casa, con Sophie, allora di sette anni, che dormiva beata nella sua camera lilla accanto alla nostra: i morbidi, lunghi capelli sul cuscino, tra le braccia il gatto di peluche Muffin. Non possedevamo molto allora, ma ciascuno aveva l'altro ed entrambi avevamo Sophie, oltre a una bimba in arrivo che era tutta per me. In quei primi giorni non covai mai dubbi su di me o su Simon, e quando nacque la nostra bella Emily sentii che eravamo a posto e avevamo trovato il nostro lieto fine. Ma mi sbagliavo.

Capitolo dieci

Ebbi un parto difficile, perciò rimasi in ospedale con Emily una settimana. Sophie era da Joy per un po', ma Simon l'andava a prendere ogni giorno e la accompagnava a farmi visita. Portavano sempre cose carine – vestitini per la bambina, fiori e dolcetti – e ci riempiva di baci. «Le mie ragazze», diceva, e io mi sentivo così amata.

Emily e io arrivammo in taxi nella casa vuota. Simon era tornato al lavoro, e contro la mia volontà Sophie era rimasta da Joy. Poiché non era davvero mia figlia non potevo decidere io, anche se lei mi aveva confidato di non voler rimanere con la nonna. Le promisi che sarei andata a prenderla appena possibile – Sophie aveva già perduto una mamma, e aveva paura di perderne un'altra. Capivo più di chiunque altro cosa provasse.

Tornando a casa da sola con la bambina mi sentii svuotata. Il riscaldamento era spento da giorni ed era inverno avanzato. «Hai risparmiato sul gas?», scherzai con Simon quando alla fine quella sera tornò a casa tardi. Era una cosa che non avrebbe dovuto neanche prendere in considerazione; quando vieni da una famiglia benestante come quella di Simon ti puoi permettere di non risparmiare sul riscaldamento. Mi girai verso di lui e sorrisi, aspettando che ridacchiasse, ma sembrava arrabbiato.

«Che cosa stai cercando di dirmi, Marianne?».

Il colore della mia prima sera a casa con la nostra bambina volgeva dritto dal rosa al grigio.

«Mi stai accusando di non essere stato in casa quando eri all'ospedale?», insistette. «Stai insinuando che ero da un'altra parte, Marianne?», scandì intenzionalmente.

Mi si gelò il sangue. Non mi era mai venuto in mente che potesse essere da qualche altra parte e non a casa mentre ero via. Ero troppo esausta per lo shock del parto e la mancanza di sonno per pensare a quello che stava facendo Simon. Malgrado le mie proteste e i tentativi di calmarlo, mise in piedi un'enorme scenata e mi disse che ero pazza come mia madre. Andò via infuriato, sbattendo la porta come se gli avessi fatto qualcosa di terribile; io ne fui distrutta, e per parecchie ore rimasi seduta tenendo stretta Emily e piangendo. Non era il ritorno a casa che mi ero immaginata, e mi rimproverai per non aver avuto fiducia in lui.

Più tardi tornò in lacrime, disse che si detestava per avermi turbata e mi chiese se potevo perdonarlo. «Ero così preoccupato per te e la bambina», disse. «Mi sei mancata tanto quando eri all'ospedale. Non so cosa farei senza di te, tu sei tutto per me», gridò, e io gli accarezzai i capelli confortandolo, felice di riaverlo. Benché fossi ferita e disorientata dalla sua reazione a un commento innocente – chissà che cosa aveva combinato mentre io ero all'ospedale – tutto quello che importava in quel momento era che fosse tornato a casa da me e che io fossi tutto per lui, perché lui era tutto per me.

Credo che il mio ritorno a casa segnò l'inizio della mia depressione post-partum. Ero stata bene all'ospedale, con il sostegno e la gentilezza delle infermiere, le brevi visite di Simon e l'adorazione di Sophie per la sorellina. Ma ero incerta sul mio ruolo, sul mio futuro e su quello che ci si aspettava da me come madre e moglie. Peggio ancora, non ero sicura di cosa provavo per Emily. Ero la madre, dovevo amarla, era così che doveva andare – come avrei potuto non farlo? E tuttavia non ci riuscivo. Ci provai davvero, a tirare fuori amore per mia figlia; la fissavo per ore mentre dormiva tra le mie braccia e aspettavo… aspettavo. Provavo disperatamente ad allattarla malgrado avessi poco latte e mi sentissi più stanca a ogni tentativo fallito. Qualche volta, in quelle lunghe e buie sere solitarie, mentre aspettavo che si addormentasse, piangevo andando su e giù per la stanza tenendola in braccio e mi chiedevo: sono come mia madre, dunque? Ero destinata a incarnare la stessa figura materna che era lei, incapace di resistere, incapace di amare? Sarei stata costretta a cedere i miei bambini a qualcuno in grado di crescerli?

Simon deve avermi osservato, perdendo le speranze. Tutto quello che voleva era una madre per i suoi bambini, una cosa che veniva naturale alla maggior parte delle donne – un istinto, un bisogno. Ma non per me, non allora, e quando penso a quello che sta facendo adesso mi sembra che possiamo considerarci pari. Io l'ho deluso allora e ora lui delude me, e quando sarà tutto finito saremo sinceri e ricominceremo da capo dopo aver fatto tabula rasa. Non sarei la prima donna a perdonare il suo compagno per averla tradita perché vuole che tutto torni come prima. E non sono pronta a rinunciare a questa vita, perciò quella lì deve andarsene.

Pulisco in continuazione con la candeggina le superfici della cucina per spazzare lontano i pensieri su loro due. Ma per quanto pulisca, non riesco a stare lontana da loro. Sono tormentata dalla loro presenza e da quello che significherà per me. Sono anche affascinata dalla loro intimità, e mentre pulisco la vasca li immagino lì immersi nudi nel vapore, la mano di lui che scivola fra le sue cosce abbronzate e sode. Lavo il lavandino con la candeggina e la immagino seduta sul piano della mia cucina, le lunghe dita di lui che dolcemente le divaricano le gambe, Simon che la penetra proprio là. Strofino il pavimento pensando alle mail di lei che gli chiede di essere brutale, di legarla, di farle male perché è una cattiva ragazza.

Capitolo undici

Stasera i ragazzi stanno giocando entrambi a rugby per la squadra junior della scuola – la squadra baby per la verità. Su insistenza di Simon li ho iscritti a questa attività extrascolastica che prevede due allenamenti alla settimana. A parte il fatto che Alfie non voleva partecipare, mi sembrava che sommando tutte le altre attività che svolgono dopo la scuola il programma fosse troppo intenso per loro. L'ho fatto presente a Simon, ma lui è stato irremovibile e si è rifiutato di ascoltare le mie suppliche per Alfie, che è meno competitivo del fratello. Simon non vuole accettare che Alfie detesti fare sport e che dopo scuola preferirebbe piuttosto fare teatro. La sua interpretazione del personaggio di Giuseppe per il Natale dell'anno scorso è molto piaciuta al pubblico. Ho pianto, e anche Sophie: era così bravo. Simon invece quella sera lavorava fino a tardi e purtroppo non l'ha visto. In uno di questi allenamenti, dopo una partita particolarmente dura di quello che l'insegnante chiama il "vero rugby", il povero Alfie si è messo a piangere. «Ti prego, mamma, non mandarmici di nuovo», ha detto, e qualche volta, all'insaputa di Simon, mi sono inventata una finta malattia e gli ho risparmiato la sofferenza di trovarsi sotto il peso di altri quattordici ragazzi sovreccitati.

Non ricordo neanche più quanti pomeriggi d'inverno sono stata a bordo campo a guardarli, sentendo ogni entusiasmo di Charlie e ogni momento di sofferenza per Alfie. L'evento di stasera è il frutto di tutto questo duro lavoro, una partita contro un'altra scuola privata a pochi chilometri da qui, e l'atmosfera è tesa, con i papà competitivi allineati a bordo campo e le mamme tutte truccate in posa con i palloni.

Simon si è organizzato per finire presto all'ospedale e sta venendo da noi; anche Sophie s'è offerta di accompagnarmi, e le sono grata. I ragazzi sanno che il loro papà sta per arrivare e sono consapevole che Alfie sta provando con tutte le sue forze a trattenere le lacrime, perché è stato appena deliberatamente colpito a una gamba da un ragazzo più grande, proprio prima dell'inizio della partita. Sono molto in pena per lui mentre fischiano l'inizio. Li seguo con gli occhi, mentre ogni tanto giro lo sguardo con ansia al parcheggio per vedere se arriva Simon.

Avrebbe dovuto essere qui quasi un'ora fa. Ma non si è visto. La partita è cominciata alle cinque e ora sono le cinque e tre quarti – le squadre hanno fatto una pausa e stanno bevendo Bovril caldo o qualcosa di altrettanto disgustoso. La faccia di Alfie mi dice tutto quello che devo sapere: detesta ogni singolo istante della partita e non vede l'ora di essere al sicuro a casa sua, al caldo. E io mi sento come lui.

L'angoscia mi palpita nello stomaco, controllo il telefono – nulla da Simon – e mi chiedo se forse è stato richiamato per un'emergenza. E se sì, che genere di emergenza? E se c'entrasse Caroline?

Respingo i pensieri sgraditi e seguo il resto della partita come in una nebbia, turbata per i ragazzi che desideravano mostrare al padre come giocano. Perfino Alfie ce la sta mettendo tutta, pensando che Simon sia qui.

«Papà non viene allora?», chiede Sophie, mentre batte le mani e agita i piedi per scaldarsi.

«Un'emergenza, probabilmente», suggerisco un po' infastidita dal fatto che devo essere io a spiegare la sua assenza.

«O una proposta migliore», mormora, e io faccio finta di non sentire, ma quello che dice mi ferisce nel profondo.

Mezz'ora dopo, fatta la doccia e cambiati, i ragazzi raggiungono finalmente me e Sophie. Entrambi si guardano attorno alla ricerca del padre.

«Papà è molto dispiaciuto ma qualcuno è stato davvero male ed era sul punto di morire. Però lo ha salvato», aggiungo, il cuore che un po' mi si spezza nel vedere la delusione sui loro visi. I ragazzi sono troppo giovani per rimanere impressionati, ma almeno sembra una scusa ammissibile e spero che l'assenza del padre risulti meno dolorosa. Evito di guardare Sophie, che fa un gran sospiro mentre dico bugie ai miei figli. Mentre camminiamo insieme verso il parcheggio mi convinco che a volte una bugia è il modo più gentile per giustificare un impiccio.

«Così... stavo pensando... », comincio, mentre faccio retromarcia e giro la macchina rapidamente nel parcheggio, facendola slittare sul terreno gelato tra le grida di eccitazione dai sedili di dietro. Rido insieme ai ragazzi – ogni tanto è divertente fare i cattivi, correre qualche rischio.

«Perciò... a che pensavi...?», chiede Charlie.

«Pensavo?», scherzo, e i ragazzi ridono e gridano: «Mamma? Diccelo!», in modo sempre più assordante.

«Va bene, va bene, pensavo che potremmo andare... da... McDonald's!».

Se avessi proposto Disneyland la gioia non sarebbe stata maggiore. Non c'è niente di meglio di un Happy Meal per chiedere scusa, e nel mio piccolo voglio solo che stiano bene e siano felici. Voglio cancellare il fatto che il loro papà non è venuto. Voglio che ridano e dimentichino, perché nonostante i miei continui tentativi di appianare tutto, so che subiscono gli effetti della tensione che c'è in casa.

Perciò andiamo da McDonald's con l'ordine tassativo di non dirlo a papà, «perché potrebbe dispiacergli tanto che ci siamo andati senza di lui», mento, mentre entriamo nel parcheggio e i ragazzi cantano canzoni sugli hamburger.

Dieci minuti dopo la fiducia dei miei bambini nei genitori e nel mondo è ristabilita, mentre divorano quello che Simon considera il cibo più tossico sulla faccia della Terra. I ragazzi si mangiano un Happy Meal e perfino Sophie si degna di prendere un panino vegetariano. Ho anche ordinato un cheeseburger per me, mentre sediamo nella luce fluorescente del posto che (davanti a Simon) non osiamo nominare, li guardo. I ragazzi sono tutti e tre assorti – i piccoli immersi in panini e giocattoli, Sophie al telefono. I miei ragazzi, tutti al sicuro. Tutti felici. E con me. Accedo a Instagram.

Non chiedetemi perché; forse è l'eccitazione di essere sola con i miei ragazzi a mangiare il dannato Happy Meal, ma mi sento improvvisamente coraggiosa. Finché noi quattro siamo insieme, il resto non conta, e l'assenza del padre può essere compensata da un hamburger, un giocattolo e una Coca-Cola. Perciò, con questo nuovo coraggio, decido di entrare più in profondità nel tunnel. Non so quanto sarà buio, ma so che i miei ragazzi sono qui in questo fast-food illuminato a giorno, e potranno tirarmene fuori se ne dovessi avere bisogno.

Per la milionesima volta clicco «Caroline Harker» sul motore di ricerca, ed eccola lì di nuovo, che guarda proprio me, che osa riaprirmi la porta per farmi entrare nella sua vita... la vita che si sta insinuando nella mia.

«Mamma, guarda quanto vola alto», dice Charlie si riferisce sua astronave di Star Wars, la manda in picchiata sul viso di Alfie, rovesciando la sua Coca-Cola dappertutto.

Pulisco il tavolo con i tovagliolini e dico: «Mangiate il vostro hamburger», e «Non far male ad Alfie», mentre clicco sulle foto di Caroline Harker. Mi fissa dritta negli occhi, in primo piano, un bicchiere di vino in mano, un sorriso perfetto sul viso – labbra che brillano, denti bianchissimi. Presumo che li abbia sbiancati, e quell'abbronzatura deve essere artificiale. Non è andata via per tutta l'estate; troppo occupata a gironzolare intorno a mio marito. E poi lo vedo, postato dieci minuti fa: lenzuola sgualcite, una calza per terra, due bicchieri, una bottiglia di Merlot, il vino preferito di Simon. #AmoreNelPomeriggio.

Il cuore mi batte forte in testa. Come ha potuto? So che mi fa del male, ma ora sta facendo del male anche ai miei bambini. Ha messo lei davanti a loro e questo è imperdonabile. Il mio dolore e la mia rabbia esplodono come meteoriti dentro di me e per un momento non so dove mi trovo. Mi assale un senso di appannamento. Tutto diventa buio e sto lottando per uscire da un incubo. Ma poi torna di nuovo la luce; i ragazzi stanno ridendo di qualcosa.

«Mamma è così vecchia che non ci vede bene», ridacchia Sophie, e mi rendo conto che tengo il cellulare quasi attaccato al viso, come se volessi entrare nella foto, per vedere chi c'è là, dietro la macchina fotografica. Cerco indizi, qualcosa che mi confermi che lui è là ora, con lei. Provo con tutte le mie forze a non immaginare di strangolarla con quella calza di seta. Ma i bambini stanno ancora ridendo e le lenzuola, i bicchieri e la calza svaniscono dalla mia mente. I miei bambini mi fanno tornare in me, e faccio gli occhi storti, che è la cosa che i ragazzi preferiscono sempre, visto che loro ancora non sanno farlo. Si sbellicano dalle risate e anche io e Sophie ridiamo con loro. Questi minuti rubati sono preziosi e guardare i miei bei bambini dall'altra parte del tavolo mi rende ancora più determinata a non lasciare che se li prenda Caroline.

Più tardi, quando arriviamo a casa, la macchina di Simon è nel vialetto. Lo vedo alla finestra, in piedi, aggrappato con aria colpevole a un milione di scuse, pronto a gettarle in aria come coriandoli. Mi sento così triste mentre apro la porta e i ragazzi si fiondano dentro. Il fatto che il padre non ci fosse alla partita è già dimenticato o perdonato. Ora è all'ingresso, li afferra mentre corrono, li abbraccia e offre una pizza di riconciliazione per domani per rimediare alla sua assenza di stasera.

Non dico una parola, mi limito a entrare in cucina dove lui mi segue e apre una bottiglia di Merlot. La seconda, oggi. Ascolto qualche prolissa fandonia su un paziente in bilico tra la vita e la morte, e sull'eroismo con cui ha salvato un'altra vita. Non rispondo, mi comporto come al solito e d'istinto mi metto a pulire le superfici della cucina mentre lui parla.

«I ragazzi ci sono rimasti male che tu non ci fossi», dico semplicemente, dopo che lui ha finito di raccontare la sua "storia".

«Rimasti male? La famiglia ci sarebbe rimasta peggio se il mio paziente stasera fosse morto».

«Non è un paragone adeguato». Anche se fosse, dubito che lui si trovasse in quel dannato ospedale, a giudicare dall'Instagram della sua amante.

«No, certamente non volevo fare paragoni», sogghigna, «perché a quanto pare assistere a una partita di rugby è molto più importante che salvare la vita alla gente».

«Non sto dicendo...». Perché riesce sempre a rigirare le mie parole, facendomi sentire in torto? «Non era "una qualsiasi" partita di rugby, era la prima partita di rugby dei tuoi ragazzi, con la squadra di cui non vedevi l'ora che facessero parte».

«Ho già chiesto scusa ai ragazzi, e dopo la giornata che ho avuto non ho proprio bisogno che tu mi tenga il broncio...», dice, facendo apparire la mia rabbia come qualcosa di futile e banale.

«Una cosa è far del male a me, Simon», dico interrompendolo, «un'altra è far del male ai bambini». Quanto ho detto resta sospeso nell'aria come una nuvola rigonfia, trattengo il respiro e continuo a pulire con il panno antibatterico, sperando di poter rimuovere la sua sgualdrina come tiro via lo sporco.

«Come ti permetti, proprio tu, di sostenere che farei del male ai nostri bambini?», dice.

Bersaglio colpito!

E di nuovo vado giù, giù, giù, e precipito a terra.

Vincerà sempre.

Voglio dirgli che so dov'era; ce l'ho sulla punta della lingua, ma che prove ho? Una foto di due bicchieri vuoti di Merlot? Non posso accusarlo di aver preferito lei ai nostri bambini, con quella debole prova. Caroline avrebbe potuto scattare quella foto in ogni momento, e lui avrebbe potuto anche non essere il compagno di bevuta, l'uomo con cui si era rotolata su quelle lenzuola sgualcite.

«I ragazzi erano turbati – avresti dovuto chiamarmi, almeno l'avrebbero saputo», dico, provando a parlare con calma e dolcezza, per non surriscaldare l'atmosfera.

«Oh, hai ragione, avrei dovuto chiamarti mentre il mio paziente era sospeso tra la vita e la morte. Avrei dovuto posare i ferri e dire "mi dispiace, cari collaboratori – so che il paziente sta perdendo sangue copiosamente dall'aorta sinistra e potrebbe morire in qualsiasi momento, ma devo davvero chiamare mia moglie"». Mi guarda con malcelato disprezzo e prende un altro sorso. «Vorrei che vivessi nel mondo reale, Marianne», aggiunge. «Vorrei avere qualcuno con cui parlare, qualcuno che capisca».

«Ma qualcuno ce l'hai però, vero?», mi sento dire.

Si gira all'improvviso per aggredirmi e io so che questo è quello che vuole – che lo accusi senza controllo, che pianga, che lo supplichi, perché così può negare tutto, dire che sono una pazza, rimandarmi in ospedale e mettere su casa con la Piccola Miss Caroline e le sue disgustose lenzuola sgualcite. «Che cosa hai detto?»

«Sto solo dicendo che tu puoi parlarne *con me.* Sono tua moglie, ti capirei». Cerco di guadagnare tempo, ho bisogno di cancellare questa cosa che si è intrufolata nel nostro matrimonio. Se ora litigo o comincio a lanciargli delle accuse so chi andrà via di casa stasera, lasciando i bambini – e non sarà lui. Ho la prova scritta delle mail, la prova che questa relazione è reale e che io non ho inventato niente. Guardo il suo bel viso, sapendo che le sue labbra l'hanno baciata, le sue mani sono state su tutto il suo corpo. Voglio chiedergli perché. Voglio che lui abbia una crisi di pianto e mi confessi tutto, mi dica che ha fatto un grave errore, che ama solo me, e poi mi chieda di perdonarlo. Non so se potrei ma è irrilevante, perché lui non me lo chiederà mai.

«Vado a lavorare un po'», dice e si dirige verso la porta. Proprio prima di uscire, si gira verso di me e mi infligge un altro colpo mortale. «Marianne, ci ho pensato... trovi che il peso che hai sulle spalle sia troppo per te... di nuovo?». Una domanda tendenziosa che non aspetta risposta. «È solo che... be', hai rimproverato Charlie, gli hai detto che è uno stupido... e poi i ragazzi lasciati lì sul divano in mezzo alle briciole dei biscotti che hanno mangiato per cena l'altra sera e ora questa... questa *aggressività* nel tuo modo di fare... Devo dire che sono piuttosto preoccupato».

«Sto bene, te l'ho già detto...».

«Sì, ma mi avevi detto che stavi "bene" anche con Emily e guarda poi che cosa è successo». Con uno sguardo di avvertimento esce dalla cucina chiudendosi dietro la porta. Chiudendomi la porta in faccia.

«Andiamo, ragazzi, è l'ora del bagno. Mamma non si sente tanto bene, è di nuovo un po' confusa», lo sento gridare.

Corro alla porta e la spalanco. «Ho detto ai ragazzi niente bagno stasera. Hanno fatto la doccia dopo la partita di rugby e sono già in pigiama», grido sapendo che ricevere ordini contrastanti li confonderà.

«Andiamo ragazzi, è l'ora del bagno», ripete lui con voce calma, ribadendo il suo ordine come se io non esistessi. Sento dalla camera da letto le loro proteste mentre lui sale le scale. «Sì, *farete* il bagno. Ve l'ho già detto, mamma non sta di nuovo molto bene». Ora si sta riappropriando dei bambini. Sarà un padre perfetto: affidabile, divertente e affettuoso. Nel frattempo, io svanirò sullo sfondo finché non conterò più nulla, fino a quando non si fideranno più di me, fino a quando io stessa non avrò più fiducia in me. Vivranno felici nel mondo di Simon, un mondo di cui io non faccio parte, ma dove li attende una nuova splendida madre.

Già prefiguro la scena, Caroline nei weekend di relax, con i capelli raccolti in modo disordinato, senza trucco e con la farina sul naso. Il sole entra dalla finestra, il solito gradevole tepore e inonda lei e la mia amata parete tinteggiata Farrow&Ball nella luce densa del mattino. Sta facendo un'altra volta i pancake nella mia cucina, a pochi centimetri da me, usando le mie padelle, i miei ingredienti, perfino le dannate ricette scritte a mano da me che tengo nel cassetto. I ragazzi sono tutti eccitati. Amano le frittelle di Caroline – e Simon ama Caroline. Con un bacio lui le toglie la farina dal naso e lei gli dà un'occhiata allusiva per "il dopo" che li attende. Mettendo i bambini al primo posto come tutte le brave madri, lancia le frittelle in aria e i bambini strillano di piacere. Non sono mai stata capace di lanciare le frittelle – si attaccano alla padella o si spiaccicano sul pavimento – ma scommetto che Caroline ci riesce. Perfino Sophie è conquistata dalla bellezza e dalla giovinezza di Caroline; questa nuova mamma è molto più carina e felice di quella vecchia, non sparisce per settimane intere negli ospedali e non si mette a lanciare bicchieri contro le bariste nei pub.

Questo è successo l'anno scorso, quando sono uscita fuori di testa per… nulla o per qualcosa o per… non so più neanche per cosa. Caroline sarà una boccata d'aria fresca per la povera, tormentata Sophie. La aiuterà a fare i compiti e si scambieranno like sui post di Instagram – Sophie ama i social, ci sta sempre incollata. Caroline probabilmente conoscerà un qualche membro di una band famosa e avrà biglietti gratis perché è quel tipo di donna. Un sogno per tutti gli uomini e i bambini. I *miei* bambini. #MogliePerfetta #MammaStupenda.

Mi siedo su uno dei miei meravigliosi sgabelli di pelle da bar in cucina, appoggio la testa sul piano di marmo di Calacatta Oro e piango.

Certo, c'erano già dei segnali di allarme, ma speravo che dopo tutto quello che avevamo passato i guai sarebbero diminuiti e l'amore sarebbe aumentato. Ma a causa della tragedia che li ha colpiti con Emily, è tutto il contrario. È stata tutta colpa mia.

Ero una mamma che non valeva niente, le mie emozioni erano fuori controllo e per questo mi ero rifugiata in uno stato di torpore. Presto mi accorsi che mi stavo tenendo in precario equilibrio tra i sentimenti di Simon e le necessità mie e della bambina. Me ne andavo in giro come un automa nutrendola, cambiandole il pannolino e pregando che si addormentasse. Piangeva tanto, e io con lei. Simon diceva che Nicole non aveva mai avuto tutti questi problemi con Sophie; era capace di calmarla in un attimo e subito avevano trovato un'intesa – cosa che mi fece stare anche peggio. Tentai disperatamente di non prendermi cura di Emily in modo catatonico e frettoloso, di trovare un approccio migliore, ma le mie emozioni erano logorate. Avevo costruito un muro intorno a me e nessuno poteva entrare o uscire. Non avevo amici, nessuna madre a cui chiedere consiglio. Poi, su richiesta di Simon, arrivò sua madre e di nuovo si portò via Sophie. Questo per me peggiorò le cose. Mi mancava, e il fatto che Sophie non ci fosse mi faceva sentire ancora più sola e sperduta. Nel frattempo stavo lottando per prendermi cura di Emily, che rifiutava il cibo e dormiva poco – per la maggior parte del tempo strillava. Simon lavorava tanto e fino a tardi, e rimanendo sola tutto il giorno mi chiedevo se non fosse il caso di provare a trovarmi delle amiche. Magari sarei potuta entrare a far parte di un "club di neomamme". Ne parlai con Simon ma disse che non sarebbe stato degno di me. «Stare seduta in circolo su un pavimento freddo di una sala pubblica piena di spifferi – è davvero questo che vuoi fare con la nostra bambina?», disse scuotendo la testa sconfortato per la mia proposta.

Mi dissi d'accordo, ma non perché ero convinta che non fosse degno di me, ma perché un gruppetto di madri cinguettanti che sapevano esattamente cosa fare (mentre io no) era l'ultima cosa di cui avevo bisogno. Avevo bisogno di dormire, appesantita dai chili presi in gravidanza e profondamente infelice. Era già abbastanza difficile pettinarsi e assumere un aspetto "normale". Desideravo solo un po' di pace. Tutto quello che volevo era ciò che prima avevo dato per scontato: andare a letto e dormire. Ma Emily aveva le coliche ed era nervosa e i giorni si succedevano uno dopo l'altro come una catena senza fine; entrambe eravamo indebolite, in lacrime e sole. Mi svegliavo ogni mattina con la rinnovata convinzione che avrei fatto la cosa giusta, ma a quanto pareva i miei tentativi di calmare la mia piccola producevano l'effetto opposto e la esasperavano. Avevo anche problemi con i miei sentimenti, stavo male in modo irrazionale quando non prendeva la tetta e vivevo come uno sgarbo personale il fatto che si addormentasse felice tra le braccia di Simon mentre tra le mie gridava in continuazione.

«Sei travolta dall'ansia e la stai trasmettendo a lei», diceva Simon mentre me la prendeva dalle braccia. «Nicole di solito faceva così». Sorrideva, accarezzava dolcemente Emily o la tirava su e le parlava aprendole le manine, i grandi occhi azzurri di lei fissi nei suoi. Con lei era meraviglioso come io non sono mai stata e, se devo essere sincera, ero gelosa. Gelosa di Simon, di Nicole e di qualsiasi altro genitore che camminava per strada a spasso con un bambino felice addormentato nel passeggino: loro potevano farlo e io invece no. Non potevo nemmeno uscire di casa da sola con lei: avrebbe potuto cogliermi un attacco di panico, per questo me la tenevo sulle ginocchia tutto il giorno con la televisione accesa per coprire le sue grida. Stavo seduta là a guardare le puttane compiaciute delle pubblicità che si beffavano di me con i loro corpi tornati perfetti dopo il parto mentre si entusiasmavano per aver scelto quella marca di pannolini. Per me era un mondo misterioso, irraggiungibile come la luna, e di nuovo mi chiedevo se il mio problema fosse una depressione post partum o il fatto che non avevo mai avuto una relazione con mia madre. Essere una cattiva madre è forse ereditario? Simon pensava di sì.

«Il suicidio di tua madre mi preoccupa», disse una sera rientrando dal lavoro mentre io stavo piangendo in vestaglia.

«Sul serio?», sospirai apatica sopra le solite urla di Emily, mentre lui la prendeva dolcemente dalle mie braccia.

«Sì. Stavo parlando con una collega – lei dice che potresti avere una predisposizione genetica ai disturbi della salute mentale. Inoltre l'assenza di tua madre avrà avuto certamente un impatto su come reagisci con Emily... natura *insieme* a educazione».

«Il problema è come lei reagisce a *me*», dissi con gli occhi pieni di lacrime. Le emozioni e gli scompensi ormonali mi sconvolgevano la mente. Mi preoccupava la tara genetica di mia madre, ma mi preoccupava di più il fatto che avesse parlato di me con qualcuno al lavoro. Un'altra donna, ancora. Sono le piccole cose che ti consumano, soprattutto quando sei vulnerabile. Provavo vergogna e mi sentivo sola, tremendamente sola.

«Sono amareggiato, Marianne», disse lui mentre cullava Emily che dormiva beatamente tra le sue braccia. «Pensavo che fossi una madre forte, che avresti reagito».

«Io posso... lo farò, io...».

«E tu sai che io non sono superficiale – non ti ho scelto per il tuo aspetto, ma devo dire che sarei imbarazzato a camminare ora con te per la strada. Per dirla con franchezza, sei proprio messa male. Passi le giornate ciondolando per casa, piena di autocommiserazione, e lasciandoti completamente andare. Potrei capirlo se fosse perché sei impegnata a fare la madre, ma sembra che tu non abbia alcun talento per le cure materne. Immagino che tua madre fosse così...».

«Mia madre era malata». Ero stata allontanata da lei da bambina perché c'era il rischio che potesse farmi del male. «Non sono come mia madre, vero?»

«Hai detto tu stessa che non ami Emily – che tipo di madre direbbe una cosa del genere?». Simon aveva ragione, ed ero spaventata come lui che la mia malattia comportasse l'impossibilità di fare da madre alla nostra bambina. Non era su *questo* che lui aveva messo la firma; aveva fatto la sua parte mettendo a disposizione una casa amabile per me e la bambina. Ed eccomi in una reggia nuova di zecca con il mio bel marito e la bambina perfetta, ma per qualche inesplicabile motivo non potevo essere felice. Simon aveva ragione, mi ero lasciata andare, seduta di qua o di là per tutto il giorno con indosso la vestaglia azzurro sbiadito, i capelli arruffati e il viso perennemente bagnato di lacrime. Dovevo fare qualcosa: se non avessi reagito avrei potuto perderlo.

«Sto andando a vestirmi», dissi uscendo dalla stanza.

«Era ora», mi rispose senza guardarmi, ma aggiunse una cattiveria finale. «Però mi meraviglia che tu possa trovare qualcosa da metterti, sei diventata così grassa».

Era come ficcarmi la testa sott'acqua quando io ero già sul punto di annegare. Un colpo in più al cuore.

E io che pensavo che tu fossi destinato a guarirli, i cuori danneggiati, Simon.

Ci sto pensando adesso, seduta nella mia cucina di design, mentre i ragazzi ridono con il padre al piano di sopra. Lo sapevamo tutti e due che io non ero degna di lui, perciò Simon ha provato a modellarmi per trasformarmi nella moglie che voleva. Ma sfortunatamente la vera Marianne ha continuato a venire fuori e a rovinare tutto, così ora lui ha trovato Caroline, una donna che non deve plasmare perché è perfetta esattamente così com'è. E non c'è abbastanza spazio per tutte e due.

Capitolo dodici

Mi trovo in una condizione di tensione costante, non ce la faccio ad aspettare fino a stasera, quando verrò tranquillizzata dalla cortina dei farmaci. Ho cominciato a prendere le pillole nel tardo pomeriggio, perché devo stare attenta alla guida quando accompagno i bambini; solo nei fine settimana, qualche volta, le prendo presto la mattina. Non voglio drogarmi, ma ho bisogno delle medicice per placare i pensieri che si sono impossessati di me dall'arrivo di Caroline nelle nostre vite. Simon dice che la terapia mi aiuterà a star meglio, ma avendo assunto per anni svariati tipi di medicine sto ormai iniziando a pensare che non facciano niente – insomma mi sono trasformata in mia madre.

Dopo aver trovato il corpo di mamma sono rimasta profondamente traumatizzata per un lungo periodo. Seguivo una terapia e avevo il sostegno professionale degli assistenti sociali, e fra i dieci e i quindici anni si prese cura di me un'amabile famiglia affidataria. La madre, la signora Fellows, era stata un'insegnante di arte; aveva due figli, più me, più quello strano bambino piccolo che stava con noi solo per certi periodi. La signora Fellows – o Jean, come le piaceva che la chiamassi – era l'unica persona gentile e coerente che avessi mai incontrato nella mia infanzia. Era avveduta e premurosa, e quando tornavamo a casa da scuola e la trovavamo ai fornelli che aspettava noi piccoli con cibi caldi in vassoi appena usciti dal forno e bicchieri di latte, mi sembrava di vivere in una fiaba. Fu Jean a darmi il kit per cucire, fu lei a vedere delle potenzialità nei miei disegni e bozzetti. Leggeva le riviste femminili con patinate fotografie di modelle, in cui io mi immergevo prendendo spunto dalle immagini per cucire i miei vestiti fatti a mano con vecchie stoffe e abiti dismessi. Fu grazie a Jean che nacque la mia passione per il colore e la moda e senza di lei, credo, sarei finita quasi certamente per strada. Jean e suo marito Bob stavano pensando di adottarmi quando lei si ammalò, per mesi entrò e uscì dagli ospedali e sembrò che mi avessero dimenticato. Jean andava regolarmente a fare la chemioterapia e Bob era fuori di sé per la pena perciò, quando un giorno gli chiesi dell'adozione, rispose brusco: «Mi dispiace Marianne, quando Jean se ne andrà non adotterò nessun bambino».

Ne fui totalmente annichilita. Non avevo mai pensato all'eventualità che Jean potesse "andarsene" – non sapevo dove, ma era un fatto del tutto inaspettato, perché lei era l'unica persona su cui avevo pensato di poter contare. Quando morì capii che era questo che succedeva alle persone che amavo: mi lasciavano sola. Sposare Simon e diventare la seconda madre di Sophie cancellò tutto – alla fine ero riuscita ad avere una famiglia mia e nessuno poteva portarmela via. *Finché non sei arrivata tu, Caroline, con il tuo sorriso smagliante e le tue lenzuola sgualcite.*

Sollevo il capo dal piano della cucina; tutto è tranquillo, per un attimo mi chiedo se non abbia perso i sensi mentre Simon portava via i bambini, ma poi sento una risatina e la voce profonda di mio marito. Naturalmente ha fatto loro il bagno e adesso sta leggendo una storia – tutti sono a casa, tutti sono al sicuro. Devo essere grata. Tutto va per il verso giusto. Per ora.

Pensando a Jean e alla funzione rilassante dell'arteterapia, entro nella lavanderia e apro l'armadietto dove tengo il materiale per fare le borse. Tutto è ordinatamente riposto in un barattolo di biscotti e in vecchie scatolette di cioccolata; li apro toccando la freschezza del merletto e la morbidezza del velluto. Poi mi torna in mente la borsetta di Jen. Le era piaciuta così tanto, e qualche settimana dopo mi aveva chiesto di farne un'altra per una sua amica.

Ero così lusingata che le fosse piaciuta che suppongo di essermi fatta travolgere. La vedevo come una prima commissione, una piccola fessura di luce nelle tenebre oscure. Imperi commerciali sono stati costruiti su piccole cose di questo tipo: un amico parla dei tuoi lavori con un amico e prima che tu te ne possa render conto sei su «Vogue». Jen mi ha detto che alla sua amica piacevano il colore verde e l'oceano perciò ho comprato del bel tessuto verde mare e ho fatto piccole stelle marine di perle. Sapevo che Simon non avrebbe approvato – mi aveva già detto che cucire era una perdita di tempo – ma volevo dimostrargli che potevo avere successo. Sentivo che potevo convincerlo a sostenermi, una volta che gli avessi mostrato questa mia ultima creazione, perciò ho passato giorni e giorni a cucire, creare, dimenticare. Quando finalmente ho finito la borsetta, l'ho distesa sul tavolo della cucina per ammirarla. Ero così fiera. Era davvero bella e per la prima volta dopo un'eternità mi sono sentita in pace con me stessa, come se avessi anche io qualcosa da donare al mondo. Sophie ha detto che era splendida e perfino i ragazzi l'hanno notata sul tavolo e hanno detto che era "fantastica e fica" e più tardi quella sera la l'ha vista pure Simon.

«Cosa ne pensi?», gli ho chiesto piena di orgoglio. Certo anche Simon avrebbe dovuto ammettere che era bella.

«È solo una borsetta», ha detto in un sospiro.

«Oh, Simon, penso che tu sia davvero scortese», ho detto a cuor leggero nascondendo la mia delusione.

«Oh, davvero lo pensi? Bene, *io* sono convinto che tu abbia cose molto più importanti da fare nel corso della giornata che trastullarti con il tuo kit da cucito», ha scandito quasi ringhiando mentre si allontanava dal tavolo.

«Non è un gioco per me, Simon», ho detto con un falso candore che smascherava la mia fragilità. «Questa è la mia prima commissione, l'ho appena terminata». L'ho sollevata dal tavolo mettendomela davanti, orgogliosa. Volevo disperatamente la sua approvazione. Se avessi ottenuto il suo benestare mi sarei potuta dedicare a questa attività senza temere ritorsioni.

Lui ha sospirato. «Ne abbiamo già parlato, Marianne. Tu a malapena ce la fai a seguire i ragazzi senza avere altri impegni. E chi esattamente te l'avrebbe "commissionato"?», ha detto facendo con le dita il segno delle virgolette.

«Jen... alla sua amica Suzie è piaciuta molto quella che avevo fatto per lei, così mi ha chiesto di farne un'altra per il suo compleanno».

«Oh, cara», ha sospirato di nuovo, inclinando la testa con un'espressione di falsa compassione.

«Che cosa?»

«Mi dispiace cara, ma penso che probabilmente Jen si stia prendendo gioco di te».

«E perché dovrebbe farlo? Non capisco».

«Non le è piaciuta la borsetta che le hai donato; è molto poco credibile che te ne chieda un'altra».

«Ma lei ha detto... c'eri anche tu, alla sua festa, hai visto come era contenta. L'ha tenuta tutta la sera a tracolla. Ha detto che le piaceva molto».

«Certo che l'ha detto, non poteva certo confessarti che la disprezzava, ma temo di averla sentita fare commenti molto spiacevoli sulla borsetta più tardi a una delle sue amiche. Non te l'ho detto. Non volevo darti un dispiacere ma non posso restare a guardarti mentre ti rendi ancora una volta ridicola... cara, pensaci. Lei possiede borse di Prada e Gucci. Non le serve la tua robetta fatta a mano... l'ha detto solo per essere cortese».

Ho lasciato la borsetta sul tavolo e mi sono messa fare l'unica cosa che potevo ancora fare bene: finire di cucinare la cena. Stavo preparando l'agnello alla Boulangère con la ricetta presa su *Cucina regionale francese* di Elizabeth David – un libro di cui la stessa madre della David, quando ancora era viva, si fidava ciecamente. C'era voluto tutto il giorno per prepararlo e, se fosse stata ancora con noi, sono sicura che persino Joy-senza-gioia avrebbe dato la sua approvazione. Ma sono rimasta davanti all'agnello, con gli occhi pieni di lacrime, sentendomi così sconvolta per il fatto che Jen avesse detto una cosa "spiacevole" sulla mia borsetta, sul mio regalo. Ero davvero convinta che le piacesse, specialmente quando me ne aveva chiesta un'altra per la sua amica Suzie. Mi chiedevo se Simon avesse per caso sentito male o stesse esagerando – o persino mentendo? Ma perché Simon avrebbe dovuto dire una frottola del genere? Dovevo ammettere che sembrava proprio una cosa da Jen – il genere di commenti che avrebbe potuto dire in uno dei suoi momenti di ironia malevola.

In pochi minuti ho fatto restringere la salsa, ho affettato l'agnello e ho messo a bollire le verdure (a Simon piacciono *al dente*). Quando gli ho messo il piatto davanti ho fatto un passo indietro in attesa della sua reazione. Ero sicura che sarebbe rimasto a bocca aperta e chissà, magari mi avrebbe perdonato per essermi "trastullata" con il mio kit da cucito per tutto il giorno. Ma mi sono accorta dal modo in cui masticava che l'immagine di me che cucivo la borsetta quando avrei dovuto invece occuparmi della casa l'aveva fatto infuriare. Masticava l'agnello così tenero che si scioglieva in bocca, il sughetto di carne appetitoso e vivace, profumato di aglio e timo, assorbito dall'arrosto dorato e croccante che ora danzava sulla sua lingua.

Ho aspettato... e aspettato standogli accanto come se fossi una cazzo di concorrente di *Masterchef* e trattenessi il respiro in attesa del verdetto della giuria.

Alla fine ha posato il coltello e la forchetta, il piatto quasi vuoto e, prendendo il suo cellulare, ha alzato gli occhi verso di me. Mi sentivo una cameriera mentre prendevo il suo piatto.

«Ti è piaciuto?», e volevo quasi aggiungere "signore".

«Era buono». Ha spinto indietro la sedia. «L'agnello era troppo cotto». Non mi ha guardato nemmeno, si è alzato e se ne è andato. «E sistema i ragazzi, stanno correndo in giro per il giardino come selvaggi», sono state le sue parole di commiato mentre usciva dalla stanza.

Sono stata così brava a creare l'illusione della nostra "famiglia perfetta" insieme a lui che nessuno mi crederebbe se dicessi che il mio matrimonio è molto meno che perfetto. Ho rinunciato alla mia carriera con gioia per diventare madre e qualche volta mi chiedo come sarebbe stata la mia vita se mi fossi dedicata sia al lavoro che alla famiglia, anche se Simon diceva che non si può "avere tutto" e che per noi andava bene così. Ma che significa "noi"? Io faccio parte di questo noi? Recentemente mi sono sentita una nullità, solo un'estensione dei bisogni e dei desideri di Simon, mentre lui aspetta solo l'occasione giusta per liberarsi di me e mettere un anello al dito di Caroline. Ho aspettato sapendo che non sarei stata mai abbastanza brava, sapendo che un giorno mi avrebbe lasciato come mia madre, come Emily.

Oggi Emily avrebbe quasi dieci anni e penso a lei praticamente di continuo. Aveva gli occhi blu di Simon come gli altri bambini, e tutti sono mancini come lui. Era troppo presto per sapere se Emily sarebbe stata mancina, e spesso me lo chiedo. Ma non lo saprò mai, perché è morta… ed è stata tutta colpa mia.

Capitolo tredici

Avrebbe dovuto essere il periodo migliore della mia vita, ma divenne il peggiore. Avevo la tanto attesa bambina perfetta, appena nata, ma ero profondamente depressa, incapace di far fronte a tutto. Simon lavorava molto e una volta a casa mi sostituiva con riluttanza. Certe sere era stanco e amareggiato, si sentiva frustrato e se la prendeva con me. Quelle sere ero contenta che Sophie fosse con Joy: forse non si divertiva, ma almeno non stava distesa sul letto ad ascoltare suo padre che litigava con me, mentre Emily gridava in sottofondo. Poi una sera, semplicemente, lui non tornò a casa.

Fu solo dopo le undici che cominciai davvero a preoccuparmi; se Simon andava a bere qualcosa di solito per quell'ora rientrava, perché doveva alzarsi presto la mattina. L'avevo sentito parlare a bassa voce al telefono la sera tardi e avevo notato che si era messo il profumo perciò, logorata da notti insonni e depressione, mi venne la paranoia che potesse vedersi con qualcun'altra. L'avevo chiamato sul cellulare e piangendo gli avevo anche lasciato parecchi messaggi, ma ora avevo paura che avesse avuto un incidente. Di solito non guidava la sua lussuosa macchina nuova se aveva bevuto, ma dopo qualche birra avrebbe comunque potuto prendere il rischio, e io continuavo a guardare il viso della mia bambina e a chiedermi se avesse ancora un padre.

Man mano che passava il tempo l'angoscia aumentava. Chiamai i suoi amici, i vari pub che avrebbe potuto visitare, e poi la polizia. Visto che continuavo a non avere notizie, misi

Emily nel passeggino, mi avvolsi nel cappotto di Simon e uscii nella notte per cercarlo. Pioveva a dirotto, tirava un vento gelido e la pioggia schizzava sul mio viso come ghiaccio, scorrendo dal mio mento dentro l'apertura del cappotto, inzuppandomi tutta. Camminavo e piangevo e dopo mezzanotte una giovane coppia mi fermò per chiedermi se avessi bisogno di aiuto. Dissi loro che stavo bene e che volevo solo che mi lasciassero in pace. Fui piuttosto brusca. Non mi importava cosa potevano pensare – e non volevo neanche essere "aiutata". Volevo solo Simon.

Ma dopo aver camminato per ore, chiamandolo in continuazione, mi diressi verso casa nella vana speranza che fosse lì. Lo immaginavo seduto sul divano, esausto dopo una giornata di lavoro, che si chiedeva dove fossi finita. Era tutto ciò che avevo a parte Sophie ed Emily – sì, era *tutto* per me – e mi trascinai verso casa, stanca come un piccione viaggiatore dopo un lungo volo. Quando aprii la porta del nostro piccolo appartamento e lo trovai buio e vuoto come l'avevo lasciato, scoppiai a piangere. Ero disperata, mi sentivo soffocare, travolta dall'ansia e dalla paura. Era con qualcuna? Aveva avuto un incidente? Non sapevo quale fosse la cosa peggiore: se fosse finito in un canale o nel letto di un'altra donna.

Per quasi tutto il tempo Emily aveva gridato, e avevo la testa piena delle sue urla. Provai a calmarla ma mi fu impossibile perché non riuscivo a concentrarmi. Alle 4 di notte Simon non era ancora a casa e io a malapena riuscivo a muovermi per quanto ero stanca e preoccupata. Misi la bambina nella culla in camera nostra e mi stesi sul letto, desiderando solo che lui tornasse. Non mi importava dove fosse stato e non avrei osato fare domande, bastava che stesse lì con me. Era l'unica persona che mi amasse e l'unica in grado di calmare Emily.

Alla fine cominciai a scivolare nel sonno, ma più mi addormentavo più Emily gridava forte. Mentre sprofondavo in un sonno agitato, le sue grida facevano da colonna sonora agli incubi in cui lei affogava e io restavo a guardarla, incapace di salvarla. Mi svegliai e la tirai su, la strinsi a me e la cullai; miracolosamente smise di piangere, e la tenni così a lungo, confortata dalla sua testolina morbida contro la mia guancia e dai suoi flebili respiri.

Una volta addormentata la rimisi nella culla, ma naturalmente non appena tornavo a letto riprendeva il pianto. La scena si ripeté molte volte, fino al momento in cui non ci mettemmo a piangere entrambe, e io la sollevai dalla culla per l'ultima volta, il mio viso accostato alla sua piccola testa calda, le nostre lacrime che pian piano scemavano come se trovassimo consolazione l'una nell'altra. Penso che quella fu la notte in cui finalmente le diedi tutto il mio amore. Nel mezzo del temporale alla fine l'avevo legata a me, riportata nel nostro grande letto matrimoniale e adagiata dolcemente al mio fianco. Ero felice; quello era amore incondizionato. L'avevo cercato tutta la vita ed era lì tra le mie braccia: la mia piccolina aveva bisogno di me, e io di lei. Probabilmente fu il mio ultimo pensiero qualche secondo prima che mi addormentassi e sognassi soffici cuscini e bambini con ali da angioletto.

Mi svegliai la mattina dopo e subito mi sovvenne che Simon non c'era, ma ricordai che finalmente avevo provato qualcosa di molto profondo per Emily. Detti un'occhiata alla culla, ma lei non c'era, e non si sentiva il suo pianto. Poi mi girai e vidi il suo corpicino senza vita accanto a me. Aveva gli occhi spalancati. Ma non si era svegliata. Simon arrivò più o meno insieme all'ambulanza. Tutto quello che riuscì a dire fu: «Che cosa hai combinato, Marianne?».

Piangemmo entrambi come dei pazzi. Non ho mai smesso davvero. Non era però solo la perdita, incalcolabile – era il terribile, spaventoso senso di colpa. Ed è anche la ragione per cui non ce l'ho con Simon, per il modo in cui mi tratta e per la sua sfiducia in me quando si tratta dei nostri bambini. Perché dovrebbe fidarsi quando io stessa per prima non riesco a farlo?

Simon è tornato di nuovo a casa tardi, questa sera – odora di un costoso profumo e di senso di colpa. Sembra anche distratto; non sono sorpresa, probabilmente ha appena lasciato il letto di lei. Mentre io ero convinta che stesse lavorando, lei probabilmente lo cavalcava nell'abbandono del sesso per gran parte della serata. Senza dubbio è fantastica quando gli sta sopra, montandolo con grazia da brava troietta da pony club.

Lo schiaffo dell'altra sera è diventato un livido viola sul mio viso. Di solito copro i miei lividi con il fondotinta perchè lui non debba vedere i segni di quello che mi ha fatto, così possiamo far finta che non sia accaduto nulla. Ma ora voglio che lui veda, che si renda conto di chi è e di chi è diventato. Mi avvicino a lui e volto leggermente la faccia per mostrarglielo. Alza gli occhi dal telefono e non fa una piega. Sono così combattuta; provo sentimenti contraddittori. Lo odio ma ancora lo amo, ancora lo desidero.

«Hai lavorato fino a tardi?», chiedo.

Annuisce con aria assente e continua a scorrere il suo cellulare; non sono nemmeno abbastanza importante da meritare una risposta.

«Avrei voluto che mi avvertissi. La cena non sarà più buona. Avevo cucinato tutto il giorno».

So che lo sto provocando, rischiando un'esplosione di rabbia – ma d'altra parte potrebbe anche tirar fuori un bacio appassionato nel tentativo di farsi perdonare e convincermi che va tutto bene.

Getta il cellulare sul tavolo della cucina con un sospiro esasperato, come se fossi una mosca che gli ronza intorno e deve essere schiacciata. «Sono appena rientrato e già fai la lagna, Marianne». E allarga le braccia sconfortato come se fosse tornato a casa tardi per colpa mia.

«Non mi sto lamentando, tutto quello che *ho detto* è che ho cucinato. Avevo fatto qualcosa di speciale».

«Oh, sono così dispiaciuto che tu sia stata costretta a restare tutto il giorno qui, nella nostra casa da un milione di sterline, a *cucinare.* Che vita terribile fai. Mi chiedo, c'è un gruppo di sostegno a cui potresti rivolgerti?».

Io ignoro il suo sarcasmo e continuo a imburrare il pane per il pranzo a scuola dei bambini di domani. Ma la mia rabbia, al pensiero di lui insieme a Caroline, mi rende coraggiosa e non posso fare a meno di dire: «Mi accontenterei di sapere cosa stai facendo... se per esempio torni tardi». Incrocio i suoi occhi. È sorpreso dalla mia audacia.

«In realtà non ho lavorato fino a tardi, sono andato a bere», dice sostenendo il mio sguardo.

«Oh, sei andato a bere con gente con cui lavori?», chiedo dopo una pausa adeguata che presuppone una conversazione garbata e non un interrogatorio. Poiché lui non mi risponde alzo lo sguardo in attesa che dica qualcosa. Trattengo il fiato. Non voglio sapere. E tuttavia lo voglio. *Voglio proprio* saperlo. Tirerà fuori bugie elaborate che coinvolgono persone e luoghi che non esistono o qualcosa di più vicino alla verità? Se è una bugia ben costruita, significa che vuole mantenere il segreto, ma se invece è sincero allora significa che non teme che io lo scopra, e anzi vuole che io lo venga a sapere.

Intuisco dalla scintilla che gli illumina gli occhi che sta per darmi un colpo.

«Non con gente, con una *persona*», dice provocatoriamente. Senza distogliere il suo sguardo gelido, aggiunge: «Qualcuno con cui mi trovo bene. È forse un problema che io mi goda una bevuta con una persona che ammiro dopo un lunga, dura giornata di lavoro?».

Il mio cuore ha un sussulto ma non lo do a vedere. Lascio correre e apro un barattolo di burro di arachidi per i panini dei bambini, fissandolo mentre prende un grissino dal tavolo della cucina e lo spezza in due. È come se spezzasse qualcosa dentro di me, mentre ancora mi guarda senza dire nulla, sfidandomi a fare altre domande. Non lo farò. Una sua piena confessione comporterebbe prendere dei provvedimenti ma non sono in grado. Non sono pronta. Non ancora.

Mi giro di spalle. Lontani, coperti dalla medesima coltre fitta di silenzio.

«Hai mai preso in considerazione l'ipotesi che tua madre potesse essere psicotica?», dice con calma, prendendo una bottiglia di vino, con la testa inclinata da una parte come se stesse meditando su una questione filosofica da approfondire. Tira fuori questa domanda dal suo repertorio di armi psicologiche – ora sta affilando il coltello per infilzarmi alle spalle, mentre faccio piccoli dolci triangoli di pane per i bambini.

«Non mi piace pensare troppo a mia madre», rispondo, spalmando rapidamente burro di arachidi biologico. Sto provando a non accettare la provocazione. Devo rispondere in modo razionale; non voglio far scoccare nessuna scintilla. Il problema è che non credo di poter essere razionale. Mi sento una pazza – la sua domanda mi ha colpito duro nella pancia e ancora vacillo, ma lui non deve accorgersene, e perciò continuo la conversazione, provando a sembrare distaccata. «Penso che mia madre avesse un disturbo bipolare, forse aggravato dalla depressione post partum che si presentò in un modo difficile da diagnosticare».

«*Si presentò? Difficile da diagnosticare?* Siamo stati di nuovo su internet?». Sorride mesto e si versa un bicchiere di rosso. «Marianne, è stata una zombie per anni e poi si è tagliata i polsi nel bagno. Non si trattava proprio di depressione post partum», dice con un insulto alla memoria di mia madre, banalizzando la depressione postnatale, togliendola di mezzo con una sola frase.

«Non era una *zombie*... era malata. Ricordo che qualcuno diceva che sembrava peggiorata dopo la mia nascita, e poi ebbe il bambino e fu allora che...». Mi fermo, incapace di andare avanti e troppo indebolita per mettermi a discutere.

«Sì, e tutto quello che stavo dicendo è che quasi certamente era una psicotica... e tu potresti avere lo stesso problema».

Sì va bene, sono anche io una psicotica se è quello che vuoi, Simon.

Non gli rispondo e dopo un po' si accorge che stasera non potrà litigare con me.

«Vado a letto», dice afferrando il bicchiere di vino ed esce dalla stanza senza voltarsi.

Vado avanti come sono programmata a fare, e malgrado sappia che tutto mi sta crollando addosso metto l'hummus in un vasetto per il pranzo di Sophie. Poi prendo un lungo e affilato coltello da cucina e affetto le carote immaginando che siano le dite affusolate di Caroline. Continuo a tagliare e tagliare e tagliare, anche quando ci sono fettine a sufficienza.

Guardami, Simon, mentre taglio le dita della tua fidanzata come farebbe una psicotica.

La conversazione che abbiamo appena avuto è stata rivelatrice – per la prima volta Simon non ha tentato di nascondere dove o con chi fosse. Lei deve essere veramente speciale. Questo non è un rapporto occasionale con una cameriera inventato da me o il frutto immaginario e tutto femminile della mia mente malata. No, Caroline è reale. So che le pillole possono rendermi confusa, ma il loro piccolo sporco segreto è scritto nero su bianco, diluito in mesi di mail.

Io la odio.

A parte il fatto che amo ancora mio marito, non ho davvero altra scelta. Devo restare e combattere per tenere unita la mia famiglia. Non sono finanziariamente indipendente e non avendo più lavorato da quando mi sono sposata non ho nemmeno un curriculum aggiornato; non sarei in grado di mantenere me stessa e i bambini senza il suo aiuto. Inoltre non mi permetterebbe mai di andarmene e portarmi via i figli, anche se ne avessi i mezzi – perciò sono in trappola, perché non li lascerò mai.

Posso vivere con un uomo che non mi ama. Sono abituata a non essere amata; ho trascorso l'infanzia con gente che non mi voleva. Tuttavia non posso fare a meno di domandarmi se, dopo quasi dieci anni e quattro bambini, di cui tre nostri, davvero non prova più niente per me. Un tempo mi ha amato e non posso fare a meno di ricordamene quando leggo cosa le scrive, ma ormai temo di non essere altro che un ostacolo che si frappone tra lui e il lieto fine con Caroline. La sua prossima mossa sarà farmi di nuovo ricoverare per dare il via libera a lei? Potrebbe arrivare qui e prendere il mio posto – ed è per questa ragione che devo sembrare calma ed equilibrata e non fare o dire nulla di avventato. Ma non mi sento calma ed equilibrata.

Caroline sta aspettando dietro le quinte e io devo fare qualcosa. A causa sua sono diventata improvvisamente di troppo. Simon ha trovato con chi sostituirmi.

Io ero qui da prima. Rivoglio la mia vita. E voglio che lei sparisca.

Capitolo quattordici

Il giorno dopo Simon è uscito prima che io scendessi. Ho dormito nella stanza degli ospiti; mi sentivo a disagio a stendermi accanto a lui come se fosse un estraneo. Non riuscivo a dormire e l'ho sentito uscire prima delle sei. Sono rimasta distesa sul divano letto sapendo che stava andando da lei e senza dubbio le stava telefonando per darle il buongiorno prima della loro giornata in ospedale fatta di interventi miracolosi sui comuni mortali. Provo a non pensare a loro due nudi, avvolti nelle lenzuola di lei, mentre mi copro il livido con il fondotinta Touche Éclat e grido ai ragazzi: «Sbrigatevi o faremo tardi».

I toast saltano fuori all'improvviso dal tostapane facendomi sobbalzare, e rido un po' troppo forte. L'aria è piena dei profumi del mattino, toast abbrustoliti e caffè forte zuccherato, ma invece di darmi conforto mi fanno venire da vomitare. Forse dovrei prendere una pillola subito, senza aspettare? Sono agitata – la pelle mi formicola, ho i nervi scoperti.

Prendo una pillola e prima che faccia effetto e mi venga sonno porto i ragazzi a scuola godendomi la libertà di guidare con la radio accesa senza accedere al tablet e vedere le prove della relazione di mio marito. Mi dico che se guardi bene puoi sempre trovare il lato positivo. E mentre Simon si sta scopando la sua amante anche io posso fare quello che voglio. Perciò quando incontro Jen nell'area giochi sono contenta di andare con lei a spettegolare in un bar lì vicino. Mi sento vulnerabile e ho bisogno di parlare con qualcuno.

«Peter è un idiota», è la mossa di apertura di Jen sopra i muffin a basso contenuto di grassi e un cappuccino con latte magro e schiuma. Poi continua a intrattenermi con le storie di quanto sia tirato con i soldi e di come si rifiuti di comprarle una borsa di Chanel per il suo compleanno. Mi piacerebbe tanto avere problemi come questi ma annuisco e scuoto la testa nei momenti giusti, una cosa che ho imparato a fare con Simon. Jen tuttavia sembra accorgersi del mio umore e alla fine smette di parlare di sé. «Lo so, lo so, i problemi del nostro mondo privilegiato», sospira prendendo un sorso del suo caffè. «Come stai, cara? Io sto qui che parlo e parlo e non ti ho ancora chiesto come è andato il tuo weekend».

«Oh, bene, nulla di speciale...». Voglio dirle tutto. Voglio parlarle delle mail, dei denti smaglianti di Caroline, delle sue lenzuola spiegazzate, del suo cazzo di carrello con champagne e fragole. Stupidamente voglio chiederle se pensa che ci sia anche solo una possibilità che mio marito mi ami ancora. Ho bisogno di un'amica. Lui lo era, mio amico, ma ora non più. Ora ha Caroline – e lei ha lui.

«Mi sembri un po' giù, dolcezza. Ma questo... è un livido?», Jen sembra preoccupata.

Annuisco lentamente, non so ancora cosa dire, ma poi le spiego che ho battuto la testa contro un'anta di un armadio.

«Oh... ho pensato per un momento che tu e Simon aveste fatto a botte». Ridacchia ma non è ancora convinta.

Sorrido e scuoto la testa.

«Ma qualcosa ti preoccupa, vero, cara? Capisco che tu preferisca non... parlarne ma, su dai, siamo amiche e le amiche ci sono per questo, per condividere le preoccupazioni e... ». Si piega in avanti e mi tocca la mano. Mi guarda con tale premura che mi viene voglia di abbracciarla e mettermi a piangere.

«Credo che Simon abbia un'amante». Sento la mia stessa voce che pronuncia queste parole, coprendo le chiacchiere degli altri e il rumore delle stoviglie.

Jen mi guarda con la bocca spalancata e il cucchiaino a mezz'aria sulla tazza come se fosse rimasta paralizzata per lo shock. Mi viene quasi da ridere ma non sarebbe il caso dopo quello che ho appena detto.

«Jen, stai bene?», dico mentre lei sta lì seduta, completamente bloccata nella chiacchiera per la sorpresa.

«Mi dispiace, dolcezza», dice tornando in sé. «Ma non riesco a credere che lui… che cosa ti fa pensare che…?».

Alzo le spalle.

Lei posa il cucchiaino e mi tocca di nuovo il braccio. Mentre cerca di afferrare la manica della mia giacca, i diamanti brillano sulle sue dita. «Sai chi è… questa… donna?». Accavalla le lunghe gambe e mi si avvicina ancora di più per assimilare tutti i dettagli.

Io le spiego qualcosa su Caroline, un vago profilo abbozzato di "una collega" scegliendo attentamente le parole. Sembra incredula, perfino dubbiosa, e sono tentata di parlarle delle mail. So che cosa ho visto ma non voglio dirlo ad alta voce, diventerebbe troppo reale e non posso essere certa che Jen non corra a riferirlo all'intera area giochi.

Alza le sopracciglia, chiama la cameriera e ordina altri due cappuccini con schiuma. «Non dovrei prenderne un altro. Troppi latticini. Sto provando a dimagrire ma sono così… sorpresa e agitata per te. Abbiamo bisogno di un po' di caffeina, tesoro mio».

Sono confortata da quel "noi" che mi include, mi fa sentire come se ci fosse finalmente qualcuno che si schiera dalla mia parte. Mi scuso e vado alla toilette, dove comincio a piangere, sopraffatta dalla gentilezza di Jen. Poi vomito. E parecchio, a causa della pillola in più che ho preso questa mattina e che ora sta veleggiando su e giù per l'esofago. Spero solo di poter tenere tutto sotto controllo. Dirlo a Jen lo ha reso reale; finora era solo nella mia mente.

«Perciò, hai detto qualcosa a Simon?», mi chiede quando

torno. I nostri cappuccini sono arrivati e lei immerge il cucchiaino nella tazza cominciando a girarlo troppo lentamente e troppo a lungo, con gli occhi sempre fissi su di me.

Mi attraversa la mente il pensiero che lui possa essere già arrivato alla mia amica: «Marianne è malata – si immagina strane cose. Potrebbe dirti che ho una relazione, anzi più di una. Le succede sempre quando sta male». Riesco a sentirlo anche ora. «Naturalmente si inventa tutto, è fuori di sé, povera piccola – lo chiamiamo mal di testa ma è molto di più». Conosco il copione perché lui lo ha usato in passato con le altre amiche che ho osato avere nel corso degli anni.

Non avrei dovuto dire nulla, vorrei rimangiarmi tutto mandando giù il secondo cappuccino magro con la schiuma.

«No», dico prendendo un sorso della calda bevanda al latte. «Non gliene ho parlato». Lo dico a bassa voce.

Ora Jen ha la testa tra le mani e la scuote lentamente, alla fine se ne esce proclamando ad alta voce: «Ma Simon è il marito perfetto. Voi due sembrate così felici… Non riesco a credere che ti abbia *fatto* questo. Come il primo giorno di scuola, quando l'ho incontrato nell'area giochi. Ti aveva lasciato a casa a riposare, ed era così preoccupato che tu ti sentissi male, perchè avevi un terribile mal di testa…».

Quando sento "mal di testa" mi irrito.

«Non ho avuto un… », ho stuzzicato troppo il suo interesse, mi sento come se mi stesse interrogando e vorrei fuggire. «Io… non so, Jen, non ne sono proprio sicura, forse sto facendo due più due e vieni fuori che ha un'amante», dico tornando sui miei passi.

Mi manca l'aria. Ho detto più a lei in mezz'ora di quanto abbia confessato a chiunque per settimane, e per quanto Jen mi piaccia, Simon ha ragione. È una pettegola e non posso contare sulla sua discrezione. Non avrei dovuto parlarne con lei; a parte tutto, e se mi fossi sbagliata – di nuovo? Ne ero certa l'ultima volta e la volta ancora precedente ma poi, dopo aver avuto un crollo nervoso, ottenendo come unico risultato palate di merda per ognuno di noi, mi sono resa conto di essermi immaginata ogni cosa.

Devo prendere un'altra pillola, ma non ce l'ho con me, perciò guardo ostentatamente l'orologio. «Oh, dannazione, quasi dimenticavo, ho un appuntamento con il dottore», mento. Mi alzo per andarmene. Sorpresa per la mia improvvisa decisione, Jen mi afferra una mano mentre mi alzo.

«Dottori? Niente di serio, spero, vero dolcezza?»

«No, non è nulla». Sono sul punto di piangere, Jen se ne accorge e diventa sempre più insistente.

Trattenendomi ancora per un braccio, cerca di bloccarmi ma devo uscire subito da lì e la strattono. «Marianne, non puoi andartene così, sei sconvolta… che hai intenzione di fare?».

Le rispondo che non lo so ma che sto bene e corro fuori dal bar lasciandola lì al nostro tavolo pieno di caffè bevuti a metà e muffin non toccati. Mi implora di non andarmene.

Mi sento male. Jen è una persona così premurosa ed è quello di cui avrei bisogno in questo momento, ma ho un attacco di panico; in questi giorni mi risulta difficile giudicare gli altri. Malgrado i miei improvvisi ripensamenti sul fatto di averglielo detto, Jen mi ha fatto sentire come se avessi un'amica. E per il momento è proprio quello che mi serve. Spero di non averla offesa andandomene via così bruscamente ma, come dice Simon, "se è una vera amica accetterà qualsiasi cosa tu faccia".

Una volta a casa mi sento come se avessi dimenticato qualcosa al bar, e sono a disagio. Mi chiedo di nuovo se ho fatto bene a dirlo a Jen. Se lei è davvero una terribile pettegola come sostiene Simon, potrebbe raccontare immediatamente quello che le ho detto a una delle altre mamme. D'altronde so che Jen è mia amica ed è in ansia per me. Sicuramente sa che le ho confessato i miei timori in confidenza, e non si metterà a parlarne all'uscita di scuola.

Sono attratta al piano di sopra, verso lo studio di Simon; ora che ho condiviso i miei sospetti con Jen, sebbene in modo breve e vago, sento il bisogno di verificare di nuovo che ho ragione. Non posso fare a meno di dubitare di me stessa dopo tutto quello che è successo. È più semplice accedere alle sue mail dal suo portatile e, poiché lui qualche volta controlla la cronologia del mio cellulare, è più probabile che scopra che ho ficcato il naso nei suoi affari se uso il telefono. Mi viene da ridere. Jen sarebbe terrorizzata all'ipotesi di Peter che controlla la cronologia del *suo* cellulare. Negli ultimi tempi mi sono chiesta come reagirebbe lei al modo in cui mi tratta Simon. Jen non starebbe a guardarlo mentre si fa un'amante, non gli consentirebbe di prevaricarla in famiglia, né parlarle in modo sgarbato di fronte ai figli. Del resto Jen ha una famiglia che la ama e non è grata per ogni briciola di affetto che suo marito le getta perché non teme, come me, di perdere lui e tutto quello che ha.

Varco ancora una volta la porta dello studio di Simon, come Alice nel Paese delle meraviglie – nella versione da incubo. Apro il portatile e vado di nuovo oltre lo specchio senza sapere cosa potrei trovare. Digito «Caroline» e come per magia la sua vita segreta emerge davanti ai miei occhi e mi chiedo quale nuovo inferno mi aspetti oggi.

Vado dritta alla casella di posta e sì, non ci sono dubbi – non me lo sono immaginato. Ma oggi tra le faccine con il cuore e con i baci c'è qualcos'altro. Burrasca in paradiso? A quanto pare lei è ancora turbata per il fatto che lui fosse "un po' scontroso" quando è arrivato l'altra sera tardi.

Ah, quindi lei lo sta già deludendo? Ma non era la moglie quella che non poteva capire?

Eppure neanche questo primo accenno di difficoltà può darmi sollievo quando leggo le righe successive.

Baby, non posso fare a meno di sentirmi dispiaciuta che tu non gliel'abbia detto ieri sera. So che queste cose non possono essere fatte in fretta ma sono sei mesi ormai, e non sopporto l'idea che tu stia là in quell'atmosfera infernale. Adoravi Nicole e, te lo dico con franchezza, eri in lutto quando hai conosciuto Marianne, ed è evidente che non puoi amarla nello stesso modo, come si deve. Odio dirtelo, ma non credi di aver sposato Marianne solo per riprenderti dalla perdita? Lei non è la donna della tua vita, vero? E chiaramente non è la madre che avresti scelto per i tuoi figli.

Mi sembra di aver preso un cazzotto in faccia e mi chiedo ancora una volta perché continuo a flagellarmi in questo modo. Sono piena di odio per questa donna, questa estranea che dopo avermi incontrato una volta nel fottuto reparto dei vini di Waitrose pensa di essere qualificata a valutare le mie colpe, la mia personalità, le mie capacità, il mio matrimonio. Come si permette di giudicarmi con la sua psicologia da quattro soldi e la sua ingenuità da trentenne? Non tutto nel matrimonio va secondo le regole e non tutto è nero o bianco. *Ci sono zone grigie, Caroline, ma non andare troppo a fondo nel matrimonio del tuo amante – potrebbe non piacerti quello che vedi.*

Scorro in basso per leggere la sua risposta.

Oh, cara, sei molto dolce a pensare ai bambini, se solo Marianne fosse premurosa come te – ma non è così e questo è solo uno dei tanti problemi. So che la sto tirando troppo per le lunghe ma, credimi, ci sto lavorando, presto staremo insieme. Non sopporto che tu non ti senta sicura, cara, e potresti anche avere ragione, penso di averla probabilmente sposata in una condizione di lutto.

Ci sta lavorando, presto staranno insieme. Ma dovranno passare sul mio corpo.

Il nostro matrimonio è stato una finzione. Come sai non facciamo sesso da quando abbiamo concepito i gemelli e a malapena ci parliamo, tranne quando lei frigna su quanto si annoia e su quanto odia passare il tempo a cucinare per me. Ieri sera era così arrabbiata che non mi aveva preparato niente da mangiare e ovviamente mi sono fatto uno spuntino ma, dopo una lunga giornata in reparto, ero così stanco che sono andato subito a letto.

Sono furiosa. È ingiusto e mente. Certo, potrebbero essere solo delle piccole bugie su cose senza importanza del nostro ménage, ma queste piccole bugie hanno l'obiettivo di dare una certa immagine di me. Mi vuole far sembrare crudele, incapace, non disposta neppure a tentare di fare la moglie e la madre. Niente di tutto questo è vero. È tornato a casa tardi dopo essere andato a bere con una persona che "stima molto", ha aperto una bottiglia di vino, ha provato a litigare con me a proposito della salute mentale di mia madre, tentando di dimostrare che la mia malattia è in qualche modo inevitabile, e poi se ne è andato a letto infuriato.

E non facciamo sesso da quando sono stati concepito i ragazzi?

Sta mentendo anche a te, Caroline.

Scorro per cercare la sua risposta. Sicuramente non abbocca al trito cliché dell'uomo sposato che fa sesso con la moglie.

Mio caro, in teoria lei è tua moglie, la tua compagna. So che hai avuto una vita sessuale inesistente e penso che tu sia proprio un santo, ma la sua pigrizia è imperdonabile. Sta a casa tutto il giorno, il minimo che potrebbe fare è prepararti un panino.

Rido tra me e me – mi piacerebbe vedere la sua faccia se tutte le sere gli porgessi un panino. Lei non ha davvero idea di quello che dice. E la mia *pigrizia*?

Vado avanti a leggere, riuscendo a fatica a contenere la rabbia per le bugie che lui racconta, per la reazione ipocrita della sfasciafamiglie alle sue storie inverosimili...

È evidente che tua moglie non apprezza quello che ha e, come tu mi hai sempre detto, non si prende cura di te. Simon, tesoro mio, per favore portala dal dottore e fa in modo che riceva trattamenti appropriati. So cosa si prova. Quello che ci siamo detti ieri notte mi ha aiutato a capire che cosa hai passato. So che ci sono momenti in cui vorresti poter riportare indietro l'orologio, ma non puoi, l'hai sposata e ora devi districarti da questa situazione incresciosa. Hai provato a fare del tuo meglio per lei, Dio ne è testimone, le hai dato tutto, inclusi il tuo amore e il tuo sostegno ma, a parte la malattia, sembra quasi che lei goda a lamentarsi, a essere permanentemente infelice, e tutto quello che sa fare è lagnarsi della sua vita privilegiata. Ora capisco molto di più la dinamica. È una di quelle persone che sanno solo prendere senza dare niente in cambio, e per quanto tu provi ad amarla e ad aiutarla lei non può ricambiare l'affetto che le dai. Da quello che mi dici, è evidente che aveva messo gli occhi su di te, un chirurgo, ed è rimasta subito incinta così sei stato costretto a portarla all'altare. So che ti sei sposato solo per fare felice la tua adorabile mamma ma Marianne ti ha ingannato, sapeva fin dall'inizio che avresti fatto la cosa giusta, perché sei un uomo meraviglioso.

Oh, mio Dio, ha mentito perfino su quando sono rimasta incinta e sul perché ci siamo sposati. Non era costretto a sposarmi. Mi amava, voleva il matrimonio e una famiglia – insieme a me. Ma ora non riesce nemmeno ad ammetterlo. E poi, "la tua adorabile mamma". Non mi pare proprio – e mi viene da ridere.

Continuo a leggere, quasi divoro il testo, tutte le bugie, tutto quell'atteggiarsi, tutti i "tesoro mio" e quei dannati "mio caro".

Hai dato già così tanto a Marianne, per favore non darle il resto della tua vita, perché non so quanto posso aspettare. Non vorrei sembrare crudele, ma la cosa migliore che puoi fare è dirle addio in modo che lei possa rifarsi una vita e trovare, si spera, un po' di felicità, perché con te non è felice.

Oh, Caroline, da te mi aspettavo di più.

Scommetto che lei si autodefinisce come una cazzo di femminista. Bene, e allora che dice di questa sua sorella che è qui sanguinante mentre lei le ficca il coltello ancora più a fondo?

E la risposta di lui a questa tirata di stronzate è... un'altra stronzata.

Mia cara, risolverò ogni cosa ma prima devo controllare con David e assicurarmi che tutto scorra liscio. È il mio avvocato da anni e sa come stanno le cose. Mi sono messo d'accordo con lui per andare a bere qualcosa insieme il prossimo mercoledì sera e metterò le carte in tavola. Lui certo sa esattamente che cosa devo fare per tenere la casa e i bambini. Per me si tratta di una situazione del tutto nuova, come sai non ho mai avuto prima relazioni con altre donne, non ho mai nemmeno pensato a un'altra prima che arrivassi tu. Temo che tu abbia cambiato ogni cosa, in un senso positivo certo, ma ti chiedo di resistere. Ho bisogno di te e non posso immaginare la mia vita senza di te. Ti amo da morire.

E così si vedrà con il nostro avvocato mercoledì prossimo? La cosa è dunque perfino più seria di quanto temessi. Non è una scappatella che dimenticherà e si metterà alle spalle, ma la fine del nostro matrimonio – meglio prima che dopo, per come la vede Simon.

Ho la bocca secca, un senso di oppressione al petto mentre scorro per leggere un messaggio finale da parte di Caroline.

Oh, tesoro, mi dispiace insistere. Lei va messa in qualche posto sicuro in cui non può fare del male a sé stessa o ad altri, per essere chiari. Te lo dico adesso perché non me la sento di dirtelo in faccia, è troppo doloroso – ma Simon, hai già perso la bambina a causa sua. Non hai paura che succeda un'altra volta?

Mi fa così male; ogni piccola scheggia di informazione mi trafigge il cuore e mi si ficca nel cervello. Certo, avevo immaginato che Simon le avesse detto che sono una pazza e un madre problematica, ma pensavo si riferisse alle briciole dei biscotti e al McDonald's. Questa è tutta un'altra cosa – sinceramente non credevo proprio che le avrebbe parlato di Emily.

Finalmente sta per succedere qualcosa. A loro. Ma anche a me.

Capitolo quindici

«Ciao, caro». Lui torna dal lavoro e io scendendo le scale lo saluto con un abbraccio convinto. Mi sento diversa, più forte. Leggere le mail di oggi mi ha schiarito i pensieri. Non sono una pazza. Non era un delirio. Vuole mettere fine alla nostra storia, al nostro matrimonio, alla nostra famiglia e alle nostre bugie. E ora che sto leggendo quello che pensa – come vede me e la nostra vita insieme – comincio a provare anch'io le stesse sensazioni. Dunque il mio matrimonio potrebbe finire, ma se Simon e la sua amante sfasciafamiglie pensano di prendersi i miei bambini si sbagliano di grosso.

C'è un barlume di luce nel buio pesto. Non devo restare impotente ad aspettare che mi distruggano – potrei anche non vincere, ma posso per lo meno combattere.

Lo bacio sulla guancia, pur volendo dargli un pugno in faccia. «Hai avuto una giornata dura?».

Tu, bugiardo, imbroglione, bastardo.

«Davvero un'ottima giornata».

Vado in cucina e lui mi segue.

«Oh, davvero?», gli dico, con aria quasi provocante.

«Sì... da oggi in poi puoi rivolgerti a me come al signor Wilson, *primario* di chirurgia!».

«Caspita! Ben fatto, caro». Lo abbraccio, chiedendomi se lo ha detto a lei prima che a me, mentre fisso con desiderio il set di coltelli da cucina.

«Sì, sono state settimane dure. Ho sentito che Cookson voleva dare il posto a qualcun altro ma l'ho convinto con le mie incredibili competenze e il mio talento», scherza, ma fino a un certo punto.

«Bene, congratulazioni. Nessuno può dire che non te lo meriti». Lo credo, sei stato servile con il ripugnante professor Cookson per un bel po' e non deve essere stato facile.

«Bene, il professore dice che ha fiducia in me, che è rimasto impressionato dalle mie referenze, dalla mia etica del lavoro... l'altro concorrente è un po' un'incognita: è single, casa in affitto, niente radici».

«Oh, certo, avere una moglie e una famiglia alle spalle aiuta sempre in queste situazioni – stabilità nella vita privata». Sorrido a denti stretti.

«Non riesco a credere che tu possa prenderti il merito della mia promozione, Marianne», sputa fuori.

Provo l'irresistibile tentazione di reagire, di fargli del male come lui lo fa a me. E invece sorrido ed entro in modalità "Fabbrica delle mogli", mentre covo pensieri malvagi su come liberarmi di Caroline. Mi piacerebbe chiedergli di lei, solo per vedere la faccia che fa, ma se ci provassi probabilmente chiamerebbe di nuovo Saskia, la mia psicologa, "preoccupato" per il mio "comportamento stravagante", per la mia a quanto pare "ossessiva e irrazionale gelosia". E non è il solo. Le mamme all'uscita delle vecchie scuole dei ragazzi, i vicini dei posti in cui abbiamo vissuto – si sono tutti alleati contro di me, nella convinzione che io fossi una pazza in grado di ucciderli tutti nei loro letti.

Sì, ci sono stati momenti in cui, resa folle dal dolore, dalle pillole e dalla vita, ho avuto reazioni eccessive. Devo aver immaginato cose mai successe. Ma non stavolta. Questa volta è differente perché io *so.* Io *so.* Questa volta mi faccio furba. Non andrò a lanciare bicchieri e insulti contro una barista. Non griderò né urlerò né mi comporterò come una "pescivendola". E non accuserò nessuno. Aspetterò il momento giusto e li farò a pezzi con discrezione, come fanno loro con me.

Immagino Caroline, distesa nel *nostro* letto, e accanto a lei l'appena promosso primario di chirurgia, il fottuto signor Wilson, che legge Thackeray o roba altrettanto boriosa e incomprensibile. Lei che indossa una sottoveste con le bretelline, si piega e gli prende il libro dalle mani, gli toglie gli occhiali e...

Ho bisogno di prendere un paio di pillole, ma voglio restare sveglia, concentrata. So che sto correndo il rischio di essere fatta fuori dalla mia vita, e drogarmi non farebbe altro che peggiorare le cose.

«Spero che tu abbia preso le medicine», dice distrattamente, sedendosi a tavola in attesa della cena per cui ho lavorato sodo tutto il giorno. A volte penso che mi legga nel pensiero... o forse mi osserva solo attentamente.

«Sì», mento. «Proprio ora, infatti. Ti devo servire la cena prima che mi si annebbino i sensi».

«Bene. Non so cosa è peggio, tu che barcolli confusa e poi perdi i sensi, o tu che aggredisci dei perfetti estranei... Pensandoci bene, preferisco la prima versione, quella con i farmaci», mi dice senza sorridere.

Non reagisco – è quello che vorrebbe – e non mi curo del suo veleno. Metto riccioli di burro salato sui piselli e li servo con la carne. «Ho fatto il tuo piatto preferito, *boeuf bourguignon*, perfetto per festeggiare la promozione a primario», dico sorridendo allegramente.

Spero che ti vada di traverso, Simon.

Gli porgo il piatto con un finto gesto plateale. Quanto vorrei avergli sbriciolato le pillole nelle carne, così saprebbe cosa si prova a vedere il mondo attraverso una foschia prima di crollare svenuti senza sapere chi si è e cosa è vero e cosa no.

Prende un boccone di carne e io aspetto il suo commento. «Non male... non male», dice.

Così stasera non hai niente di cui lamentarti?

«Oh...».

Ho parlato troppo presto.
«Che c'è che non va?», chiedo.
«Che cosa hai fatto ai piselli? Sono simili ai nodi di una vecchia corda. Sono immangiabili; troppo cotti».
Ah, era troppo bello per essere vero.
«Oh, mi dispiace, caro. Posso cucinarti qualche altra cosa?», propongo allegramente con una voglia improvvisa di spingergli la testa nel piatto con tutto il mio peso.
«No, non darti pena».
Non lo farò, la pena la darei a te.
Vado in soggiorno prima di fare o dire qualcosa di cui potrei pentirmi. Sono improvvisamente piena di rabbia, e provo sentimenti contraddittori. Detesto che lui ami un'altra. Non credo di amarlo più ma voglio tenermi la mia vecchia vita. Mi sembra che lei mi stia sfilando l'intera esistenza da sotto i piedi e lui gliela stia servendo su un piatto d'argento – e questo mi fa impazzire. I ragazzi sono a letto e io riordino un po' in giro, poi mi metto a leggere un libro, una commedia romantica – ho bisogno di cose di questo tipo per la vita che faccio.
Alla fine Simon entra cercando qualcosa da criticare.
«Cosa è quella spazzatura che stai leggendo?», dice con tempismo perfetto.
«In realtà è bello, è divertente – una storia d'amore su due che si conoscono in vacanza. Non parlano la stessa lingua ma si sposano lo stesso. Me lo ha prestato Jen».
«Sembra proprio il genere di stupidaggini che piace a lei», sbuffa mentre prende il «Telegraph» dal tavolino da caffè e si gira per andarsene. Gli avevo chiesto se potevamo farci consegnare anche il «Guardian», ma lui ha detto che era un giornale che andava bene giusto per "quei buffoni di sinistra". Fine del discorso.
«Caro», lo richiamo vivacemente. Si gira, con un'espressione piena di rabbia pronta a esplodere. «Congratulazioni... per la tua promozione. Mi rendi così orgogliosa».

Non otterrai niente da me. Non ti darò nessun pretesto per cancellarmi. Sono qui per restare.

Alza le spalle ed esce – festeggerà la promozione da un'altra parte con un'altra donna.

Ora che sono sola, prendo uno degli iPad dei ragazzi e lo accendo, pensando a quanto mi piacerebbe avere un tablet o un portatile tutto mio. Ero così felice quando ho avuto un iPhone tutto mio (uno vecchio di Simon); lui mi disse che dovevo condividere la password affinché con il suo dispositivo di localizzazione potesse sapere sempre dove ero. Recentemente ho chiesto di avere un mio iPad personale, ma Simon dice che con il mio telefono posso fare già qualsiasi cosa io voglia. Questo è vero, ma lui mi controlla la cronologia, e sullo schermo piccolo non riesco a vedere così bene le foto della sua amante. Voglio esaminare ogni dettaglio, e quando sono costretta a usare il mio telefono – perchè ogni tanto devo comunque prendere la mia dose – mi sento come se avessi bisogno di una lente di ingrandimento – ma a quel punto mi sentirei un po' troppo una parodia di Sherlock Holmes. Ricordo i codici degli iPad dei ragazzi, li ho impostati io: ne hanno ricevuto uno a testa come regalo di compleanno. Grazie a Dio non hanno cambiato le password. Posso accedere ai loro iPad solo quando dormono perché da svegli ci passano ore, nonostante abbiamo messo dei limiti al tempo che possono trascorrere davanti agli schermi. Se li portano su di nascosto e, quando vengono beccati, tirano fuori sempre la stessa scusa: «Ci serviva per i compiti!».

Comunque ora ho la pace, il silenzio e nessuna interruzione da parte di mariti o bambini, e posso intrufolarmi nei social di Caroline. Vado prima su Facebook, e con lo schermo più grande la sua carnagione sembra perfino più luminosa: un viso che non ha mai passato notti insonni a vegliare i bambini. Mai nessuna preoccupazione, una splendente, felice ragazza con un carrello del supermercato pieno di alcol e un debole per il sesso violento con mio marito. Questa nuova foto non è un selfie. Lei è in posa raggiante per la fotocamera. Probabilmente l'ha scattata l'uomo che ama – facendo clic a distanza e dicendole quanto è stupenda. Lei stringe un bicchiere di gin tonic, forse, e il suo viso ha il colorito di chi ha appena fatto sesso. Però si è rimessa il rossetto, e i suoi denti bianchi contrastano con le splendide labbra. E d'un tratto nella pancia ho un vuoto, un attimo in cui mi identifico con lei, ricordando il tempo in cui Simon mi faceva sentire allo stesso modo. Raggiante. Colorita. Smagliante.

Esamino attentamente ogni dettaglio della fotografia – perfino lo sfondo è bello. Costosa tappezzeria, grandi foglie verdi su una tonalità blu navy. Davvero stupendo. Le dà un'aria esotica e io immagino, dalla pila di pentole di terracotta e i polsi pieni di braccialetti, che abbia fatto dei gran viaggi. Probabilmente si è presa un formidabile anno sabbatico, senza dubbio a spese di mamma e papà.

Anche se mio marito non mi ama più, non consentirò a una sgualdrina qualsiasi di chirurgia di pianificare il mio destino. Sono indecisa tra chi devo odiare di più dei due. So che la risposta dovrebbe essere chiara – lui è sposato, lei è single – tuttavia provo più odio per lei.

Guardare le foto mi rende ansiosa, così faccio un salto in cucina e alla fine prendo una pillola, come mi aveva suggerito Simon – solo per superare la notte. Non posso fidarmi di me stessa senza le pillole. Se commettessi anche solo un errore, Simon si precipiterebbe dalla mia terapeuta, che si precipiterebbe dal mio psichiatra, e prima di accorgermene mi troverei di nuovo rinchiusa in ospedale – e non voglio dare a lui o al suo dannato avvocato altri argomenti a favore. La gente dà retta a un medico quando dice che sua moglie è malata e che ha bisogno di una terapia più forte, e che *deve* essere ricoverata. I dottori lo ascoltano perché è uno di loro; parlano la stessa lingua. Può inventarsi qualsiasi cosa, trasformare in un sintomo di follia il più semplice dei comportamenti. E dato che non sempre mi ricordo cosa ho detto o fatto a causa della terapia a cui sono stata sottoposta per me è impossibile sfidarlo. Non saper distinguere tra realtà e fantasia è una condizione spaventosa; devi poter avere fiducia in chi ti tiene la mano se cammini insieme a una persona. Mi fidavo di Simon, ora non più.

Vado a letto ma non riesco a dormire e mi ritrovo seduta nel bagno alle tre di notte con il mio cellulare che mi fornisce tutta la luce che mi serve mentre esco da Facebook per indagare sul suo grazioso account Instagram. Posso solo immaginare l'aspetto che devo avere in questo momento, il viso spalmato sul cellulare, gli occhi ficcati nello schermo in modo da vedere ogni dettaglio, catturare ogni momento, ogni sfumatura visibile. Mi sembra di essere drogata e impazzita – esausta, spaventata ma incapace di staccarmi dalla sua vita online così organizzata. Sono soddisfatta solo quando guardo le sue foto e controllo dove si trova. È un'ossessione quella che ho per il suo viso sorridente, per i braccialetti tintinnanti e il suo rossetto luccicante. La guardo di nuovo incorniciata nella tappezzeria esotica e con lo stesso bicchiere di gin tonic di prima in mano. Le deve piacere molto questa foto, dato che l'ha messa su tutti i suoi account social. A me non piace. La odio. Penso che abbia un'aria compiaciuta, come se avesse rubato qualcosa di prezioso e fosse fuggita con il malloppo.

Il gatto beccato con il topo in bocca.

Sono stanca. La pillola mi ha buttato a terra, ma non abbastanza, perché sono ancora su di giri. Sono il mio peggiore nemico. Questa dipendenza, come tutte le dipendenze, non si placa mai. C'è sempre ancora quel "solo un altro clic" che poi mi lascia vuota, più disperata di prima. Non sarei mai dovuta andare sulla sua pagina Facebook prima di dormire. Faccio un altro clic, vedo un'ennesima foto e mi ricordo che Simon sabato sera è andato a giocare a tennis. Non era mai uscito di sabato, prima. Diceva sempre che dovevamo passare del tempo insieme in famiglia. Malgrado tutto ci tenevamo al nostro nucleo. La maggior parte dei sabati portiamo i bambini al parco. Dopo la merenda di solito i ragazzi si mettono a riposare, Sophie sparisce in camera sua e noi ci abbuffiamo di serie televisive. Poi faccio una cena leggera, pane caldo cotto al forno che inzuppiamo tutti e due in una zuppa bollente di broccoli e stilton. Ma ripensandoci, l'ultima volta che siamo andati al parco risale a parecchie settimane fa. A conclusione della giornata, ha detto che la mia zuppa era troppo "troppo carica".

Vedo la foto su Instagram: vestita di bianco, calzoncini stretti, maglietta attillata, una racchetta in mano, un bottiglia di Peroni nell'altra dopo una sudata, intensa partita con mio marito. #Tennis #TennisDrinks #TennisBelloQuasiComeIlSesso.

Vorrei aggiungere il mio hashtag #ConIlMaritoDiQualcunAltra.

Sto provando a smettere di cliccare. Devo interrompere questa agonia del posto in prima fila per l'ennesima, stuzzicante relazione di mio marito. Ma incapace di staccare, do un ultimo sguardo alla sua pagina e vedo che negli ultimi secondi ha aggiunto una nuova foto.

Ed ecco che il piccolo schermo del telefono illumina la stanza di una luce fredda e inquietante. Nella foto arti grigi informi, una specie di faccia, linee sfocate rese ancora più sfocate dalle lacrime che mi salgono agli occhi. L'immagine di un'ecografia.

«Guarda un po' chi abbiamo conosciuto oggi!». #Ecografia #Incinta #PrestoMamma #Amore #IlMioBambino.

Capitolo sedici

Non so come sono sopravvissuta negli ultimi giorni. Mi è venuta voglia di dire qualcosa troppe volte, dover resistere mi ha reso talmente ansiosa e addolorata che quando non sono sola vado continuamente a nascondermi nel bagno per piangere in pace. Mi chiedo come si senta Simon. È felice, preoccupato, arrabbiato? Ci tiene così tanto alla sua privacy. Sono sicura che non sarebbe contento di sapere che lei l'ha messo in rete, ma non lo scoprirà mai, perché lui non ha Instagram. Forse è per questo che Caroline ha messo là le immagini dell'ecografia – una vita segreta che lei vuole disperatamente condividere, ma non può perché lui è un uomo sposato. O forse vuole che io lo venga a sapere?

Potresti avere chiunque, perché proprio mio marito?

La notte non riesco a dormire e tengo sempre i pugni serrati. Immagino di ucciderli per poi inscenare un suicidio. Potrei spingerli sotto un treno in corsa e fingere sofferenza e sorpresa quando la polizia viene a dirmelo.

Che cosa mi hanno fatto? Che cosa sono diventata?

Devo provare a concentrarmi su cose piacevoli, perciò penso ai gattini e ai coniglietti e mi chiedo perfino se lei ne abbia uno. No, non sono così banale – il suo coniglietto non deve temere nulla. Ma il suo percorso verso un futuro confortevole con Simon e il loro bambino non è al sicuro – sta per andare a schiantarsi contro dei posti di blocco.

Questa mattina al risveglio mi sono sentita bene per la prima volta da giorni. Sono scesa a patti con questa situazione, ma ciò non significa che sia disposta a subirla e a stendermi sulla strada in attesa che il loro camion mi passi sopra. Lei è incinta di mio marito, il bimbo sarà il fratellastro dei miei bambini e loro pensano che sarò l'ultima a saperlo.

Mi tengo occupata pulendo stanze che sono già pulitissime, strofinando, spruzzando e spazzando via il bambino non ancora nato. Però li vedo, loro, sulle splendenti superfici pulite, sui vetri brillanti, e quando guardo le belle pareti che sono state tinteggiate nella mia tonalità preferita li trovo sempre là.

Si è portata via pure la mia tinta blu pallido che assorbe la luce naturale.

Mi appaiono su una parete, come riprodotti da un antiquato proiettore, in un video in cui tubano parlando del loro bambino. La scena si allarga nella mia testa e quando vedo che ci sono anche Sophie e i gemelli, tutti che fanno gli smorfiosi con il loro fratellino appena nato, comincio a piangere.

Il piccolo bastardo di vostro padre.

Guardo più da vicino l'immagine sulla parete... o è solo nella mia testa? Guardo la faccia del suo bambino e mi viene un tonfo al cuore. È tale e quale a Emily.

Ma Caroline non lascerà che la sua bambina muoia, come ho fatto io. La partorirà tranquilla, avrà tanto latte e potrà calmarla e confortarla. Sarà la madre perfetta che io non sarò mai.

Sono così addolorata, ferita, svuotata; provo una fitta al petto e sento un vuoto nudo e crudo nel mio grembo. Distolgo lo sguardo dalla rappresentazione della famiglia perfetta e mi ricordo che questa è la *mia* famiglia – e lei non può averla. Potrà tenersi il suo bastardo, ma di certo non avrà mai i miei bambini.

Devo fare qualcosa per fermare tutto questo. Presto i suggerimenti di procurarmi il "sostegno" di cui a quanto pare ho bisogno (senza dubbio un lungo ricovero in un reparto psichiatrico) saranno messi in pratica. Chissà cosa sarà disposta a fare ora per ottenere la sua grande famiglia felice? Sì, devo fare qualcosa. Rapidamente.

Ho provato con le buone maniere, ho provato a riconquistarlo con la mia prestigiosa cucina. Ho reso la sua vita in casa più perfetta che mai ma chiaramente il mio galletto arrosto al limone non è bastato a tenerlo lontano dalle giovani cosce tornite di lei. A mali estremi, estremi rimedi, perciò ora darò il via al piano B. Sono quasi senza fiato per l'eccitazione quando chiamo l'ospedale. Compongo il numero che so a memoria e quando mi risponde una voce femminile dico: «Potrei parlare con Caroline Harker? È un chirurgo di cardiologia».

Capitolo diciassette

Resto in attesa dopo aver brevemente dialogato con "parla Katie", una centralinista che sembra sveglia.

Poco dopo Katie è di nuovo in linea: ci resto molto male quando mi dice che Caroline al momento non è disponibile. Esprimo il mio disappunto mentre Katie segue il copione delle solite sciocchezze, dicendomi di inviare una mail al reparto così qualcuno un giorno mi farà sapere – sempre che non si verifichi chissà quale astruso contrattempo. Non seguo le stupidaggini di Katie, sto già elaborando le mie.

«Oh, mi dispiace, avrei dovuto dirglielo. Sono la moglie di Simon Wilson… il dottor Simon Wilson, cardio… primario?», aggiungo con la voce tipo avrai-di-sicuro-sentito-parlare-di-lui.

«Oh… signora Wilson», Katie la pedante cambia subito tono – improvvisamente diventa tutta cioccolato fuso.

«Ovviamente il cellulare di Caroline ce l'ho già. Siamo buone amiche», taglio corto prima che lei possa continuare a adularmi in modo affettato. «Ma, scioccamente, ho cambiato telefono e ora sembra che non sia rimasto nella memoria di quello nuovo. Detto fra noi, Katie, sto provando a organizzare… la festa per la promozione… di mio marito Simon. È stato nominato da poco primario e sto per dare un party a sorpresa per festeggiare… Il fatto è che sto provando a contattare tutti i suoi colleghi. Ed è una cosa top-secret!», aggiungo con la mia voce da moglie del chirurgo.

«Oh…. Oh… bene. Non ho l'autorizzazione per fornire all'esterno i numeri di cellulare dello staff, signora Wilson…». Sento un po' di esitazione nella sua voce. Non vuole infrangere le regole ma non vuole neanche essere scortese con la moglie di un primario.

«Oh, cara… naturalmente capisco. L'ultima cosa che desidero è metterti nei guai, ma il fatto è che sono un po' perplessa perché Caz – intendo Caroline – aveva promesso di darmi una mano. Devo ammetterlo, ho proprio bisogno del suo aiuto…». Faccio una risatina infantile mentre vorrei vomitare. «Sarebbe veramente un peccato deludere Simon…», aggiungo.

«Oh, sono sicura che per questa volta si possa fare un'eccezione… », dice. Mi chiedo se abbia cambiato idea perché ho evocato la delusione di Simon; è anche lei una delle tante vittime del suo incantesimo? Non lo saprò mai, ma improvvisamente è "apriti Sesamo" e Katie mi dà il numero di Caroline.

La ringrazio profusamente, forse anche esagerando, felice che le voci su di me non abbiano ancora cominciato a girare, visto che nell'ospedale precedente di Simon tutte le dannate "Katie" del caso mi sbattevano la porta in faccia.

Subito dopo essermi prostrata ai piedi di Katie vado dritta al mio cellulare e stavolta mi lecco le labbra. Bastano due squilli perché i nostri mondi entrino in collisione.

«Ciao… ciao. Ehm, parlo con Caroline?», chiedo convinta e disinvolta.

«Sì, sono Caroline, con chi parlo?».

Assaporo il momento. L'ho colta di sorpresa. Ho la situazione sotto controllo. E questo è solo l'inizio.

«Sono Marianne…», dico dopo una pausa. Ma le concedo un altro paio di secondi per metabolizzare il mio nome e interrogarsi con terrore sul motivo per cui la chiamo.

«Marianne…». Posso sentire il turbamento nella sua voce. Non se l'aspettava. La cosa mi piace.

Ma prima che lei possa dire qualcos'altro, io taglio corto.

«Ci siamo conosciute poco tempo fa da Waitrose, pensa un po'. Tu lavori insieme a mio marito Simon, vero?». E lo dico con la voce della donna felicemente sposata con il primario di chirurgia.

«So che non te l'aspettavi proprio...», continuo. «Ho avuto il tuo numero da Katie... lo sai, all'ospedale», dico come se la centralinista fosse una nostra comune amica.

«Oh, non conosco questa Katie...».

No, ma conosci una Marianne, non è vero? Ti scopi suo marito, puttana spudorata!

«Lei mi ha gentilmente dato il tuo numero perché non volevo che Simon lo sapesse, ma devo parlarti con una certa urgenza», dico senza stare a sentirla. Poi mi fermo e lascio che ci rifletta un po'. Voglio che abbia il tempo di pensare, anche solo per qualche secondo, che le sto per chiedere del contenuto delle sue lenzuola sgualcite.

«Oh... va bene».

Ci stiamo per caso preoccupando?

«Devi essere consapevole che Simon ora ricopre un ruolo di più alta responsabilità». Ho la voce emozionata. «Voglio fare qualcosa di speciale per lui, e quindi ho pensato di organizzare una festa a sorpresa». Ovviamente non ho intenzione di fare niente di tutto ciò. Spero che il mio piano per liberarmi di Caroline provochi la sua fuga con la coda tra le gambe molto prima della festa per la promozione. Il party è la carta di riserva, nel caso in cui Caroline sia ancora in gioco dopo che le avrò detto tutto quello che so durante la pausa pranzo.

Lei non risponde, così faccio entrare in scena la Jen che è in me continuando a parlare. «Il fatto è che, per festeggiare qualcosa di importante, di solito ci piace farlo "in privato", se capisci cosa intendo», dico con la mia più sensuale parlata strascicata, che probabilmente dà l'impressione che io stia avendo un ictus, ma vado avanti. Devo lasciar cadere qualche piccolo indizio intimo per allettarla. Se posso dare a Caroline l'impressione che siamo una coppia molto molto felice, si spaventerà, diventerà curiosa e vorrà saperne di più. Spero che questo la convincerà ad accettare di incontrarmi – e così potrà scoprire se Simon le sta dicendo la verità sullo stato del suo matrimonio. Per quante certezze possa avere un'amante, sospetta sempre che ci sia qualcosa che il suo uomo non dice perché se è capace di mentire alla moglie, la madre dei suoi figli, la donna con cui ha passato tutta la vita, allora perché non dovrebbe poter mentire a una persona con cui ha condiviso solo una bottiglia di Merlot e un mucchietto di lenzuola spiegazzate? Conto sul fatto che lei non gli dirà che ci siamo sentite, perché se è intelligente come credo, vorrà avere notizie del matrimonio dal mio punto di vista senza che lui glielo possa impedire. Per questo la festa deve essere "a sorpresa".

«Comunque, ecco, io voglio essere sicura che tutti i suoi amici siano presenti ma voglio anche invitare un po' di nuova linfa. Specialmente donne. Come sai altrimenti si rischia una festa tipo piccolo "club di vecchi amici", come è a cardiologia». E poi mi metto a fare delle risatine squillanti per alludere a un cameratismo tra donne. Devo stare attenta perché quando faccio la risata "squillante" qualche volta sembro una pazza. Continuo: «Succedeva la stessa cosa all'ospedale precedente – quei vecchi burberi... – e non voglio una festa piena di anziani. Simon mi ha parlato di alcune colleghe donne», aggiungo infilando la piccola, tagliente punta del coltello, «ma mi ricordo solo il *tuo* nome».

«Davvero?», chiede lei. Sento un piccolo barlume di speranza nella sua voce; prega che il motivo sia che Simon parla di lei in continuazione.

«Sì... lo ricordo da quella volta che ci siamo incontrati da Waitrose».

«Oh, sì, certamente». Posso sentire la delusione nel suo tono. Come mi piace.

«Comunque, Caroline, avevo tanta voglia di entrare in contatto con una delle donne con cui lavora perché mi piacerebbe capire come funzionano le cose».

«In che senso?», chiede con freddezza, ma io mi muovo con facilità sul suo terreno.

«Penso solo che le donne sappiano valutare meglio – sappiamo chi è amico di chi e chi andrà bene nel mucchio. Non voglio invitare qualcuno che possa creare imbarazzo a qualcun altro, per essere chiara». Ridacchio pur sapendo che l'ironia andrà persa con lei.

Oh, Caroline, con la tua mente brillante e il bacino flessibile – non hai idea di cosa ti aspetta. Mentre cavalcavi il tuo pony al maneggio privato io imparavo a sopravvivere. Come osi riempire il tuo utero con qualcosa che non ti appartiene senza aspettarti poi delle conseguenze? Ti farò smettere io.

«Simon è un assoluto disastro quando si tratta di vita sociale. Penso che sia lo stesso un po' per tutti gli uomini, non sei d'accordo? Oddio, ho dei pregiudizi basati sul sesso; mia figlia, che ha diciassette anni, mi ucciderà». Sento che mi metto di nuovo a ridere.

Noti il pronome possessivo, Caroline? La mia diciassettenne, non la tua. Non sarà mai la tua.

Lei non risponde. È come un pesce preso all'amo e mi soffermo su questa immagine mentre lei siede all'altro capo, intrappolata dalla mia telefonata.

«Perciò pensavo che sarebbe carino incontrare una delle ragazze che lavorano con Simon e tirare fuori insieme una lista degli invitati. Così scoprirò chi è chi».

«Sono spiacente, non ho mai socializzato molto con i colleghi, perciò non so chi...», dice facendo la vaga.

«Oh, è un peccato. Trovi difficile socializzare con i tuoi colleghi?», chiedo, come se fosse un problema.

In fondo non mi pare che ti riesca difficile socializzare con mio marito.

«No, non lo trovo difficile. Scelgo di non farlo». Sento dalla voce che si è offesa. Non sopporta che qualcuno possa pensare che lei sia meno che perfetta.

«Oh, no, mi dispiace. Non avrei dovuto parlarne – come la gente tira avanti sul lavoro non mi riguarda».

«Cosa intendi dire?».

È chiaramente preoccupata. Lo percepisco dalla sua voce. Caroline non è forte come credeva di essere e ora pensa che Simon abbia detto qualcosa di negativo su di lei, che non la ritenga all'altezza. Ottimo.

«Bene, anche se non hai amici al lavoro sono sicura che sai…».

«Ho degli amici», sbotta lei.

«Oh, bene», dico come se non le credessi. «So che a volte è difficile averne, però. Dio, le cose che sento da Simon… e lui è un primario».

Inclino la testa come fa la mia terapeuta Saskia quando le racconto qualcosa di triste. So che Caroline non può vedermi ma facilita la mia interpretazione.

«Oh, Caroline, ti ho turbata… Mi dispiace. Non avrei dovuto dirti niente. Non è che Simon abbia parlato con i colleghi… delle tue… difficoltà – ne parla solo con me. Guarda, è chiaro che non vuoi essere coinvolta e non posso biasimarti. Te l'ho chiesto solo perché ci siamo incontrate quella volta da Waitrose, e pensavo che mi potessi dare una mano. C'è quell'infermiera… Alison? Non sono certa del nome, ma Simon parla sempre di lei. Sono amici piuttosto buoni, credo… Proverò con lei. Sono sicura che potrà darmi un quadro accurato dei possibili invitati. E non preoccuparti, se ti mette a disagio non ti aggiungerò alla lista». Le faccio un sorriso attraverso la linea del telefono.

Grazie alla mia imitazione di Jen non la faccio parlare molto; mi chiedo se funzionerà. Mi dirà semplicemente di andarmene al diavolo, troncherà la telefonata e correrà da Simon?

Spero solo di aver istillato abbastanza dubbi, abbastanza

notizie allettanti sul nostro matrimonio per far sì che voglia saperne di più senza dire nulla a lui. E a quel punto io e lei avremo un segreto, come loro due. La cosa meravigliosa è che sarò coinvolta nel segreto di ciascuno senza che l'altro lo sappia. L'informazione è potere, e io me ne sto riappropriando, finalmente, senza aspettare che la catastrofe mi travolga.

«Certo... ma potrei darti io una visione accurata... penso che in sala operatoria ci sia un'infermiera di nome Alison, sì, ma non sapevo che fosse amica di tuo marito».

Oh, è così gelosa di lui che posso sentire uno sfrigolio lungo la linea. Sono piuttosto contenta, ho solo tirato a indovinare con Alison perché Simon l'ha nominata una volta dicendo che era "troppo giovane e totalmente incompetente".

«D'accordo, fantastico... in questo caso mi stavo chiedendo: sei libera per un pranzo lunedì o martedì?».

Teoricamente, prima che mio marito provi a determinare il mio destino con l'avvocato, mercoledì.

«A pranzo?»

«Oh, sai, non siamo ancora amiche – e tutto sembra un po' formale, ma forse puoi fare un salto in pausa pranzo? Pago io. In città c'è quel piccolo, squisito ristorante italiano, Gianni's. Lo conosci?».

Certo che sì. È dove vai con mio marito a goderti i preliminari e i fagioli.

«Sì... Io...».

«Fantastico, ci vediamo lì, diciamo lunedì a mezzogiorno e mezzo?», afferro la palla al balzo prima che ci ripensi. Ce l'ho in pugno; ora non devo fare altro che strapparle la conferma. «Oh, per favore, di' di sì. Non ho molte occasioni per uscire con le amiche. Simon non è bravo a fare il babysitter – ogni volta finisce in lacrime e caos». Rido, sperando di farla dubitare dell'immagine di padre perfetto che lui si è costruito.

«Va bene. Sì», dice lei. «A mezzogiorno e mezzo».

Non vedo l'ora.

Capitolo diciotto

Oggi è il giorno fatidico. Pranzerò con l'adorabile Caroline, che secondo il suo Instagram ieri sera è andata a bere con gli amici, con un top scollato in un'enoteca alla moda. Dubito che Simon approverebbe sia l'una che l'altra cosa.

Tiro fuori un paio di bei jeans slavati, un morbido maglione grigio e uno scialle rosso. Un abbigliamento non aggressivo, con tonalità morbide. *Voglio che tu pensi che sono inoffensiva e che desidero solo esserti amica.*

Arrivando al ristorante mi sento stranamente calma, forse perché ce l'ho fatta, o forse perché ho preso una pasticca alle nove e un quarto dopo aver lasciato i bambini a scuola. Sto riducendo i dosaggi, ma oggi ho bisogno di una rete di protezione per evitare di infuriarmi con l'amante di mio marito mentre mangiamo la prima portata (e per non versare del vino rosso sui suoi bei capelli biondi). Perciò ho preso solo la dose minima per stare calma (lo spero!) durante il pranzo e per essere in grado, dopo, di ricordarmi tutto o almeno quasi tutto. Non berrò alcol – mi limiterò all'acqua minerale. Non si sa mai.

Prendo posto a un tavolo appartato; voglio che non ci veda nessuno. Scorro il menu; lei probabilmente prenderà un'insalata, ho visto che ne ha postata una su Instagram. Nessun umano nella foto, solo un'insalata inanimata con noci e grandi foglie, ma i due piatti e i due bicchieri di rosso a contorno mi hanno dato tutte le informazioni di cui avevo bisogno. #Salute #LunedìNienteCarne #MangiaLaTuaInsalata. Dio, mi fa venire voglia di vomitare. *Che ne dici di #MercolediSenzaMarito, Caroline, potrebbe essere un'idea, non credi?*

Alla fine arriva, e mi sorprendo di me stessa. Sono così cordiale e amichevole. Nessuna traccia del veleno che sento dentro è venuta a galla – speriamo che resti tutto così. Lei ha un bell'aspetto, e si vede che ci ha pensato molto, ma non so se l'ha fatto per il pranzo con me o per la giornata di lavoro con mio marito. Indossa un pesante cardigan blu chiaro, mentre il resto è tutto nero – la gonna corta e gli alti stivali di vernice.

Non esattamente un abbigliamento da donna in dolce attesa.

Provo a dare un'occhiata alla sua pancia prima che si sieda, ma ancora non si vede niente. La guardo e vedo Simon a letto accanto a lei, il bambino tra di loro. Scaccio subito l'immagine dalla mente.

«Da bere?», chiedo, sorseggiando la mia acqua minerale e prendendo il menu, mentre si avvicina una giovanissima cameriera.

«Acqua per favore... liscia», dice alla ragazza senza sorridere.

«Ordiniamo prima di cominciare a parlare. Lo so che sei in pausa pranzo», dico come se fossi la donna più premurosa del mondo, quando invece il mio desiderio più grande sarebbe ficcarle la forchetta che sta sul tovagliolo dritta nella mano.

Le do un'occhiata al di sopra del menu mentre lei sta guardando il suo e mi stupisco, e non è la prima volta, di quanto sia ingiusto tutto questo. Lei avrebbe potuto avere chiunque con quel bellissimo corpo e i lineamenti perfetti. Era una donna libera, non aveva legami – avrebbe potuto girare il mondo, diventare capo di qualche ramo di medicina al MIT o all'UCLA e vivere la vita della bella professoressa, a Boston o in California. Avrebbe potuto... avrebbe potuto fare tutte queste cose, ma invece ha scelto *mio* marito, i *miei* bambini, la mia *vita*. Si è immaginata in quale pasticcio si stava cacciando? Deve esserle piaciuta molto la mia esistenza, e quindi ha deciso di impossessarsene. Deve aver sbirciato nei miei account social, come ho fatto io con i suoi. Quale amante degna di questo nome non avrebbe accettato la sfida? E mentre controlla la moglie, ha visto il nido e pensa di portarci il suo piccolo cuculo. Ma quello è il *mio* nido, ho lavorato duro per renderlo perfetto, per rendere felice la nostra famiglia. Ho imparato a fare i conti con l'oscurità e a concentrarmi sulla luce.

Luce riflessa Farrow&Ball, marito rubato.

Dopo aver saputo che è incinta, ho rimesso a nuovo la mia vita social. Avevo già foto di famiglia, vacanze ed eventi scolastici, ma mi sono messa a fare la PR in piena regola e ho risistemato le nostre vite online: le ho modellate in qualcosa di meraviglioso, su Instagram e Facebook. Con l'aiuto di Photoshop ho applicato qualche filtro sapiente e qualche ingegnoso ritaglio, e ora la mia presenza online sembra emersa da una patinata rivista di celebrità. La nostra vacanza estiva a Creta ricorda un servizio fotografico per il dépliant di una compagnia di viaggi di lusso, la nostra bellissima figlia distesa sull'amaca e i nostri splendidi bambini che giocano in acqua con il loro padre perfetto. #Padri #Figli #Famiglia. La realtà naturalmente era un'altra. Quello che non si vede è papà che scalpitava, ansioso di uscire dall'acqua, asciugarsi e mettersi a inviare messaggi sconci alla sua amante. #PapàMandaMessaggiSconci #PapàInfedele. Quasi non riconosco più la mia vita. Poi c'è la foto dei bambini nel parco, degna di «Vogue», in cui ridono, lanciano in aria le foglie creando un bel vortice color bronzo.Felicità nel sole del primo autunno. #FratelliESorella #AmoreFraterno. Ovviamente ho dovuto eliminare dalla foto la spazzatura, le cacche di cane e i preservativi lasciati per terra, e non ho incluso lo scatto con la crisi di nervi di Charlie e Alfie, con Sophie che urlava: «Fottuti piccoli bastardi» e se ne andava infuriata. #FigliaScreanzata.

È mio, mio, tutto mio.

Non siamo perfetti, nessuno lo è, ma come famiglia abbiamo avuto più stress di quanto ci spettava e non è stato facile. Nel corso degli anni ho dovuto sopportare tutto il dolore, tutta la colpa, tutto questo tormento e sono comunque riuscita a creare un mondo dentro cui è possibile vivere. E ora arriva *lei,* con i capelli appena lavati e l'utero fecondato di fresco a rovinare tutto.

Tieniti la tua vita, puttana, visto che non potrai mai avere la mia. #Ladra.

«E così», comincio, congiungendo le mani sul tavolo per dare l'impressione di avere tutto sotto controllo, mentre sono a pranzo con l'amante di mio marito. Devo prendere subito il sopravvento o rischio di crollare. Devo trasmetterle quante più informazioni possibili in questo banchetto delle false notizie. Voglio introdurre dubbi e ombre, così come ha fatto lei con me – forse non direttamente, ma non mi interessa. Voglio che lei soffra. Voglio che metta in dubbio ogni cosa che Simon le ha detto, ogni cosa che crede sia vera – voglio che sappia come ci si sente a diventare paranoici. Voglio che entrambi sospettino che l'altro ha dei segreti, e voglio che lei sappia che lui le sta mentendo – perché, davvero, non c'è nulla di più doloroso di venire a sapere che la persona che ami ti sta mentendo. Solo perché lei è speciale e lui vuole ufficializzare la cosa e andare a convivere con lei, non significa cheil loro rapporto sia esclusivo. È sposato con me, del resto, ma a quanto pare non può a a fare a meno di avere relazioni clandestine.

Tradisci una volta, tradisci per sempre, Caroline.

L'altro giorno ho trovato nel portafoglio di Simon alcuni scontrini di ristoranti che conosco; naturalmente non era con me e, grazie all'ossessività con cui sto addosso alla parte social di Caroline, mi risulta che neanche lei fosse presente in quei locali romantici proprio in quei momenti. Mi viene il dubbio che lui abbia già attribuito a Caroline il ruolo di moglie numero tre e stia facendo le audizioni per una nuova amante compatibile con il prossimo matrimonio. Mi chiedo se è uno schema ricorrente: farà a Caroline ciò che ha fatto a me? La colmerà di dubbi e paure fino a che lei non crollerà, e poi dovrà trovare un modello più aggiornato? Non che mi freghi molto di Caroline, ma forse la stessa cosa l'ha fatta con Nicole e il suo suicidio è dovuto alla vita coniugale. Nulla di Simon mi sorprende più.

Una volta lui mi disse che Nicole era "molto fragile", ma quando si erano conosciuti lei aveva un impiego di prestigio in banca, e secondo Joy, che non perdeva mai l'occasione di ricordarmi le qualità dell'ex nuora, era "una donna forte". Le ha forse spezzato l'anima come ha provato a spezzare la mia?

Sono più determinata che mai. Non sarò un'altra Nicole. Non andrò a dormire e non lascerò i miei tre figli. So meglio di chiunque altro che un gesto del genere può distruggere una vita. È passato molto tempo da quando ho scoperto il corpo di mia madre, ma la vedo ancora – è come se il suo fantasma non mi lasciasse mai. La vita di mia madre mi terrorizza perfino più della sua morte; mi ha reso arrendevole e spaventata. Ogni nome dimenticato, ogni pensiero indesiderato è la prova che sto vivendo la sua vita e che un giorno finirò a giacere insieme a lei in una vasca da bagno piena d'acqua fredda e rossa.

Qualche volta mi chiedo se Simon sia stato attratto dal fatto che io avessi paura. Una donna vulnerabile e difettosa che non gli avrebbe tenuto testa, che non avrebbe provato a controllarlo come faceva sempre sua madre con lui. Joy era una donna ricca e lo accontentava sempre, con macchine nuove, case e vacanze – e continuò a farlo anche dopo la morte del padre, perfino dopo che mi ebbe sposato. Ma malgrado questo, non gli ha mai dimostrato amore con il contatto fisico. Di conseguenza Simon attribuisce valore più alle cose che alle persone. Vede le donne come oggetti usa e getta, solo graziosi ninnoli per fargli fare bella figura, capaci di occuparsi delle sue necessità. Comincio a chiedermi se mi consideri un bene usa e getta… specialmente ora che ha un nuovo, grazioso giocattolo.

Seduta di fronte proprio al suo nuovo giocattolo, faccio due chiacchiere inutili sulla lista degli ospiti e sugli antipasti. Provo a essere vivace, trasudo divertimento e impertinenza come farebbe Jen. Non voglio che Caroline pensi che io sia arrendevole o noiosa. Sono certa che Simon le abbia detto che, oltre al fatto che sono "malata" e "ossessivamente gelosa", sono insipida e poco interessante, perciò sconvolgerò completamente le sue certezze, la farò dubitare di tutto quello che le ha raccontato, di tutto quello che lei pensa di sapere. Non è altro che ciò che lei sta facendo a me.

«Mi piace qui», sussurro sorridendo. «Simon mi ci porta spesso nelle serate di coppia, e non so… nonostante ci siamo già stati un mucchio di volte, ci trovo sempre qualcosa di incredibilmente romantico. Ci rilassiamo e ci scordiamo la sfiancante – ma stupenda – confusione di casa nostra e… ci rimettiamo in sesto». Mi trastullo con il mio grissino, lo porto lentamente alla bocca e lo mordo sulla punta. «È come se fossimo di nuovo in luna di miele, ci credi?».

Non abbiamo fatto sesso dal concepimento dei gemelli? Davvero?

«Bello», farfuglia. I primi segnali che la mia campagna sta avendo l'effetto desiderato. E mi sto pure divertendo. Arriva da bere e lei quasi strappa il bicchiere dalle mani della cameriera.

«Certo, la musica italiana mi ricorda le vacanze», e sorrido. «Ti piace l'Italia, Caroline?»

«Sì… amo la Toscana». Si sforza di sorridere. È così a disagio che mi dà il prurito. E la cosa mi piace.

«Oh, la Toscana, anch'io la amo! Simon ti ha detto che stiamo pensando di comprare una casa là?». Non è vero, ma un'altra bugia da aggiungere a tutte quelle che ci stiamo già scambiando non farà la differenza. Infatti, più si inganna, meglio è, non è vero, Caroline?

Scuote la testa e quasi si strozza mandando giù un gran sorso d'acqua. Vorrei ridere. Vorrei sbellicarmi dalle risate in faccia a questa ragazza per quanto è facile e delizioso infliggere dolore a una persona che me ne sta causando tanto. Dio, perché non l'ho fatto prima, invece di torturarmi dandole la caccia sui social e provando a conquistare Simon con cene ricercate e il sesso che piace a lui? No, questo è molto più divertente.

«Oh sì, stiamo pensando a una piccola fattoria. Come dice Simon, abbiamo tre figli, e se poi *loro* avranno dei figli ci sarà bisogno di un posto dove possiamo andare tutti e…». Continuo a premere sulla ferita che le ho inferto, allargandola sempre più. Neppure Simon il chirurgo riuscirà a ricucirla.

TRE *bambini – contali. Tu e il tuo bambino ancora non meglio specificato non sarete i benvenuti.*

Mi piego in avanti con quello che spero sia uno sguardo sincero. «Simon deve rilassarsi, e dice che ci riesce davvero solo quando è felice, insieme alla sua famiglia», mento. «Io ho sempre sostenuto che la famiglia è il centro di tutto. Vogliamo solo *vivere*, sai? Naturalmente lui ha i suoi piccoli passatempi segreti, ma non significano nulla – la sola cosa che gli importa, che davvero conta per lui, siamo noi».

Annuisco e lei fa lo stesso, cercando senza dubbio nei miei occhi segni di psicosi.

«Quando saremo in Italia, la tratteremo come la nostra seconda casa. Faremo le solite cose – invitare amici, cucinare al barbecue, aprire qualche bottiglia, rilassarci in cucina e nel giardino con tutti i bambini. Sono molto, molto fortunata», aggiungo così compiaciuta che quasi mi odio. La guardo, godendomi la confusione sul suo viso.

«Mi dispiace», dico all'improvviso, facendo finta di essermi accorta che sto parlando troppo. «Oh, potrei continuare a blaterare di seconde case e famiglie… e tu sei così gentile ad ascoltarmi, ma devi aver fame – non abbiamo ancora nemmeno ordinato».

Chiamo la cameriera e ordino linguine ai frutti di mare; lei chiede un'insalata.

Ti conosco meglio di quanto tu conosca te stessa, Caroline.

«Comunque», aggiungo prendendo un sorso d'acqua, «inutile dirlo, saresti in qualsiasi momento la benvenuta, se venissi a stare con noi in Toscana. Potresti portare tuo marito… o…?». Le agito in faccia il grissino mangiucchiato.

«Non sono sposata», dice muovendo le dita su e giù sullo stelo del bicchiere. #Ansiosa.

«Vivi… sola?». Piego il tovagliolo, fingendo un lieve disinteresse. Non voglio che pensi che la stia interrogando.

E dove ti vedi tra cinque anni, subdola baldracca? A preparare dolci nella mia cucina con i miei bambini? Ripensaci, puttana.

«Sì… ho un piccolo cottage, proprio fuori città».

«Carino. Comunque, basta domande», scherzo. «Caroline, non potrò mai ringraziarti a sufficienza per questo incontro, so che il tuo aiuto con la lista degli ospiti sarà preziosissimo», le dico, tornando alla festa. Non voglio che si accorga del fatto che sto giocando con lei come il gatto con il topo.

«Io… posso darti qualche nome, ma come ho detto al telefono, non sono qui da molto».

Non ci tiene a fare quattro chiacchiere con la moglie del suo amante e conserva un atteggiamento formale. Mi aspetto che da un momento all'altro prenda il suo cappotto e se ne vada – mi trova terribilmente noiosa o forse ha una coscienza?

«Se potessi mandarmi una lista sarebbe fantastico», dico. «Caroline, ti sono così grata. E so che anche Simon…». Il mio telefono squilla. Mi aspettavo questa telefonata perché, quando un venditore ieri mi ha disturbato al telefono con i suoi dannati doppi vetri, mi sono resa conto che mi potevano interessare. Gli ho detto che i doppi vetri mi piacevano e gli ho chiesto di richiamarmi all'una per riparlarne. Perciò in mancanza di un'amica affidabile devo ripiegare su un venditore seccante per far squillare il mio telefono quando sto pranzando con Caroline.

«Pronto, parlo con la signora Wilson?», chiede un giovanotto. «Sono Jordan della Wonderful Windows».

«Oh, caro, grazie per avermi chiamato ma ora sono a pranzo...». Guardo Caroline e alzo gli occhi rivolgendo un sorriso affettuoso a tal Jordan, il venditore permaloso. Probabilmente è molto sorpreso che io lo abbia salutato con un "caro" bruciando i tempi della nostra relazione incentrata sulle finestre. Ma resta impassibile.

«Mi scuso, signora Wilson, ma lei mi aveva detto che sarebbe stata libera all'una e per questo l'ho richiamata per parlarle di...».

«Oh, sei veramente caro... sì, lo so, dovrai risparmiartelo per quando tornerai a casa e i bambini saranno a letto». Faccio una risatina tutta femminile e mimo con la bocca "mio marito" a una Caroline che sembra sconvolta. A dire il vero è solo leggermente più sorpresa di quanto non sia l'impudente Jordan. Ma come tutti questi implacabili estranei al telefono, lui è un vero venditore e non fa una piega. Mi viene da ridere. Va dritto come un treno, come se gli avessi detto una cosa assolutamente normale – è probabile che mi sia addirittura grato perché non gli ho attaccato il telefono in faccia.

«La Wonderful Windows può fornire finestre a prova di spiffero a metà...».

«Dolcezza, ora sono con un'amica e tu non puoi continuare a dire cose imbarazzanti come questa», sussurro. Scuoto la testa e simulo imbarazzo sorridendo timidamente. «Sì, tesoro, anch'io e sempre... oh, e cambiando argomento, non ti dimenticare il rugby dei ragazzi come è successo la settimana scorsa». Mi chiedo se Caroline farà il conto dei giorni; dopotutto è stata lei la ragione per cui Simon non è venuto a vedere i suoi ragazzi che giocavano. «Lo so, so che eri occupato ma hanno pianto così tanto quando hanno visto che non c'eri alla loro partita speciale... va bene, ti perdono. Oh, ma tu ti sei già fatto perdonare. Ti amo anch'io».

Spengo il cellulare ignorando l'offerta di Jordan il venditore di "un preventivo conveniente con dieci anni di garanzia". Non credo più alle garanzie. Do un'occhiata a Caroline e capisco che adesso sta soffrendo perfino più di me. Vorrei poter dire che mi dispiace ma non è vero – mi piace invece, mi fa sentire viva ed è come se avessi davvero un ruolo in ciò che accade invece di limitarmi ad assistere impotente. Ho avuto tempo per accettare la situazione, per capire chi è Simon, ma lei non ne ha la più pallida idea. So che lui l'ha manipolata dando di me un'immagine falsa e per un po' ha tenuto tutte e due sotto controllo. Ma ora non più. Ora mi sono messa io al posto di guida.

«Mi dispiace, era Simon, è disperato». Sorrido indulgente mentre piazzo il telefono sul tavolo con grande cura. «Come un vecchio sentimentale, si dimenticherebbe la testa se non ce l'avesse avvitata sul collo. La settimana scorsa avrebbe dovuto assistere alla prima partita di rugby dei nostri ragazzi. Hanno solo sei anni... sono gemelli». Lo dico come una che suppone che l'altra non sappia nulla della nostra vita – e del resto, perché dovrebbe? «Comunque erano affranti. Mi ha detto che era occupato, che avrebbe voluto tanto raggiungerci ma un collega aveva davvero bisogno di attenzioni e gli ha chiesto di restare. E lui è così gentile che arriva a trascurare ciò che gli sta più a cuore».

Guardo la sua espressione. Il resoconto della nostra vita che le ho fatto è talmente diverso da quello di Simon... forse sta pensando che lui non le dica tutta la verità? È probabile che sia così.

Ecco come ci si sente quando qualcuno ci tradisce, mia cara Caroline.

Arrivano i nostri piatti. Ha parlato molto poco – le mie parole sono dure da digerire – e mi sembra che potrebbe vomitare in qualsiasi momento, ma forse ora comincia a ricomporsi.

«Perciò… da quanto sei sposata?», chiede decidendo evidentemente di stare al gioco per ottenere più informazioni possibili. Caroline ha fame di altre rivelazioni su mio marito, la stessa fame che ho io dei suoi post. #RagazzeAffamate #SignoreChePranzano.

«Quasi dieci anni», sospiro soddisfatta. «Sono stati anni felici… be' in gran parte», aggiungo con aria civettuola mentre infilzo un gamberetto con la punta della forchetta.

«In gran parte?», chiede alzando subito gli occhi. Poi finge disinteresse e prende una foglia di lattuga con aria assente.

«Sì, voglio dire, non è stato sempre tutto rose e fiori. Abbiamo avuto i nostri alti e bassi… come tutti, immagino», dico posando la forchetta. Mi merito un dannato Oscar – la mia abilità mi sorprende. Sfumature sottili, sguardi distolti. Sono credibile e brillante, me lo dico da sola.

«Oh, stai bene?», chiede tentando di salvare le apparenze – se davvero le importasse come sto, non si scoperebbe mio marito. No, si è accorta grazie alla scena che ho fatto che sono turbata, e vuole che approfondisca l'accenno alle ombre del nostro matrimonio. Si protende in avanti, tutta orecchie, per scoprire che cosa è successo tra me e Simon. Pensava di sapere, pensava di conoscere bene ogni singolo momento di un decennio: il disperato caso di una malata di mente sposata a un uomo gentile e brillante. E invece io le sto dando la mia versione – e sta venendo fuori una bella storiella, come quella che le ha raccontato lui.

«Sto bene», dico, ma chiaramente non è vero.

Ordina un'altra acqua per sé e l'acqua frizzante per me. Mi piacerebbe un gran bicchiere di vino ma non mi azzardo a mescolare alcol e medicine. Devo avere la testa sgombra, saziare la sua fame di informazioni e riceverne a sufficienza. Non devo farle capire che so.

«Ma sei per caso turbata...?», insiste.

Annuisco. «Sì, trovo difficile... non importa quando e quante volte... solo... Oh ma ora è acqua passata». Distolgo lo sguardo, sperando di aver ridestato il suo interesse.

«Acqua passata?», chiede lei, morendo dalla voglia di saperne di più. #Bingo.

«Sì, be'... non dovrei proprio parlarne, è che... mio marito ha commesso durante il nostro matrimonio qualche piccola *imprudenza*... Succede».

Si rilassa. «Cosa intendi?». Probabilmente non mi crede. Lui le ha detto che mi invento le cose, e quindi è pronta ad attribuire la mia affermazione al folle sproloquio di una pazza. Devo dirle abbastanza perché dubiti di lui, ma senza esagerare, altrimenti potrebbe pensare che mi sto inventando tutto. Solo una goccia, e poi un'altra e un'altra ancora, per tenerla sulle spine.

«Sai, qualche occasionale imprudenza con alcune donne che non hanno significato nulla per lui ma, oh, è molto indiscreto da parte mia – sei una collega di Simon. Non va bene».

«Hai ragione, non credo sia opportuno». Sembra rincuorata e delusa nello stesso tempo.

«No, certo, e ti chiedo scusa».

«Va bene... davvero». Beve di nuovo un gran sorso d'acqua, probabilmente per evitare di chiedere nomi e numeri di telefono. Personalmente io lo farei, ma è anche vero che sono una pazza, no?

A volte sono pazza sul serio.

«Comunque voglio fare una festa carina per Simon, perché penso sia importante celebrare le buone notizie. Abbiamo attraversato un periodo difficile nell'ultimo anno ma lo scorso weekend ne abbiamo parlato a lungo. Lui dice di voler ricominciare da capo e ha proposto di metterci tutto dietro le spalle». Sono stupita da quanto mi riesca facile raccontare storielle e bugie. Presumo che sia tutto dovuto alla mia capacità di illudermi: mi piacerebbe avere davvero un matrimonio senza problemi, dove una promozione viene festeggiata perché porta benefici al nostro futuro. Ma a causa di Caroline il mio futuro è appeso a un filo.

«Sì, Simon è stato molto sotto pressione per via della selezione», continuo, «ma ha promesso che ora si dedicherà alla nostra famiglia».

«Oh…?».

Muore sicuramente dalla voglia di saperne di più. Ma non intendo dire altro. Voglio farla soffrire; dopo tutto è così che le piace. #FruttoProibito.

«Oh… è una cosa buona». È completamente atterrita dalla prospettiva che Simon si dedichi alla sua famiglia ma prova disperatamente a non farlo vedere.

Vorrei riderle in faccia a crepapelle, ma riesco a resistere.

«Senti, Marianne, è stato tutto molto gradevole ma ora devo andar via…». L'insalata l'ha appena toccata.

«Oh, no, non abbiamo ancora parlato degli antipasti». Faccio l'aria avvilita. «Mi dispiace, probabilmente ti sembro proprio una persona triste, vero?», dico nello sforzo di prenderla di nuovo all'amo e sorprenderla con la mia autoanalisi. «È solo che sono nuova da queste parti. Non ho molte amiche, le mamme a scuola sono un circolo ristretto e…».

«Mi dispiace, Marianne. Ma io devo proprio…».

«Bada bene, non sto provando a giocare la carta della compassione, è solo, come ti ho già detto al telefono, che desidero fare questa cosa per Simon. Non do una festa da un bel po' e tu conosci tutti quelli che voglio invitare perché saranno soprattutto i suoi colleghi di lavoro. Apprezzerei veramente *tanto* che tu mi dessi una mano».

«Darti una mano?». Non ha intenzione di darmi alcun aiuto su niente. Non vuole avere nulla a che fare con me o con la mia triste festa, ma vedo qualcosa nei suoi occhi. Credo sia compassione.

Non so che farmene della tua dannata compassione, Caroline. Voglio la tua ansia, voglio la tua paura, voglio farti provare quello che provo io.

«Guarda, sto cercando di fissare la data, fra una settimana, di venerdì...». Poi le tiro l'esca che ho tenuto in serbo. Sono certa non potrà rifiutarla: uno sguardo a quella che lei immagina sarà un giorno casa sua, un assaggio del suo futuro.

Dovrai passare sul mio cadavere.

«Perché non vieni da noi nel tardo pomeriggio? Possiamo bere qualcosa insieme, ti faccio fare un giro della casa, prima che arrivino gli altri invitati...».

Sembra vagamente interessata, adesso, e si rilassa un po'; il suo bisogno di andarsene è diventato improvvisamente meno impellente.

«Venerdì? Non saprei. Devo controllare con...».

«Il tuo ragazzo? Porta anche lui».

«No, volevo dire... controllare i miei appuntamenti. Non so che impegni avrò... Qualche volta lavoro fino a tardi», dice, ma entrambe sappiamo che non riuscirà a resistere.

«Ma naturalmente lo capisco se non puoi, però sono certa che ti troverai bene. Insieme ai suoi colleghi sto invitando alcuni dei vecchi amici di Simon...».

L'idea di incontrare gli amici di Simon nella sua magnifica casa con ogni probabilità le fa raggiungere l'orgasmo che, secondo le sue mail, raggiunge facilmente quando mio marito è nei paraggi. Pensa che conoscere il suo passato l'avvicinerà al bel chirurgo ma io *ho condiviso* la vita con lui – è uno dei pochi vantaggi che la moglie ha rispetto all'amante. Non vede l'ora di ficcare il naso anche nel nido... il *mio* nido.

Caroline, il cuculo che depone le uova nel nido delle altre donne.

«Senza fretta», dico infierendo, «ma dammi il tuo indirizzo e in un baleno troverai l'invito nella cassetta della posta. Detesto gli inviti via mail – sono così impersonali».

Trovo una penna e un taccuino nella borsa, lei mi scrive il suo indirizzo. Come potrebbe rifiutare?

Riprendo il taccuino e lo metto al sicuro nella borsa.

Ora so dove vivi.

«Perchè non arrivi per prima? Così almeno, se Simon torna presto, non sarò sola a fargli una sorpresa. E *devi* assolutamente vedere la mia nuova cucina, prima che diventi un casino». Ridacchio come un'idiota del ceto medio.

«Marianne, mi sembra un programma fantastico e ci proverò», dice, e giurerei di percepire nella sua voce qualcosa di simile al senso di colpa.

«Magnifico! Ti chiamerò e… possiamo parlare per telefono della lista degli antipasti?»

«No, non sono molto brava a…».

«Oh, stavo pensando… poiché Simon mercoledì è fuori, potrei riesaminare con te al telefono gli antipasti senza correre il rischio di farmi sentire… fammi controllare l'agenda». Apro il cellulare e fisso una foto dei gemelli. «Sì, mercoledì non è in casa, ha incontro con il nostro avvocato».

«Oh?». Ho ridestato il suo maledetto interesse; lui le ha detto che incontrerà David per il divorzio. Probabilmente è così, ma ho intenzione di mentire a lei come lui mente a me. Userò l'appuntamento con l'avvocato per lanciare un'altra piccola bomba nella sua vita: se tutto funziona, Caroline stessa la farà esplodere nella vita di Simon.

«Sì, David è il nostro avvocato e anche un vecchio amico; ci sta aiutando per il nostro progetto di acquistare una casa in Toscana. Se ti serve qualcosa del genere, lui è l'uomo giusto. Simon voleva che lo accompagnassi visto che siamo tutti vecchi amici – il Merlot scorrerà a fiumi e la moglie di David è uno spasso», aggiungo in un inciso sfacciato, facendo finta che siamo tutti vecchi compari – peccato che non riesca a ricordare il dannato nome di sua moglie. «Ma Sophie deve uscire e non posso lasciare soli i ragazzi. Mio marito è tremendo, qualche volta se lo dimentica, che abbiamo dei figli». Ridacchio. «Uno dei gemelli l'altro giorno ha detto che vorrebbe avere un papà come quello del suo amico Josh. Gli ho chiesto: "Come mai, caro?", e lui mi ha risposto che il padre di Josh ci parla davvero con lui». Scuoto la testa mentre lei mi lancia un'occhiataccia; non riesce a crederci.

«È scandaloso, a dire la verità», continuo. «Devo fare tutto io. È proprio incapace – amabile ma dannatamente incapace».

Si accarezza istintivamente la pancia – protettiva, difensiva.

Che pensi ora, Caroline, del papà del tuo bambino? #PadrePerfetto.

«Hai figli?», chiedo trattenendo un sorriso.

Scuote la testa.

«Ti piacerebbe diventare madre?».

Vuoi i miei bambini? Hai già mio marito, forse ti piacerebbe mettere le mani sul set completo.

«Io... sì, mi piacerebbe. Ho due sorelle più giovani e...».

«Bello. Noi abbiamo Sophie, che ha diciassette anni, e poi i gemelli che, come ho detto, ne hanno compiuti da poco sei; a scuola si mettono spesso nei guai. L'altro giorno hanno trovato una pistola giocattolo e hanno fatto finta di "uccidere" un altro ragazzo», mento. «I suoi genitori sono impazziti e hanno minacciato di chiamare la polizia. Abbiamo passato un sacco di guai – sto ancora cercando di sbrogliarli con l'aiuto della direttrice, una donna piuttosto irascibile, per non parlare delle centinaia di sterline che se ne andranno in terapia. Simon è completamente all'oscuro di tutto questo dramma, non sa quanto sia difficile gestire due ragazzi testardi con pulsioni omicide».

«Il padre dovrebbe esserne consapevole...», dice con aria di rimprovero e vedo emergere un'energica seconda moglie. Dubito che Simon gradirebbe questo tipo di richieste.

«Certo, assolutamente, ma se me lo chiedi, lui peggiora le cose con le sue finte guerre in soggiorno e sparatorie in giardino», mento di nuovo. Questa mi è riuscita bene – non solo la sto spaventando, ma sto anche descrivendo Simon come un padre psicotico guerrafondaio che incoraggia le sparatorie e i giochi di guerra. Un ritratto che non potrebbe essere più lontano dal vero, ma sto solo facendo quello che fa lui, quando dà di me e delle mie azioni un'immagine falsata.

«Spara… torie?», balbetta.

«Sì. Simon ama le pistole, ma quando provo a dirgli che non va bene per i ragazzi e che dobbiamo parlare del loro comportamento selvaggio, evita dicendo: "Non ora, Marianne, fammi un massaggio", oppure desidera fare sesso o qualsiasi altra cosa gli vada quella sera. Trova che i bambini richiedano troppo impegno. Voglio dire, ha tre figli ma non ha mai cambiato un pannolino in tutta la sua vita». Rido, come se fosse una cosa divertente, da apprezzare.

Dalla sua espressione è chiaro che ora è in preda ai dubbi: il padre del bambino non ancora nato, l'uomo con cui vuole trascorrere il resto della sua vita, potrebbe non essere come lei lo immagina. Spero anch'io di non essere la donna che immaginava, la donna che Simon le ha fatto credere che io sia. Se tutto va bene, Caroline ora sa che io sono dedita a questa famiglia e a questa vita, e che ci resterò attaccata come un'ostrica allo scoglio. Non sarò la parte più semplice del loro piano.

Non puoi avere la mia vita; non è in vendita.

Insisto per pagare il conto. Quando Simon farà domande – e le farà – gli dirò che ho invitato Jen a pranzo fuori per ringraziarla di aver preso i ragazzi al corso di francese mentre io andavo a prendere Sophie a danza.

Ci alziamo dal tavolo e quando, all'uscita del ristorante, ci separiamo, do a Caroline l'abbraccio più sincero e più affettuoso che posso fingere. Penso che abbia abboccato e con un cenno di saluto civettuolo la ringrazio *tanto* per il suo tempo, minaccio di chiamarla mercoledì per parlare degli antipasti e le dico che spero *tanto tanto* che manterrà il segreto sulla festa.

Non ti libererai di me, Caroline, sono qui per restare. A ogni costo.

Mentre torno alla macchina penso alle piccole deliziose briciole che le ho lanciato e a quanto ne fosse affamata. Caroline non dirà a Simon di avermi incontrato perché sappiamo entrambe che ci impedirebbe di rivederci – mentre lei invece vuole continuare: desidera scoprire cosa sta succedendo davvero dentro il nostro matrimonio, e quasi certamente ora non si fida più di lui nello stesso modo. E se sta provando a farsi largo a forza nella mia nuova cucina tedesca, deve sapere esattamente cosa l'aspetta. E posso dirle esattamente ciò che voglio che lei sappia.

La soddisfazione per l'apparente riuscita del mio piano comincia a calare quando arrivo alla macchina. Salgo e mi guardo nello specchietto. Vedere me stessa mi riporta alla realtà.

Ho gli occhi spiritati e un sorriso che sembra posticcio. È Joker quello che mi fissa. Rimetto a posto lo specchietto. Che diavolo sto facendo? Chi sono diventata? Ho appena pranzato con l'amante di mio marito, verosimilmente torturandola. Malgrado quello che mi ha fatto, d'un tratto non sono sicura di sentirmi a mio agio a causare così tanto dolore a qualcuno. Dopotutto è incinta. Ma poi mi ricordo che quel bambino è di *mio* marito, e se non voglio perdere i miei figli devo giocare duro anche se è contro la mia natura. Sono una madre che farà qualunque cosa per proteggere la sua famiglia – chi sa veramente di che cosa sono capace?

Metto in moto dicendo a me stessa che ho bisogno di essere forte, e controllo di nuovo il mio make-up allo specchietto. È da tanto tempo che non ho un aspetto così gradevole. Sto ottenendo qualcosa in cambio dei miei sacrifici, ed era ora.

Non sono una persona cattiva, ma Caroline, oggi, di fronte alla sua insalata, ha dovuto provare il dolore di sentirsi tradita da Simon. Penso che abbia provato a venire a pranzo vestendo i panni della fredda, distaccata collega di lavoro, ma il suo travestimento si è rivelato superficiale, altezzoso e compiaciuto. Non sa che io so chi è davvero. Senza volerlo, condivide con me i suoi pensieri più intimi, i suoi desideri più oscuri, i suoi orgasmi più sconvolgenti ogni volta che manda al suo amore una mail. Malgrado la sua aria altezzosa, so che è una sfasciafamiglie con i principi morali di un gatto randagio. Anche Simon è da biasimare, naturalmente, e insieme hanno evocato questa immagine di me infondata e disastrosa, basata su delle bugie. E Caroline come osa credergli a occhi chiusi, e giudicarmi come moglie e madre? Come osa rimanere incinta e scacciarmi dal mio nido? Pensava di sapere tutto sul nostro matrimonio, ma la verità ha mille sfaccettature e oggi ho avuto la possibilità di offrirle una prospettiva diversa. Spero di averle dato qualcosa su cui riflettere, e spero che da questo momento le verrà qualche dubbio su quello che mio marito le racconta su di me e sulla nostra vita insieme. Spero che questo pranzo bloccherà il progetto "Marianne ha bisogno di aiuto..." e spingerà Caroline a riflettere su quanto Simon le abbia mentito a proposito della moglie "pazza". Ma più di tutto spero che questo pranzo comporterà la sua uscita di scena e ci consentirà di tornare a fare la nostra vita.

Mentre mi allontano, la vedo salire sulla sua piccola Mini sportiva. Ha le spalle ricurve, il volto trasfigurato in una maschera di angoscia. Sembra invecchiata di dieci anni – e quasi mi dispiace per lei. Quasi.

Capitolo diciannove

Non torno a casa. Voglio godermi la vittoria con un giro d'onore al supermercato. Butto nel carrello cose a caso, mentre penso e ripenso alla nostra conversazione. Sì, per lei deve essere stata una cosa orrenda, ma ogni volta che provo una fitta di senso di colpa per la sua sofferenza, mi ricordo di quanto dolore mi abbia causato. Pensava davvero di poter superare brillantemente un'esperienza spinosa come l'incontro con la moglie del suo amante, con la donna che vuole estromettere e sostituire? *Ma indovina un po', Caroline, non sei così forte e sicura della tua relazione come credevi.* #PuttanaSorpresa.

Sono proprio cattiva, e la cosa mi diverte. Penso di aver scoperto di avere un talento latente per la tortura psicologica – nessuna sorpresa, ho imparato dal migliore. E il pranzo è andato così bene che mi chiedo perchè dovrei far finta di dare un party a sorpresa per la promozione di Simon. Tanto vale darlo davvero, no? Finora ho avuto solo la vaga idea di prenderla in giro e poi annullare all'ultimo minuto, o addirittura, fingere di essermi dimenticata di dirle che la festa era stata annullata, in modo che venisse lo stesso. Questo scenario mi piaceva abbastanza, noi tre seduti pieni di imbarazzo sugli sgabelli della colazione in cucina, mentre io parlavo a vanvera di quanto è perfetta la nostra vita. Ma no, potrei anche farla la festa, e a sorpresa. Il peggior incubo di Simon – i suoi compassati colleghi, il suo capo, la sua amante e un po' dei nostri amici per un drink e degli spuntini nella nostra bella casa. Cosa potrebbe mai andare storto?

Prima di rendermene conto è ora di andare a prendere i ragazzi. Arrivando a scuola saluto Jen e le grido che non posso fermarmi a chiacchierare perché devo tornare a casa per "l'idraulico". Non c'è nessun idraulico. È un'altra piccola bugia – non ho tempo oggi di stare a sentire tutte le stupidaggini della vita di Jen. Finalmente ne ho una mia, di vita. Muoio dalla voglia di vedere le ripercussioni del pranzo nelle mail e nutro buone speranze di aver convinto Caroline che non sono pazza – be', per lo meno non pazza e crudele e tremenda come le fa credere Simon. Dio solo sa che cosa dice davvero di me quando sono insieme.

Per quanto riguarda la festa a sorpresa, Simon la detesterà; è una persona molto riservata, per ovvie ragioni, e tornare a casa di pessimo umore e trovarci i colleghi di lavoro e le dolci mammine è il suo incubo peggiore. (Oh, certo, per mettere in atto una ritorsione davvero deliziosa sto invitando tutte le donne a cui fa la corte all'uscita di scuola, e con le quali non mi "è permesso" di socializzare perché non sono alla mia altezza. Spero che faranno la loro parte, ubriacandosi, dicendo stupidaggini e mettendolo in imbarazzo davanti ai suoi anziani colleghi – e naturalmente a Caroline).

Questa festa sarà il momento in cui uscirò finalmente dalle sue grinfie, dimostrerò che sto bene, farò vedere al mondo che sono una moglie e una madre sana e che è lui quello matto, fuori di testa. Dopo tutto questo tempo passato ai suoi ordini, costretta a stare sempre sul chi vive, mi riapproprierò dei miei bambini, della mia vita e della Marianne che ero un tempo. Lui mi soffoca. Deve sempre sapere dove sono e dice la sua su qualsiasi persona a cui mi permetto anche solo di rivolgere la parola; e tuttavia sono sempre stata tenuta lontana dal cuore pulsante del suo mondo. Ha sempre avuto i suoi segreti – non mi ha mai coinvolta nel suo lavoro. Conosco pochi dei suoi amici e per quanto può evita di fare con me qualcosa che possa coinvolgere altre persone. Forse teme che possa imbattermi negli scheletri nel suo armadio o nella donna con cui condivide il letto? Troppo tardi, Simon.

Prendo i ragazzi, do loro la zuppa vegetale fatta in casa, e quando hanno finito lascio che giochino in giardino per sfogarsi. Sophie è già tornata a casa dalla lezione di guida e sta facendo i compiti. Non l'ho mai vista così coscienziosa – spero che finalmente si stia ambientando a scuola. Faccio una tazza di tè alla camomilla, mando giù due pillole, tiro fuori l'iPad di Alfie e mi siedo in cucina con un occhio ai ragazzi fuori dalla finestra. Mi sento un po' in colpa a usare il tablet di mio figlio di sei anni per spiare mio marito e la sua amante, ma non posso farne a meno.

Felice di vedere che questo pomeriggio si sono scambiati una valanga di mail, mi metto comoda per leggerle.

Ciao tesoro, mi dispiace che non ci siamo visti. Ho pranzato con una vecchia amica.

Dunque Caroline hai mantenuto il nostro segreto?

«Verrai a trovarmi stasera?»

«Sì, ma soltanto se mi prometti di indossare la biancheria intima che preferisco».

Biancheria intima? Dio, com'è banale. Quasi mi tornano su le linguine ai frutti di mare. L'anno scorso, quando pensavo che lui frequentasse la barista, ho comprato della nuova lingerie. L'ho ordinata su internet. Sembrava fantastica sulla modella – mutandine di seta nera, calze e reggicalze, non volgare anzi di classe. Così, tutta agghindata alla luce della lampada, ho aspettato sul letto per ore, dopo la chiusura del pub, che Simon rientrasse dalla sua serata a bere con i "colleghi". Ero sicura che stesse con la ventiduenne che gli serviva il vino a temperatura ambiente ma avevo anche provato a convincermi che mi sbagliavo. Speravo che se avessi indossato qualcosa di sexy avrebbe potuto amarmi di nuovo. Quando è entrato nella camera ha fatto un'espressione di disgusto e non di desiderio. Mi sono sentita così indifesa e subito mi sono coperta con le lenzuola prima che potesse dire quello che stava chiaramente pensando. Volevo proteggermi, ma non potevo, e lui ha tirato via il lenzuolo colpendimi con le sue parole.

«Per l'amor del cielo, Marianne, tu sei una madre, non una puttana attempata». Il ricordo mi ferisce di nuovo, anche ora, come sale su una vecchia ferita che non si rimargina. Ma non sono più la Marianne di un tempo e la smania di mio marito per un'altra donna in lingerie sexy non sarà la mia fine.

Sono certa che l'incontro a pranzo abbia insinuato dei dubbi in Caroline sulla sua relazione con mio marito. Trovo difficile credere che terrà con lui un comportamento "normale" avendo appena scoperto che Simon e la sua signora stanno per comprare la casa di villeggiatura "dei loro sogni". Le mie allusioni alla nostra vita sessuale e alla felicità coniugale, con tanto di riferimenti a "nuovi inizi" e "passate imprudenze", saranno tutte in circolo nella sua mente ora. Torturerà sé stessa e si spera che presto possa torturare anche lui.

E poi salta fuori una nuova mail, da parte di lei che indica che tutto sta andando come previsto. Le loro mail sono istantanee come i messaggini ma molto più sicure e riservate. Ottimo, no?

Ciao, non sapevo che stessi pensando di comprare casa in Toscana.

No, come ti è venuto in mente?

Oh, è che Roger questo pomeriggio ha accennato alla possibilità di acquistare una proprietà laggiù e sembrava convinto che tu stessi facendo lo stesso.

Gli dici piccole bugie a fin di bene, Caroline? Che monella.

No, ma un giorno mi piacerebbe comprare una casa per le vacanze insieme a te.

Preferirei parlare di come mi toglierai tutti i vestiti di dosso e poi...

Ci rimango un po' male – lei non lo sta esattamente mettendo alle strette, vero? Sembra che abbia già superato il nostro pranzo e abbia ricominciato a fare la seducente con mio marito! *Dio, Caroline, ma che ti prende? Sei disperata fino a questo punto?*

Continuo a leggere le mail che diventano più intime, più appassionate, un dialogo sessuale che allude ad altri, più audaci comportamenti. Giocattoli sessuali e dolore. Simon ama procurare dolore, non importa se in cucina o in camera da letto, alla mente o al corpo, e questo emerge anche nelle sue inclinazioni sessuali. La prima volta che volle schiaffeggiarmi durante il sesso ne fui terrorizzata, ma con gli anni ho sopportato anche di più, perché avevo paura che se non fossi stata disponibile mi avrebbe lasciato. Sa come mi sento, ma ignora le mie lacrime e mi schiaffeggia più forte se non faccio finta di godermela. Con il passare del tempo lo fa più spesso. Ho imparato a pensare intensamente ad altro.

Una volta gli chiesi di fermarsi e lui si arrabbiò così tanto che mi accovacciai sul letto aspettando la punizione. Ma invece si tirò su lentamente, si vestì e uscì lasciandomi legata al letto. Non potevo liberarmi dalle manette e rimasi lì nuda al buio piangendo silenziosamente in attesa che tornasse a liberarmi. Alle sette della mattina dopo la mia sveglia suonò e visto che non potevo spegnerla, arrivò Sophie e mi trovò tremante e in lacrime sul letto. Lanciò un piccolo urlo quando mi vide e le dissi, piangendo di umiliazione e dolore, che papà e io stavamo facendo un gioco e lui era uscito di casa per farmi uno scherzo. Le dissi dove erano le chiavi e lei aprì le manette. Non ne ha mai più parlato, e neanche io. Aveva dieci anni.

Capitolo venti

Mercoledì sera chiamo Caroline. Dopo un brevissimo saluto le parlo a raffica dell'olio di oliva da spruzzare sul dannato prosciutto di Parma con i fichi e poi mi calo nella parte di Julia Child e parlo molto e a lungo sui pro e i contro della gelatina di fegato di pollo non ancora tolta dallo stampo. «Un classico di Julia», dico scoppiando a ridere al telefono come farebbe uno chef lunatico e strafatto. Non me ne frega niente degli antipasti per la festa in onore della promozione di Simon. Il mio obiettivo principale (a parte irritarla e rovinarle la serata) è capire se Simon stasera è con lei – e dopo quasi quarantacinque minuti di delirio culinario, penso di poter affermare con certezza che è sola. Questo significa che mio marito è con il nostro avvocato – a pianificare il mio futuro a mia insaputa. Oh, come mi piacerebbe guarnire quelle pretenziose gelatine di fegato con l'arsenico puro e offrigliele su un grazioso vassoio alla sua festa a sorpresa.

Sinceramente speravo che giunti a questo punto i nostri incontri a pranzo fossero già diventati un'abitudine e che loro due si fossero lasciati. Ma sembra proprio che lei non stia cambiando idea – le mail esplicite e i selfie continui con le faccine sorridenti stanno lì a confermarlo – e a quanto pare anche Simon sta andando avanti nei suoi piani di divorzio. Perciò, prima di ritrovarmi con una diagnosi di malattia mentale, rinchiusa in una clinica psichiatrica per il resto della mia vita, tirerò fuori l'artiglieria pesante, darò la mia festa e li distruggerò entrambi. Dopo vedremo quanto reggerà il loro amore.

Riaggancio, arrabbiata e ferita al pensiero di lui che in questo momento sta definendo il suo progetto per liberarsi di me con il suo avvocato. Ma sono confortata dall'idea che anch'io ho un piano, e accedo alle sue mail per rovistare un po' in giro nella sua sconcia vita amorosa. Simon ha detto che era una perdita di tempo fabbricare borsette artigianali, e se lo paragono a questo mio ultimo hobby ha ragione – ci sono modi molto più utili di passare i pomeriggi. Mi piace farmi venire in mente nuovi modi per infliggere a Caroline un'altra iniezione di insicurezza, una nuova coltre di dubbio nella sua vita compiaciuta, e poi andare a controllare le conseguenze online. Non potrà dimenticare ciò che le ho detto. Devo solo organizzare la festa mentre aggiungo all'ottimo lavoro già fatto strati di matrimonio perfetto, figli perfetti, vita perfetta – smascherando ogni volta le bugie che le dice il suo amante. In aggiunta ai miei perfetti post su Instagram, sento di aver finalmente scoperto il modo di cancellare le sue bugie e darmi una voce.

Per quanto tutto questo mi diverta, certi giorni mi chiedo se non sarebbe meglio affrontare mio marito, metterlo di fronte al suo tradimento e farla finita. Ma le mail non saranno sufficienti – negherà o peggio ancora le userà per giustificare la richiesta di divorzio e assicurarsi che sia io a rimanere senza figli e senza casa. No, sto facendo la cosa giusta. Devo affrontarli entrambi, devo essere lucida e mettere fine a questa storia una volta per tutte. Voglio vedere la sua relazione in frantumi, la sua carriera finita; lo voglio in ginocchio. E per quanto possa sembrare brutale, devo ricordarmi che è esattamente quello che ha fatto lui a me – ingaggiando allo scopo la profumata Caroline, che precipiterà insieme a lui. Non voglio essere troppo crudele ma ha cominciato lei, e qualsiasi cosa dovesse accadere alla sua gravidanza si sarebbe solo un effetto collaterale, giusto?

Sto per disconnettermi quando vedo che Simon poco fa ha

fatto un ordine di biancheria intima di seta; sembra che il set di lingerie preferito della sua amante abbia bisogno di un aggiornamento. Adesso sarà con David e non può accedere alle mail, così la apro io e vedo un bel completo scarlatto di seta, morbido al tatto e pieno di fronzoli. Mi sento male ma mi rendo conto che il segreto della vita è saper volgere le cose in positivo, perciò verifico immediatamente l'ordine e vedo che c'è una finestra di due in cui è possibile apportare dei cambiamenti. Sostituisco l'indirizzo del destinatario con quello di casa nostra – quanto sarò felice quando arriverà: ringrazierò mio marito e gli dirò che è un uomo meraviglioso, mentre lui rimarrà sbalordito, nell'incapacità di capire cosa sia successo esattamente.

Poi vado sulla pagina Instagram di *lei* e comincio a seguirla ufficialmente. Questo la farà uscire di testa e la farà sentire vulnerabile; ma ora siamo amiche, donne che pranzano insieme, e trovo del tutto accettabile poter mettere dei like ai suoi post. Che brutta sorpresa per lei. Non più foto affascinanti con commenti allusivi e hashtag segreti con cui si vanta con le sue amiche dell'amante sposato. Perciò ho messo un "like" a tutte quelle foto e mi sono congratulata con lei per "la meravigliosa notizia del bambino in arrivo" sotto la foto del dannato embrione – quando si dice fornire troppi dettagli. Cosa posterà la prossima volta, i risultati del suo maledetto pap test?

Alla fine faccio una foto di una bottiglia mezza vuota di Merlot con due bicchieri accanto al letto. #SerataRomantica #CheLaSerataAbbiaInizio #VitaConiugale #SiGiocaInDue.

Leggilo e piangi, Caroline!

Il mio pacco della lingerie di lusso arriva due giorni dopo e lo apro, distendo sul letto la seta rossa. La fotografo e la metto subito su Instagram. #RegaliDiMioMarito.

Spero che ti piaccia, Caroline – a quanto pare la biancheria rossa è la tua preferita.

Poi mando a Simon una foto della lingerie ringraziandolo profusamente per il bel regalo. Non risponde; probabilmente pensa che è diventato pazzo *lui.*

Benvenuto nel mio mondo, Simon. #LeRagazzeTiFannoImpazzire.

Alla fine della settimana suggerisco ai bambini una "grande idea": facciamo il nostro albero di Natale in anticipo. I ragazzi saltano fino al soffitto per l'eccitazione. Propongo di scrivere a papà per raccontargli la loro grande idea. Simon, quando tornerà a casa dovrà essere d'accordo per forza, perché i ragazzi sono così eccitati e Sophie, anche se pensa che io abbia perso la testa, trova difficile dire di no a due bambini di sei anni che sventolano eccitati le decorazioni di Natale.

Posto il nostro Natale di famiglia anticipato con grande piacere; siamo all'inizio di ottobre ma in fin dei conti, che problema c'è? #MancanoSolo12Settimane. In realtà ho anche un po' di paura: se non sopravvivo al Natale e non riesco a mandarla fuori di testa, potrei finire ricoverata presto. I miei tre fantastici ragazzi indossano maglioni di Natale coordinati e bevono cioccolata calda mentre tutti e cinque decoriamo l'albero (cosa che Simon fa solo perché costretto dai figli). Stiamo tutti sorridendo all'obiettivo e non gli è venuto in mente, con il suo stupido cappello da elfo in testa, che queste foto verranno viste dalla sua sofisticata amante. È un vero spasso. Tiro fuori un rametto di plastica e chiedo a uno dei gemelli di fare una foto a papà e me "sotto il vischio", poi gli do un bacio al momento dello scatto. I risultati mi entusiasmano; si potrebbe prendere per un sorriso la smorfia che gli strappo mentre gli faccio boccuccia. #BacioDelNataleAnticipato.

Se potessi esprimere un desiderio, vorrei che Caroline scomparisse dalla faccia della Terra e che noi tirassimo avanti come una famiglia. So che lui non è perfetto, ma negli ultimi tempi è stato meno presente e io ho potuto mantenere le apparenze e renderlo felice cucinando e tenendo la casa pulita. È stato talmente impegnato al lavoro che non si è nemmeno accorto del telo che è caduto dietro al divano e della confezione vuota di dolcetti Monster Munch che Charlie ha lasciato in macchina. Perfino il sesso è stato rapido, frettoloso e senza violenza. Potrei continuare così: niente alti e bassi, solo vita e bugie nella mia cucina tedesca insieme alla mia famiglia di cinque persone. Ma mentre lei aspetta dietro le quinte, corro seriamente il pericolo di ritrovarmi in clinica e non posso consentirlo. Perciò devo lottare. Il mio obiettivo finale è tenere insieme i miei bambini – con me. Non mi trasferirò di nuovo, né ho intenzione di andarmene. Li ho fatti spostare troppe volte, glielo devo. L'unica soluzione è mettere lei in fuga, sbatterla fuori dalla vita di Simon e quindi dalla mia – se non lo faccio potrei passare il resto della mia esistenza seduta su una panchina in un giardino anche troppo curato e drogata fino al midollo.

Ho passato l'intera settimana a preparare la festa a sorpresa – selezionando gli antipasti con la ditta di catering, ordinando casse di champagne e fiori, tanti fiori. Mi sono anche comprata un vestito – velluto rosso, di media lunghezza – che metterà in risalto i miei colpi di sole appena fatti e sarà perfetto per l'evento mondano di questa sera. Sono sicura che Simon mi odierà perché mi sono fatta bionda, dopo tutto lui una bionda già ce l'ha, ma stasera avrà ben altri problemi da affrontare.

Stasera mostrerò a Caroline cosa possiedo, cosa è mio. *Finché morte non ci separi*. Voglio che non si faccia illusioni: questi sono i miei bambini, questa è la mia casa, ci vivo con la mia famiglia, e ho lavorato duro e sopportato grandi sacrifici per stare qui. Malgrado tutto provo ancora qualcosa per Simon. È l'unico uomo che abbia mai amato ed è il padre dei miei figli. È l'uomo che mi ha salvato – ma mi ha anche distrutto.

Ora tocca a me distruggere lui.

Ho riempito casa di rose bianche, ortensie e gigli, ispirata dai bouquet che Simon mi fa recapitare ogni quindici giorni.

Fiori costosi fuori stagione, Caroline... perché me lo merito.

Il suo bouquet è arrivato proprio ieri e non posso fare a meno di ricordare il periodo in cui ci eravamo appena conosciuti e la prima volta che tornatò a casa una sera con una dozzina di rose.

«Per chi sono?», domandai. «Qualcuno compie gli anni?».

Rise e disse che ero così dolce, così ingenua, e che mi amava per questo. #Indifesa #ProntaPerEssereColta.

Nessuno prima mi aveva mai offerto dei fiori e lui era incredibilmente commosso dalla mia reazione stupefatta e felice. Mi strinse le mani nelle sue e disse: «Prometto di riempire il tuo mondo di fiori, Marianne... Fiori e felicità, per sempre». Ricevo ancora ogni due settimane quei fiori; ma la felicità ora è sporadica e rara. Ma tutto questo stasera cambierà, quando mi riprenderò la mia vita.

A te offre dei fiori, Caroline?

Ironicamente (e comicamente, dato che l'ho costretta a vederci e a passarmi i nomi dei suoi ospiti ideali), non ho invitato nessuno della sua lista. Poiché tutto è cominciato come un imbroglio e non ho mai avuto intenzione di fare una festa, non mi sono presa la briga di esaminare i nomi della sua triste, misera lista, ma ora che la festa la do davvero non posso sopportare neanche l'idea di vedere i suoi amici a casa mia; è già abbastanza sgradevole la sua presenza qui. Ho invitato però le mie amiche, Jen, Francesca e qualche altra mamma. Voglio che questa serata faccia scalpore: tutti ne devono parlare, ed è garantito che a forza di pettegolezzi di mamme non sarà un problema. All'uscita di scuola ho accennato al fatto che stavo organizzando una festa a sorpresa per Simon. Se qualcuno voleva fare un salto la mia porta era aperta, l'importante era non dire una parola a lui. Voglio fargli una *vera sorpresa*. Non ho mai fatto nulla senza prima chiedergli il permesso – mi sento piuttosto indisciplinata. Che cosa ho da perdere?

Tutto.

Capitolo ventuno

Da quando ho scoperto la loro relazione, ho concentrato tutto il mio risentimento su Caroline – sarebbe bastato che dicesse un no per salvare me e i miei figli. Ma ora ho capito che lei è solamente il sintomo, non la causa, e per quanto non mi piaccia, non è lei a mentirmi, denigrarmi, controllarmi e farmi del male all'anima e al corpo – è tutta opera di mio marito. Ci è voluto un po' per assorbire questa verità; per molto tempo ho creduto di amare Simon, ho pensato che lui fosse tutto per me – e in un certo senso era vero, perché grazie a lui non avevo niente e nessuno. Ma la sola lettura delle mail mi ha fatto riemergere lentamente dall'ibernazione del mio matrimonio. Il lavaggio del cervello che lui mi ha fatto ha ridotto la mia mente in pappa, e avevo un disperato bisogno di questo campanello di allarme. Sì, Caroline ha fatto da detonatore, ed è stata determinante nel distruggere la mia famiglia, ma lui, mio marito, il padre dei nostri figli, è felice di farci a pezzi con discrezione. Così ora ho preso di mira entrambi e, per quanto possa diventare difficile la mia vita, ho bisogno che i bambini rimangano con me. Niente più trasferimenti, niente più tradimenti, immaginari o meno – riprenderò il controllo sul mio destino, estirperò il cancro dalla mia vita.

Sono le cinque del pomeriggio e le cameriere del catering sono appena arrivate. Dico cameriere, ma in realtà si tratta di un gruppo di ragazze appena diplomate alla scuola alberghiera, a loro agio nonostante l'età, piene di idee e di inventiva. Le trovo abbastanza originali con le loro proposte di fiori commestibili e foglie di barbabietole grattugiate. Simon detesta la barbabietola – gli procura la più terribile delle indigestioni – e per questo ho fatto un ordine doppio di quel tipo di antipasto, richiedendo che la barbabietola fosse prevista nel maggior numero possibile di tartine perché è l'ingrediente preferito di mio marito. So che è un espediente meschino ma questi piccoli atti di ribellione sono deliziosi come le tartine. Questo catering non è certo economico. Probabilmente le ragazze hanno notato le dimensioni della casa e hanno pensato di farsi furbe, ma che importanza ha, si tratta dei suoi soldi e il costo delle tartine sarà l'ultimo dei suoi problemi – avrà ben altro di cui preoccuparsi dopo questa sera.

Non ho sprecato tempo ed energie per organizzare una cena completa, specialmente perché detesto tutti gli invitati tranne Jen. Ma ho bisogno che Caroline mi veda come la grande padrona di casa che sono. Voglio che si senta minacciata, sconfitta – e poi voglio che sparisca. Deve essere chiaro che non mi farò calpestare, e di certo non potranno separarmi dai miei figli… Simon può andare dove vuole, ma i miei figli restano con me.

Avevo sinceramente sperato che lei accettasse la mia proposta di arrivare prima dell'inizio della festa per fare un giro della casa, ma mi ha mandato un messaggio per dirmi che deve lavorare fino a tardi e arriverà insieme agli altri. Mi chiedo se dice la verità. Forse non se la sente di stare qui da sola con la moglie del suo amante? In ogni caso voglio che lei dia un'occhiata alla mia vita perfetta e veda quanto è bella la mia casa. Spero che le venga voglia di possederla perché Caroline, è evidente, ha sempre avuto quel che desiderava.

Mentre piazzo le candele Jo Malone un po' ovunque suona il campanello e arrivano i primi invitati – è Jen con un gruppetto di mamme. Le ha portate qui presto, ed è una buona cosa, perché voglio che tutti vedano che ho sotto controllo la situazione e che la mia vita in questa casa è solida. Dio solo sa cosa ha detto Simon di me ai colleghi, ma immagino che abbia già sparso il veleno per spianare la strada e far entrare Caroline nella sua vita. Mi pare di sentirli: «Sua moglie era malata, sai, e lui era un santo». L'idea mi irrita, così afferro un paio di bottiglie di champagne e le stappo sperando che le bollicine mi diano una calmata.

Mentre le cameriere scaricano vassoi di antipasti e preparano i bicchieri, do il benvenuto a Jen e alle ragazze. Ha portato con sé Suzie e Francesca, più certa Yvonne, silenziosa ma abbastanza gentile. Verso a tutte un calice di champagne freddo e ci mettiamo a fare due chiacchiere. Stasera non ho preso le medicine, cosa rischiosa, specialmente perché gira lo champagne e mi sento pronta a festeggiare. Ma non voglio sentirmi drogata. Ho dormito per tutti gli ultimi dieci anni e stasera non voglio perdermi niente.

«Sei incantevole», dico a Jen. Lei ha molto gusto – stasera indossa un vestito albicocca con le maniche lunghe e sta bene con i tacchi alti. «Sei in gran forma. Io non potrei mai mettermi un abito così attillato».

«Sì, ma io sono alta. Sono quasi un metro e ottanta con i tacchi».

«Beata te». Sorrido sentendomi bassa e tarchiata accanto a lei.

«No, è una cosa spaventosa! Da ragazza non trovavo mai un fidanzato. Non posso mettermi queste scarpe quando c'è Peter – lo fanno sentire inadeguato. Dannato nanerottolo», mormora facendomi ridere.

«Tu sei uno schianto, Jen». Sorrido. Non vedo l'ora di diventare grande amica di questa donna piena di vita, e spero di frequentarla di più dopo questa serata. Sarò finalmente indipendente, vivrò a modo mio, vedrò chi voglio e andrò dove mi pare.

«No, non è vero, è lui che è una testa di cazzo. Lo detesto. Queste sono le mie scarpe sexy per la camera da letto», dice dimenticando per un momento Peter e girando la caviglia per mostrarmi le sue preziose calzature.

«Sono fantastiche», sospira Francesca.

«Sì, sono il tipo di scarpe che ti lasci addosso quando resti nuda – sono sprecate per Peter».

Sorrido a Francesca e lei alza gli occhi al cielo. Guardiamo entrambe Jen, bionda, bella, alta e slanciata e – sì, non sono solo le scarpe a essere sprecate con Peter.

«Abbiamo avuto una gran discussione prima che uscissi stasera. È sempre dannatamente geloso. Dice che l'ho sposato solo per i suoi soldi. Che coglione».

«E non è così, vero?», ride Suzie.

Jen sembra mettersi sulla difensiva magari per inventarsi qualche falsa dichiarazione d'amore per il marito, poi ci ripensa e annuisce, ridacchiando. «Ci hai preso in pieno».

Ci mettiamo tutte a ridere, e ancora una volta la sua sincerità decisamente brutale mi sorprende e mi diverte. Sorseggio lo champagne, chiedendomi come reagirebbero Jen e le altre se annunciassi improvvisamente che Simon mi controlla il telefono e mi picchia per divertirsi.

«Quando cercavo un marito non ho puntato su amore o bellezza. Ma ora mi rendo contro che bisogna scendere a patti», dice mestamente.

«Fra te e Peter?», chiedo.

«Dio, no. Intendo un compromesso da far valere nelle relazioni. Là fuori ci sono splendidi ragazzi che potrebbero rendermi felice a letto *e* anche in banca. Peter mi fa tanti regali, ma non mi rende felice – non l'ha mai fatto. È un pessimo amante. Voglio un uomo intelligente, esperto. Qualcuno che possa guidarmi, e non solo nella stanza da letto», sospira.

«E dovrebbe essere ricco?», aggiunge Francesca.

«Ovviamente», ridacchia Jen.

Ridacchio anch'io, godendomi queste chiacchiere intime "tra donne". È un po' di tempo che non mi sento così in sintonia con nessuno, ma con Jen è diverso. Ammiro la sua indipendenza e la sua grinta, il modo in cui riesce a stare sempre alla guida della sua vita nonostante sia sposata, ma d'altronde non è sposata con Simon. Jen a volte dice le cose più terribili, specialmente su Peter – ma non posso fare a meno di godermi la sua compagnia. Penso anche di piacerle. E soprattutto Jen c'è sempre, ci tiene a me, e io ne ho tanto bisogno adesso perché sono molto sola.

«Comunque, non parliamo di uomini», dice Francesca, battendo le mani come una bambina eccitata. «Oh, cara, *io adoro* i fiori – ma questo sembra decisamente l'arredo per una festa nuziale», dice con enfasi, sulla mia esposizione floreale.

«Non pensi sia troppo?»

«NO, NO, NO – non puoi mai essere troppo ricca, troppo magra o avere troppi fiori», conviene Jen a gran voce.

So che le altre mamme probabilmente sono venute stasera solo per vedere la nostra casa. È la più grande della strada, e con l'ampliamento della nuova cucina è perfino più larga. Non ho mai avuto vibrazioni positive nei confronti delle "ragazze" all'uscita di scuola e spero che nessuna di loro sia venuta a sapere le ragioni per le quali ci siamo trasferiti qui. Quella barista mi ha fatto causa e grazie a lei ora ho dei precedenti penali; probabilmente devono solo cercare su Google "Moglie di chirurgo scatena una rissa nel bar" ed ecco fatto. Ma Jen ha già visto casa mia. Non è interessata alla mia costosa cucina tedesca e al mio frigo che è abbastanza grande per contenere tutto il suo ingresso – è venuta a passare del tempo con me, e lo apprezzo.

«O mio Dio, tutte le ragazze ti odiano». Jen mi ha preso da parte e ora sibila nelle mie orecchie. Mi giro di scatto, facendo quasi cadere il ragazzo del catering che sta facendo qualcosa di ingegnoso con le noci sottaceto.

«Mi odiano?», chiedo un po' preoccupata. La mia predisposizione alla paranoia è forte, specialmente quando non prendo le pillole – oltre a immaginare tradimenti, qualche volta penso che la gente stia sparlando alle mie spalle quando magari non è vero.

«Sì, ti odiano… stronza», scherza, ma sembra quasi che lo stia dicendo sul serio e per un momento restiamo entrambe in imbarazzo. È tutto molto divertente, ma ancora non siamo abbastanza intime per scherzare così, e io ho perso un po' la mano con le nuove amiche, perciò non afferro al volo. «Perché hai una casa da favola e roba così splendida», dice, sollevando il calice di champagne con evidente ammirazione mentre le altre chiacchierano e guardano la cucina, facendo commenti sui due acri di giardino che si vedono attraverso le portefinestre scorrevoli.

«Oh sì, Simon ha visto questi calici su una rivista, se li è fatti mandare da Parigi. Costano una fortuna, ma lui è fatto così. Quando si tratta di cose belle ha preso tutto da sua madre – una donna che, per quanto ne so, non l'ha mai abbracciato, ma scommetto che tutte le sere abbracciava i suoi antichi mobili francesi». Ridacchio.

Jen ride forte e sono lusingata che mi ritenga divertente; mi dà la forza per proseguire.

«Simon è terribile – deve avere vestiti firmati, abiti sportivi griffati e non mi far parlare del suo rapporto con il tennis. Credo che preferirebbe passare la notte con la sua nuova racchetta che con me», scherzo, ma fino a un certo punto. Ma lei non ride, anzi, diventa tutta seria e mi guarda come se si aspettasse che prosegua in qualche modo e, poiché non lo faccio, mette giù il bicchiere.

«Marianne, lo sai che con me puoi parlare?».

Annuisco, confortata da questo aspetto più serio e premuroso di Jen. «Ti ringrazio, ma non penso…».

«Guarda, sono tua amica, e so che non sei felice. L'altra volta al bar eri turbata e da allora non abbiamo più avuto la possibilità di parlare. Non è facile all'uscita di scuola con i piccoli mostri che ci girano intorno. Dimmi pure che devo farmi gli affari miei, ma non mi hai raccontato qualcosa su Simon e...?»

«Oh, io... le cose non sono andate troppo bene». Poiché non ho preso le pillole, divento piuttosto ansiosa e parlo senza pensarci, incapace di fermarmi in tempo. «Sì, si tratta di Simon e... lo sai, la donna di cui ti ho parlato».

«Ma pensavo che ti fossi inventata tutto».

«Te l'ha detto Simon?». Provo una crescente sensazione di panico – ha dunque diffuso il suo veleno fra tutte le mie potenziali amiche?

«No... l'hai detto tu stessa, quando abbiamo parlato al bar. Hai cominciato a dire qualcosa, poi hai aggiunto che potevi anche essertelo immaginato».

«Oh...be', lo pensavo. Ma ora so che non è così».

«Caspita!».

«Sì. Vuole i miei bambini... sta per trasferirsi, Jen. Vuole i miei bambini, la mia vita e... ». Mi rendo conto a questo punto che sembro una matta, perciò taccio.

«Una puttana sfasciafamiglie!». È assolutamente furiosa per me, e anche questo mi piace.

«Oh, non è solo lei... la colpa è anche sua. Sono furibonda con entrambi».

«E puoi dirlo forte», commenta, calandosi nei panni della mia prima tifosa – non che io abbia bisogno che le mie fiamme vengano attizzate.

«Sì, e non riesco a mangiare, dormire e...».

«Io sarei più che furibonda – la perseguiterei, la puttana, le darei la caccia sui social media e posterei con Photoshop foto della sua testa montata sul corpo di un maiale!». Lo dice a voce alta, con tale astio che le tocco dolcemente il braccio. Non ho bisogno che Caroline la trovi così su di giri quando arriverà... se arriverà.

«Sta venendo qui. Stasera», dico più calma che posso.

Jen resta a bocca aperta. «Che cazzo dici?»

«Lo so, lo so, ma voglio opporre resistenza. Non sa che io so, perciò occhio a come parli».

«Ma perché...?»

«Voglio che mi veda nel mio territorio, che capisca che è mio. Le invierò un messaggio chiaro: mio marito non è in affitto o in vendita... e dopo stasera penso che capirà. Anzi ne sono certa».

«Oh... e chi se l'aspettava».

«Jen, si prenderebbe tutto se potesse. Ho visto le loro mail», aggiungo, senza accennare ai piani di Simon per farmi dichiarare malata di mente. Se mio marito ha insinuato in Jen qualche dubbio su di me, non voglio rischiare di darle conferme, e ho bisogno che la mia amica mi creda ancora e che sia dalla mia parte.

«I bambini, la casa, sono miei, e lo resteranno», sibilo e prendo un bel sorso di champagne. Il genere di sorso, inadatto a questi calici così eleganti, che spaventerebbe Simon. Bene.

«Un attimo, Marianne – vuoi i bambini e la casa ma non permetterai che lei scappi con tuo marito, vero?»

«Può tenerselo, per quanto mi riguarda, ma dubito che lo vorrà dopo che avrò finito». Non parlo della sua gravidanza; anche senza aver preso i farmaci so che non è il momento. Non ancora.

«Stai facendo la misteriosa, vero? Be', buona fortuna – conta su di me, io sono qui, se ti servono muscoli». Ride e sorseggia il suo champagne, e mi piace che l'abbia detto perché finalmente sento che c'è qualcuno che si schiera dalla mia parte.

Il fatto che tifi per me mi dà forza e mi spinge a parlare ancora. È bello sfogarsi. «Non voglio perdere la pazienza o la dignità, ma questa storia mi rende terribilmente furiosa. Caroline vuole tutto quello che ho – ma potrebbe ottenere ogni cosa che desidera. Perché non se ne torna dal suo fichissimo fidanzato?»

«Ha un fidanzato?»

«Lo aveva, ma ora sembra che sia tutto finito».

«Come lo sai?»

«Perché ora si è messa con Simon – oh, già, e perché seguo quello che fa sui social», ammetto prendendo un sorso di champagne con le bollicine che mi fanno quasi venire voglia di ridacchiare.

«Cos'altro sei venuta a sapere grazie ai social media su questa… chirurga… puttana?», sibila.

«Oh, che è molto popolare, che ha girato il mondo, che è innamorata di mio marito e che le piace il dolore… Oppure l'ho letto sulle sue mail? Ora non riesco a ricordarmene». Lo champagne mi sta dando alla testa. Devo smettere di bere.

«Mail? Hai letto le sue mail?»

«Quelle che manda a mio marito, sì».

«Come? Hai avuto accesso alle sue mail senza che lui lo venisse a sapere…?».

Annuisco energicamente, sollevata. Finalmente posso parlarne con qualcuno. «So che non è corretto, ma dovevo sapere». Ridacchio a mezza bocca, più che altro per l'imbarazzo. Mi vergogno di chi e cosa sono diventata, una donna che si intrufola dappertutto e si impiccia della vita intima degli altri.

Jen sembra allibita, forse perfino lei pensa che io abbia superato il limite?

«L'ho fatto solo perché sapevo che stava succedendo qualcosa», dico sulla difensiva. «Normalmente non mi permetterei di leggere le sue mail… ho solo aperto il suo PC e subito è apparso tra i suoi preferiti l'indirizzo della posta elettronica di lei, e c'era una cartella intera piena di messaggi. Non si può certamente dire che l'avesse nascosta».

«Oh! Pensi che *voglia* essere scoperto?», mi chiede sedendosi sullo sgabello della cucina e incrociando lentamente le gambe.

«No, non è a suo agio con la roba online. Non ha nemmeno una sua pagina Facebook».

«Lo affronterai?»

«Vorrei, ma lui dirà che sono pazza. In passato mi è capitato di inventarmi delle cose... ho pensato che mi stesse tradendo quando non era vero. Posso essere un po' gelosa, sai. Ho pensato perfino che avesse una relazione con una barista di un pub dove vivevamo prima... e prima la mia migliore amica... e altre».

«Porca miseria! Spero proprio che tu non abbia mai pensato che *anche io* stessi combinando qualcosa con il tuo caro maritino». Tracanna l'ultimo sorso di champagne e solleva la bottiglia che sgocciola nel cestello del ghiaccio quando si versa un altro bicchiere.

«Tu? No». Rido incredula.

«Perché ridi?»

«Perché non sei il suo tipo», dico maledicendomi per essere stata così sincera. Non voglio offenderla.

«Oh, grazie mille». Troppo tardi.

«Oh, non intendevo in quel senso, io... oh, ma chi lo sa quale è il suo tipo e ora che me ne parli ricordo che ballavate vicini alla festa della scuola», e le faccio l'occhiolino.

«Sì, ma era solo per scaldarsi – quel dannato salone può diventare molto freddo, anche in una serata di agosto». A questo punto mette il broncio e io mi sento un po' a disagio. Come se l'avessi accusata di qualcosa e l'avessi offesa. Non posso rovinare questa amicizia come ho rovinato tutto il resto con le mie stupide insinuazioni. Siamo amiche da poco e se voglio mantenere questo legame non devo scherzare su certe cose. Inoltre lei è la sola alleata che ho.

Tutte e due sorseggiamo champagne, poi sento suonare il campanello; arrivano un paio di colleghi di lavoro di Simon con le mogli. E quello che arriva dopo... il mio preferito, il mio colpo da maestro, il capo di Simon – il professor Robert

Cookson, con signora, tipi fedeli, conservatori e credenti che probabilmente penseranno che questa sia la festa più sbracata dai tempi di Caligola.

Faccio le presentazioni, apro altro champagne e ricordo a tutti che Simon dovrebbe arrivare a casa tra mezz'ora e quindi dobbiamo prepararci a nasconderci per sbucare fuori all'improvviso. Comincio a innervosirmi perché ancora non c'è traccia di Caroline – forse non verrà, dopotutto, e questo renderà i miei sforzi inutili? Mi chiedo se, dopo il nostro pranzo, abbia deciso che Simon ha ragione, che sua moglie è pazza. Vuole tenersi alla larga da me fino a che il divorzio non sarà definitivo e la casa diventerà sua?

A ogni squillo di campanello spero che sia lei, e mi tengo pronta. Da buona amica, Jen sembra percepire tutta la mia agitazione.

«Stai bene, tesoro?», chiede, versando ancora da bere. Vorrei rispondere che basta così, ma lei sta già riempiendo il bicchiere e io ho bisogno di allentare la tensione.

«Sì, grazie, Jen. Mi sento proprio vulnerabile, sai? Sono anche arrabbiata e non voglio darlo a vedere ma sinceramente potrei anche ucciderla per quello che mi ha fatto».

«Io non ti biasimo, dolcezza, come diavolo osa...».

«Lo so, lo so, ma fammi un favore, tienitelo per te». Annuisco, stringendole affettuosamente il braccio.

«Ehi», dice con dolcezza. «Non preoccuparti, Marianne, ti copro le spalle».

Sorrido e le tocco la mano; è bello averla dalla mia parte.

Raggiungo il lavello con i due bicchieri vuoti e mentre li sciacquo suona il campanello. Sento tornare su il cibo. Perché mi sottopongo a tutto questo? Poi mi ricordo che la mia missione è separare Simon e Caroline inserendomi tra loro, per colpirli e rovinarli. Quantomeno, per mandarle un segnale di avvertimento e dimostrarle che faccio sul serio, che non intendo cedere. Devo convincerla che sono io che comando qui, anche su quello che succede nella mia testa… e per come mi sento ora, la cosa potrebbe risultare complicata.

Mi dirigo alla porta e la apro, con il sorriso stampato in faccia. Lei è in piedi sulla soglia. È magnifica – i suoi capelli sono biondi, splendenti e scarmigliati, un look tipo "mi sono appena alzata dal letto".

«Ciaooo», mi sento dire, fingendo entusiasmo. La recita di chi incontra qualcuno che odia.

Capitolo ventidue

Indossa un abito ampio color blu navy e, da quello che posso indovinare, dovrebbe essere alla quattordicesima settimana di gravidanza. È in grandissima forma, accidenti, e mi viene da piangere. Per tutto questo tempo si sono visti e hanno dormito insieme, e di sicuro lui avrà fatto il confronto e, benché io non lo voglia più e sia consapevole che il nostro matrimonio non mi fa bene, rimpiango ancora ciò che avevamo, ciò che saremmo potuti essere senza di lei. È difficile staccare la spina.

«Accomodati, sei stata così gentile a venire». Sorrido facendola entrare.

Sbrigati, Caroline, o mi potrebbe venir voglia di sbattere il tuo viso perfetto contro lo specchio appeso al muro.

Andiamo insieme in cucina. Osservo la smorfia di Jen: è tesa, le labbra tirate. È dalla mia parte, furiosa e solidale. Mi fa sentire molto meglio, molto più forte.

«Allora, benvenuta a casa Wilson», esclamo, presentando Caroline alle altre signore e ai colleghi che probabilmente già conosce. Ma prima che si unisca al capannello di medici e sparisca, voglio restare da sola con lei per un po', perciò la invito a sedersi su uno sgabello accanto a me, cosa che fa senza esitare, chiaramente felice di montare qualcosa. Sta stringendo un calice pieno di acqua, a quanto pare, e io alzo il mio bicchiere. «Ai nuovi amici e alle grandi sorprese», dico sbattendo con forza il mio bicchiere sul suo mentre lei lo solleva esitante. «Sono felice che tu sia qui, dopotutto, Caroline».

Sorrido. «Non hai potuto resistere alla tentazione di rubacchiare un piccolo assaggio di ciò che sta per succedere?». Le agito l'indice sotto il naso, consapevole di poter sembrare un po' brilla, perciò poso il bicchiere. Ho bevuto abbastanza.

«Hai ricevuto la lista degli ospiti che ti ho suggerito?», chiede guardandosi intorno, disorientata perché la maggior parte dei suoi amichetti non si vede da nessuna parte.

«Sì, ti ringrazio», dico vagamente. «È solo che la maggior parte dei nomi su quella lista non era esattamente... oh, mi rendo conto di essere indelicata, ma francamente a Simon non *piace* quella gente». Penso che sia giusto distruggere le sue relazioni sul lavoro; lui ha rovinato tutte le mie.

«Complimenti», dico e faccio tintinnare di nuovo il mio bicchiere con il suo.

«Per cosa?».

Indico con la testa la pancia ancora piatta. «Il bambino in arrivo».

«Oh, è... non... non l'ho ancora detto a nessuno. Preferirei che tu non...».

«Assolutamente. Capisco – non devi sfidare la sorte». Sorrido mentre Jen cattura il mio sguardo e immediatamente accorre in mio aiuto.

«Ehi, ciao, e tu chi sei?», chiede barcollando verso di noi e facendomi un occhiolino. È brilla e sono sicura Caroline l'ha notato.

«Caroline Harker. Sono una collega di... Simon». Le porge la mano e Jen l'afferra scrutandole il viso ed esaminandolo così a lungo che la situazione si fa sempre più imbarazzante. «Oh, sei una *collega*. Deve essere molto eccitante... fare l'infermiera», dice Jen, ben sapendo che è un commento davvero sgradevole. L'aria di superiorità di Caroline è evidente anche per Jen che è mezza ubriaca.

«Non sono un'infermiera... sono un medico chirurgo...».

«Sì, lavora fianco a fianco con Simon», aggiungo godendomi per bene lo spettacolo, piena di riconoscenza verso Jen, che poi si affretta a mettere in chiaro a Caroline che noi due siamo ottime amiche.

Caroline, se provi a rimpiazzarmi, devi scalare un muro molto molto alto, un muro che si chiama Jen.

«Simon ci racconta sempre le storie del suo ospedale. Oh. Mio. Dio. Quel ragazzo... Marianne, che cosa era, un incidente con la macchina?». Sta sventolando la mano su e giù nella mia direzione, come se questo gesto potesse darmi un indizio. «Aveva vent'anni e il suo cuore si è fermato... per trenta minuti. Tutti pensavano: "È finita, se ne è andato", ma Simon aveva questa sensazione, questa intuizione, e ha continuato a darsi da fare su di lui. E, voilà, l'ha resuscitato».

Devo fare i complimenti a Jen per le sue doti di improvvisazione. Non ricordo che Simon abbia mai raccontato una storia del genere e poiché Jen lo ha incontrato solo un paio di volte devo dedurne che stia facendo una sceneggiata. Chi l'avrebbe mai detto che Jen avesse queste straordinarie doti aggiuntive di PR? Si sta certamente sdebitando per l'ospitalità, malgrado tracanni champagne d'annata come se fosse una Fanta qualunque, ma mi sta dando man forte come promesso.

«Sì... me lo ricordo», dice Caroline. «È stata una delle prime operazioni a cui ho assistito all'ospedale».

Così l'aneddoto "improvvisato" di Jen non era inventato dopotutto, è successo veramente – deve averglielo raccontato all'uscita di scuola. Posso solo immaginare le altre dolci mammine che gli si avvicinavano mentre parlava e gli si strusciavano addosso come cagne in calore. Caroline osserva l'intesa che c'è tra noi, mentre ridiamo per una cosa che è successa con i bambini. Voglio che pensi che Jen e io condividiamo questa vita perfetta, che le nostre famiglie socializzino, tra improvvisate a casa e saluti, bottiglie di vino e chiacchiere. Del tipo che una dà da mangiare ai figli dell'altra, li va a prendere quando l'altra non può. Non è affatto così. Jen ci ha invitato solo poche volte e ogni tanto abbiamo accettato, ma poiché a Simon lei non piace, spesso ho dovuto rifiutare. In verità ci vediamo solo all'uscita di scuola – e il più delle volte viene la tata al posto suo – ma Caroline non lo sa. Voglio che pensi che siamo amiche per la pelle, che tra noi c'è una storia condivisa, costruita sulle attività sportive a scuola, fatta di divertenti giorni all'aperto con i bambini.

Così, Caroline, c'è un altro nodo che devi sciogliere, se vuoi essere me e prenderti la mia vita. E allora vaffanculo, Caroline.

«Ma dove sono finite le mie buone maniere?», mi sento dire. «Caroline, facciamo un giro, ti faccio vedere la casa».

Rimane un po' sorpresa, ma se proverà ad evitarlo la trascinerò con la forza su quelle dannate scale fino alla nostra camera da letto, perché è quella che voglio farle vedere *davvero*.

Le mostro prima la stanza dei ragazzi che sono a dormire fuori, cosa di cui all'improvviso mi pento: c'erano buone possibilità che commettessero qualche atrocità prima di addormentarsi, e la prospettiva di diventare la matrigna di bambini del genere avrebbe convinto Caroline a darsela a gambe levate. Però ho sparpagliato in giro strategicamente i loro giocattoli e la stanza è abbastanza in disordine, anche se è ancora troppo sul genere «Homes&Gardens». Su una delle pareti ho appeso un grande quadro dipinto da Alfie e non vedo l'ora di mostrarlo a lei.

«Delizioso», commenta con aria assente.

«Non proprio», sogghigno. «Si tratta di suo padre divorato da un dinosauro – la didascalia è chiara», dico avvicinandomi e indicandola come un'insegnante alla lavagna. «Una giornata campale per la psicologa infantile». E mi viene da ridere.

Non è esattamente vero, perché Simon non ha mai accettato che uno dei suoi figli incontrasse uno psicologo infantile. «Non c'è niente che non va in lui», ha detto quando ha visto il quadro. È stato irremovibile anche quando Charlie ha provato a strangolare Alfie definendolo "uno psicotico geloso", senza avere idea di cosa stesse dicendo, ma Simon e io sappiamo molto bene da chi ha sentito quelle parole. Mi sono fatta un appunto mentale di chiudere da quel momento in poi la porta della nostra camera. #ConversazioniIntime.

Caroline non sa cosa dire. Si ferma esitante sulla porta e mi aspetto che da un momento all'altro mi chieda: «Perché mi stai mostrando la camera dei bambini e i loro disegni da squilibrati, brutta stronza?», ma non lo fa perché la curiosità sta prendendo il sopravvento su di lei.

Poi busso alla porta di Sophie. «Sta facendo i compiti», dico. «La nostra Sophie ha preso tutto dal padre – vuole diventare un dottore, anzi un medico legale. Va pazza per la serie CSI e cose del genere».

«Oh...», dice Caroline. «Non disturbarla... non importa, non ho bisogno di vedere...».

«Non le dispiacerà», dico e quando Sophie chiede: «Chi è?», apro la porta. È seduta sul letto, circondata dai libri. È adorabile, con i capelli lunghi raccolti in una treccia su una spalla, gli occhiali sulla punta del naso. È carina con i suoi lineamenti sottili, somiglia un po' a Nicole, ma chi ignora che non sono la sua madre biologica dice che assomiglia a me. Questo piace a entrambe – ci dà un senso di appartenenza.

Alza gli occhi. «Ciao, mamma».

«Cara, ti presento Caroline. È un'amica di papà; è qui per la festa». Faccio entrare la mia ospite. Non vuole davvero essere presentata alla figlia del suo amante e rimane esitante sulla porta.

«Oh...». Sophie torna ai suoi libri. Può anche essere monosillabica come la maggior parte degli adolescenti, ma non è mai scortese.

Voglio che questa incantatrice si renda conto di quanto siamo legate, la mia figlia acquisita e io. Grazie alla mia dolce e amabile Sophie, Caroline vedrà un altro muro che non può superare. Ma l'atteggiamento reticente di Sophie potrebbe illuderla, offrirle una lama di luce nell'oscurità: Caroline si dirà che ha un carattere difficile, mi odia e sta cercando una nuova mamma.

«Sophie, mia cara, di solito si dice "ciao" quando ti viene presentato qualcuno», e le lancio un mezzo sguardo di intesa. *Adolescenti.*

«Ci conosciamo già», mormora Sophie e Caroline rimane sulla porta.

«Oh, naturalmente, da Waitrose, dove siamo andati tutti a comprare i limoni». Rido.

«No, ci siamo incontrate prima», dice Sophie senza mostrare alcun interesse, tornando al suo portatile. Il mio stomaco sobbalza come un ascensore e ora si è schiantato al piano terra.

Chi, cosa, dove, quando, perché?

«Oh, non lo sapevo». Continuo a sorridere anche se mi fa male la faccia.

«Sì... ci siamo incontrate al circolo del tennis. Ciao di nuovo, Sophie», prova a dire Caroline, ma mia figlia non alza la testa, mormora solo "ciao" e finge di tornare a studiare.

«Va bene, ti lasciamo in pace, tesoro», dico io, sentendomi come se mi avessero tirato via il tappeto da sotto i piedi. «Ma fai un salto giù se ti viene fame e vieni a salutare Jen».

«Jen?», chiede. La conosce a malapena, ma questo rischia di contraddire l'immagine di "siamo una sola famiglia" che sto provando a far passare, perciò mi sbrigo a chiudere la porta.

Tennis. Il dannato tennis. Portarla al suo circolo a giocare è già abbastanza inopportuno, ma presentare nostra figlia alla donna che si sta scopando è incredibile e mi fa sentire violentata. Non mi importa più di quello che fa lui, ma mi importa eccome quando coinvolge i nostri figli.

Furibonda per l'audacia con cui si è permesso di presentare Sophie alla sua prossima matrigna, non riesco a parlare mentre la conduco verso la sala da bagno. Provo a farmi venire in mente una storia interessante sulle piastrelle, per darmi il tempo di riprendermi e di giustificare questo gran tour dentro casa mia. Mi piacerebbe spaccarle la testa contro le mie piastrelle opacizzate color metallo e poi mettergliela sotto il potente getto d'acqua del bocchettone della vasca. «Voglio dire, chi usa ancora questi rubinetti?». Rido, sciacquandomi le mani sotto l'equivalente da bagno di una cascata del Niagara in miniatura.

«E così anche tu sei iscritta al circolo del tennis?», chiedo con aria distratta.

Non posso indagare troppo a fondo, perché non voglio darle l'impressione di non avere idea di cosa faccia Simon. A essere sinceri, è proprio così, ma non voglio che lei lo sappia.

«Sì, mi sono iscritta giusto qualche mese fa. Ci siamo mai incontrate là?»

«Oh, ci vado… qualche volta. Simon insiste sempre perché faccia una partita con lui», dico, e perfino io mi accorgo che suona poco credibile. Ignoro la sala da bagno e apro la porta della nostra camera. «Comunque questa è la stanza mia e di Simon, la camera da letto principale», concludo in bellezza. Vorrei dirle che ieri qui abbiamo fatto sesso, che è stato meraviglioso – sesso tenero tra due persone che si amano da tempo e che si conoscono bene. Vorrei dirle che nessuno ha sofferto e che è stato passionale ed emozionante. Ma resisto alla tentazione. Non sarebbe appropriato. E non sarebbe vero.

Si guarda attorno assorbendo ogni cosa, quasi annusando l'aria. Fiori freschi, coperte e cuscini disposti come in una scenografia, libri piazzati strategicamente sui comodini. Sul mio ho messo alcuni classici contemporanei. Ho pensato che Jane Austen sarebbe stata troppo un cliché e avrebbe suggerito una vita da moglie eccessivamente riservata. Così ho messo uno sopra all'altro Jack Kerouac, Tom Wolfe e *Cinquanta sfumature*. Voglio che pensi che sono selvaggia, creativa e pure sexy. La tragedia è che penso davvero che un tempo, prima di Simon, fossi tutte queste cose. A lui ho fatto uno scherzetto e ho messo sul suo comodino il *Kamasutra* e *Harry Potter*, che indico con la mano commentando: «La dice lunga sugli uomini, vero? Ragazzini che amano il sesso». Lascio questa affermazione in sospeso – quello che voglio insinuare in realtà è che, anche se noi due siamo come conigli, lui non si sazia mai e poi se ne va e ottiene soddisfazione dove può trovarla.

Tienilo ben presente, Caroline.

«Bella… è bella la tinta sulle pareti», dice. La vedo vacillare ma continua a registrare ogni piccola cosa, incluse le mutandine di seta rossa gettate per terra. È naturalmente una messinscena, ma penso che sia davvero un tocco di classe. Ho più inventiva di quanto credessi.

Goditi l'inventario che stai facendo, Caroline – questa è l'ultima volta che entri in casa mia.

Assumo un'aria imbarazzata e mi chino per raccogliere le mutandine e infilarle con discrezione sotto il cuscino.

«Sì, non è male, vero? Il colore della parete ci piace. È Luce Riflessa, sai, la tinta della Farrow&Ball. È anche in cucina. Sul sito la descrivono come una tinta che "evoca il colore dei cieli d'estate". È questo che ci è piaciuto. Simon dice che gli ricorda le nostre vacanze in Grecia. Siamo stati a Creta, quest'estate – è stato fantastico», dico cancellando in un colpo solo le mail lamentose che lui le ha inviato. Voglio istillare il dubbio che lui le abbia mentito quando le ha detto che stava trascorrendo un periodo orribile con la sua famiglia. Per questo sottolineo quanto ci siamo divertiti e aggiungo che abbiamo già deciso di tornarci da soli. «Noi due, per il nostro prossimo anniversario di matrimonio. Mio marito è così romantico», sospiro.

Poi raccolgo la camicia da notte di seta che prima avevo lasciato cadere sul letto con noncuranza – un regalo che mi sono fatta di recente, quando ho visto sulla posta di Simon un altro ordine di lingerie. Ne ho comprata una esattamente identica, faccio finta di piegarla facendo scorrere sensualmente le dita sulla seta, assicurandomi che veda l'etichetta. Non mi deve sfuggire niente; è l'unica, piccola occasione di un vero incontro che ho con lei, e tutto deve funzionare.

Sì, Caroline, è esattamente la stessa che ti ha regalato lui, «perché sei stata una brava ragazza». Ma non poi così brava, vero?

«L'anniversario di matrimonio… quand'è?». Riesce a malapena a tirar fuori le parole, stupita dal festival dell'amore coniugale che sto esibendo a suo beneficio.

«Non prima della prossima estate». Sorrido. «Rinnoveremo le nostre promesse… Simon ha già scelto l'hotel, il menu e mi ha detto perfino che intende calcolare l'attimo in cui quella sera il sole scomparirà nel mare – minuto più minuto meno. La cura dei dettagli è una sua prerogativa. Ha scelto lui la casa vacanze in cui siamo stati con i bambini – ne voleva una con la camera matrimoniale dall'altra parte dell'edificio, per ovvie ragioni». Alzo gli occhi al cielo simulando fastidio, ma la mia voce è intrisa di affetto e, spero, di sensualità. «Amiamo le isole greche», sospiro. Voglio che si convinca che la sua presenza – i messaggi e le mail con cui ha invaso la nostra vita – non hanno condizionato la nostra vacanza in famiglia o il nostro matrimonio, perché lui per tutto questo tempo non ha fatto altro che mentirle. «Anche tu?», chiedo, con la camicia da notte in mano in modo deliberatamente provocatorio.

«Che cosa?», sbotta confusa, incapace di distogliere gli occhi dalla camicia da notte. Starà impazzendo. Ci sono passata, già fatto, grazie, pillole prese.

Caroline, benvenuta nel mio mondo.

«Le isole greche? Le ami anche tu?», chiedo con aria perfettamente innocente.

«Oh… sì…».

«Oh, noi amiamo la Grecia… e il sud della Francia. Abbiamo passato là un periodo fantastico». Faccio una pausa, come se mi fosse venuto in mente un momento bellissimo, una spiaggia inondata di sole, la mano di mio marito nella mia, le lenzuola spiegazzate e i corpi accaldati. «Ma non si tratta solo del luogo, vero? Per noi vacanza significa stare in famiglia. Non c'è niente di meglio – nessun altro, solo noi nella nostra bolla. I ragazzi che ogni mattina vengono nel nostro letto, Simon che prepara le frittelle per tutti. Non lo vedevo così felice da parecchio tempo; diceva di non avere voglia di tornare a casa», aggiungo, per andare sul sicuro. Naturalmente non è andata così, ma se è per questo non vanno così nemmeno le storie che lui le racconta su di me. Siamo entrambi due perfetti bugiardi. «Spero che non ti dia fastidio se te lo chiedo», dico all'improvviso, come se ci avessi appena pensato, «ma che lui non abbia voglia di tornare a casa dalle vacanze – insomma, non è da lui, e ho come la sensazione che ci sia qualcosa che lo preoccupa… al lavoro. Mi chiedevo se…».

«Oh», lei sgrana gli occhi come un coniglio sotto gli abbaglianti. Potrei accelerare e metterla sotto.

«Sai se sta succedendo qualcosa…?». Lascio la domanda in sospeso, la guardo in faccia in attesa di vedere che cosa dirà. Naturalmente la turba pensare che lui volesse rimanere in vacanza con la sua famiglia… lontano da lei.

«No, non ne so niente… davvero… non mi faccio coinvolgere dai fatti degli altri».

No, solo dai mariti delle altre.

«Oh, sono sicura che non sia niente, è solo che recentemente mi è sembrato giù di corda, dice che non si diverte più al lavoro come succedeva prima». Sospiro disponendo la camicia da notte con cura di nuovo sul letto, accarezzando dolcemente la seta. «Suppongo che qualcuno del suo staff gli stia rompendo i coglioni… succede». E subito mi porto la mano alla bocca, come se avessi detto qualcosa che non avrei dovuto rivelare. Una performance degna dell'Oscar; sono sorpresa io per prima dal mio talento. «Oh… che mancanza di tatto da parte mia, Caroline», ansimo. «Naturalmente quando ho detto *qualcuno del suo staff* non intendevo riferirmi a *te*. Assolutamente no… Non vorrei mai e poi mai che tu pensassi che Simon abbia un problema con te… in tutta onestà non ti ha mai nominato, nemmeno di sfuggita – perciò non hai nulla di cui preoccuparti. Oh, tranne quella volta che ci siamo incontrati da Waitrose, e mi ha detto che eri appena arrivata e che doveva avere un atteggiamento paterno, visto che stavi affrontando qualche difficoltà. Gli piace davvero prendere le persone sotto la sua ala».

«È sul serio così?». Lei è visibilmente scossa da quanto le sto dicendo. Forse finalmente ho fatto centro. Se Simon può dire tutte quelle cose orribili sulla moglie, la madre dei suoi figli, una donna che a quanto pare è perfettamente sana di mente, la compagna del felice matrimonio che è sotto i suoi occhi, quali bugie potrebbe dire su di *lei*?

La verità secondo Simon.

Stiamo in piedi, io da un lato del letto matrimoniale e lei dall'altro, entrambe pronte a darci battaglia.

«Mi dispiace», dico coprendomi di nuovo la bocca con la mano, come se avessi parlato a sproposito. «Eccomi qua, in camera da letto con una delle colleghe di Simon, a dire cose indiscrete. Perdonami – siamo molto legati e lo capisco quando mio marito non è felice al lavoro. Come moglie sviluppi una specie di sesto senso».

«Che bella questa camicia da notte». Cambia argomento. «Dove l'hai comprata?»

«Non lo so – è stato un regalo speciale perché ho fatto la brava ragazza». Le faccio l'occhiolino e lei impallidisce. Le do il tempo di assorbire il colpo e poi le faccio un grande, raggiante sorriso. Non risponde; sta chiaramente elaborando tutto quello che ha visto e ascoltato e con quel cervello da bambina ha una gran confusione in testa. «Oh, Caroline, non dare peso a ciò che dico. Ho bevuto un po' e divento maliziosa – però qualche volta ricevo regali anche per quello».

Mi faccio una gran risata e di nuovo mi copro la bocca con la mano. Penso che tutto ciò sia piuttosto divertente ma non spassoso quanto lo sguardo di vero e proprio orrore che vedo sul viso di Caroline.

Cosa si prova, Caroline? Ma che te lo chiedo a fare, io lo so molto bene.

Le mostro la camera degli ospiti che ho sistemato alla grande e che chiaramente non è il prodotto di una mente disturbata. Mi fermo là un momento, come l'addetto di una galleria d'arte, consentendo a Caroline di assimilare lo spettacolo prima di andare avanti.

Ti piace quello che vedi, puttana? Goditelo finché puoi – non lo vedrai mai più.

«Oh... che profumo di lavanda fresca», è tutto quello che riesce a borbottare mentre apro la porta. Rimanendo sempre nella gamma di colori Farrow&Ball, la tinta giallo pallido smorza sulle pareti la luce del sole, spezzata solo dal grigio delle lenzuola e dalle cinquanta sfumature di grigio dei cuscini sparpagliati. Ho aggiunto una ciotola piena di lavanda fresca e un diffusore della stessa fragranza per dare alla camera un tocco di brio. «Mi piace una stanza che profuma di buono», dico facendo un luminoso e innocente sorriso. «Copre ogni cattivo odore in agguato», aggiungo.

Ne ha davvero avuto abbastanza. Lo deduco dalla sua espressione – potrebbe vomitare da un momento all'altro.

Oh, Caroline, ma quanto ci stiamo divertendo, non è vero?

«Simon ama questa stanza», dico. «Qualche volta ci facciamo le coccole in questo piccolo letto e ci passiamo insieme la notte. Gli piace cambiare ogni tanto – si annoia facilmente». Alzo gli occhi al cielo come se fosse un bambino viziato e, chiudendo la porta, scendo le scale insieme a lei, cercando di non pensare a quanto sarebbe bello darle una bella spinta fino a terra.

Capitolo ventitré

Caroline afferra il corrimano e scende le scale due gradini alla volta. Non vede l'ora di rimanere sola con lui e di chiedergli cosa diavolo stia succedendo.

Ma naturalmente lui non è ancora arrivato e quando rientriamo in cucina Jen è impegnata a fare il comitato di accoglienza. Gli antipasti sono stati tirati fuori, lo champagne freddo in attesa nel secchiello.

Osservo l'espressione di Caroline mentre Jen si avventura ancora in un'altra storia sull'abilità di Simon in sala operatoria. Quella donna mi piace ma la dovrebbe smettere.

Lei lavora con lui in sala operatoria, stupida vacca che non sei altro – non l'hai ancora capito? Anche lei è un chirurgo. Gli sta accanto quando opera. Gli passa il dannato bisturi e poi, quando restano soli, lui le mette in mano un'altra cosa. Ma ora devo cercare di non pensare a loro due perché la sua amante è nella mia cucina.

Riempio i nostri bicchieri e svuoto rapidamente il mio – è freddo e pizzica in gola, e io sono già abbastanza brilla. Caroline ha l'aria di una che ha visto un fantasma e io sto annunciando l'"assoluta" prelibatezza di gamberetti, mango e cetriolo su un letto di pita croccante a scaglie, con un'"accenno" di foglie di barbabietola quando sento, insieme a tutti, la porta di casa che si apre.

«Nascondetevi», grido, e gli ospiti corrono in ogni dove ma soprattutto dietro le tende delle mie grandi portefinestre. Le altre mamme mi fanno pensare a manguste zelanti in piedi sulle zampe posteriori, in attesa dell'uomo di casa mentre io sto troppo vicino a Caroline con la voglia di avvolgerla nelle mie belle tende e stringerla fino a impedirle di respirare. Questo lino color ardesia chiaro sembra fatto apposta per morirci dentro – ma devo resistere alla tentazione di pensare al suo corpo perfetto senza vita e concentrarmi su quello che devo fare. Finalmente lui entra nella cucina poco illuminata, dove posso vedere la sua faccia con la solita espressione triste e scontenta. Mi viene da ridere istericamente quando tutti usciamo allo scoperto gridando: «Sorpresa!», facendogli fare un gran salto per lo stupore e prendendolo completamente alla sprovvista. Chi non lo conosce potrebbe pensare che tutto questo gli faccia piacere, perché si riprende subito dal sussulto, e vedo il suo senso di repulsione trasformarsi in falsa vivacità mentre i colleghi di lavoro e le mamme brille escono da dietro le tende.

«Ah, ma che... sorpresa...», rantola, circondato immediatamente da un capannello di colleghi che si congratulano con lui per la promozione.

Rido tra me e me – ne è valsa la pena, anche solo per vedere l'imbarazzo sulla sua faccia – poi corro da lui facendomi strada tra la gente, e lo bacio sulle labbra. So che lei mi sta guardando. Posso sentire i suoi freddi occhi azzurri che trafiggono la mia carne. Non perdo tempo a vedere come reagisce al mio bacio. Mi muovo con ostentazione tirando fuori altre bottiglie di champagne per riempire i bicchieri di tutti. Faccio un cenno alle ragazze del catering perché facciano un altro giro con i vassoi dei favolosi antipasti, poi mi siedo e osservo.

Mentre continuo a guardare, però, mi accorgo che Simon ha dei tic, piccoli segni rivelatori del fatto che dentro di sé è furibondo, e una parte di me si spaventa. Suppongo che in qualche modo avrò sempre paura di lui, del modo in cui mi manipola, del potere che ha su di me. Ma finalmente non ho più paura di perderlo e grazie a questo sono per la prima volta meno vulnerabile e in grado di immaginare una vita senza di lui. Sempre che mi lasci, cosa che dopo stasera farà sicuramente.

Simon si mette subito a adulare il professore e la sua signora dalle labbra giallo limone, che a quanto pare detesta anche lei la barbabietola. #Bingo #DueAlPrezzoDiUno.

Bevo un altro bicchiere con Jen e Francesca, il cui marito è appena arrivato – ne sono contenta perché era strano avere intorno tutti questi bei bocconcini senza i loro partner. Amano gravitare intorno a un uomo e il marito di Francesca è molto gradevole, così tutte ridacchiano e Jen ci prova con lui come una matta.

Do un'occhiata, sono contenta di vedere che Caroline non è inclusa nel gruppetto dei colleghi di Simon – questo perché non ho invitato nessuno degli amici di lei. Ho invitato solo il professore e altri eminenti scontrosi vecchi chirurghi e le loro mogli perché devono essere presenti al momento del mio discorso. Quei vecchi signori non sono interessati o non conoscono proprio l'ingenua dottoressa di Simon, perciò non avendo niente di meglio da fare, lei sta parlando con Jen che ha abbandonato le belle mammine per giocare al gatto e al topo a mio vantaggio. #ForzaJen.

Divertendosi un mondo, sta sommergendo Caroline di informazioni, elencando tutte le stupidaggini della sua vita familiare, incluso un dettagliato resoconto della mancanza di talento di suo marito a letto. Caroline ha un'espressione impietrita e, se non avessi tanto da fare, le farei una foto e la posterei online – #PartyPeople. Ma non posso divertirmi perché devo fare la parte della perfetta padrona di casa, e sono coinvolta nelle chiacchiere sul prossimo Natale con una delle colleghe di Simon.

Alla fine riesco a sottrarmi e getto un'occhiata a Jen. Scopro che ora è immersa in una conversazione fitta fitta con Suzie. Che fine ha fatto Caroline?

Non la vedo da nessuna parte – forse è nel *mio* bagno al piano terra ad annusare i *miei* asciugamani e a marcare il suo territorio. Oppure si sono tacitamente messi d'accordo perché lui la raggiunga da solo nel *mio* giardino, dove può fare un figurone con il suo melo cotogno giapponese che fiorisce d'inverno? Sembrava che gli piacesse mostrare alla nostra gentile vicina Renee le sue rose a mezzanotte e, a giudicare dalle loro mail, Caroline non è una che si fa problemi a lasciar cadere il tanga nell'erba alta.

Non consentirò che stiano ad armeggiare sordidamente nella mia bella casa, contaminando gli interni con il loro sesso illecito. Inoltre non voglio che si perdano il pezzo forte che ho predisposto e quindi sono sollevata quando vedo Simon che sta ancora parlando al vecchio Cookson.

Mi avvicino, lo prendo sotto braccio. «Buona promozione a primario, mio caro».

Sorride ma solo con la bocca e, sollevando il bicchiere, si guarda attorno e mi mormora nell'orecchio: «Perché lo hai fatto?».

Faccio una risatina e mi porto la mano alla bocca, come se avesse fatto un'allusione sconveniente, proprio mentre Caroline rientra in cucina. Incrocio il suo sguardo e provo a farle un sorriso affabile, ma mi viene fuori una specie di ghigno.

Stasera mi risulta difficile nascondere i miei sentimenti. Naturalmente potrebbe dipendere dal fatto che non ho preso nessuna pillola. Oppure dai tre, quattro, cinque bicchieri di champagne che ho bevuto? Basta, i giochi sono fatti, devo solo tenere duro per un altro po'.

«Simon», dico improvvisamente ad alta voce. «Questa è una festa. Non voglio che tu ti metta a parlare di lavoro per tutta la sera – vieni a chiacchierare con le signore». Praticamente lo trascino via da un Cookson piuttosto irritato, attraverso la stanza fino a Caroline che è tornata a sedersi sul suo trespolo vicino a Jen.

Non c'è scampo durante la tempesta, non è vero, amore?

Simon è furioso; ammesso che ci fosse un motivo valido per lo spettacolo horror di stasera, aveva almeno la possibilità di mettersi a strisciare ai piedi di Cookson. Ma ora ho messo fine anche a questo.

«Caro, conosci *entrambe* le signore, vero?», dico indicando Caroline e Jen, sedute imbarazzate, vicine ma distanti.

Lui sembra a disagio. «Certo – è un piacere incontrarti di nuovo, Jen». Da bravo seduttore, le si avvicina e la bacia su tutte e due le guance, abbracciandola con falso calore, ma so che in realtà non la sopporta. Lei ormai è andata e sorride come una ragazzina. «E Caroline...», dice imbarazzato, tirandola a sé con una sola mano mentre lei si scioglie nell'abbraccio. Lui si scosta dolcemente e colgo lo sguardo che si scambiano – è così tangibile che potrei afferrarlo e sbatterlo con forza sul ripiano della cucina fino a farlo crepare come un pesce appena pescato che ancora si contorce. «Sembra che siano passate solo poche ore da quando eravamo davanti a un torace aperto...». Lui ride e lei si accomoda su una sieda. Sono sorpresa dai residui di gelosia che mi restano ancora in gola; una gran massa inamovibile di dolore conficcata nel mio torace per sempre.

Ti ho amato, Simon, e malgrado tutto penso che una piccola parte di me continuerà a farlo.

«Allora, che te ne pare della tua festa a sorpresa?», chiedo sporgendomi in avanti e baciandolo in pieno sulla bocca.

Un bacio di addio?

È irritato per la mia esplicita manifestazione di affetto e si ritrae con discrezione. Nessuno sembra accorgersene, grazie a Dio. Jen è ubriaca, Francesca sta litigando con il marito e Caroline fa finta di essere concentrata sulle bollicine del suo bicchiere. Non mi importa di cosa pensino i suoi scontrosi colleghi – be', sì, ma non in senso buono, come tutti scopriranno fra qualche minuto.

Sempre preoccupato delle apparenze, Simon vuole calarsi nella parte dell'affascinante padrone di casa, e anche se di controvoglia prende una bottiglia dal secchiello. Quando se ne saranno andati tutti cominceranno i guai, ma fino ad allora sarà il marito perfetto. Rabbocca tutti i nostri bicchieri, tranne quello di Caroline – lei non ha bevuto una goccia. Sta naturalmente pensando al bambino. Con mano decisa copre l'orlo del suo bicchiere quando lui le offre la bottiglia e ho la sensazione che non stia coprendo solo il suo calice. Sembra così tesa e a disagio, e vedo la pena nei suoi occhi. Grazie al mio lavoro di questa sera penso che si stia in qualche modo convincendo che questo matrimonio non è finito. Bene.

Detto tra noi, non è poi così facile, vero, Caroline?

«Allora, cosa pensi della tua piccola festa a sorpresa?», chiedo di nuovo davanti a un folto gruppo composto in gran parte da mamme.

«Sai che odio le sorprese». Fa una smorfia.

«Lo so, ma tu *ami* Caroline… oh, e anche Jen». Sorrido mentre Jen quasi si strozza. Mi chiedo per un attimo se sono stata troppo esplicita, ma poi continuo; non è niente rispetto a quello che ho preparato per più tardi. «Lo so che sei un po' un eremita», dico e poi rivolgendomi alle "ragazze", dichiaro: «Non gli sono mai piaciute le feste… e nessun'altra attività sociale, in verità».

«Non direi che non mi *piacciono* le feste…», comincia digrignando i denti e serrando la mascella, desideroso di vendere a Caroline l'immagine del "tipo gaudente" che credo le abbia propinato, mentendo.

«Ma dolcezza, sono settimane che Caroline e io la stiamo organizzando», gli dico, come se avessimo cospirato alle sue spalle.

Lui le lancia un'occhiataccia; lei non ricambia lo sguardo.

Va a finire che anche la bella Caroline ti tiene nascosto qualcosa, Simon.

«Non stavo organizzando niente... ho solo dato a lei... a lei... a tua moglie una lista», sta mormorando.

«E cosa ne pensate degli antipasti – ci fanno impazzire, vero ragazze?», dico allegramente, sovrastando la vocina di Caroline, guardandola fremere. Non è stata contenta di essere inclusa tra "le ragazze". E per la prima volta stasera, mi rendo conto che, malgrado la tensione, malgrado la minaccia che incombe su di me, mi sto divertendo... Ebbene sì, mi sto davvero divertendo, perché sono io a condurre le danze, e mi piace. In aggiunta a questa indipendenza piuttosto esaltante, mi sembra che l'attenzione di Simon si sia spostata altrove. Non è più interessato a cosa faccio io, ma si preoccupa di quello che fa Caroline. «Perciò ti abbiamo reso felice, caro?», dico indicando in giro per la stanza. «Abbiamo dovuto tenerlo segreto... gli ospiti, il catering... perfino lo champagne è stato consegnato dopo che sei andato al lavoro, questa mattina. Vero, Caroline?»

«Non ne ho idea. Ti ho dato solo una lista di nomi».

Vedo che si scambiano un velocissimo sguardo – lui è chiaramente infastidito dal fatto che si sia fatta coinvolgere, per quanto in un ruolo marginale, e lei nega l'evidenza. E anche se non è rivolto a me, lo sguardo freddo che le lancia mi fa gelare il sangue, perché è lo conosco molto bene. Di solito colpisce me, ma stasera tocca a lei.

Attenta a quello che desideri, Caroline.

Dopotutto, non potrebbe essere questo il vero Simon, e non quello che le scrive le mail d'amore? L'uomo di quei messaggi virtuali è lo stesso che io credevo di aver perso a causa del mio comportamento irrazionale, ma anche Caroline lo ha smarrito, adesso. Chi è il vero Simon, il compagno tenero e affettuoso che invia fiori ogni due settimane o quello che mi solleva contro una porta con le mani intorno alla mia gola? Ho combattuto tutto questo tempo per un uomo che in realtà non esiste?

«Ooooh, trota affumicata con barbabietola», dico cercando di sdrammatizzare, afferrando una tartina da un vassoio di passaggio. «Me lo avevano descritto così: "un pizzico di aneto, un pezzetto croccante di ravanello e il sapore forte della barbabietola sotto aceto" – ma penso che sia semplicemente delizioso».

Jen mi sta sorridendo, non è sicura di cosa stia dicendo ma si gode la radiocronaca. Caroline è irrequieta. Non vede l'ora di andarsene.

Non ancora, Caroline. La notte è giovane; succederanno un sacco di cose.

Simon sta chiedendo se sul serio non ci sono antipasti senza barbabietola quando arrivano le piccole crostatine di fichi.

«Ah... formaggio blu e fichi... Una piccola deliziosa *crostatina*!», dico a voce troppo alta.

Prendo un boccone dalla fetta in miniatura e commento con un «Uhm». Non so che cosa sia più delizioso, se il sapore della crostatina o il profondo, abissale sconforto di Caroline e Simon.

Sarò felice quando lui sarà distrutto e lei se ne andrà con la coda tra le gambe, la sua bellezza attenuata dal piccolo bastardo.

«Questa...», annuncio sollevandola, «è *proprio* buona. Ti piacciono le crostatine, vero, Simon?», e poi sghignazzo lanciandogli un'occhiataccia. Lo so, lo so, è un colpo basso... è puerile e, per citare le sue parole, io sono meglio di così. Ma invece non è vero, e non mi importa. Prendo un altro boccone. «Questi sapori sono un matrimonio benedetto dal cielo», sospiro mentre Simon mi guarda orripilato. Caroline è pallida, abbattuta, ma non posso perdonarle le cose che ha detto, il modo in cui ha incoraggiato i progetti che mio marito fa su di me. «A proposito di matrimonio, pensi che ti sposerai mai, Caroline? Voglio dire – troverai un marito *tutto tuo*, o sposerai quello di un'altra?». Lo dico a voce abbastanza alta per attirare l'attenzione degli altri ospiti, che si girano a guardare e fanno dei mezzi sorrisi, immaginando che sia uno scherzo che sto facendo per cominciare un discorso. Ma non si tratta di uno scherzo. Caroline non sa dove mettersi e Jen ridacchia nel silenzio assordante.

Simon mi guarda da sopra il bicchiere. Lo tiene vicino alla bocca senza bere, pronto per quello che sta per accadere.

Vedo Caroline che lancia un rapido sguardo a Simon – si sente minacciata e vuole che lui la salvi.

Non ti salverà, mia cara, metterà in salvo solo sé stesso.

«Caroline?», mi volto verso di lei decidendo che è arrivato il momento di accendere i fuochi di artificio e far volare le scintille. È parecchio tempo che mi preparo, e mi godrò ogni attimo.

«Amabile, fragrante Caroline… ti dispiace se ti do qualche consiglio intelligente?».

Mi guarda con occhi pieni di paura che diventa terrore totale quando dico la frase successiva.

«Quando ti metti alla ricerca di un marito, sceglitene uno che non sia *già* sposato. Mi capisci?», dico inclinando la testa come se la cosa mi stesse davvero a cuore.

«Non so di cosa stai parlando», balbetta con la faccia tutta rossa per l'imbarazzo.

«Oh, penso invece che tu lo sappia benissimo. Vedi, Caroline, faccio una vita di inferno. Non è la più facile, non è la migliore ed è molto lontana dall'essere perfetta. Ma l'ho sopportato così a lungo, ho tollerato i suoi umori, il suo egoismo, il suo correre dietro alle sottane, la sua crudeltà, per così tanto dannato tempo, che mi sento come se meritassi una *medaglia,* e che io sia maledetta se pensi di poter entrare qui dentro e prendere il mio posto…»

Simon cammina verso di me – anche lui è diventato rosso ma più nella versione porpora, con la vena che spicca sulla sua testa.

«Non farmi del male, Simon», dico alzando platealmente

le mani a ripararmi la faccia per fare scena. Simon è un bullo ma non mi colpirebbe mai in una stanza piena di gente, la sua sofferenza è sempre privata. Di fronte a un'ipotesi del genere, si ritrae immediatamente, affinché nessuno debba pensare che quest'uomo perfetto sia in qualche modo violento con sua moglie. Libera di andare avanti, comincio a battere il cucchiaio sul bicchiere. «Discorso! Discorso!», grido. Voglio che *tutti* lo ascoltino.

Il silenzio cade con un tonfo nel mezzo della mia cucina.

«Grazie a tutti per essere venuti qui stasera – non è stato semplice tenerlo nascosto a Simon, e vi ringrazio per aver collaborato per far riuscire la sorpresa». Una debole brezza di risatine incerte. «Stasera celebriamo la meravigliosa promozione di Simon. Per ottenerla ha lavorato, si è battuto e davvero, credetemi, ha perso tutta la sua dignità». Sorrido; nessuno segue il mio esempio. «Stasera si celebrano le straordinarie capacità e il talento di mio marito... e lui non possiede solo del talento nella chirurgia. Oh no, Simon ha molte capacità – e anche molti segreti, e non sarebbe una celebrazione all'altezza se non ne condividesse qualcuno con voi. Sembra che mentre tutti erano occupati in sala operatoria, anche Simon aveva un sacco di cose da fare. Non ha imbastito solo la campagna per ottenere la nuova qualifica di primario, adulando il vecchio Cookson, ma nel frattempo si è scopato la chirurga junior Caroline Harker nelle sale operatorie deserte, nei bagni dell'ospedale e sul tavolo del suo ufficio». Faccio un gesto verso Caroline che è arrossita indicandola in modo che tutti gli eminenti cervelloni di chirurgia possano sapere chi è, e considerarla pericolosa, se mai dovesse puntare a una promozione. Cookson e sua moglie hanno un'espressione memorabile e per sempre nella mia testa la didascalia sarà... #GiorniFelici #RisoltoTutto.

«Adesso basta», sibila Simon e si precipita verso di me. Per un momento sembra che possa arrivare a colpirmi e mi ritraggo in modo drammatico, perché tutti se ne accorgano. Il marito di Francesca si fa avanti come mia potenziale guardia del corpo – vado verso di lui e, rassicurata, continuo sapendo che Simon non mi aggredirà.

«Come dicevo, Caroline, la femme fatale della sala operatoria, la cocca del triplo bypass, l'enfant terrible del reparto di cardiomioplastica, anche lei ha una piccola sorpresa per tutti noi». A questo punto annuisco, preparandomi a colpire il bersaglio grosso – tutti bevono, terribilmente imbarazzati ma incapaci di scuotersi dal mio incantesimo. «Perché lei è *incinta* – e posso solo presumere sia il figlio di mio marito!».

Comincio ad applaudire mentre tutti mormorano di sorpresa e disapprovazione. Jen quasi collassa; sta interpretando la sua parte fino in fondo e per questo la adoro. Nel frattempo Cookson è rimasto a bocca spalancata e credo che si stia rendendo conto del grave errore che ha fatto promuovendo Simon, chirurgo immorale, disonesto, utilizzatore abusivo della sala operatoria vuota.

«Ha qualche rimpianto, professore?», chiedo, e lui va a sbattere contro sua moglie che prova a calmarlo, poi la afferra e va via come una furia. «Solo un'ultima cosa, prima che ve ne andiate», dico alla sua schiena che si allontana. «Immagino che Simon vi abbia informato dei miei famosi "mal di testa". Ma nonostante tutto sembri provare il contrario, io non sono una malata di mente. Per niente. Mi rendo conto sempre di più che il mio comportamento è ed è sempre stato la reazione più che naturale al fatto che vivessi con un marito violento, crudele e infedele. Grazie a tutti e buonanotte».

Caroline afferra la borsa e corre dritta alla porta, e subito Simon le va dietro. Ne nasce una discussione soffocata che tutti fingono di non ascoltare. Poi si sente la porta di casa che sbatte e gli ospiti che lavorano all'ospedale con Simon, le loro mogli e i loro mariti, si rendono improvvisamente conto di quanto si sia fatto tardi.

Dopo una serie di «Accidenti, non avevo visto l'ora. Buona serata», e «La babysitter deve andare via alle nove», si dirigono verso l'uscita. Tutti sono imbarazzati, ma nessuno quanto Simon, perché questo è il suo incubo peggiore: un'umiliazione davanti a tutti, e, si spera, anche la distruzione della sua carriera. Non riesce a credere che io sappia – non riesce a capire come sia venuta a conoscenza della gravidanza, di cui lui non sapeva nulla, a giudicare dalla sua faccia. La sua nuova posizione all'ospedale è ora senza dubbio a rischio e l'ho fatto sembrare un cretino davanti ai suoi colleghi di lavoro e alle belle mammine, che lui usa per gratificare al volo il suo ego nell'area giochi quando accompagna i bambini.

Bel lavoro, Marianne.

«Cosa c'è di *sbagliato* in te, Marianne?», mi sibila in faccia, dopo aver inseguito il professore lungo il vialetto, attraversando con ampie falcate la cucina ormai deserta. «Perché ti devi *sempre* comportare così?».

Jen è l'unica ospite rimasta e mi guarda a bocca aperta. Simon scuote la testa lentamente come se fossi io il problema, il peso, della sua vita.

Mi guardo intorno. Le povere ragazze del catering sono rimaste, proprio come Jen, a bocca spalancata.

«Potete darmi il conto?», dico sorridendo. Annuiscono e senza dire una parola gettano in una scatola i piatti avanzati e si affrettano a uscire, mentre Jen si versa un altro bicchiere. È già molto ubriaca.

«Vuoi che resti – se non altro come arbitro?». Indica con la testa Simon, rivolgendosi anche a lui. Presumibilmente, spera che Simon accetti il suo piccolo scherzo e si metta a ridere, ma mio marito non ride mai ai piccoli scherzi. Si avvicina a grandi passi alle finestre francesi e guarda fuori il nostro prato perfetto. «Posso restare, se ti va bene». Jen annuisce verso di me mentre lancia uno sguardo cattivo a Simon.

Lui si volta rapidamente. «No, Jen, ma grazie di esserci stata per Marianne», dice, come se io non fossi lì, come se fossi già stata ricoverata.

«Oh... va bene... chiamerò un taxi... va bene?», risponde Jen, quasi in attesa. So che si sta prendendo cura di me, e mi spaventa un po' rimanere sola con Simon, ma sicuramente ora che ho detto a tutti chi è davvero non oserà toccarmi. «Allora vado fuori ad aspettare... il taxi?», dice lei senza muoversi.

«Per favore», sbotta lui, e Jen salta giù dallo sgabello. L'aria intorno a mio marito è carica di elettricità; persino il suo bicchiere di champagne continua a fare le bollicine come se l'avesse agitato mentre se ne sta lì a guardare fuori dalla finestra.

Jen prende la borsa. «Ehm, arrivederci allora, Simon...», dice mentre raggiunge la porta della cucina. Lo conosce appena e tuttavia sembra aver bisogno della sua approvazione, del suo permesso per andarsene – lui fa questo effetto su tutti.

Simon si volta vagamente verso di lei, ma non la guarda. «Ciao, Jen», dice, come se fosse un ordine: *Vattene, Jen*.

«Ti chiamo... domani», le dico, sperando che lui capisca l'antifona: c'è qualcuno che aspetta una mia telefonata. Se mi farà del male, Jen lo verrà a sapere e accorrerà. Mi copre le spalle.

Ma è chiaramente turbata e non mi guarda, esce dalla stanza barcollando sulle sue scarpe sexy, che ora non sembrano più tanto sexy o divertenti – solo sciocche e un po' tristi. Per la seconda volta sento la porta sbattere senza nemmeno un saluto rivolto a me, la sua amica.

Guardo l'uomo che è mio marito da più di un decennio e mi chiedo che cosa accadrà. Non mi renderà le cose semplici, malgrado sia lui nel torto – anzi mi farà soffrire.

Ma voglio avere un chiarimento. «Se vuoi andartene, se vuoi stare con lei e il bambino, allora va', perché per noi non è rimasto nulla».

«E di chi è la colpa?».

Esito, ma questo è il momento della verità. Quello che è

successo nelle ultime settimane mi ha dato la forza di essere finalmente sincera e affrontarlo.

«Di entrambi. Hai passato la nostra vita matrimoniale a farmi del male in tanti modi, e io te l'ho permesso. A causa del mio senso di colpa per Emily e della mia debolezza, ti ho consentito di farmi il lavaggio del cervello fino a farmi credere che in me ci fosse qualcosa di sbagliato, come moglie, madre e persona».

Rimane in silenzio e ora mi fissa, io sono terrorizzata ma vado avanti.

«Non ti prendi mai la responsabilità del dolore che provochi... e io finisco sempre per scusarmi», mi sento dire.

«Responsabilità?». Si gira rapidamente e corre verso di me. Con un gesto istintivo di autodifesa alzo le braccia a riparare il viso. Non può sopportare di starmi così vicino, ma ora il suo viso è davanti al mio e i suoi occhi sono in fiamme. «Hai il coraggio di parlare *a me* di *responsabilità*?». Scandisce ogni sillaba, con la bava alla bocca, puro odio negli occhi.

«No... no», grido. «Non puoi continuare a far risalire tutto a quello. È successo. Non pensi che io lo senta, quel senso di colpa, quel dolore? Ogni mattina mi sveglio ed è la prima cosa a cui penso. È con me finché non vado a dormire. Sogno di riportare indietro il tempo, se solo potessi. Vedo il suo piccolo viso nel sonno, vedo gli occhi spalancati proprio come quelli di mia madre quando l'ho trovata morta. Capisco perché mi odi – anch'io mi odio – ma non puoi continuare a farmi del male per il resto della mia vita. Ho accettato la tua punizione, mi sono resa vulnerabile in modo che tu potessi farmi del male, perché è quello che merito. Ma, Simon, nessuno può tormentarmi su questo più di quanto faccia io stessa. Ho costruito la mia vita attorno a questo, perché convivo con ciò che ho fatto e sarà sempre così... essere sopravvissuta è la mia vera penitenza».

Sto piangendo; ho il cuore a pezzi. Le sole conversazioni

che mi sono concessa il lusso di intrattenere sono quelle in cui mi accusavo, mi scusavo e Simon mi torturava, usando la colpa come un pungolo per il bestiame, per farmi rigare dritto. Lo sto implorando ora di posare le armi, stabilire una tregua, ma tutto quello che fa è guardarmi e scuotere la testa disperato. E poi se ne va. Sono stupefatta… è stato così facile. Ce l'ho fatta – la guerra è finalmente finita.

«Simon, te ne stai andando?»

«No». Mi guarda incredulo. «Non lascio la casa per cui ho lavorato e non ho intenzione di lasciare i miei figli con te».

Il mio cuore ora crolla a terra. Avrei dovuto sapere che voleva un ultimo scontro, un'ultima occasione per tenermi sotto controllo, ma io non sono più quella fragile, insignificante ombra.

«Allora siamo a un punto morto», sospiro.

«No, non è così – stasera mi ha messo saldamente al posto di guida, Marianne. Quella trovata che ti sei inventata ha dimostrato a tutti che sei malata, instabile e paranoica. Non devo lasciare io questa casa o la mia famiglia. Lo dovrai fare tu».

Ora sono arrabbiata e pronta a lottare. Non ho più paura di lui. Sono solo furibonda. «Puoi far passare questa serata come la conseguenza del mio esaurimento, ma questa volta non sono stata così stupida. La vostra relazione non è il frutto della mia immaginazione – ho visto le mail, e lei è incinta».

«Marianne, non ci sono mail. Non c'è nulla con Caroline. Non è incinta – che io sappia – e se lo è non è certamente figlio mio. Non ho relazioni con nessuna donna. Devi lasciar perdere; non stai bene». Mi parla con la sua voce calma, professionale. Me la ricordo dall'ultima volta in cui mi ha lasciato in clinica, mi fa raggelare il sangue.

«No, no… ho *visto* le mail, Simon». Non sono matta, no. Questa volta so che è vero.

«Puoi *calmarti* e prendere le tue medicine?».

Corro in salotto e afferro l'iPad, digito la password, poi provo ad accedere alle sue mail, ma tutto quello che appare è

«Questo account non esiste». No... no... io le ho viste. Non può essere vero.

Riempie due bicchieri di champagne e con calma me ne porge uno. «Guarda, Marianne, è già successo, molte volte. Ti agiti e mi accusi di malefatte di ogni sorta di cose, ma questa volta l'hai fatta grossa. Caroline è una collega, una collega giovane che guarda a me con ammirazione e sì, abbiamo un'amicizia basata sul rispetto reciproco. Mi ammira per la mia esperienza, la mia capacità, e io l'ammiro perché è così giovane e brillante. Ma è tutto qua... e quello che hai fatto stasera...».

«MA SE VI STATE FREQUENTANDO!», gli grido in faccia. «Lo so... ho letto tutto...». Prendo l'iPad e riprovo freneticamente, con le mani tremanti. Digito la combinazione che conosco così bene, ma... nulla. «Erano qui...le ho lette per mesi». Cado su una sedia con la testa tra le mani. Pazienza. Non ho bisogno delle mail per provare che non sono malata... alzo lo sguardo e lo vedo sopra di me – c'è un sorrisetto sulle sue labbra o me lo sto immaginando? Poi mi viene in mente. «Dove sono finite, Simon?», chiedo, fredda e calma come lui.

«Hai cancellato l'account, vero?», dico, guardandolo negli occhi, ma lui non risponde. Apre la mano e nel palmo ci sono due pillole. Lentamente le prendo e le mando giù con lo champagne.

Capitolo ventiquattro

Mi appoggio al piano della cucina e mi metto a piangere. Dunque le mail me le ero immaginate – c'è qualcos'altro che ho per provare che non sto impazzendo?

«Guarda, devi chiedere a te stessa perché inventi queste cose, ed è il compleanno di Emily tra un paio di settimane. Immagino che tu abbia messo in piedi questa storia per questo motivo».

«No... io...», sorseggio lo champagne per tirarmi su. «Simon, le ho viste con i miei occhi».

«Allora perché ora non ci sono?»

«Perché hai cancellato l'account...».

«Se... e dico solo "se", decidessi improvvisamente di cancellarlo, perché proprio ora? Non sapevo nemmeno che tu pensassi di aver visto queste mail immaginarie, perciò se questo era il mio account per organizzare gli incontri con le colleghe più giovani – perché l'avrei cancellato ora?».

Non posso rispondere.

«Tu controlli il mio telefono...», faccio un ultimo disperato tentativo prima di cedere, nella vana speranza di non essere pazza, ma allo stesso tempo sono preoccupata che possa aver ragione. «Forse hai visto la mia cronologia?». Ma sono certa di averla cancellata.

Le mail non esistono. Non sono mai esistite.

Lo fisso. So bene come sembra, vista da fuori – quasi un anno fa avevo accusato la barista e l'anno prima la mia amica vicina di casa. Nel frattempo ci sono state altre accuse e attacchi di paranoia, ma il tutto sembra raggiungere il picco proprio in questo periodo dell'anno. Ha ragione? È il compleanno di Emily a rendermi ansiosa e a farmi perdere la testa?

Si siede. Mi parla più gentilmente ora. «Non so che pesci pigliare, Marianne. Quella di questa sera non è la prima volta che mi metti in imbarazzo davanti ad amici e colleghi. Ti ubriachi, dici cose inappropriate – hai reso la mia vita un tormento. Ma sono rimasto... sono sempre rimasto, perché è il mio dovere... e ti amo. Ma mi chiedo se io e i bambini non staremmo meglio da soli».

«No, no, non puoi dire una cosa del genere... non lascerò i bambini».

«Se continui così, potresti non avere scelta; stasera hai fatto una sceneggiata e io non ti voglio vicino ai bambini».

«No, ti prego, no. Amo i miei figli, questo nemmeno tu puoi cambiarlo. Posso essere matta, avere dei black out qualche volta, fare errori, a volte bere troppo, ma faccio tutto per loro. Sono capace di amarli e prendermene cura. Ci sono quando tu non ci sei e so chi sono i loro insegnanti, i loro amici... so tutto di loro, Simon. So che Alfie odia il rugby e piange quando lo costringi a giocare, e poi non vieni nemmeno a vederlo. So che la tua indole competitiva sta rendendo Charlie più aggressivo... come te. E *sono certa* che li ami, ma non riesci a vedere i loro difetti. Sophie sta sviluppando una relazione distruttiva con il cibo e questo, se continuerà, condurrà probabilmente a una relazione distruttiva con gli uomini. Vuoi che siano perfetti, ma non lo sono e va bene così, Simon. Neanche io sono perfetta. Ho fatto degli errori, ma *conosco* i nostri figli. Forse non ho una professione, non so operare nessuno, non so nemmeno servire le pinte di birra, che cazzo», dico, facendo un riferimento sarcastico a quanto è successo lo scorso anno. «Non guadagno uno stipendio fantastico, ma amo i miei figli e farò tutto per loro. Hanno bisogno di me».

«Conoscere ogni particolare delle vite dei miei figli è un lusso che non mi posso permettere perché sono troppo occupato a lavorare per mantenerti a champagne e per darvi un tetto sopra la testa. E ora, dopo lo sfacelo di stasera, mi hai fatto probabilmente perdere la promozione».

«Ami i tuoi figli e sei un buon padre, ma non li vedi abbastanza. Dai la colpa al lavoro, ma un giorno si accorgeranno che per le attività extralavorative trovi sempre un sacco di tempo». Sospiro. «A volte ti ho chiamato quando dicevi che avresti lavorato fino a tardi e non eri nemmeno in ospedale».

«Non stai affatto bene; hai bisogno di allontanarti per un po' di tempo». Scuote la testa e mi guarda negli occhi con una compassione tale che comincio a dubitare di me stessa. Sì, è *possibile* che mi sia immaginata la storia con Caroline, ma non ne sono convinta.

Prendo un altro sorso di champagne mentre mi conduce nel salone e ci sediamo insieme sul divano.

«Riconosco che forse, per quanto riguarda Emily, non ho dimostrato grande sensibilità», dice. «Ma era anche figlia mia – e mi fa male ogni giorno, proprio come a te».

Ero già brilla, ma questo ultimo bicchiere e le pillole mi stanno andando dritte alla testa.

«Ti amo, Marianne, malgrado tutto quello che mi hai fatto passare. Ti amo ancora».

Dice sul serio? Mi importa?

Lo guardo, ma nuota davanti ai miei occhi e a malapena posso distinguere i suoi lineamenti.

«Tutto quello che voglio è che tu stia meglio».

Sta liquidando Caroline o è solo un modo per attirarmi di nuovo con l'inganno verso il reparto psichiatrico, per poter trasferire in casa mia la sua donna e il suo utero fecondato?

O alla fine sono stata io a immaginarmi tutto?

«E se stasera i bambini ti avessero vista? Pensi che ne sarebbero fieri? Perché io non credo», sbotta, tranciandomi il petto, aprendo con le sue parole una nuova ferita.

Mi sento male. Qualunque sia la verità, è incontestabile che ho sviluppato una vera ossessione, imbastendo una folle crociata.

«Non puoi prendere le medicine solo perchè io ti costringo, Marianne. Devi tornare alla dose più alta – ricordi quando siamo andati dal medico qualche mese fa? Ti aveva suggerito di prendere 45 milligrammi di Mirtazapina al giorno».

«L'ha detto perché tu le avevi raccontato che uscivo in giardino di notte a piedi scalzi, che mettevo i libri nel frigo, che perdevo il controllo per nulla e strillavo con i bambini».

«E lo facevi. Per questo sono andato con te dal dottore. Non ti rendi conto di quello che fai e non riesci ad affrontarlo. Marianne, la tua malattia non distrugge solo te, distrugge tutti quelli che tocchi... compresi i nostri figli. Non puoi accusare me per i disturbi alimentari di Sophie e l'aggressività di Charlie, e per Alfie che non vuole fare sport: sei tu che cucini per Sophie, che rimproveri Charlie, che porti Alfie all'allenamento. È con te che ce l'hanno, in realtà. E se non lo vedi, allora non penso che ci sia alcuna speranza che tu possa stare meglio».

Non so cosa dire.

E se avesse ragione?

Sono da rimproverare per i ragazzi? Sono dopo tutto una cattiva madre? Starebbero meglio senza di me?

«Ho parlato con Caroline prima che se ne andasse – in lacrime, potrei aggiungere – e mi ha detto della persecuzione su Instagram, dello strano invito a un pranzo segreto al ristorante italiano e di come l'hai costretta a mandarti una lista degli ospiti che non hai nemmeno usato. Mi ha anche detto che le hai telefonato a notte fonda. E sentiva ansimare. Stai male, Marianne».

«Non ho mai fatto telefonate a tarda notte», dico, incapace di negare gli altri crimini. Non ricordo di averla chiamata, ma d'altronde ho il suo numero. «Ha detto che ero io? Una telefonata anonima… poteva essere un vecchio fidanzato. Ne ha molti, sai…».

«Marianne, per favore, non cerchiamo il pelo nell'uovo. Chi altro potrebbe essere stato? Caroline dice che la maniaca sussurra cose ripugnanti, e la voce è femminile – chi altro sarebbe così malato da fare telefonate oscene a una delle mie colleghe a tarda notte? Sei l'unica persona che conosca che ha un'insana ossessione per Caroline Harker… Sono fortunato a essere sposato con te, vero? Il suo volto è pieno di odio; non sopporta più di avermi davanti.

Ripenso a tutto quello che ho fatto, per concludere con lo "spettacolino" di questa sera. Potrei davvero essermi immaginata tutto un'altra volta?

Ma, o Dio, la roba su Instagram mi ha fatto impazzire. Però… una foto studiata di due bicchieri di vino e lenzuola stropicciate non fa una relazione, e quello potrebbe anche essere il vino preferito di Simon, ma questo non significa necessariamente che ci fosse lui con lei. È possibile che io sia andata di nuovo in confusione? Non sarebbe la prima volta.

Ora cammina avanti e indietro per la cucina – ha un aspetto terribile e lo guardo fare su e giù come un animale in gabbia. Dietro di lui sulla parete c'è la foto in bianco e nero ingrandita del nostro matrimonio. Sta lì a farsi beffe di noi, perché la differenza ora è spaventosa. Siamo più vecchi, naturalmente, ma la mia faccia un tempo tornita ora è incavata. Nessun sorriso, nessuna speranza come a quei tempi. Simon è ancora bello, ma dimostra molto di più dei suoi quarantadue anni; è l'ombra dell'uomo che ho sposato, ed è in parte colpa mia. A causa del mio comportamento abbiamo dovuto trasferirci, abbiamo perso gli amici, i ragazzi hanno dovuto cambiare scuola e stasera ho violato la sua privacy in modo definitivo e l'ho privato della sua dignità, umiliandolo davanti al suo capo e ai colleghi invitati a casa nostra. Ora, guardandolo camminare, non rasato, gli occhi assonnati, mi accorgo di quello che ho combinato. So che è stato crudele con me, ma anch'io lo sono stata con lui.

«Qualsiasi cosa sia successa tra noi, mi dispiace. Chiedo scusa», dico, offrendogli un ramo d'ulivo. «Non voglio una riconciliazione, e neanche tu ne sono sicura – ma dobbiamo riuscire a parlarci per andare avanti, anche se in direzioni opposte». Anche se mi fossi immaginata tutto e ci fosse una possibilità per la nostra coppia, non potrei restare con lui, non dopo quello che ci siamo fatti.

Si appoggia al muro, girato di spalle, i palmi distesi, tutto il corpo floscio.

«Sono abituato al fatto che la gente parli di me, sono abituato alle chiacchiere mentre cammino», comincia. «Ma questa... questa sera è stata un'altra cosa... dovrò fare richiesta per un altro trasferimento – porto i bambini con me».

Non vedo il suo volto – mi dà ancora le spalle – ma mi avvicino, provo a entrare in contatto con lui, anche solo per scorgere il suo viso.

«No... no. Simon, ti prego... parliamone, non puoi prenderli...». Le lacrime mi scorrono sul viso, lo imploro, ma non si muove, resta contro la parete, la testa abbassata. Minaccia di portarseli via, ma può farlo solo se io vengo ricoverata e lei va con lui. Senza Caroline, il mio rimpiazzo, non può portare i ragazzi altrove, cominciare un nuovo lavoro – ha bisogno di me.

«Simon, non facciamo stupidaggini... i ragazzi non possono spostarsi di nuovo, si sono appena stabiliti...». Provo a sembrare razionale, perfino pratica. Devo scoprire cosa fare ora, ma prima devo sapere che cosa farà lui.

Scuote la testa. «Marianne, mi ci hai costretto di nuovo. Dopo questa sera non posso farmi vedere all'ospedale. Vado a letto. Ho bisogno di schiarirmi le idee». E con questo esce dalla stanza, lasciandomi sola con le sue parole che mi risuonano nelle orecchie. La mia peggiore paura. La fine di tutto.

Porto via i bambini con me.

Mi siedo da sola sul divano, abbraccio un cuscino per stare comoda e dondolo su e giù. Nonostante sia annebbiata dai dubbi, qualcosa si sta facendo largo nella mia testa. So di aver visto quelle mail, la nostra coperta da picnic sul suo Instagram, il fatto che beve il vino preferito di lui con un amico misterioso. E tutte le tempistiche coincidono con i momenti in cui lui "lavorava". Li ho visti stasera. So che stanno insieme, ma non sono stati gli sguardi sfuggenti o le occhiate ardenti a convincermi, è stato il cambiamento in lei. Non riesco a capirlo, ma era diversa – non più la vivace, brillante ragazza in carriera con il carrello pieno di alcolici che ho incontrato da Waitrose. Non più la donna forte, indipendente, che mi ha concesso un'ora strappata al suo fondamentale lavoro per pranzare con me, sorridendo gentilmente mentre io farneticavo. No, questa era una Caroline diversa, che in presenza di Simon è diventata più silenziosa, più spenta, meno risoluta, remissiva persino – e mi rendo conto che la sta trasformando in me. Le sue critiche, la sua disapprovazione e i suoi schiaffi sono per tutte le donne che ama – e ora è arrivato il turno di Caroline. E per questo so che non sono matta.

Tutto quello che ho detto stasera era vero, e le mail, i post sui social, gli indizi, conducono tutti a una sola conclusione – che non si tratta di una mia paranoia. Ma ho un solo modo per provarlo. Solo una persona può aiutarmi dicendo la verità, in modo che lui non possa sostenere che sono pazza e portandomi via i miei figli. L'unica persona che può salvarmi è proprio quella a cui non avrei mai pensato di rivolgermi: Caroline.

Il mattino seguente mi sveglio, faccio colazione e quando Simon sparisce chiedo a Sophie di badare ai ragazzi, che sono stati riportati a casa all'alba dalla mamma del ragazzo da cui hanno dormito. Mi accorgo che Sophie porta i capelli legati con la fascia elastica che le ho fatto io e questo mi ricorda che ho ancora la borsa cucita per Suzie. Non l'ho mai data a Jen dopo quello che mi ha detto Simon, e mi viene un'idea. Dopo ieri, Caroline starà sulla difensiva e potrebbe comprensibilmente pensare che io voglia andare a causare altri guai. Ma non è quello di cui ho bisogno ora. Ho bisogno di conferme, sicurezze, chiarezza. E Caroline può darmele. Se arrivo con un dono, tutto sembrerà più sincero, e la borsa verde mare sarà perfetta perché l'ho fatta io con le mie mani – un vero gesto di buona volontà. Perciò afferro la borsa e un mazzo di fiori da uno dei vasi e mi preparo a incontrare Caroline.

Mi sento pronta. Dobbiamo parlarci direttamente e non attraverso il filtro delle bugie di lui. Ma quando accosto fuori dal cottage di Caroline ho la bocca secca. Mi sento così nervosa. Devo davvero costringermi a scendere dalla macchina e bussare alla grande porta di legno. Fa freddo, e il vorticoso, pungente vento di dicembre mi gela. Mi avvolgo nel cappotto e busso di nuovo un po' più forte. Apro la cassetta della posta e sbircio dentro, chiamandola, ma nulla.

Quando mi risollevo, vedo scostarsi le tende alla porta accanto e il volto di una donna anziana che fa capolino. Faccio un cenno di saluto. Sto per chiederle se sa se Caroline è in casa, ma proprio in quel momento la porta del cottage si apre. Sento il calore che viene da dentro, ma Caroline è fredda e accigliata e devo impedirmi di tornare di corsa alla macchina. Perché mi sottopongo a tutto questo?

«Mi dispiace tanto per ieri», dico, in piedi sul gradino, tremante. «È stato sconveniente e, date le tue condizioni, spero non ti abbia causato troppa angoscia».

Se ne sta lì, senza trucco, con i leggings e un cardigan grigio largo. La roba firmata, il rossetto perfetto e il sorriso accecante non ci sono più – sembra pallida e apatica.

«Penso che dobbiamo parlare», dico.

Non si muove, mi fissa solo, imbambolata.

«Non sono venuta qui per turbarti, Caroline, voglio solo la verità da qualcuno, perché Simon non me la darà. E penso che nemmeno con te sia stato sincero». Ci fissiamo distanti come se ci fosse l'oceano a separarci, e so che non sarà facile.

«Posso entrare?», chiedo gentilmente.

C'è un istante di silenzio e poi, rassegnata, dice: «Accomodati».

Arretra per farmi entrare e, sempre accigliata, mi conduce attraverso un ingresso stretto in una piccola cucina con travi a vista, fornelli di marca Aga, ripiani di quercia e un piccolo albero di Natale con appese le tazze di Emma Bridgewater, quelle con i cuoricini. Penso di averla giudicata male; la sua casa non è fredda e minimalista come pensavo. È calda e accogliente, persino romantica. Caroline non è la donna mondana che immaginavo, è solo un'altra ragazza sedotta dal fascino devastante di Simon.

«Tè?», mormora, e io annuisco mentre mette su il bollitore.

Poso sul ripiano della cucina i fiori insieme alla borsa.

Si volta per scegliere delle tazze e vede i miei "doni". «Sono per me?»

«Sì... io... vengo da amica», mi sento dire. Non lo avrei mai immaginato – però ora sono qui nella cucina dell'amante di mio marito, mi sta preparando il tè e le sto chiedendo aiuto.

«È bella», sospira triste, posando per un momento le tazze e passando le dita sulla borsa di velluto.

«L'ho fatta io...». Penso a Simon, a quando ha sostenuto che a Jen la borsa non era piaciuta. Mi chiedo per un momento se lei farà lo stesso: più tardi andrà a dire a Simon qualche cattiveria sul mio regalo?

«Grazie, ma non dovevi», dice e versa acqua bollente nelle due tazze.

«Ho visto la tua vicina». Sorrido, voglio disperatamente provare a tenere viva la conversazione, ma non so cosa dire.

«Eh?». Posa sul ripiano davanti a me una tazza fumante.

«Sì, la vecchia signora della porta accanto, una vera impicciona. Scommetto che non puoi fare un passo senza che lei ficchi il naso, vero?». Mi rendo subito conto di aver detto una cosa sbagliata. È parso forse come un riferimento ai suoi incontri notturni con mio marito?

Ma prima che io possa aggiungere qualcosa, alza le spalle. «Non la conosco. Lavoro tanto».

Siamo in piedi una di fronte all'altra; è la stessa situazione di ieri sera, quando eravamo vicino al mio letto, ma adesso è diverso. Lei è diversa. Non è la ragazza di Instagram che passa il tempo tra vacanze e lenzuola stropicciate – e quando la guardo in faccia più da vicino sembra che abbia pianto.

«Ti ho turbata? Voglio dire, a parte... ovviamente ieri sera?»

«Oh. No... però ieri sera è stato orribile». Mi guarda e mi sento imbarazzata.

«Mi dispiace... è solo...».

«O Dio lo so, lo so. Ti prego, non scusarti». Prende la tazza e sul polso vedo un livido rosso scuro. Sospetto che sia la conseguenza dei loro rapporti. È adulta, può fare quello che vuole, suppongo, ma mi viene da pensare che lui sia venuto qui ieri. È andato a letto prima di me, ma magari ha fatto un salto da Caroline dopo che mi sono addormentata nella camera degli ospiti. Non saprei. Avevo preso le pillole e bevuto molto champagne, dormivo pesantemente.

«Stai bene?», chiedo, e lei annuisce e passa di nuovo le lunghe dita sul velluto della borsa, come se cercasse conforto.

«Sei molto brava», dice.

«Oh, no, davvero, fare borse è una specie di debolezza per me...».

«Dico sul serio. Si vede dalla tua casa, dal modo in cui hai saputo renderla così bella. La cucina, elegante ma accogliente, le stanze da letto dei ragazzi tutte conformi ai loro gusti, il modo in cui parli di loro...».

«Sono una mamma prima di tutto, Caroline. Saprai presto

che significa. Farai tutto per loro, perfino stare con un uomo che ti distrugge... pezzo a pezzo».

Per i bambini.

Alza il viso e vedo qualcosa di simile alla riconoscenza nei suoi occhi.

«Marianne...», abbassa di nuovo lo sguardo sulla tazza. Ho la sensazione che voglia dirmi qualcosa, come quando Alfie ha fatto una marachella e si sente male.

«È il figlio di Simon, vero?», chiedo.

Prende faticosamente fiato, il genere di respiro che si fa dopo un lungo pianto a dirotto, solleva la testa e distoglie lo sguardo. Poi dopo quello che sembra un tempo lunghissimo annuisce e si volta verso di me, con le lacrime agli occhi.

Ecco la prova che cercavo e in questo momento sembriamo unite, due madri che proteggono entrambe i loro bambini, proteggono sé stesse. Avrebbe potuto mentire, avrebbe potuto dire quello che diceva lui, avrebbe potuto urlare che sono matta e tutti le avrebbero creduto... come credono a lui. Ma per qualche ragione ha scelto di non farlo. Ha deciso di dire la verità – era ora che qualcuno lo facesse. «Va bene. Non mi stai dicendo nulla che io non sappia già e, come probabilmente hai capito dopo ieri sera, sapevo di voi due da qualche tempo».

«Mi odio», dice all'improvviso piangendo a dirotto. «Incontrarti e rendermi conto di quanto sei gentile, quanto sei...».

«Sana di mente?»

«Io credevo... Mi ero illusa che fosse solo una innocua scappatella».

«Niente del genere».

«Adesso lo so. Ma più mi innamoravo di lui, più mi convincevo che tu non lo meritassi, che fossi in qualche modo...un intralcio».

«È stato Simon a farti credere questo, ne sono sicura».

«No, mi assumo le mie responsabilità, Marianne. Io... sono

diventata una persona cattiva, una presenza negativa nella vita di qualcuno. Volevo quello che avevi tu perché pensavo che a te non importasse, che fossi infelice, un po' pazza, sempre piena di rancore. Ho scelto io di rimanere incinta. Volevo diventare la moglie di Simon e non mi importava di cosa sarebbe successo a te».

«Capisco… ti ha raccontato delle bugie su di me e tu gli hai creduto».

«Esatto, ha mentito e può darsi che io sia stata così stupida da credergli. Per quanto possa voltare pagina, prendermi le mie responsabilità, scusarmi con te e allontanarmi da lui – questo genere di esperienza ti rimane per sempre dentro, Marianne. Si imprime nella tua anima».

Simon ha ferito e manipolato anche lei. Forse non è la puttana di chirurgia, la mignotta a caccia di uomini che credevo.

Mi fissa con lo sguardo offuscato dalle lacrime. «Andava bene all'inizio. Non ti conoscevo, non sapevo nulla della tua vita, della tua casa, dei tuoi bambini… delle tue vacanze, poi ho scoperto di essere incinta, ed ero felicissima».

«Simon sa del bambino?»

«Sì… ne è rimasto sconvolto… non ne era felice, ma diceva che avremmo trovato una soluzione, che tu… presto te ne saresti andata e che io mi sarei potuta trasferire da lui».

«So che cosa vuol dire. Aveva progettato di farmi ricoverare… un'altra volta», sospiro.

«Mi dispiace. So che hai avuto i tuoi… problemi, e sarò sincera, Marianne, ho creduto a quello che mi diceva, che eri malata, incapace di accettarlo e che avevi bisogno di aiuto. Ma appena ti ho incontrato a pranzo tutto è cambiato per me. Non ho visto la donna che Simon mi aveva descritto. Ho visto la tua felicità e il tuo orgoglio per i tuoi figli, il tuo amore per la vita. Ho visto i tuoi post su Instagram, ovunque i piccoli sorrisi innocenti dei bambini, le gite in famiglia al parco, le vacanze estive dell'anno scorso, e mi sono sentita così in colpa. Mi sono resa conto che con la nostra relazione non stavo aiutando Simon. Avrei potuto rendermi responsabile della rovina della vita dei tuoi bambini… e anche della tua. Mi sono detestata, ma poi ho cominciato a odiare lui, perché anche lui era colpevole, anzi era peggio di me… perché stava facendo del male alla sua famiglia. Poi, ieri sera… dopo la festa, è venuto qui, ma ho trovato il coraggio e gli ho detto che era finita».

«Ti fatto del male?».

Tira giù istintivamente la manica del maglione per nascondere i segni rossi delle dita di lui. «Era turbato… comprensibilmente. Diceva che l'avevo ingannato, che sapevo bene in cosa mi stavo mettendo, ma che poi, quando lui era sul punto di lasciarti, l'avevo scaricato. Diceva che avrebbe potuto perdere tutto: la casa, i figli… te».

«Ha già perduto tutto».

«Questa roba… è tutta colpa mia. Eravate probabilmente felici prima di me».

Sorrido e lei è sorpresa, mi chiede perché. Le spiego che questa è la specialità di Simon. «Ha un modo tutto suo di farti sentire in colpa, come se lui fosse innocente», dico. «Ma sappi che non lo è. Non voglio che passi la tua gravidanza odiandoti, perché, credimi, può finire solo in lacrime. So per esperienza che una madre infelice significa un bambino infelice, e il dolore per…».

Mi tocca il braccio. «Lo so».

«Ne sono sicura, e forse un giorno, quando tutto questo sarà finito, mi consentirai di dirti cos'è successo, ma dal mio punto di vista».

Sorride, e le dico che il mio matrimonio era finito da tempo; deve smettere di flagellarsi e lasciare Simon a me.

«Non è colpa tua, ma questo ha dato il colpo di grazia a un matrimonio morente. Devo solo farlo nel modo giusto e assicurarmi che i bambini restino con me».

«Marianne, so quanto è stata dura per te. Simon mi ha detto che leggevi le mail. Per questo ha cancellato l'account – non voleva farti soffrire».

«Grazie per avermelo detto. Non hai idea di quanto ti sia grata. Mi hai restituito la salute mentale». Sospiro, sollevata. «Mi chiedo come abbia saputo che leggevo le vostre mail; le ha cancellate prima che glielo dicessi».

Alza le spalle.

«Oh, be', immagino che non lo sapremo mai. Avrei dovuto affrontarlo subito. Non è stato corretto da parte mia comportarmi in quel modo. Lo stesso vale per i tuoi account online. Mi sono intromessa per provare a scoprire chi fossi. Volevo sapere dove ti trovavi e quando lo incontravi... così ho visto l'ecografia del bambino.

«Volevo mostrarla ai miei amici. Non ho pensato mai, neanche per un attimo, che tu l'avresti potuta vedere e venire quindi a sapere che era di Simon...».

«Lo so, lo so. Non ficcherò più il naso nei tuoi affari». Mi sento così stupida. Siamo insieme nell'ingresso, e per un po' non diciamo nulla. L'unico rumore viene da fuori, la pioggia che scroscia. In questi momenti di silenzio mi rendo conto che questa donna non è mai stata una minaccia – è stata piuttosto una compagna di sventura e da oggi, lo spero, una compagna di sopravvivenza.

«A essere sinceri, Marianne, capisco la persecuzione online. Lo facciamo tutti. Anche io ho controllato il tuo Instagram più di una volta. Ma... sono state le tue telefonate notturne a infastidirmi di più... Mi hanno davvero mandato fuori di testa... Era proprio una brutta cosa, quell'ansimare anonimo».

«Simon me ne ha parlato, ma io non ho mai fatto chiamate di notte... Perlomeno, a essere sincera, non lo ricordo», aggiungo. «Dio, se le avessi fatte... non so cosa dire; chiedere scusa non servirebbe a niente perché a quanto pare state proprio spaventose».

Alza le spalle. Non mi crede, e chi potrebbe biasimarla? Non so nemmeno che cosa ho fatto. Tutta la persecuzione online, la gelosia ossessiva, l'invito a pranzo, l'acquisto della stessa lingerie – forse mi sono comportata come una pazza per un certo periodo. Ora sono confusa e combattuta, e tutto quello rimane siamo io e Caroline che beviamo tè dalle tazze di Emma Bridgewater e proviamo a dare un senso a quello che ci è successo.

Non ricordo come sono tornata a casa. Ho preso le pillole presto questa mattina perché ero troppo in ansia e quando ho varcato la soglia avevano fatto effetto. C'era Sophie, ma non Simon, e mi ricordo di aver pensato tanto ai "sabati in famiglia", e di aver riso così forte che i ragazzi sono arrivati di corsa nel salotto per vedere cosa c'era di tanto divertente. Da lì ho trascorso la giornata con il pilota automatico. Mi assicuro semplicemente che i ragazzi mangino e siano al sicuro.

Mi sveglio nella camera degli ospiti chiedendomi che fine ha fatto il nostro sabato. È buio pesto ma vengo svegliata dal rumore che fa Simon uscendo. Sono le due di notte. Immagino che stia andando da Caroline. Spero solo che lei mi abbia detto la verità e che sia finita. E spero che lei non cederà quando mio marito si presenterà alla sua porta, perché se gli permetterà di entrare, lui non la lascerà andare.

Capitolo venticinque

Il giorno dopo è domenica e mi sveglio di nuovo nella camera degli ospiti, in una condizione di totale disorientamento. Ricordo il mio incontro con Caroline e sono inquieta, ma non so perché. Lei mi era sembrata un po' più serena per essersi liberata di quel peso, e avevo provato una profonda gratitudine per la sua sincerità. Non mi ero immaginata il loro rapporto. Avevo ragione fin dall'inizio, e avendone avuto la conferma mi sento nel giusto a voler costruire un nuovo futuro con i miei ragazzi ma senza Simon.

Tra pochi minuti i ragazzi scenderanno le scale a passi pesanti; vado in bagno, mi lavo la faccia e senza dare nell'occhio prendo le mie pillole.

«Ci fai i pancake, mamma?», chiede Alfie. La sua richiesta è sostenuta da un urlo di gioia di Charlie, perciò mi trasformo rapidamente in Mary Berry e avvio la preparazione mentre loro provano a fare ginnastica a testa in giù dagli sgabelli. Non c'è traccia di Sophie, così mentre i ragazzi mangiano salgo su e le dico che ci sono i pancake che l'aspettano – ma non ne è molto colpita. Sembra stanca, e so che è perché non mangia, perciò provo a tentarla offrendole di tutto, ma lei rifiuta. Mi sgomenta l'idea di come reagirà quando Simon e io ci lasceremo, ma per adesso voglio solo che metta in bocca qualcosa.

Dopo la colazione mi faccio forza e vado su, nella nostra camera, ma non c'è traccia di Simon e il letto è intatto. Ha passato la notte con lei? Mi sento come la dannata Riccioli d'oro della fiaba.

Mi hai mentito, Caroline? Mi hai semplicemente detto quello che pensavi io volessi sentire?

So che potrebbe sembrare folle – ammettiamolo, ho dei precedenti – ma non sopporto il fatto che lui probabilmente abbia scelto di stare di nuovo con lei invece che stare con i ragazzi. È domenica, e in settimana aveva promesso ai nostri figli che oggi li avrebbe portati a giocare a pallone nel parco. Questo mi avrebbe consentito di uscire con Sophie per fare un po' di acquisti. Lei ha bisogno di cure amorevoli e il fatto che io e Simon siamo in un periodo di incertezza non deve procurare dolore ai ragazzi debbano soffrirne. Sono sicura che le regole del manuale del bravo genitore siano state già tutte infrante e mi interrogo sulle condizioni della nostra famiglia dopo tutto il dolore e l'odio a cui probabilmente hanno assistito. Ma ora dobbiamo pensare a curare le ferite. E allora, dov'è finito lui?

Provo a non pensarci troppo – mi fa venire il mal di testa – perciò torno nella modalità "Mamma", mi tuffo in cucina e provo a far contenti i ragazzi offrendo una seconda porzione e gli zuccherini per i pancake. Nessuno chiede dov'è papà e non voglio trasferire a loro la mia preoccupazione, perciò mangiamo e scherziamo e i ragazzi mi fanno ridere con la storia del loro compagno di scuola Alex che fa i rutti più forti e più "fantastici" – immagino sua madre ne vada fiera. Le storie dei rutti sono illuminanti e disgustose, ma non mi distraggono abbastanza da impedirmi di chiedermi di nuovo dove sia finito Simon.

A metà mattinata i pancake sono solo un ricordo, Sophie è finalmente comparsa e in quattro giochiamo a Monopoli. Partecipo con piacere, ma devo fingere eccitazione quando compro Parco della Vittoria e Viale dei Giardini e ci metto su degli alberghi. Continuo a chiedermi dove sia Simon e cosa stia combinando. Ha di nuovo messo le grinfie su Caroline? O è con David a organizzare il divorzio? Il dottore e l'avvocato – due menti che tramano insieme una vita di pillole e camicie di forza per la donna che non vuole andarsene.

Me ne *andrò*, ma alle *mie* condizioni e con i *miei* bambini, inclusa Sophie, perché sono sicura che, potendo scegliere, vorrebbe restare con me e i suoi fratelli acquisiti.

Tiro i dadi e finisco in prigione, e va bene perché devo saltare un turno e questo mi dà l'opportunità di riflettere.

Qualche volta modelliamo i nostri partner fino a dar loro la forma che vogliamo – e per me è stata una rivelazione vedere quanto è cambiata Caroline nel giro di pochi mesi. Proprio come me. Simon ha sposato una donna dallo spirito libero, una ragazza vulnerabile che era anche brillante e divertente e che lo aveva affascinato. Come un bambino che vede un pesce esotico nello stagno di un giardino, voleva prendermi e tenermi per sé. Ho sempre pensato che fossi diventata un'altra persona solo per colpa mia: i miei difetti, i miei errori, la mia follia – la terribile morte della nostra bambina. Ma vedere Caroline, una ragazza in carriera forte e indipendente, tremare lì nella sua cucina, ombre e lacrime sul suo viso, un livido scuro sul polso, mi ha aperto gli occhi – non è mai stata colpa mia. Non avrei dovuto passare tutto quel tempo in punizione, perché non avevo fatto niente di sbagliato – ero solo l'esemplare perfetto che si lascia sedurre dall'idea distorta di amore che ha Simon.

Qualsiasi fosse l'idea che mi ero fatta in passato di questa relazione, so che Simon non mi vuole più. Siamo entrambi decisi a mettere fine a questo matrimonio, ma come me non vuole perdere la casa o i figli. Sa anche che la cosa peggiore che potrebbe farmi è togliermi i bambini – e dato che gode del dolore emotivo altrui, questo obiettivo sarà al primo posto della sua lista.

Adesso potrebbe essere in clinica, a spiegare quanto sia imprevedibile il mio comportamento, a dire che è preoccupato per la sicurezza dei bambini e a firmare carte per il mio ricovero, come l'ultima volta, quando mi aveva detto che andavamo a cena ma mi aveva poi portato in ospedale.

Dopo tutto quello che è successo nelle ultime quarantotto ore, sono così preoccupata alla prospettiva di essere ricoverata di nuovo che a malapena mi accorgo che Charlie si è fermato sulla mia proprietà e mi deve, a quanto pare, dei "milioni".

«Mamma, mamma... sono arrivato – e io *non* pago», sta gridando.

Questo mi riporta in sintonia con la mia bella famiglia, e mi metto a pretendere questi soldi per intero, minacciando di fargli il solletico finché non paga e dicendo ad Alfie e Sophie di tenerlo fermo. È un bel cambiamento per Alfie essere quello che vince su Charlie, e inziamo tutti con il solletico. Mi fa pensare alla lotta di potere tra me e Simon.

Io vinco sempre, Marianne.

Non questa volta, Simon, non lascerò i bambini per nessuna ragione.

Charlie ora grida e ride allo stesso tempo, e fa ridere tutti noi. Mentre prova a scappare lo afferriamo con una presa da rugby e ci rotoliamo tutti per terra. Da morire dal ridere... Poi sentiamo la porta di casa che si apre. I ragazzi ammutoliscono e Simon entra in cucina.

Ha un aspetto spaventoso, come se non avesse dormito per niente, e per un momento mi dispiace quasi per lui. Sembra avere tutto il peso del mondo sulle spalle.

Sophie è sconvolta. Charlie chiede timidamente al padre se vuole giocare a Monopoli, ma lui scuote la testa. Nessuno ha bisogno di dire nulla, sappiamo che il Monopoli è finito e Sophie sparisce subito nella sua stanza. I ragazzi non hanno la stessa sensibilità e Charlie coglie l'occasione per afferrare brutalmente Alfie e sbatterlo a terra. Credo che questo comportamento sia collegato all'arrivo di Simon. A quanto pare Charlie diventa aggressivo perchè vuole mettersi in mostra davanti al padre. Non posso fare a meno di pensare che, se non ci fosse Simon nella sua vita, sarebbe un bambino più calmo.

«Ragazzi, ragazzi… Charlie, ora basta! Calmati», dico, e propongo che guardino un po' di TV in salotto. Guardano Simon, aspettando il suo permesso; solo lui in famiglia può dare il consenso. *Idiota presuntuoso, solo lui può controllare tutto.* Per un attimo penso che obietterà solo per farmi arrabbiare, ma alla fine fa lo sforzo di annuire e loro, con un boato di esultanza, se ne vanno.

«Dove sei stato?», gli chiedo dopo qualche minuto di silenzio. Non mi dice mai spontaneamente i suoi spostamenti.

«Da nessuna parte».

«Tutta la notte?»

«Marianne, quando la smetterai – sempre con tutte queste domande».

«Mi dispiace», dico, poi mi odio per il mio solito atteggiamento remissivo. «Non mi importa dove sei stato, ma voglio sapere cosa succede».

«Ho solo fatto un giro in macchina. Sono andato a trovare un amico, abbiamo bevuto troppo e sono rimasto a dormire da lui».

«Caroline?», chiedo, ricordando la tristezza, la sconfitta che ho visto nei suoi occhi. Mi sento stranamente protettiva nei suoi confronti.

«No, non Caroline».

«E allora con chi?»

«Veramente non credo che sia affar tuo. Posso passare la notte con chi voglio».

Perché continui a mentire, Simon, anche quando non serve?

Non mi importa dove è stato, e non ho le energie per mettermi a litigare. «Ieri sono andata da lei», dico, cercando una reazione sul suo viso. «Abbiamo parlato. Mi ha detto che tu hai cancellato l'account delle mail e ha confermato che il figlio è tuo».

«Va bene, hai vinto tu». Lo dice come se si fosse arreso – non trova più neanche la forza di mentire.

«Cristo, Simon, non c'è niente da vincere, il punto è solo che tu stai cercando di distruggermi con le tue menzogne».

«Non è insolito mentire alla propria moglie riguardo a una relazione», dice in tono pretenzioso.

«No, ma negarla e insinuare che tua moglie sia pazza è *insolito*, non trovi?»

«Con che coraggio mi accusi? Le tue ossessioni, il tuo comportamento irrazionale, gli alti e i bassi – se ti avessi detto di Caroline, ti saresti tagliata i polsi».

«Come puoi…». Sa sempre dove colpirmi. Una volta gli ho detto che sono perseguitata dalla visione del corpo di mia madre, gli asciugamani macchiati di rosso, i tagli dai polsi su lungo le braccia. Asciugamani bianchi, carne esanime, sangue rosso. Non perde mai l'occasione di usare questa confidenza contro di me.

«Ne ho abbastanza di tutto questo. È impossibile parlare con te», sibila, e già sta attraversando la cucina per allontanarsi. «Vado a dormire un po'».

Sfortunatamente quello che farà ora avrà delle conseguenze su tutti noi, ma non ho idea di quale sarà la sua prossima mossa. Il mio istinto è di prendere i ragazzi e andarmene, ma dove posso rifugiarmi senza soldi? E se provassi a scappare via con i bambini finirei dritta nelle mani di Simon. Lui spera solo che io faccia dei gesti inconsulti (perché l'ho sempre fatto) e così avrà la giustificazione di cui ha bisogno per prendersi i ragazzi dopo avermi fatta ricoverare. Perciò per ora devo solo avere pazienza e aspettare, ma non so cosa.

Simon va a letto per riprendersi dalla notte scorsa, e invece io non me lo posso permettere. Sono la madre di due ragazzi di sei anni, non ho il tempo di pensare alla mia vita, e quando sento che stanno cominciando a fare a botte, decido di portarli in piscina. Devo uscire di casa, e anche loro.

Siedo immersa nell'aria umida della piscina, e come un falco non perdo di vista neanche per un attimo i ragazzi, mentre si dimenano nella vasca spruzzandosi e schizzando tutti attorno a loro. Quasi mi addormento – il calore e il residuo dei farmaci ancora in circolo mi danno sonnolenza, ma riesco a restare sveglia e a tornare a casa.

A metà pomeriggio riesco a malapena a tenere gli occhi aperti. Dopo la merenda concedo ai ragazzi un'ora sull'iPad, mentre schiaccio un pisolino non più rinviabile sul divano, grata che non ci sia traccia di Simon e dell'atmosfera tossica che porta con sé.

Mi sveglio di botto, e scopro che sono le sei e che ho dormito più di tre ore. Sono fuori di me, ho difficoltà a riprendere conoscenza e immediatamente chiamo i ragazzi, che non sono nel soggiorno dove li avevo lasciati. Apro le porte finestre, li chiamo e richiamo e solo quando rientro di corsa a prendere il telefono per avvertire la polizia, vedo un biglietto sul piano della cucina. È di Simon, dice che ha portato i ragazzi al cinema. Non li ha mai portati al cinema, in tutta la loro vita. Non è una cosa da lui– spero che questa non sia la sua vendetta, e che non abbia deciso di andarsene e portarli con sé.

Con la testa che va su di giri gli invio un messaggio e immediatamente mi risponde, cosa insolita per Simon, e dice che torneranno entro mezz'ora. Mi sento più tranquilla ma resto agitata e riesco a stabilizzarmi solo quando metto su il bollitore e accendo la televisione. Sorseggio il mio tè, mi sento nervosa, spero che la sua risposta premurosamente rapida non fosse solo un trucco per tenermi a bada mentre li porta fuori dal Paese. Penso di essere irrazionale e troppo ansiosa, perciò prendo una pillola, mi siedo e provo a concentrarmi sulle notizie. Qualche volta mi è utile farmi distrarre da qualcosa che succede fuori dal mio piccolo mondo.

Fisso lo schermo – storie di *veri* disordini, guerre, terrorismo, delitti – ma il mio personale disordine interferisce, facendosi strada tra le notizie. Anche se riuscissi a ottenere la custodia dei bambini (epilogo improbabile vista la storia di Emily e i precedenti di malattia mentale, per non parlare della mia fedina penale), Simon mi renderebbe le cose molto difficili. Probabilmente venderebbe la casa, i ragazzi dovrebbero cambiare scuola per l'ennesima volta, non ci sarebbero soldi per le attività extrascolastiche, niente più belle vacanze. In verità, poi, io le vacanze non le ho mai trovate così piacevoli. Simon riesce quasi sempre a trovare qualcosa che non va: nel modo in cui ho fatto la valigia dei bambini, nel tipo di crema solare che ho comprato, nel mio aspetto in bikini. Ma i ragazzi si divertono un sacco, io mi assicuro che siano felici – e malgrado gli alti e i bassi, abbiamo avuto anche noi i nostri momenti d'oro.

Per esempio, quella volta che prendemmo a noleggio un motoscafo in Grecia. Simon diceva che lui era il comandante – i ragazzi avevano solo tre anni ed erano impazziti di gioia e Sophie strillò per il terrore e il piacere quando mio marito schiacciò l'acceleratore. «Più veloce, papà, più veloce», gridava. Più tardi trovammo un piccolo ristorante sulla spiaggia e mangiammo pesce appena pescato con fettine di limone mentre guardavamo il tramonto. Alfie dormiva sulle mie ginocchia e Charlie su quelle di Simon, e ricordo di aver guardato mio marito e i bambini e provato solo amore.

La vita non era sempre così perfetta a casa, dietro le porte chiuse, ma la differenza tra allora e adesso era che a quel tempo avevo speranza. Credevo sinceramente che, se fossi stata bene, Simon mi avrebbe trattato meglio – ma sono stata un'ingenua. Credevo che se fossimo riusciti a mettere in fila questi momenti belli come luci fatate, allora avrei potuto sopportare tutto il resto – la crudeltà, il modo in cui gli piace tormentarmi e controllarmi. Credevo che questo fosse l'amore, ma lui semplicemente mi ha fatto il lavaggio del cervello, come ha fatto con Caroline, trasformandoci nei fantasmi di noi stesse.

Penso alla foto sul suo Instagram – sorridente con quelle labbra brillanti, capelli biondi corti e mossi, un bicchiere di vino in mano – eppure la foto non è nella mia testa, è sullo schermo della TV, nella mia cucina. So che sono le pillole, ma non posso continuare a uscire di testa in questo modo. Pensavo che la mia ossessione per Caroline fosse finita. Ma è lei… o almeno è la stessa foto che ho visto migliaia di volte online. La tappezzeria, le grandi foglie verdi su sfondo blu navy, i braccialetti ai polsi, il bicchiere di vino…

Alzo il volume e mi avvicino allo schermo, senza distogliere gli occhi fino a quando non la vedo da vicino. Sembra così reale. Forse non è una visione; forse è diventata improvvisamente famosa durante la notte? Ha portato a termine un'operazione pioneristica e salvato la vita a un bambino? Poi la mia testa si schiarisce e lo sento.

«La polizia considera sospetta la sua morte e chiede a chiunque abbia visto qualcosa di mettersi in contatto con le forze dell'ordine».

Capitolo ventisei

Ho le allucinazioni, vero? La bionda stella luminosa del suo Instagram. La donna da cui sono stata ossessionata per settimane. La donna che mi sembra di conoscere così bene, con cui potremmo perfino essere amiche (ma non lo siamo). Nella foto è bella, felice, vivace e vitale.

Ma ora è morta.

Trattengo il respiro e provo a deglutire, ma la mia bocca è troppo asciutta. In TV c'è un giornalista fuori dal cottage.

Ero là solo ieri.

Non riesco ad accettarlo – ora c'è un'intervista con la vicina, quella che ho visto sbirciare da dietro la tenda di pizzo, sta dicendo che era una ragazza amabile e, anche se neanche la conosceva.

Avvoltoi.

Il telegiornale è finito, ma fisso ancora lo schermo, dove due persone ballano il tango e a quanto pare "sono arrivati i risultati del televoto". Non c'è da stupirsi che io stia impazzendo. Sono sorpresa che non ci siano in giro più pazzi, visto il modo in cui si passa così rapidamente dal delitto in diretta ai balli da sala. Mentre la donna scalcia e vortica e l'uomo fa il matador, sto seriamente interrogando me stessa. Il tempo scivola via e improvvisamente Simon è tornato assieme ai ragazzi.

Sono stata l'ultima persona a vedere Caroline viva?

Non posso parlare di quello che so. Lo renderebbe troppo reale e ho bisogno di pensarci, venirci a patti nella mia testa prima di dirlo ad alta voce. Caroline è stata uccisa. Ritorno immediatamente nella consueta modalità mamma, dove mi sento sicura, e preparo da mangiare, chiedo ai ragazzi di parlarmi del film, che a quanto pare era "pazzesco" e aveva come protagonisti i "fantastici" Puffi che, secondo Alfie, scoprono "il più grande segreto nella storia dei Puffi!".

«Wow», continuo a dire, e qualche volta aggiungo: «e poi che è successo?». Ma non ascolto. Simon è andato in salotto appena tornato a casa – chiaramente non è stato coinvolto dal film quanto i figli. Lui… sa?

Dopo aver dato da mangiare e fatto il bagno ai ragazzi e letto parecchie storie, sempre con il pilota automatico, torno giù in cucina. C'è Sophie, prendo uno degli iPad dei ragazzi, sperando per una volta che quello che ho visto in TV sia tutta una mia fantasia. Ho paura di avere la conferma della notizia, ma anche di non averla. Se c'è, Caroline è morta, altrimenti sono pazza.

Accedo e cerco su Google, e subito appare nel flusso delle ultime notizie: la brillante, radiosa Caroline, che stringe il bicchiere di vino e mi sorride.

«Sophie». Devo pensare a come domandarglielo – non voglio spaventarla. «Puoi dirmi se è questa la donna che era qui l'altra sera?».

Sophie alza lo sguardo e si avvicina, vede la notizia e, quando si porta la mano alla bocca, capisco che non me lo sono immaginato.

«Caroline Harker», dice, gli occhi pieni di orrore. «Merda, mamma, che è successo?».

Premo INVIO e guardiamo le notizie, terrorizzate ma nello stesso tempo ipnotizzate. Come se il corpo che stanno caricando sull'ambulanza non fosse di qualcuno che conosciamo. E invece lo è… è di una persona che conosciamo molto bene. «Penso che sia stata accoltellata», dico, leggendo e sentendo un brivido percorrermi la schiena. Quante volte avevo desiderato che quella donna morisse? Avevo immaginato il suo corpo ripiegato dentro la carcassa di una macchina, in fondo a un parcheggio, fracassato, il suo bel viso irriconoscibile. Ma allora era solo frutto della mia condizione mentale. Ero turbata, un po' sovreccitata, era tutta una fantasia nera e orribile. Non avrei mai fatto una cosa del genere. O no?

Il cellulare di Sophie vibra, e lei torna presto nel suo mondo di messaggi e rabbia adolescenziale, quasi dimentica di Caroline, mentre sale al piano di sopra, la faccia incollata al telefono.

Sapendo che ormai non ci sono dubbi, che non mi sono immaginata e che non ho frainteso quanto è successo, corro da Simon, che nemmeno alza lo sguardo.

«C'è qualcosa che devi vedere». Gli metto di fronte l'iPad, ma prima di respingerlo, alza lo sguardo verso di me, ed è l'espressione sul mio viso che lo spinge a guardare lo schermo.

«Cristo», dice, afferrandolo dalle mie mani, tirandosi su a sedere lentamente, il viso livido. Poi accende il canale delle notizie, e scorre il telefono allo stesso tempo. «Oddio, cosa è successo? È terribile… terribile». Penso che potrebbe mettersi a piangere. E anch'io.

«Dobbiamo chiamare la polizia. Dobbiamo parlare con qualcuno», dico.

«Per dire che cosa?». È sorpreso.

«Che la *conosciamo* – cercano testimoni. Non è stato un suicidio, Simon, qualcuno l'ha uccisa, è stata accoltellata… era da noi l'altro ieri. Io ieri sono stata da lei».

Si ricompone e poi dice con grande calma: «Ed è proprio questa la ragione per cui non dovremmo chiamare la polizia».

«Che cosa?»

«Hai avuto un diverbio con lei davanti a testimoni nella tua cucina. E poi ieri eri là… e ora lei è… Be', ecco. Ti immagini come può sembrare la cosa?. Verosimilmente sei stata tu l'ultima a vederla viva».

«Sì, e proprio per questo dovrei chiamare la polizia…».

«Non mi ascolti. L'hai accusata di essere incinta di tuo marito».

«Lo so, ma questo non fa di me un'assassina. Sono stata lì ieri e abbiamo parlato, tutto qua… le ho anche portato un regalo. Abbiamo fatto pace. Simon, chi l'ha uccisa deve essere arrivato dopo di me».

«Ma chi…».

Aspetto un momento e poi dico esattamente quello che ho in mente. A che serve tenerselo dentro ora?

«Tu?»

«Non essere ridicola… perché avrei dovuto farle del male? Lei è…».

«Porta in grembo il tuo bambino? Non dobbiamo più fingere che me lo sia inventato. Eri là ieri sera. Eri con lei, vero?»

«No no non ero… O mio Dio…». Lascia cadere l'iPad per terra. Sono in piedi di fronte a lui mentre mi guarda dalla sedia. I suoi occhi sono strani e oscuri; non l'ho mai visto così. «Marianne. Quando lei ti ha detto… del bambino, che era mio…le hai forse fatto…del male?»

«NO, NO. Simon, ma che cazzo». Immagino che la cosa possa sembrare sospetta, ma lui non può mettermi con le spalle al muro. A questo punto, potrebbe anche essere stato lui.

«Ma eri ossessionata. Ricordi davvero di aver lasciato il suo cottage?»

«Sì, naturalmente», sbotto. Ma non lo ricordo. No.

Afferro il telefono. «Devo chiamare la polizia».

Si alza; mi prende il braccio e stringe. «Eri là ieri… sei rimasta a lungo, qualcuno ti ha visto, hai toccato qualcosa?»

«No… sì credo… ma…».

«Bene, le tue impronte saranno dappertutto… e avevi avuto un diverbio con lei la sera prima… eri ossessionata da lei e quando sei andata al cottage ti ha detto del bambino… il *mio* bambino…».

Sono in piedi davanti a lui, corrucciata, semplicemente corrucciata. Provo a mostrare il mio disappunto per come stanno andando le cose, ma provo anche a ricordare cos'è successo ieri al cottage. Sono andata a trovarla, le ho dato la borsa e i fiori, aveva un livido sul polso che provava a nascondere, abbiamo bevuto il tè dalle tazze con i cuoricini, mi ha detto la verità e me ne sono andata. O no?

«C'è poi la piccola questione delle tue condizioni mentali, i tuoi precedenti – un'aggressione a una persona con cui pensavi erroneamente che avessi una relazione».

«Non era un'aggressione e lo sai. Le ho solo versato della birra addosso...».

«Sei stata denunciata per aggressione, hai un precedente penale. Hai anche perseguitato Caroline online, mettendo i like a tutti i suoi post Instagram, solo per farle capire che la stavi guardando. E che dire delle chiamate notturne, dello strano pranzo, dell'ancora più bizzarra festa a sorpresa in occasione della quale tutti hanno assistito al tuo crollo? Per non parlare del fatto che, il giorno dopo, sei andata al cottage di Caroline per farle visita senza dirlo a nessuno. Mi sono perso qualcosa?».

Non rispondo – cosa posso dire? Per una volta quello che dice è tutto vero. Mi fa pensare a un pubblico ministero che tiene la sua arringa finale, e non ha ancora concluso.

«Oh, certo... alla fine, la morte di una bambina, della *tua* bambina – affidata a te».

Ora dubito di me stessa, ma so che questo è il perverso potere di Simon. Dà sempre la colpa a me, e io l'accetto sempre, e con gratitudine. Ma ora non più. Vorrei solo poter ricordare cosa è successo. Pensavo che fossimo diventate amiche, che ci comprendessimo. E tuttavia... tuttavia ricordo di aver dubitato di lei, di essermi chiesta se fosse abbastanza forte per dire di no a Simon. Temevo che lui avrebbe potuto convincerla a stare con lui, mandando via me. Fino a che punto arriverei per tenermi i ragazzi? Farei davvero qualcosa di così terribile? Lo farei? Lo potrei fare? Non credo, ma non lo so, perché le pillole mi confondono, e sono stata molto stressata. Una volta ho tirato una pinta di birra contro una barista dietro un bancone. Una volta ho scritto oscenità sulla pagina Facebook di una donna perché pensavo che fosse con Simon. Chissà che diavolo farei sotto pressione? Neanche io lo so.

Sono pazza... sono pericolosa? Sono un'assassina?

Provo a concentrarmi. Non posso lasciare che mi convinca di averla uccisa, però davvero non lo so e più ci penso...

«Comunque, dov'eri *tu* ieri sera, Simon?», mi sento improvvisamente dire.

«Ero con David».

«Spero che David garantisca per te, se le cose si mettono male».

«Per Dio, Marianne, perché mai avrei dovuto fare una cosa del genere a una donna con cui ho una storia?»

«Caroline mi ha detto che con te aveva chiuso, che era sconvolta. Si odiava per quello che stava facendo a me e ai bambini. Non credo proprio che tu possa aver accettato che ti piantasse e se ne andasse via».

«L'avevo accettato, invece. Ero d'accordo che ci dovessimo separare. Le ho detto che avrei mantenuto il bambino fino ai diciotto anni, purché potesse provare che era mio».

«Che romantico d'altri tempi».

«Non sono uno stupido».

«No, e nemmeno lei, perché si era resa conto di quanto tu sia malvagio, e visto che potevi far del male a tua moglie e ai ragazzi non eri capace di essere l'uomo che stava cercando».

«Sciocchezze. Come al solito stai fantasticando».

«Come stavo fantasticando sulla tua relazione con lei e sul bambino? So esattamente che cosa accadeva e non era nella mia testa – era vero, l'ho visto nero su bianco. Mi volevi fuori dai giochi in modo che Caroline si trasferisse, prendesse il controllo della casa, dei bambini, e tu potessi continuare a fare carriera. Poi con il tempo ti saresti stancato di lei, e saresti passato a un'altra. Caroline era il modello nuovo di zecca. Il vecchio modello ormai defunto doveva essere rinchiuso e messo nell'impossibilità di causare altri problemi, lanciare pinte sulle bariste, accusare ogni donna nel raggio di dieci chilometri di andare a letto con te. Ma Caroline aveva carattere, nascosto da qualche parte in quella sua spina dorsale così flessibile. Quando mi ha conosciuta, si è resa conto che non ero la sventurata pazza rinchiusa nella soffitta di *Jane Eyre,* come tu le avevi raccontato, perciò si è rifiutata di aiutarti a distruggermi, e per questo ti ha detto addio. E a te gli addii non piacciono, vero Simon?»

«Oh, Marianne, stai sproloquiando di nuovo...».

«La polizia troverà le tue mail. So che c'erano».

Ride – ride davvero. «Sì, probabilmente possono ancora trovarle, ma io non nego di aver avuto una relazione. Le mail mettono te decisamente al centro della vicenda. Caroline è stata uccisa da una moglie gelosa. È stato l'atto di una donna tradita; la polizia lo scoprirà presto».

O Dio, ha ragione? Non so cosa credere. Non so a chi credere, compresa me stessa. Ma è evidente che non sono solo io a vacillare, perché Simon è bianco come un lenzuolo ed è appena andato in bagno. Sento i suoi conati di vomito e non so se la sua reazione dipenda dal fatto che è turbato o dal fatto che è colpevole... e se invece pensasse che sono stata io?

Non avrei dovuto prendere quelle dannate pillole, mi sento così fuori di testa. Vorrei poter ricordare tutto con più chiarezza, ma una cosa la ricordo in modo certo e netto: odiavo Caroline e avevo desiderato che morisse.

Capitolo ventisette

Ho paura. Mi torna in mente l'arrivo della polizia quando morì Emily. Stavo ancora gridando e provando a svegliarla. Non potevo credere che fosse morta; lei era tutto per me. Ma la polizia aveva un atteggiamento prudente, nessuna comprensione – finché il coroner non avesse deciso che si trattava di una "morte accidentale", era meglio tenere presente che le cose potevano anche essere diverse da come sembrano. E ora che questo evento ha riportato tutto a galla mi sento colpevole di un crimine che non credo di aver commesso.

Continuo a controllare le notizie sull'iPad. *Dov'era Simon ieri sera?* Scorro tutte le informazioni. Leggo e rileggo gli stessi fatti, ma tutto quello che vedo è che c'erano ferite multiple da coltello. *Dov'era Simon ieri sera?* Appare di nuovo il viso sorridente di lei, aveva tutte le ragioni per vivere. E forse anche una qualche ragione per morire? C'è il cottage, il dannato cottage con la sua grande porta di legno e la vicina ficcanaso. È venuta subito fuori da dietro le tendine di merletto per ritagliarsi i suoi quindici minuti di celebrità, vero? Forse è stata l'ultima persona a vederla viva? MA DOVE DIAVOLO ERA SIMON IERI SERA?

Se era con David, perché non me l'ha detto prima, invece di inventarsi che era con un amico? Forse è andato da David dopo aver accoltellato la sua amante, e il figlio non nato.

E ora è nel bagno a liberarsi.

Vorrei mettermi a urlare. Mi sento in fiamme. Sono sconvolta per lo shock e l'incertezza.

Al notiziario arrivano nuove notizie. Una donna anziana, in piedi accanto a un uomo. Oh no, sono i genitori di Caroline. Il nome della madre è Alice. Ho il cuore spezzato per lei.

So cosa si prova a perdere la propria bambina, Alice.

Sta dicendo: «Se qualcuno sa qualcosa…».

Il marito la sostiene. Vorrei abbracciarla e tentare di consolarla. Ma non posso. Perché non c'è consolazione possibile.

La morte della tua bambina ti segnerà per sempre, Alice, e ti sveglierai ogni mattina e per quel primo minuscolo momento prezioso avrai dimenticato che non lei non c'è più. E poi l'oscurità ti avvolgerà di nuovo come nebbia e vorrai morire per stare con lei. E per il resto della tua vita per te ogni giorno comincerà e finirà così.

Se ho qualcosa a che fare con la morte di Caroline, non merito di stare qui in questa bella casa, con i miei tre ragazzi perfetti che dormono. Se ho causato ad Alice anche solo un frammento, anche solo un briciolo dell'angoscia che ho provato io, allora devo pagare.

Afferro il telefono proprio mentre arriva Simon. Non l'ho mai visto ridotto così. Non riesco a capire cosa pensi o cosa stia provando. Non sono sicura di volerlo sapere.

«Marianne, non farlo», dice fermamente quando vede che ho il telefono in mano. «Non puoi chiamare la polizia. Quante volte devo dirtelo… Non farli venire… Ti arresteranno».

«Mi arrestino pure. La polizia farà quel che deve, ma non vivrò nella menzogna, Simon, l'ho fatto per troppo tempo».

«Di che stai parlando?». Sembra esasperato.

«Mi sono seppellita così profondamente in questo matrimonio che non so più chi sono. Con gli anni mi hai reso così paranoica, così bisognosa di affetto, così colpevole, con i tuoi giochi e le tue accuse. Non so che cosa è successo ieri sera, ma in ogni caso dobbiamo entrambi assumerci le nostre responsabilità, perché credo che questa giovane donna sia morta per colpa di uno di noi due».

Ma chi di noi due?

«Uno di noi due? Marianne, c'è solo uno di noi che potrebbe averlo fatto, che è capace di farlo. Non appena arriva qualcuno che minaccia la tua esistenza tu provi a liberartene. E sembra che tu l'abbia fatto anche questa volta».

«Non ti ascolto più. Non posso, perché ti ho ascoltato per anni, e guardami. GUARDAMI, SIMON!».

Siamo insieme nella nostra bella tomba, sepolti vivi sotto le macerie dell'inganno e della colpa, e non riesce a guardarmi. Non riesce davvero a incontrare il mio sguardo.

Prendo di nuovo il telefono e questa volta Simon non mi ferma. Sa che ho ragione io. Ma lo sa perché è stato lui o perché è sicuro che sia stata io? C'è solo un modo per scoprirlo. Compongo il numero apparso nelle news riservato a "chiunque abbia informazioni". Non credo che ci sia nulla di peggio che perdere un figlio. Ho lottato contro questo dolore con tutta me stessa per così tanto tempo che sento il dovere di aiutare Alice a scoprire chi ha ucciso sua figlia. Anche nel caso fossi stata io.

Capitolo ventotto

Nel giro di un'ora dalla mia chiamata si sente bussare alla porta. Simon e io non abbiamo spiccicato una parola, siamo rimasti seduti in cucina ad aspettare.

Morti che camminano.

Lui sta seduto su uno sgabello al piano di lavoro. Io sono appoggiata ai mobili della cucina, le braccia conserte, lo sguardo perso nel vuoto. Dietro di me c'è il mio sfondo bianco brillante, le belle pareti chiare, i dannati piani di lavoro di marmo Calacatta Oro. Quasi rido di me stessa. Questa è la cucina che credevo potesse cambiare la mia vita, farci tornare uniti. Una nuova casa, un nuovo inizio – una cucina all'avanguardia dalle linee essenziali, con i mobili di quercia europea ecosostenibile. Che buffonata. Quanto ero diventata superficiale. Ora so che ci vuole molto più di una cucina di lusso per guarire da un disastro come il nostro, e tutti gli spray antibatterici del mondo non riusciranno mai a spazzare via la sporcizia che siamo riusciti a creare tra noi.

Aspettiamo in un silenzio pesante, i bambini dormono al piano di sopra, beatamente all'oscuro dell'uragano che sta per abbattersi sulle loro vite e che cambierà ogni cosa. Quando si sveglieranno domani, nulla sarà più come prima; sento scendermi sul viso una lacrima fredda e guardo Simon, che ha la testa tra le mani.

Questo è tutto quello che siamo ora.

Uno di noi sa chi è stato, ma nessuno è pronto ad ammetterlo o, nel mio caso, a scavare più in profondità per scoprirlo.

Non sono mai stata davvero brava ad andare a fondo, a spingermi sotto la superficie per vedere cosa c'è sotto, perché, sulla base della mia esperienza, di solito sotto c'è qualcosa che non voglio vedere.

«Se pensi che ti stia mentendo di nuovo, puoi togliertelo dalla testa», dice improvvisamente Simon rompendo il pesante silenzio. Un odore stagnante resta sospeso nell'aria – il suo odio per me impregna l'atmosfera intorno a noi come una coltre di nebbia.

Ho preso altri 30 milligrammi di Mirtazapina, una dose leggermente più bassa, ma ha comunque un effetto tremendo. Non avevo scelta. Nel petto mi palpitava un'ansia crescente, avevo il volto accaldato e il cuore che batteva troppo veloce. Eppure, nonostante l'appannamento prodotto dai farmaci, qualcosa mi riporta in superficie – come una donna che sta per annegare, combatto per la sopravvivenza. So che se ho fiducia in me stessa e nella mia verità, potrò farcela, e per quanto possa rivelarsi doloroso, cercherò di tenermi in piedi. So cosa mi aspetta, perché in passato ho vissuto la stessa esperienza: dieci anni fa il viso della mia bambina come porcellana, il suo corpo freddo e la mia mente che pensava freneticamente mentre urlavo e piangevo disperata. E quando siamo arrivati al pronto soccorso mi hanno trattato con cautela, perché non sapevano se avessero a che fare con una madre in lutto o con una killer. Ma io non mi curavo del ruolo che mi attribuivano nella loro ricostruzione, né delle mie stesse argomentazioni. Sapevo solo che la mia bambina era morta e che avrei voluto seguirla. Avrei dato la vita per Emily, e se la polizia credeva che l'avessi uccisa io, la prigione andava bene quasi come la morte.

«I detenuti infliggono duri castighi ai compagni di cella che hanno fatto del male ai bambini», mi aveva sussurrato Simon all'epoca, e io ero contenta. Accoglievo ben volentieri la mia espiazione; tanto più se sanguinosa e dolorosa. Le settimane si trascinavano, e attraverso la nebbia del cocktail di farmaci tutto quello che ricordo è il suo odio. Mi toccava solo per fare sesso; era brutale e doloroso, ma era quello che mi meritavo e quando mi riempiva del suo astio io gliene ero grata. Tutti gli altri erano solidali, dal mio medico curante all'assistente sociale, tutti a piagnucolare attorno a me, a dirmi quanto fosse orribile la tragedia che mi aveva colpito, ma io non meritavo la loro comprensione. Avevo lasciato morire la mia bambina accanto a me e Simon mi strappava il cuore, che era già a pezzi, lo frantumava contro le rocce, lo passava al frullatore e poi me lo restituiva. E mentre io mi autoflagellavo, lui ogni giorno mi ricordava che tutto quello che dovevo fare era solo tenerla in vita, e non ci ero riuscita. Simon non mi imbottiva di luoghi comuni, non mi toccava il braccio e non mi diceva che "con il tempo" sarebbe andata meglio – mi ricacciava nel buco nero impedendomi di vedere la luce. E io lo accettavo. Perché non volevo vedere la luce; mi sentivo più al sicuro nell'oscurità.

«Proprio come tua madre, dopotutto», diceva. «È un fatto genetico, sangue infetto», e per questo la morte di Emily era inevitabile, visto che era affidata a me. Ma non era abbastanza. Desideravo ardentemente altre punizioni, perché me le meritavo. E persino Simon non poteva farmi tutto il male che cercavo.

Più forte, più forte, non fermarti fino a quando non muoio.

Mi ricordo che ero nel bagno della nostra nuova casa, un edificio moderno con bovindi e un minuscolo giardino, tutto pronto per una giovane famiglia. Emily era morta da quasi due anni, e guardavo fuori il piccolo pezzetto di verde tutto curato, pensando a estati che non ci sarebbero mai state. Immaginavo la piscinetta di Emily, la bici con le rotelle, la festa di compleanno in giardino, palloncini luminosi che dondolavano sullo sfondo di un cielo blu. In una mano tenevo parecchi pacchetti di paracetamolo e nell'altra un test di gravidanza. Aspettavo allora, come aspetto ora nel ticchettio dell'orologio, il mio destino in sospeso – e solo quando è apparsa la linea ho capito che cosa sarebbe successo. Un altro figlio aveva bisogno di me, e nonostante tutto, nonostante la paura che le cose potessero ripetersi, io c'ero – per il nuovo bambino... per i due bambini, come poi si è scoperto... e ho buttato le pillole nel gabinetto.

Quando ho testimoniato durante l'indagine, ero troppo tormentata, convinta da Simon e da me stessa che la morte di Emily fosse tutta colpa mia, e che se solo avessi fatto le cose diversamente lei sarebbe stata ancora con noi. Le avevo dato da mangiare troppo tardi, troppo poco, troppo presto? Era morta perché ero sdraiata accanto a lei? L'avevo soffocata girandomi? Avrei dovuto stare seduta accanto alla sua culla tutta la notte invece di portarla nel mio letto? È questo quello che fanno le altre madri, quelle "riuscite"? Non ho ascoltato nulla: le argomentazioni legali, la testimonianza del paramedico dell'ambulanza, Simon e il mio medico che assicuravano che a casa andava tutto bene (e Simon da allora mi ha rinfacciato di "aver mentito" per me). Dopo il verdetto ricordo di essere rimasta in piedi davanti al coroner, singhiozzando e chiedendo: «Ho ucciso io la mia bambina?». Lui ha assunto subito un'espressione compassionevole e mi ha rassicurato, dicendo che Emily era deceduta per la cosiddetta "Sindrome della morte improvvisa del lattante", e che io non avevo nessuna colpa.

Ma questo non mi ha impedito di sentirmi colpevole. E non ha impedito a Simon di convincersi che fossi stata io. E mentre aspettiamo che bussino alla porta mi sento come se fossimo tornati indietro proprio a quel momento, ed è di nuovo tutta colpa mia.

Anche se siamo entrambi in attesa, e sappiamo esattamente cosa sta per succedere, facciamo un salto quando sentiamo bussare bruscamente alla porta. Mi avvio riluttante verso l'ingresso sentendo il formicolio nella punta delle dita. Ma Simon scende dallo sgabello e passandomi davanti, allunga la mano per impedirmi di arrivare prima.

«Me ne occuperò io», sibila. «Questa potrebbe essere la tua fine... te ne rendi conto? Non vedrai più i bambini, Marianne. I *miei* bambini non frequenteranno mai una prigione».

Ha ragione – mi puniranno severamente, e non posso nemmeno dire di essere innocente, perché forse non lo sono. Posso alzarmi in tribunale e giurare che non l'ho fatto? Non lo so. E quando mi interrogheranno? Prima che mi condannino riuscirò a convincerli a prendere in considerazione un altro sospetto, che a sua volta aveva un movente? Mio marito per esempio?

Ora sono all'ingresso, a pochi metri da Simon; le figure sfocate sono sul gradino mentre lui accende la luce della veranda e si gira per darmi un ultimo sguardo di avvertimento. Non mi fido di lui. Anche mio marito sta combattendo per la sua vita e so che, se ce ne fosse la necessità, non esiterebbe a lanciarmi dalla torre. Il mio obiettivo non è accusare Simon, voglio solo scoprire la verità. Se sono stata io a uccidere Caroline, allora accetterò la punizione – ma invece per Simon questa è una battaglia tra noi due. E di solito vince lui.

Mentre apre la porta, mi faccio coraggio. Ho davvero tanto per cui lottare.

«Mia moglie si trova in uno stato di grave afflizione». E questa è la sua prima mossa, una frase che di sicuro non mi mette nella luce migliore agli occhi delle due donne dallo sguardo severo che sono in piedi nell'ingresso. Quella un po' più anziana, si qualifica come l'ispettore Cornell e l'altra, a quanto pare, è il sergente Faith.

«Sua moglie ci ha chiamato...», comincia l'ispettore Cornell.

«Sì», dice Simon, «ma dovete sapere che mia moglie non è stata bene». Si è piazzato tra me e loro, come se mi stesse proteggendo dalla polizia. Ma conosco il suo gioco – sta pro-

vando a impedirmi di raccontare la mia versione della storia.
«Ma naturalmente potete provare a parlare con lei. Ieri sera, dopo aver visto Caroline, è rimasta molto sconvolta, ma sono sicuro che non abbia nulla da nascondere», dice.

Vorrei protestare – mi sta facendo apparire colpevole prima ancora che mi abbiano interrogato, con la sue false preoccupazioni. Potrebbero anche arrestarmi subito.

Non posso vedere la sua faccia ma non ho problemi a immaginare la sua espressione: dispiaciuta. Vuole dare l'impressione che stia tentando di coprirmi per un possibile crimine. Sono furiosa, così furiosa che vorrei prenderlo a calci e pugni. Ma devo restare calma. Devo essere sincera con loro e sincera con me stessa – niente finta felicità, niente finta vita perfetta. Non più. È giunto il momento di dire la verità.

Capitolo ventinove

Simon accompagna l'ispettore Cornell e la sua collega nel soggiorno, dove mi presento. Ci diamo la mano e Simon propone di spostarci in salotto.

«Possiamo offrirvi da bere… tè, caffè?», chiede.

Sono sollevata quando Cornell scuote la testa – e Faith non può accettare, visto che il suo capo ha rifiutato. So chi sarebbe stato mandato a prendere da bere per le agenti e sono determinata a non lasciarlo da solo con loro. Dio solo sa che direbbe di me.

Ora sono seduta davanti alla poliziotta e Simon è rimasto in piedi in mezzo alla stanza frapponendosi tra noi in modo piuttosto sgarbato, per impedirci di guardarci faccia a faccia.

«Lei ci ha chiamato, signora Wilson – pensa di poter essere stata l'ultima persona a vederla viva?». Cornell deve sporgersi per parlarmi.

«Ti dispiace, Simon?», dico e gli faccio cenno di spostarsi.

Simon mi dà un'occhiataccia e per una frazione di secondo sembra che voglia uccidermi. È così nervoso che credo si sia quasi dimenticato che abbiamo "ospiti". Poi si rende conto che non siamo soli e che, per una volta, gli tocca fare come dico io.

«Sì… Potrei essere l'ultima persona ad averla vista». Aspetto che Simon mi interrompa, che aggiunga che in realtà è stato a casa sua dopo di me. E poiché non lo fa, lo chiarisco io. «Però penso che mio marito possa anche essere passato… più tardi, penso. Ho ragione, Simon?». Tutte e tre rivolgiamo lo sguardo verso di lui e Cornell si gira per fissarlo in faccia. Le mie parole hanno risvegliato il loro interesse.

Lui gira per la stanza, strofinandosi le mani come se fosse in attesa di qualcosa. Non l'avevo mai visto così prima – è messo male, e mi chiedo se l'abbia davvero uccisa lui. In tal caso proverebbe ad accusare me? Non ne dubito neanche per un attimo.

Che cosa nascondi, Simon?

«Allora, possiamo stabilire che tipo di… relazione aveva lei con la vittima, signor Wilson?», dice Cornell tamburellando sulla penna le dita tozze. Il nervoso andirivieni di Simon la infastidisce, sembra sollevata quando alla fine si siede, sempre strofinandosi le mani, in grande agitazione.

«Una collega…», è tutto quello che dice, e so che negherà di essere stato qualcosa di più.

Perciò, con suo orrore e imbarazzo crescente, io espongo ogni cosa. Comincio dall'inizio. «Ho supposto che mio marito avesse una relazione – abbiamo avuto anche in passato problemi di questa natura». Quando dico queste parole lui mi interrompe, con una gran voglia di precisare che le volte precedenti mi ero sbagliata.

«Mia moglie tende a vagare con la fantasia… non è colpa sua, è malata di mente…», esordisce, ma Cornell è troppo assorbita dalla mia storia. Sia lei che Faith stanno prendendo appunti.

Cornell è chiaramente una poliziotta vecchia scuola, come quelle che si vedono nelle serie televisive, con i capelli tirati all'indietro, senza trucco, senza fede matrimoniale. Dubito che quelle unghie rosicchiate abbiano mai graffiato la schiena di un uomo durante il piacere sessuale. Che cose buffe ti vengono in mente quando potresti essere arrestata per omicidio.

«Signor Wilson, sto raccogliendo la dichiarazione di sua moglie – se mi permette di continuare, raccoglierò la sua dopo».

Lui è contrariato, non ama che qualcuno, soprattutto una

donna, gli dica cosa deve fare, e si mette a sedere a braccia conserte come un bambino imbronciato, mentre io continuo a parlare, interrotta dalle domande dell'ispettore. Quando arrivo al punto in cui sono andata a trovare Caroline, lei si rianima e si piega in avanti.

Appena termino, mi sento più libera. Ho detto tutto, con calma e in ordine, senza mezze verità, senza bugie. Ho esposto ogni cosa e sono fiduciosa che scopriranno cosa è successo – e chi è il colpevole.

Quando Simon parla con le poliziotte della sua "amicizia" con Caroline dice che erano "intimi" e si professa «preoccupato che mia moglie possa avervi dato una versione piuttosto drammatica degli eventi». Evidentemente pensa che queste donne siano stupide, ed è il vero problema di un uomo brillante ma arrogante – è convinto che nessun altro possa ragionare con la propria testa. Credo che il fatto che siano donne lo renda certo di poterle manipolare, come ha manipolato Caroline e Dio solo sa chi altro. Ma nessuno mi crederà. Voglio gridare che sta mentendo, che non ho fatto niente, ma non ci riesco. E Simon parla e parla, così accattivante, sicuro di sé e affidabile – tutte qualità che io non ho.

Alla fine le mie paure peggiori prendono corpo, quando l'ispettore Cornell mi informa che sono in arresto per l'omicidio della dottoressa Caroline Harker. E quando me lo comunica vengo presa da un attacco di panico – come posso convincere la polizia che non sono stata io, quando non riesco nemmeno a convincere me stessa?

Capitolo trenta

È tutto così sconvolgente. Ho avuto un incontro con un avvocato e ora sono in una cella della stazione di polizia con un piccolo sportello aperto in modo che possano vedermi e controllarmi di tanto in tanto. Mi sento come un animale in uno zoo. Sono uscita di casa con gli abiti che avevo addosso, ho consegnato il telefono e le chiavi e ora fisso un bicchierino di carta con il caffè che sta lì davanti a me. È tiepido e si raffredda ogni minuto che passa, ma non oso berlo perché potrei vomitare. Sto tremando di paura e mi sento come se mi avessero tolto la pelle e fossi rimasta senza protezione, proprio come le pareti che mi stanno intorno, coperte di pittura in modo approssimativo.

Pensavo di stare meglio, pensavo che il peggio fosse alle spalle, ma invece me lo sono portato sempre con me. Perché l'ho fatto?

Sono circondata dal nulla più assoluto, non ho giornali né altro da leggere, e non c'è niente qui dentro con cui possa farmi del male – ecco spiegato il bicchierino di carta del caffè. Non so che ora sia, quanto starò qui o cosa accadrà. L'unica cosa a cui penso con preoccupazione sono i miei figli. Tra poco si sveglieranno e non troveranno la loro mamma. Sophie riuscirà a capire cosa è successo, ma i bambini no.

La loro mamma è forse un'assassina?

Dopo quelle che sembrano ore, sento un fruscio fuori dalla cella. Uno sferragliare della serratura, poi vengo tirata fuori e condotta lungo un corridoio fino a un'altra stanza, dove mi aspettano l'ispettore Cornell e l'agente Faith.

Sono sedute l'una accanto all'altra a un tavolo piazzato di fronte alla porta. Quando entro Cornell non sorride, si limita ad annuire e a farmi cenno di accomodarmi davanti a loro. Faith si mette a sfogliare dei documenti che sono sul tavolo, il mio avvocato si siede accanto a me.

«Signora Wilson».

«Marianne... vi prego, chiamatemi Marianne», quasi le imploro. Queste cose possono degenerare in un attimo, lo so bene. Fui "interrogata" per parecchie ore dopo la morte di Emily, e quando provarono a farmi perdere il controllo e a farmi confessare qualcosa che non avevo fatto fu una delle peggiori esperienze della mia vita. Solo dopo l'autopsia la polizia cominciò a trattarmi in un altro modo, con maggiore comprensione e rispetto. Ma ora non è la stessa cosa; qui c'è un corpo trafitto da brutali pugnalate, e io ho un movente. La "buona" notizia, se vogliamo definirla così, è che stare da sola in una cella per ore mi ha permesso di concentrarmi e ricostruire la mia visita a Caroline, ma non riesco a ricordare, in realtà, di essermene andata. Ricordo la pioggia che scrosciava, le tazze di tè, lei che parlava di telefonate notturne di cui mi attribuiva la colpa, come Simon. Ma non le avevo fatte io... vero? Se fossi andata da lei con l'intenzione di farle del male o ucciderla, sicuramente avrei avuto la presenza di spirito di coprire le mie tracce e di nascondere i segni del mio passaggio. Cristo, praticamente ho fatto di tutto per farmi vedere dai vicini, salutando la signora ficcanaso e bussando alla porta di Caroline. L'ho perfino chiamata dalla cassetta della posta, come un maniaco, ma questo non mi aiuta, mi fa sembrare colpevole, mi fa *sentire* colpevole. Devo fare uno sforzo per concentrarmi su Cornell che ora mi sta dicendo che alcuni degli ospiti della festa a sorpresa che sono stati interrogati hanno confermato che avevo lanciato delle accuse nei confronti di Caroline Harker.

«Perciò... ha avuto un alterco con la vittima, signora?»

«Sì, ma non ho fatto nulla. Ho solo un po'… esagerato alla festa. Pensavo che avesse una relazione con mio marito. E in realtà ce l'aveva».

«Dunque, aveva una buona ragione per togliere di mezzo la dottoressa Harker?»

«Sì, ma non la volevo *morta*… voglio dire, forse ci ho… pensato… Senta, ero sconvolta. Credevo che Simon e lei avessero intenzione di prendersi i ragazzi…». Mi fermo. Non mi sto mettendo nella luce giusta e Cornell muore decisamente dalla voglia di accusarmi e arrestarmi nel giro di un'ora.

«Forse sono stata preoccupata, a volte disperata – ma non farei mai del male a nessuno… e comunque l'ultima volta che l'ho vista siamo in un certo senso diventate amiche».

«Veramente? Mentre lei si stava limando le unghie godendosi il servizio in camera, ospite di Sua maestà, l'agente Faith ha portato avanti le indagini». Naturalmente non mi risparmia un po' di humour da poliziotti, che non apprezzo per niente. «E ha dei precedenti». L'altra agente le passa il documento, da cui legge: «Diciotto mesi fa ha aggredito una barista». Detto questo alza lo sguardo e mi fissa. «Conferma ancora che non farebbe mai del male a nessuno?»

«Non l'ho *aggredita*, le ho solo lanciato un bicchiere di birra. Non le ho *fatto del male*».

«Cerchiamo di capirci sul concetto di fare del male. Di sicuro il suo gesto non le ha fatto molto piacere – ha dovuto prendersi sei mesi di riposo dal lavoro per il trauma subito».

«Certo, mi dispiace, ma ho sentito che si era presa sei mesi di permesso anche *prima* del fatto – probabilmente si era data "malata" per stare con mio marito», sbotto, e immediatamente me ne pento. Non mi conviene fare la figura di quella che bollirebbe il coniglio in pentola, come in quel film.

Cornell continua, come se la mia voce fosse un rumore fastidioso in sottofondo.

«Venerdì notte lei ha accusato in pubblico la vittima di andare a letto con suo marito – lei stessa dichiara di essere stata in ansia per il loro proposito di prendere in custodia i suoi figli. E la scientifica ha perquisito il cottage della dottoressa Harker. Ora stiamo aspettando i risultati del DNA. Pensa che troveremo qualche traccia di lei?»

«Sì... naturalmente. Voglio dire, io ero là. Sono stata in cucina, ho bevuto il tè, ho toccato una tazza, ho bussato alla porta... non saprei che altro». Sto cominciando ad andare nel panico e questo non può portare niente di buono.

Cornell non reagisce. «Sulla scena del crimine c'è una borsa che le appartiene... velluto verde con decorazioni marine. Suo marito l'ha identificata come una di quelle che fa lei...».

«L'avevo portata per regalargliela. Volevo fare pace».

«E non c'è niente di meglio che una borsa verde ricoperta di ricci di mare».

L'agente Faith fa un sorrisetto ma io abbasso gli occhi rigirandomi tra le dita il bicchierino ormai vuoto.

L'ispettore Cornell fissa le carte che ha davanti, presumibilmente i risultati della scientifica e le informazioni messe insieme dall'agente Faith. «Perciò, per riassumere la storia fino a questo punto, lei ha fatto una scenata perché era convinta che il suo maritino avesse una bella bionda in ufficio...».

«In sala operatoria. Si tratta di una collega. È un chirurgo».

«Comunque, una bella bionda sul posto di lavoro vuol dire la stessa cosa in ogni Paese del mondo – e glielo posso garantire per esperienza. A ogni modo... per farla breve, lei dà questa festa, la invita, la accusa di essere incinta di suo marito, la bionda se ne va furibonda e il giorno dopo lei la va a trovare». Si interrompe bruscamente e alza gli occhi dalle carte, con gli occhiali sulla punta del naso. «Immagino che capirà dove voglio andare a parare».

Non rispondo, mi limito a fissare il tavolo e a cercare di non piangere.

«E...». Torna ai suoi appunti. «Ci sono testimoni della sua...

come l'ha chiamata, festa *a sorpresa*?». Annuisco sentendomi molto stupida. Devo sembrare così patetica – la moglie tradita, la casalinga che si prende la rivincita finale con una dannata festa a sorpresa. Come mi è venuto in mente?

«E il giorno dopo», continua Cornell, «la dottoressa Harker viene ritrovata accoltellata a morte in casa sua, ovvero nell'appartamento dove lei ammette di essere stata solo qualche ora prima. Lei capisce il mio dilemma, signora Wilson?». Si piega in avanti, battendo la penna sul tavolo. «Non dico che sia stata lei, ma non si mette bene...».

«Sono finita in una serie TV, vero? Tutto questo non è reale. Vorrei essere a casa mia, a bere tè alla camomilla e a preparare i panini per i bambini per la scuola di domani. Non voglio stare qui, sotto accusa, a farmi trattare con sufficienza».

«Oh, cara». Cornell sta guardando un pezzo di carta e senza dubbio si prepara a lanciarmi un attacco a sorpresa.

«Che succede?», chiedo con ansia.

«E proprio ora che pensavo che le cose stessero diventando noiose. Abbiamo qui tal Jennifer Moreton, che sostiene che lei abbia minacciato di *uccidere* la dottoressa Harker...».

Jen? Che diavolo c'entra lei?

«No... oh, vi state sbagliando. Lei sapeva benissimo che non facevo sul serio. Io... era solo un modo di dire. Ho detto che *avrei potuto* ucciderla per quello che aveva combinato... Non intendevo dire che *volevo* veramente ucciderla».

«Oh, perciò di solito lei non intende dire quello che dice?».

Non intendevo... Oppure sì?

«No, voglio dire... sì... non dovete prendere alla lettera tutto quello che dico... Jen sapeva che non intendevo veramente farlo. Lo avreste capito anche voi, se foste state presenti...».

«Be', io non ero presente, o sbaglio?»

«Ascolti, quello che sto dicendo è che Jen fa un po' la primadonna. Ha sicuramente esagerato, ha estrapolato le frasi dal loro contesto...». Ora sono profondamente pentita di averne parlato con Jen – prego Dio di non aver detto qualcos'altro senza riflettere. Sono sicura che Jen non abbia agito con malizia; probabilmente non si rende conto delle conseguenze delle sue parole, apre bocca e chiacchiera, così senza pensare. Lo fa di continuo. Si lascia trascinare dalla foga del momento e non si rende conto dei danni che causa. «Naturalmente ha preso un abbaglio. Chi mi conosce sa che non sono capace di… una cosa del genere, ma suppongo che lei in fondo non mi conosca così bene…».

«Veramente? Al momento si sta prendendo cura dei suoi figli, e perciò spero proprio che non stiamo aggiungendo una minaccia imprevista alla lista dei potenziali problemi di questo caso».

Faccio parte di un "caso". Sono coinvolta in un omicidio, che mi piaccia o no.

Sono stata io?

«Perché è lei a badare ai miei ragazzi?»

«È stato suo marito a chiamarla».

«Spero stiano bene».

«Cosa intende dire?»

«Quasi certamente incaricherà la tata di accompagnarli a scuola mentre lei andrà al suo dannato centro benessere!».

«Quindi», continua l'ispettore Cornell, infastidita dalle mie preoccupazioni da genitore benestante sulla gestione dei bambini, «per tornare a quello di cui stavamo parlando… lei ha dei precedenti, un movente, probabilmente ci sono prove forensi, una vicina impicciona l'ha vista arrivare al cottage della dottoressa Harker e un'altra testimone, una sua buona amica per giunta, dice che lei le ha dichiarato di avere intenzione di uccidere la vittima. Cosa dovrei pensare, secondo lei?».

Non so cosa dire, ma so di non essere l'unica potenziale sospettata in questa vicenda.

«E le mail che Caroline e mio marito si sono scambiati? Lui le ha cancellate, ma certamente potete trovarle».

Cornell non solleva lo sguardo, continua a studiare le carte davanti a lei. «Tutti i vostri dispositivi saranno controllati», dice con aria distratta.

Questo non avrà effetti positivi per la mia difesa – devo aver cercato su Google Caroline Harker almeno mille volte sul cellulare per non parlare dei miei costanti agguati su tutti i suoi social media.

«Simon una volta mi ha spiegato come si può uccidere rapidamente una persona. Poiché è un chirurgo, sa esattamente dove è la giugulare...», insisto.

A questo punto, l'agente semplice apre bocca: «Mmm, l'assassino non sembrava certo di dove fosse la giugulare».

«Be', e se avesse fatto finta di non saperlo?», propongo.

«La vittima ha perso parecchio sangue, prima di morire. Non sembrava un'aggressione premeditata. Chiunque abbia ucciso la dottoressa Harker, lo ha fatto d'impulso – non era un gesto pulito, ma scaturito dalla frenesia». Faith si ferma un momento e mi guarda prima di ripetere: «Un attacco furioso di *gelosia*».

Distolgo lo sguardo. Questo è troppo, non posso sopportarlo. Ma prima che abbia la possibilità di riprendermi, Cornell mi assesta un altro colpo.

«La riconosce, signora Wilson?», e mi mostra la borsetta di velluto che ho dato a Caroline. Non capisco perché sono così interessate a questa borsa. Era un regalo. Perché non la mettono da parte, così andiamo avanti?

«Sì... è la borsa che ho fatto io, gliel'ho portata per regalargliela». Guardo da vicino la foto. La tracolla della borsa è rotta. È seta attorcigliata, molto resistente – la uso sempre per le tracolle, affinché possano sostenere roba abbastanza pesante, come un tablet, il cellulare e la trousse per il trucco... mi sorprende che sia strappata. «Che è successo?»

«Lo chiede a me?»

«Io non lo so».

«Delle fibre della borsa sono state trovate sul collo della dottoressa Harker e stiamo aspettando i risultati delle analisi, ma sembra che l'avesse indosso quando il suo assassino l'ha aggredita. Probabilmente le ha stretto la tracolla attorno al collo. C'è stata una rissa, la tracolla si è rotta – prima che la vittima venisse accoltellata con il coltello del pane».

«Dilettanti», dice Faith, scuotendo la testa sconsolata di fronte alla bassa qualità degli omicidi attuali.

Che posso dire, non ho la più pallida idea di cosa sia successo. Non credo di essere responsabile in alcun modo, ma già in passato persone del tutto innocenti sono state condannate per omicidio, non sarei certo la prima.

Il mio avvocato chiede di parlare da solo con me.

Le agenti escono e io lo rassicuro, dico che non so nulla della tracolla della borsa usata per tentare di strangolare Caroline Harker.

«Quando uscirò?», chiedo. Sono in ansia per i bambini.

Secondo il mio avvocato mi possono trattenere qui per ventiquattro ore. Dopo, se non hanno formalizzato l'accusa ma pensano ancora che sia "coinvolta", possono fare richiesta per fermarmi ancora più a lungo.

«Ti possono trattenere per un massimo di novantasei ore, dopo di che devono o accusarti formalmente o lasciarti andare», aggiunge.

Durante questa conversazione non faccio che piangere – la mia principale preoccupazione sono i bambini, e provo a tirarmi su pensando che almeno c'è Jen. Forse non è una madre perfetta ma perlomeno i miei figli la conoscono. Va sempre a prendere i gemelli alla lezione di francese (lo facciamo a turno), e una volta sono anche rimasti a dormire da lei per il compleanno di Oliver. Quanto alla povera Sophie… sarà così preoccupata. Simon non proverà a rassicurarla; è probabile che la convinca che sono malata, che sono un'assassina. Ma questo è solo l'inizio. E se fossi colpevole? E se mi condannassero a passare il resto della mia vita in prigione? Non rivedrò mai più i ragazzi; Simon non gli permetterà di farmi visita. Niente feste di compleanno, niente meravigliose pietre miliari della vita. Non andrò alle loro lauree, ai loro matrimoni… Non conoscerò mai i miei nipoti. Ricomincio a piangere.

Richard tenta di rassicurarmi, ma sono stanca e confusa e mi chiedo se queste siano le mie ultime ore di libertà. Ma non devo pensarci a lungo: Cornell e Faith sono rientrate, torno a essere una sospettata e l'interrogatorio riprende.

«Ora, abbiamo parlato con suo marito», dice Cornell. «C'è qualcos'altro che vorrebbe dirmi?»

«No».

«Può affermare categoricamente che non è stata lei?». Sono sorpresa da questa domanda imprevista.

Hai detto che secondo te sono stata io, vero, Simon?

Faccio una pausa. È ora di essere sinceri fino in fondo. «No, al cento per cento, non sono stata io».

«Davvero?», dice, raddrizzando la schiena come se si aspettasse una confessione.

«Mi ascolti, io sto dicendo solo la verità», ribadisco, e insisto sul fatto che la terapia mi stordisce e che è questa la ragione per cui non riesco a ricordare di essere andata via da casa di Caroline.

«Qual è l'ultima cosa che ricorda?», chiede in tono monotono, come se stessi usando la mia mancanza di memoria come una scusa, una specie di giustificazione da sfruttare al limite anche in tribunale.

«Ero confusa… potrebbe essere la malattia o la terapia… ma a volte non riesco proprio a ricordare. Non mi fido di me stessa». Mentre mi sento dire queste ultime parole, mi rendo conto che sto aggravando la situazione. Richard Black si agita sulla sedia e sappiamo entrambi che dire un "no comment" sarebbe stato molto più saggio.

Sono al novantanove per cento sicura di non aver ucciso

Caroline, è quella dannata terapia che mi lascia il rimanente un per cento di dubbio nella testa, e dopo una vita passata con uno come mio marito penso di essere più influenzabile di quanto dovrei. Se Cornell mi dice che ha le prove della mia colpevolezza e mi giura che passerò in galera il resto della vita – o qualche altra frase a effetto equivalente – probabilmente mi dichiarerò colpevole.

Cornell mi sta chiedendo ora di riesaminare ogni cosa un'altra volta, e le spiego delle mail e dei miei sospetti e di come Simon abbia provato a convincermi che mi ero inventata tutto.

«Penso… se non sono stata io, allora chi è stato? Mi chiedo, e se mio marito sapesse?»

«Davvero? Perché?». Sembra incuriosita.

«Be'… quando ho incontrato Caroline, lei mi ha detto che aveva chiuso con lui. Dubito che Simon ne fosse felice. Penso che, nel suo modo contorto, l'amasse. Di sicuro ha sofferto per essere stato lasciato, specialmente perché lei era incinta. Ve l'ho già detto, aveva un livido sul polso. Simon può diventare violento… sia in camera da letto che quando non ottiene quello che vuole».

«Le ha detto che era stato Simon a procurarle il livido?»

«Non esattamente, ma ho sentito che stava *cercando* di dirmelo…».

«Quello che lei *sente* non avrà nessun peso in tribunale».

«Sto solo dicendo sinceramente cosa penso, spero che voi o gli agenti della scientifica… possiate farvi venire in mente qualcosa di più concreto. So che è stato uno di noi due e credo sia stato lui», mi lascio sfuggire.

«La scientifica in questo momento sta passando al setaccio ogni cosa e ci vorranno dei giorni», dice, ignorando la mia ultima affermazione. «Dobbiamo anche considerare altri elementi. Sì, se è vero che la vittima lo stava lasciando, il dottor Wilson aveva un movente – è possibile che fosse arrabbiato con lei».

Annuisco con forza, d'accordo.

«Mi dica, Marianne, quanto è alta lei?», chiede all'improvviso, cosa che mi sembra un po' bizzarra. Avevo sperato che continuasse a farmi domande sul movente di Simon.

«Un metro e sessanta».

Lo annota, poi solleva lo sguardo. «Lei è mancina?»

«No, sono destra...». Che significa?

Annuisce. Non ho idea della rilevanza di queste domande ma sento che, se rispondo sinceramente, la verità verrà fuori.

«Non potete dirmi proprio niente?», chiedo. «Non vorrei rimanere all'oscuro... e sono preoccupata per i bambini».

Cornell scuote la testa e il mio cuore sprofonda. «Siamo ancora alla fase iniziale – e il pubblico ministero non formalizzerà l'accusa senza prove sufficienti. Ho lavorato nel corso degli anni su alcuni casi nei quali eravamo più che certi di sapere chi fosse il colpevole e non volevamo nemmeno passare attraverso la complicata fase preliminare... ma qualche volta, solo qualche volta, sbagliamo». Solleva lo sguardo dalle carte e mi perfora con gli occhi.

Tu sei convinta che io sia colpevole.

«Ora, lei ha detto che suo marito è uscito la notte in cui la dottoressa Harker è stata uccisa, è vero?»

«Sì, è uscito alle tre del mattino circa e non mi ha mai detto dove sia andato, solo che ha fatto un lungo giro in macchina ed è finito a casa di un'altra persona».

«Ehm, certo, e la persona in questione ce l'ha confermato, perciò ha un alibi per quella notte», ammette.

«Certo, non mi stupisce. In fin dei conti stiamo parlando del suo avvocato. Conosce la situazione – ci sono dentro insieme».

«Avvocato?». Guarda Faith, perplessa. «Non sapevo che la signora Moreton fosse avvocato».

«No, non *Jen*, io intendevo David. Simon è andato da lui».

«Non è ciò che dice suo marito – a quanto pare la signora

Moreton è stata così gentile da offrirgli di dormire a casa sua quella notte». Mi guarda, aspettando la mia reazione.

«Jen?»

«A quanto ci risulta. E lei conferma questa versione».

«Ma perché sarebbe andato da lei?»

«Chi lo sa? Le sembra strano?»

«Sì. La conosce a malapena...». E poi mi tornano in mente le sue risatine seducenti, il modo in cui aspettava di sapere se lui l'avrebbe accompagnata a casa alla fine della festa. Il grande interesse che dimostrava sempre nei confronti di tutto quello che aveva a che fare con i miei problemi matrimoniali.

Jen... e che cazzo!

«Crede che suo marito e la signora Moreton siano...».

«Non so più a cosa credere, ma mettiamola così, *posso* credere che abbia trascorso la notte con Jennifer Moreton. Il marito lavora lontano da casa... e le donne trovano difficile dire di no a Simon». Avevo immaginato ogni genere di tresca con altre donne, ma a quella non avevo mai pensato – Simon e Jen.

Non gli ci è voluto molto per trovare qualcun'altra da usare. Jen è stanca di suo marito, vuole disperatamente un'avventura. E questo spiegherebbe gli scontrini di cene e notti in diversi alberghi quando sono certa, grazie alle tracce online, che Caroline non era con lui. Dunque non aveva una sola amante. Si è preso gioco di Caroline e di me insieme.

«Lei ha confermato e gli ha fornito un alibi», continua Cornell. «Le impronte di Simon probabilmente sono ovunque a casa della vittima, com'è ovvio, ma questa non è una prova schiacciante, non ha mai negato di aver passato del tempo lì».

Cornell mi guarda dritto in faccia, e so esattamente cosa intende dire. I miei occhi si riempiono di lacrime, ho un tonfo al cuore. Sto per essere accusata di qualcosa che sono sempre più sicura di non aver fatto.

Capitolo trentuno

«Non lo vede che è Simon il colpevole? Jen sta mentendo come fa lui... Sì, potrebbe essere stato là, ma scommetto che Jen non può garantire che ci sia rimasto per tutta la notte». Per me la misura è colma.

«E invece lo garantisce».

Dio, non ci posso credere. Quando penso alle nostre conversazioni tra donne, la grande fiducia che avevo in lei... Deve essere andata di corsa da Simon; mi ha ingannato tanto quanto lui. E questo spiega anche come mai mio marito sapesse di dover cancellare il suo account di posta elettronica, *prima* che io gli parlassi delle sue mail – deve averlo informato Jen.

Cornell mi guarda, come se fossi in procinto di fornire un indizio, perfino una confessione, ma non posso. Non sono in grado di giurare di non essere stata io, ma certamente non posso dire di essere colpevole, e fino alla fine proverò a non cedere.

«Jennifer Moreton ha fornito a suo marito un alibi fino al giorno dopo, quando ha portato i suoi figli al cinema».

«Anche io ho un alibi. Ero a casa...».

«Ma lei ci ha detto che non ricorda il momento in cui se ne è andata dal cottage della vittima, ed essere a casa a dormire senza testimoni non costituisce un alibi».

«Deve avermi drogata».

«Secondo suo marito si è drogata da sola... e con una certa regolarità: era arrivata a un dosaggio davvero forte – 45 milligrammi di Mirtazapina... la dose abituale è circa trenta, secondo il nostro dottore».

«Il medico che mi segue mi ha detto che potevo alzare il dosaggio in caso di bisogno, e Simon continuava a insistere affinché mantenessi sempre quarantacinque milligrammi. Mi ha detto che il farmaco mi avrebbe aiutato… lui è un dottore. Gli ho creduto».

Alza le spalle, mi consente di continuare a sproloquiare ma non sono sicura che sia un buon segno.

«Ho avuto dei problemi… ho fatto cose stupide, a volte ho perfino perso il controllo – ma non lo farebbe anche lei se suo marito la tradisse in continuazione?»

«Certamente. L'omicidio di solito è un atto di follia improvvisa, una perdita di controllo, di razionalità – come credo lei sappia molto bene, signora Wilson».

Faith annuisce, d'accordo con il suo capo. «Succede. Una persona ti fa perdere il senno ed ecco fatto… come ho detto, si tratta di un'aggressione violenta, non c'è niente di premeditato sulla scena del delitto».

Ora mi metto a piangere e quindi il mio avvocato chiede che l'interrogatorio venga interrotto perché "la mia cliente è troppo stressata".

Vengo ricondotta nella piccola cella, dove mi stendo sul materasso nudo, mi porto le ginocchia al petto, mi chiudo a riccio e alla fine cado in un sonno confuso e agitato. Mi sveglio ogni tanto e di quando in quando un agente mi controlla, presumibilmente per assicurarsi che non mi faccia del male. Dopo la quinta o sesta occhiata, riesco a scivolare in un sonno più profondo. Sogno.

Sogno i miei bambini che attraversano un grande campo. Sono soli, Sophie tiene i ragazzi per mano e vedo una figura sinistra vestita di nero che li sta aspettando, grido loro di tornare indietro ma non possono sentirmi.

Mi sveglio urlando i nomi dei miei bambini; qualcuno mi sta scuotendo dolcemente.

«Marianne, signora Wilson… si alzi».

Sobbalzo, mi tiro su di colpo e vedo sopra di me un agente di polizia. Sono sconvolta, sospesa tra il sonno e la veglia, in allarme e ansiosa di notizie. «Che c'è? Che c'è? Mi portate in prigione… siete qui per portarmi via? Devo vedere i miei bambini».

«No, lei non sta andando in prigione, potrà vedere i suoi ragazzi oggi, all'uscita di scuola».

«Oggi?»

«Oggi», sorride.

«Davvero?». Mi metto a piangere. Non so come sia possibile.

«L'agente di custodia la rilascerà fra poco, ma sta arrivando Cornell – vuole dirle qualcosa prima di mandarla via».

Sto quasi per fare un salto di gioia. Tutto ciò è meraviglioso, incredibile. Sto forse sognando? Come è possibile?

«Signora Wilson, vedo che l'agente le ha già dato la buona notizia. Abbiamo il colpevole». Cornell entra nella cella, sfregandosi le mani. «Sì, mentre lei era qui a languire nella sua stanza d'hotel a cinque stelle, noi due ci siamo date da fare. E abbiamo lavorato bene, anche perché l'abbiamo trattenuta quasi trentasei ore, e questo significa che Faith avrebbe dovuto sciropparsi un mucchio di scartoffie per trattenerla anche un solo minuto in più».

«È meraviglioso, ma mi creda, questo non è un albergo a cinque stelle».

«No… è più una… *boutique*?».

Alzo le spalle. Ne ho abbastanza delle sue battute, voglio solo andare a casa dai miei bambini, ma ho bisogno di sapere.

«È stato Simon? L'avete arrestato?»

«Suo marito è stato accusato dell'omicidio della dottoressa Harker», dice con mio grande sollievo. «Devo dire però che a un certo punto le probabilità di colpevolezza tra voi erano alla pari. Entrambi avevate un movente, le impronte digitali di tutti e due erano evidenti sulla scena del delitto e stiamo ancora aspettando il test del DNA, ma suppongo che ora sia solo una formalità. A un certo punto abbiamo anche pensato che l'aveste uccisa *entrambi*, in uno di quegli omicidi tipo ménage à trois. I giornali ci avrebbero sguazzato», dice quasi tra sé e sé. «Ma non sembravate tipi da mettere su un triangolo perverso – considerata la sua gelosia».

Mi muovo a fatica dentro la piccola cella. Dopo tutto questo tempo non sopporto più gli spazi stretti.

«Sì, e sarà contenta di sapere che abbiamo recuperato le mail – passionali, per non dire di peggio…».

«Bene… sono state quelle a tradirlo, alla fine?», chiedo.

«In realtà è venuto qui… e ha confessato».

Sono sconvolta. Sapevo che, non essendo stata io, il colpevole doveva per forza essere lui, ma non mi ero mai aspettata che confessasse davvero – dopotutto la verità non è il suo forte.

«Sembra sorpresa, signora Wilson».

«Non sono… sorpresa che abbia confessato, ma solo che lo abbia fatto di sua volontà».

«Sì, è proprio quello che abbiamo pensato anche noi, ma le mail e le prove combaciano… aveva un movente, e come lei ha suggerito, era arrabbiato con la dottoressa Harker perché voleva chiudere la loro relazione. È andato lì la notte in cui è stata uccisa; le telecamere a circuito chiuso hanno inquadrato la sua macchina che va nella direzione del cottage. Secondo le prime indagini, la ferita e la traiettoria del coltello avevano un'inclinazione dall'alto verso il basso che suggerisce che, chiunque l'abbia accoltellata, fosse più alto della vittima di sette o dieci centimetri almeno, e mancino».

Simon è mancino e immagino che sia più alto di lei di una decina di centimetri, perciò tutto torna.

«Come mai avete pensato che potessi essere stata io?»

«Sono successe cose ben più strane. Del resto, signora Wilson, lei stessa pensava di poter esser colpevole».

Scrollo le spalle. Non dico altro – se lui ha confessato, per me va bene. Inutile aggiungere altre mie confuse considerazioni a tutto questo.

«Dunque, Simon è passato da Caroline e hanno litigato e poi lui alla fine l'ha accoltellata?», chiedo mettendomi addosso la coperta, raggelata al pensiero che sembra più una cosa da me: è difficile immaginare Simon che compie un gesto così avventato, così poco premeditato. Ma questo è quanto. Non ho mai davvero saputo chi fosse veramente mio marito.

Mi dispiace, Caroline. Nonostante tutto, vorrei aver potuto salvare te e il tuo bambino.

«Simon ha detto che era colpa di Caroline se aveva perso lei e i suoi ragazzi. Vorrebbe che tutto ciò non fosse mai successo. È curioso, non mi sarei mai aspettata che un uomo come lui fosse così...».

«Così?»

«Così agitato... sembrava molto freddo e controllato. Mi ero convinta che fosse stata una donna. Non saprei... istinto del mestiere?».

Dal modo in cui Cornell studia il mio viso per esaminare la mia reazione, immagino che sia ancora convinta che io sappia più di quanto dia a vedere, e che ci sia una specie di intesa tra marito e moglie. Forse pensa che lui abbia confessato per salvare me, ma so che non lo farebbe mai – anzi non vedeva l'ora di liberarsi di me. La prigione avrebbe funzionato perfino meglio di una clinica.

«Comunque, andiamo avanti a testa alta», dice Cornell riprendendo le carte. Non vede l'ora di mandarmi via. «Oh, me l'ero quasi dimenticato, suo marito mi ha chiesto in effetti di portarle un messaggio...».

«E cioè?»

«Sì, ha detto che vorrebbe che lei fosse la tutrice legale di Sophie in sua assenza... immagino che resterà in prigione per un tempo piuttosto lungo».

«Certo. Non potrei fare altrimenti. Mi piacerebbe adottarla. Simon si è sempre opposto. Penso che preferisse sfruttare la cosa come arma contro di me».

Posso a malapena comprendere tutto quello che sta succedendo; è come se Simon fosse stato improvvisamente travolto dai suoi sensi di colpa. Forse vuole farsi perdonare.

«Sembra che debba dare parecchie spiegazioni. In ogni modo, dovranno essere coinvolti i servizi sociali, ma per ora siamo più che felici di lasciarla andare. Oh, e poi voleva che le dessi questo». Mi passa un pezzo di carta con su scritto qualcosa e io un po' a fatica riesco a decifrarlo.

Marianne, hai ragione, forse non sono un padre perfetto, e neanche un marito adeguato. Ma farò qualsiasi cosa per i miei bambini. Di' loro che li amo. So che sarai in grado di prendertene cura. E Sophie sarà al sicuro con te. Simon.

A quanto pare l'orribile gesto che ha compiuto l'ha fatto ritornare finalmente in sé.

Troppo poco, troppo tardi, Simon.

«Può esserle di aiuto?», mi chiede.

«Un pezzetto di carta con su poche parole non aiuterà certo me e i ragazzi a riprenderci da quello che ci ha fatto passare. Non dubito che li ami, ma a parole è tutto facile, e lui non potrà mettersi alla prova nei prossimi anni come padre».

Lei solleva le spalle. «I ragazzi hanno lei, ed è abbastanza... staranno bene, vedrà. E anche lei starà bene. Stia tranquilla. Queste cose sono in grado di colpire dove fa più male».

«Grazie, ispettore Cornell», dico, e le stringo la mano.

«Mi chiami Janet... teniamoci in contatto», aggiunge.

«Va bene, a presto». Sorrido, mentre l'agente mi accompagna all'ingresso, dove mi restituiscono il cellulare, le chiavi di casa e la mia vita. Poi mi chiamano un taxi.

Esco nel sole invernale. Fa un gran freddo, sono ancora stordita per tutto quello che è successo, ma l'ispettore Cornell... Janet... ha ragione, andrà tutto bene. Meglio non avere un padre che averne uno come Simon Wilson. Salgo sul taxi in attesa, chiedo al conducente di portarmi alla scuola dei ragazzi, poi chiamo Sophie e le dico di raggiungermi là. Quando arrivo li stropiccerò tra le mie braccia e andremo a mangiarci gli hamburger, faremo progetti per il futuro, ci faremo degli scherzi cretini e canteremo le canzonacce che Simon non approva. Perché finalmente possiamo farlo.

Dodici mesi dopo

Il prossimo Natale sarà molto diverso dall'ultimo, da quando, cioè, Simon è stato messo sotto accusa. Avevamo ancora la casa, e per qualche altro mese ha continuato a prendere lo stipendio, ma subito dopo ci siamo dovuti trasferire in un piccolo appartamento, dove non ci sono querce europee o pareti tinte con i prodotti ecologici della Farrow&Ball. Niente corsi extra di francese, niente lezioni di tennis o musica per i ragazzi. Ma non c'è neanche più tensione, non si sta sempre sul chi vive, non c'è violenza – e mi sono disintossicata dalla dipendenza da farmaci. Ora ho capito che la nostra relazione è sempre stata un casino, fin dall'inizio. L'uomo pieno di difetti e la donna vulnerabile. Mi era consentito provare solo quello che lui voleva provassi. Ed ero felice solo quando lui voleva che lo fossi. Credo che il mio comportamento "ossessivo" fosse indotto dal fatto che Simon aveva davvero le relazioni extraconiugali che secondo lui mi inventavo. Sophie mi ha detto di averlo visto abbracciato alla barista. Mi ha anche detto che aveva intuito che l'amicizia di lui con la madre di una delle sue amiche era "strana". E poi c'era la mia cosiddetta amica Jen che, ora so, si era divertita in segreto con lui per un po', mentre non faceva che ripetermi che era schierata dalla mia parte. Forse alcune delle donne di Simon erano frutto della mia immaginazione, ma non si trattava di follia: la verità era che mi manipolava. Non mi interessa più. Sono solo arrabbiata perché non solo mentiva su quello che stava combinando, ma lo faceva passare per un *mio* problema, per una *mia* "malattia". Accuso Simon della morte della moglie Nicole – non direttamente, forse, ma sono convinta che fosse più che capace di indurre una donna a suicidarsi… e chi lo sa di che altro era capace? Sono solo felice di esserne uscita viva.

Perciò, con Simon fuori dalle nostre vite, non sono più ansiosa e maniacale, Sophie è tornata a mangiare, Alfie si è iscritto al gruppo di teatro della sua scuola e Charlie si agita soltanto quando si trova sul campo di calcio, dove è il goleador della squadra junior dell'istituto.

Ho tolto i ragazzi dalla scuola privata, che era una fissazione di Simon, ma ho un lavoro part time in un negozio del luogo e con l'eredità di Joy potrò mandare all'università tutti e tre, sempre che lo vogliano. Frattanto Sophie è rimasta qui per i pochi mesi dell'ultimo anno di scuola, perché era la cosa che desiderava e, in mezzo a tutto il delirio, ho sempre voluto che avesse un minimo di stabilità. Sophie era abbastanza grande per rendersi conto di tutto quello che stava succedendo. Era la più esposta, e ne ha pagato le conseguenze a lungo. Molte notti vorrei stringerla mentre piange fino a addormentarsi e penso che, nonostante sia passato così tanto tempo, lei si sia finalmente concessa il diritto, in assenza di Simon, di piangere la morte della madre. Sapeva più cose di quante pensassi, su me e Simon, e mi ha detto che suo padre faceva del male anche a Nicole. Si è sempre tenuta dentro tutto quel dolore, per la madre e per me. Dice di sentirsi in colpa per non essere stata in grado di salvare sua madre, per non aver impedito a Simon di farci del male. Le dico che forse non avrebbe potuto farci niente. Ma so che dovrà lavorarci sopra.

Per quanto sia colma di risentimento per come Simon ha trattato sua madre e me, sembra aver accettato il fatto che lui sia un assassino, e a modo suo forse lo ha anche perdonato. Insiste perfino per andarlo a trovare in prigione, il che mi sorprende. Dice che è pur sempre suo padre e che lo ama, cosa che mi rende fiera di lei – è una persona migliore di me, ma forse è solo il suo modo per fare i conti con il disastro che abbiamo dovuto affrontare.

Durante l'estate si è diplomata e, contro tutte le previsioni, ha ottenuto la media necessaria per iscriversi alla facoltà di Legge. Ne è fermamente convinta – ma si è presa un anno sabbatico, dice che vuole stare a casa in famiglia. Tutti noi proviamo la stessa cosa. Anche i ragazzi sono più appiccicosi; il nostro psicologo, nominato dai servizi sociali, dice che è un comportamento perfettamente naturale. Dobbiamo curare le nostre ferite, e il modo migliore è parlare tra noi apertamente di come ci sentiamo e passare del tempo insieme, come una famiglia. Il terapeuta dice che i bambini dell'età dei miei figli possono accorgersi di comportamenti violenti senza in realtà vederli, e senza che i genitori se ne rendano conto; questo può avere un effetto duraturo sulle loro vite e sulle loro scelte. Ma ci stiamo lavorando insieme. Non posso cambiare il passato ma posso contribuire a plasmare il loro futuro.

Penso ancora a Caroline. Mi sento colpevole per non averla salvata, e dopo il nostro ultimo incontro mi chiedo perfino se saremmo potute diventare amiche. Siamo state entrambe distrutte dallo stesso uomo – ma io ne sono uscita giusto in tempo, e benché ne sia felice soffro della sindrome del sopravvissuto. Lo so che ci siamo incontrate solo un paio di volte, ma i social di Caroline sono stati chiusi dopo la sua morte e io ne sento stranamente la mancanza. Il suo Instagram e la sua pagina Facebook sono tutto quello che sapevo di lei. Ora è come se non fosse mai esistita, ed è la ragione per cui non posso costringermi a cancellare il suo numero dal cellulare. Sarebbe come cancellare il suo ricordo, che è tutto quello che mi è rimasto di lei. Ma provo a non rimuginare troppo su Caroline e Simon – hanno fatto le loro scelte, io sono rimasta coinvolta e finalmente sto cominciando a pensare che un giorno mi libererò completamente del passato, e non sentirò più una dolorosa, profonda torsione allo stomaco quando devo passare davanti al suo cottage, o quando mi capita di vedere una bionda con i capelli corti da Waitrose.

Fino a oggi sembrava che ce la stessimo facendo a riemergere alla luce del sole e a lasciarci il passato alle spalle. Ma stamattina ho una visita.

L'ispettore Janet Cornell è all'ingresso, dice che passava da queste parti. Chiede se ci beviamo un tè. Non è la prima volta. Janet qualche volta fa un salto quando si trova nelle vicinanze, mi tiene aggiornata su tutto.

Io metto su il bollitore mentre lei chiacchiera, seduta al tavolo della cucina. Quando mi giro, per poco non faccio cadere le due tazze che ho in mano. Sul tavolo c'è la fascia elastica per capelli di velluto verde mare che avevo fatto per Sophie con i pezzetti di stoffa avanzati della borsa. All'inizio sono perplessa – che ci fa qui questa cosa?

«La riconosce, Marianne?», dice Janet con la bocca piena di biscotti digestivi al cioccolato. «È stata trovata al cottage di Caroline... non lontano dal corpo della vittima. Qualcuno deve averla persa lì».

In che senso? Come diavolo è finita la fascia di Sophie sulla scena del crimine?

«L'abbiamo trovata ore dopo il delitto, ci siamo chiesti se potesse essere rilevante e l'abbiamo domandato a Simon. Lui ci ha detto che Caroline la indossava il giorno della sua morte – le doveva essere scivolata via durante la lotta... Ci ha detto che faceva parte di una serie e che lei l'aveva donata a Caroline insieme alla borsa. Ma poi non l'abbiamo più trovata tra le prove e quando lui ha confessato abbiamo concluso che fosse comunque irrilevante. Ma la cosa mi ha disturbato, Marianne, perché... non ricordo che lei mi avesse detto di aver regalato a Caroline anche questa fascia per capelli».

Non faceva parte di una serie, non l'ho regalata a Caroline. Era di Sophie.

Non so perché, ma qualcosa mi impedisce di dire la verità.

«Sì… è quella che ho fatto io…», dico guardandola da vicino. «Fa parte di una serie, sì… l'ho fatta intonata con la borsa, gliele ho date entrambe». Spero di essere convincente, mentre la mia mente vaga altrove, da qualche parte dove non vorrebbe andare.

Finiamo il tè, mentre lei mi racconta tutto di un furto avvenuto qui vicino. Ma non la sto ascoltando, e dopo qualche minuto si dirige alla porta e se ne va.

Torno indietro, immersa nel silenzio, e mi siedo al traballante, piccolo tavolo della cucina – ho la testa piena di pensieri confusi che non voglio affrontare. Ma devo costringermi. Sophie ha incontrato Caroline al tennis club; è stata scortese con lei quando, la sera della festa, ho aperto la porta della sua camera e le ho presentate. Forse sapeva tutto di Caroline e di suo padre? Era abbastanza grande per capire cosa stesse succedendo. Ma poi torno in me… Che cosa mi succede, sto di nuovo perdendo la testa… o no?

L'assassino era mancino. Ecco come facciamo a sapere che è stato Simon.

Ma anche Sophie è mancina.

L'assassino era più alto di Caroline di circa dieci centimetri.

Sophie è alta circa dieci centimetri più di Caroline.

Vado in camera di Sophie, cerco sulla sua scrivania, negli armadietti e nei cassetti, e non trovo nulla. Sono sollevata ma nello stesso tempo turbata. Vorrei sottrarmi a questo pensiero, alle orribili immagini che mi riempiono la mente – ma devo sapere. Perciò cammino su e giù riflettendo, e riflettendo ancora; se c'è qualcosa da scovare, la troverò qui.

Ma non voglio trovare niente.

Frugo nella sua valigetta, nelle borse, e poi – proprio quando sto per arrendermi e dirmi che è tutto a posto e che sono solo una stupida – scopro il suo vecchio iPhone infilato dietro una libreria. La batteria è scarica e so che non significa nulla, è solo un vecchio telefono, ma farò un ultimo controllo e poi accantonerò questa idea pazzesca. Sono stata così bene senza i giochetti psicologici di Simon, e ce l'ho fatta senza prendere farmaci per dodici mesi – ma sicuramente la mia paranoia sta ricominciando. Porto giù il telefono e lo metto in carica, aspettando che le barrette si illuminino, con il cuore che mi batte forte e la mente sempre più sconvolta. Dubito che il cellulare mi darà degli indizi ma qualcosa mi dice che devo controllare, potrebbe esserci qualcosa. Per tutto il tempo la mia mente lavora senza sosta alla disperata ricerca di una risposta, una ragione qualunque che cancelli i terribili, spaventosi pensieri che mi sono venuti. Nel suo biglietto dopo la confessione, Simon diceva: «So che Sophie sarà al sicuro con te». Cosa voleva dire esattamente? Ho sempre pensato che mi stesse finalmente concedendo la sua custodia, la possibilità di adottarla, perfino. Ma ora ricordo anche cos'altro aveva scritto nel biglietto, e cioè che "avrebbe fatto qualsiasi cosa per i suoi ragazzi". Ha fatto *qualsiasi cosa* per Sophie?

Simon si è forse preso la colpa dell'omicidio?

Alla fine il telefono si illumina e io ci clicco sopra. Non so neanche se quello che sto facendo è giusto, non ho idea di cosa sto provando a cercare. Ormai sono un'esperta nell'indovinare le password. Provo le date di nascita di Sophie e dei ragazzi, e alla fine la mia, e a quel punto riesco ad entrare. Mi commuove il fatto di essere così speciale per lei: la sua password è la mia data di nascita. Ma non posso star qui a rimuginare, non mi devo far travolgere dalle emozioni. Devo sapere… ma cosa, ancora, non lo so. Tremo mentre apro la lista dei contatti cercando Caroline, fermandomi su ogni C, ma dopo una lunga ricerca senza risultati mi sento momentaneamente sollevata. Non posso tuttavia ancora rilassarmi perché so che, se Sophie è colpevole di qualcosa, non avrebbe certo registrato il numero di Caroline sotto il vero nome. Perciò controllo il registro delle chiamate e quando vedo la parola "puttana" il cuore quasi mi esplode. Confronto il numero con quello di Caroline sul mio cellulare. E mi sento soffocare mentre comincio a rendermi conto della verità. Sono al centro della stanza con due telefoni in mano e vedo il mio incubo peggiore tramutarsi in realtà. Controllo il registro delle telefonate fatte a questo numero dal cellulare di Sophie e i miei sospetti trovano conferma. Ha fatto un numero incredibile di chiamate – molto brevi, qualche secondo, al massimo un minuto – tutte intorno alle tre di notte.

Era Sophie che chiamava Caroline di notte.

Sicuramente sapeva di Caroline e chiamava per terrorizzarla, per metterla in fuga, o solo per farla soffrire, visto che lei faceva soffrire noi. Ma per adesso non è nulla. Le ha telefonato – una specie di richiesta di aiuto, una bambina che protegge la cosa più preziosa che ha: la sua famiglia. Non può essere la prova di un omicidio.

Mi sale il sangue alla testa, sono confusa, e quando apro le foto sul suo cellulare sono felice di non trovare niente di compromettente. Ma poi vedo una cartella: «la parola con la C». La apro e ci sono schermate dell'Instagram di Caroline, la foto sulla spiaggia con la nostra coperta da picnic, quella delle lenzuola stropicciate e del vino, postata la sera in cui suo padre non era venuto a vedere i fratelli giocare a rugby. Allora anche Sophie seguiva Caroline sui social.

Mentre io, ossessionata, smanettavo su internet nel mio angolo della casa, nostra figlia faceva lo stesso. Entrambe ferite, minacciate, spaventate.

Tutte e due con lo stesso segreto.

La sera aspetto che i ragazzi vadano a letto prima di raccontare a Sophie della visita di Janet Cornell. Devo parlare con lei adesso che siamo sole, non posso continuare a rimuginare dentro di me, perché non riesco a trovare una sola ragione comprensibile per tutto questo casino. Sicuramente però lei riuscirà a fornirmi una spiegazione… o no?

«Janet… la detective, mi ha detto che la polizia ha trovato la tua fascia per capelli, quella di velluto verde intonata al colore della borsa… era a casa di Caroline», dico incapace di trovare un altro modo, più discreto, per comunicarle la notizia.

Sophie impallidisce – smette di fissare il suo cellulare e mi guarda dritta negli occhi.

«Le hai detto che è mia?»

«No».

Per il momento mi siedo, voglio sapere tutto (e allo stesso tempo non voglio).

«Sei… sei andata al cottage… sei stata tu?».

Non risponde.

«Mamma, fa parte del passato – non voglio parlarne».

«*Dobbiamo* parlarne, Sophie».

«Papà ha detto che non posso dirlo a nessuno, nemmeno a te».

Comincia a piangere e io mi avvicino, la abbraccio e le do un bacio sulla testa – sa di shampoo alla mela. Mi torna in mente la bambina di sette anni che goffamente mi stringeva la mano e mi chiedeva se sarei diventata la sua nuova mamma.

Sì, cara, sono la tua mammina, ora.

«Lo hai fatto perché era incinta?», chiedo. «Il bambino che aspettava. È questo il motivo?».

Non risponde in modo diretto. Sembra come chiusa nel suo mondo, intenta a ricordare la vita prima di Caroline. Alla fine annuisce, molto lentamente. «Avevo paura di perderti… o che papà portasse lei e il suo bambino qui a casa nostra, la sua perfetta nuova famiglia… Non ci avrebbe più voluto…».

«Oh, mia cara, avresti dovuto parlarne con me».

Temeva anche lei che Caroline potesse cambiare le nostre vite. Sophie era preoccupata che io venissi allontanata, aveva visto l'ecografia del bambino e sapeva di dover fare qualcosa.

«Come avrei potuto? Tu non stavi bene. Certi giorni eri come uno zombie e non volevo deprimerti ancora di più parlandoti di lei. Detestavo il fatto che papà le inviasse in continuazione dei messaggi con i cuoricini mentre trattava te come una merda. Mi portava al tennis club ma lo faceva solo per incontrarla – scomparivano per un sacco di tempo quando avrebbe dovuto stare insieme a me. Una volta gli ho chiesto se potevi venire anche tu, visto che mi domandavi sempre com'era lì al club, e lui ha risposto di no, che eri troppo malata e che avresti potuto metterti a fare delle scenate. Stava sempre con lei, mi ha dato perfino una lezione di guida e mi ha detto di andare al suo dannato cottage. Così ho scoperto dove viveva».

«Mia cara, mi dispiace tanto, non avresti dovuto essere coinvolta». Era solo una ragazzina alle prese con i sentimenti degli adulti, arrabbiata come me per essere stata trascurata e tradita.

«Parlami, Sophie... di quella notte. Sei stata tu... a... fare del male a Caroline?».

Annuisce lentamente.

«Intendi dire... che sei andata lì per ucciderla?».

Non vorrei chiederlo ma ho bisogno di sapere.

«No». Scuote la testa mentre piange a dirotto. «Non all'inizio – non l'avevo premeditato o cose del genere. Ho saputo del bambino. Ho visto una foto dell'ecografia su Instagram... ho capito... ho capito subito che... porca miseria... era di papà. Poi c'è stato quel casino dopo la tua festa. Non sapevo cosa fosse successo, ma sapevo che tu eri sconvolta, papà era arrabbiato e io preoccupata. La notte successiva, mentre tu dormivi e lui non c'era, ho preso le seconde chiavi che usavo per le lezioni di guida e sono salita sulla sua macchina, che stava fuori casa di Jen». Ha un'aria colpevole. «Sapevo dov'era».

«Allora sapevi anche di Jen?»

«L'avevo in qualche modo intuito. Ho visto come lo guardava, come ballavano insieme al ballo della scuola l'estate scorsa e... quella volta che lei ha accompagnato qui i gemelli, tu eri in cucina e credo di averli visti baciarsi all'ingresso».

Non sono più in grado di soffrire, perché lui mi ha reso insensibile, ma provo dolore per Sophie.

«Perciò sei andata fino a casa di Caroline guidando la macchina di papà?»

«Sì, sono andata lì per dirle di togliersi di mezzo».

Questo spiegherebbe come mai le telecamere a circuito chiuso abbiano ripreso la sua macchina mentre si dirigeva al cottage di Caroline, la notte in cui è stata uccisa.

«Sono arrivata, ho bussato alla porta e quando lei ha aperto io ero sconvolta, e visto che pioveva mi ha fatto subito entrare. Le ho detto di lasciar stare mio padre, che non volevo un'altra matrigna, che tu, solo tu, sei mia madre e... al tennis club avevo sentito papà che le diceva che sarebbe potuta venire a vivere a casa nostra e questo mi aveva fatto veramente incazzare. Non volevo che lei pensasse di poter fare una cosa del genere. Volevo solo farla fuggire per lo spavento». Scoppia di nuovo a piangere, grandi singhiozzi infantili. A sentirla così pare che non debba smettere mai più. La abbraccio. Voglio liberarla dal dolore e dal senso di colpa, ma so che non ci riuscirò.

«Cosa è successo poi?». Deve confidarsi, togliersi il peso della colpa.

«Ha provato a farmi credere che con papà era tutto finito...».

Caroline deve essersi sentita così in colpa. Prima ero andata lì io, e poi Sophie si era presentata alla sua porta, per battersi per il padre e difendere me... per provare a tenere al sicuro la sua famiglia.

«Lei è stata cattiva, mi ha detto che io non potevo capire, che ero "solo una bambina", ma io invece *capivo.* L'avevo capito fin da piccola, da quando mio padre rientrava a casa con un profumo addosso che non era quello di mia madre. Ho cominciato a inveire sul bambino, ho detto a Caroline che era una mignotta e una puttana e penso che lei a quel punto abbia capito che ero stata io a farle le telefonate... usavo le stesse parole». Abbassa lo sguardo, piena di vergogna.

«Le telefonate a notte fonda?».

Annuisce, incapace di guardarmi negli occhi.

«Allora che cosa è successo poi? Dimmelo, Sophie».

«Sembrava abbastanza spaventata, mi ha detto che la stavo sconvolgendo, mi ha ordinato di andarmene e quando mi sono rifiutata ha detto che avrebbe chiamato la polizia. Poi le ho visto quella borsa e... io... ho pensato che papà le avesse regalato una di quelle bellissime borse che facevamo sempre insieme e ho pensato a te e a quanto fossi triste... e ho perso la testa». Sophie singhiozza tra le mie braccia. Riesco a malapena a sentire cosa sta dicendo. «Non volevo farle del male. Volevo riprendermi la borsa e ho provato a tirargliela via ma la teneva a tracolla e ha cominciato a lottare. Pensava che io volessi farle del male e io strillavo e... poi è caduta».

«Va tutto bene, cara», le dico accarezzandole i capelli per calmarla, come ho sempre fatto. «E poi che è successo?»

«Si è rialzata in piedi gridando che avrebbe davvero chiamato la polizia. Mi urlava in faccia, completamente fuori di testa, e io sono stata presa dal panico, ho afferrato il coltello e...». Piange di nuovo ma io devo sapere ogni cosa.

«So che è dura... ma cosa è successo dopo?»

«Mi si stava avvicinando, mi urlava di andarmene, mi spingeva e io tenevo il coltello sollevato per tenerla lontana... non avevo affatto l'intenzione di... il coltello si è infilato nel suo corpo... entrambe gridavamo e poi lei ha cominciato a chiedere aiuto e a gridare che era incinta e io ero spaventata... io... il coltello è entrato ancora e ancora finché lei non ha smesso di gridare. Volevo solo fuggire, ma sono rimasta e ho provato a cancellare le tracce. Sapevo cosa fare, ho provato a raccogliere tutto quello che poteva contenere il mio DNA. Poi, una volta a casa, mi sono accorta che non avevo più la mia fascia, me l'ero messa al polso».

«E allora che hai fatto?»

«Ero sconvolta, anche volendo non potevo tornare a casa di

Caroline per cercarla perché avevo già riportato la macchina da Jen. Sono rimasta sveglia tutta la notte a piangere, piena di paura, poi papà il giorno dopo è rientrato in casa per portare fuori i ragazzi. Tu stavi ancora dormendo. Mi ha rimproverato, sapeva che avevo preso la sua auto. Controlla sempre il contachilometri – era furioso, pensava che con la sua macchina fossi andata in giro con gli amici. *Vorrei tanto* averlo fatto. Ho finito per raccontargli tutto, mi è venuto di getto, e poi gli ho detto che avevo perso la fascia. Eravamo seduti là e ci guardavamo. Piangevamo entrambi e dopo un po' mi ha detto di fare come diceva lui, e senza domande. Ha caricato i ragazzi in macchina – siamo andati tutti al cinema. Ha comprato quattro biglietti ed è entrato con noi, ma poi quando il film è iniziato è uscito di soppiatto. Ha detto che sarebbe andato a cercare la fascia e che io non avrei dovuto dirlo a nessuno, dovevo solo restare là con i ragazzi. Ero così turbata che sono rimasta a fissare lo schermo fino al suo ritorno».

«Ma poi non l'ha trovata?».

Scuote la testa. «Ha cercato ovunque ma non è riuscito a trovarla ed è dovuto tornare. Più tardi, quando la polizia è venuta a portarti in commissariato, mi sono seduta in cima alle scale e ti ho visto mentre ti trascinavano via. Papà è venuto da me e mi ha detto che la polizia era convinta che fossi tu la colpevole. Ha detto che comunque c'erano parecchie probabilità che il delitto venisse attribuito o a te o a lui – entrambi eravate stati al cottage. Il tuo DNA sarebbe stato ovunque. Mi ha detto che sarebbe stata la cosa migliore per tutti se avessero incolpato te, visto che avevi un movente. Sarebbe andata bene anche a te, perché ti avrebbero ricoverato per infermità mentale e ti avrebbero curato. Diceva che Jen sarebbe venuta a vivere con noi, avrebbe portato i suoi figli e si sarebbe presa cura dei ragazzi, perciò non avrei perso la possibilità di andare all'università. Diceva che dovevo vivere la mia vita… continuava a ripeterlo. Ma io sapevo che stava solo tentando di dare la colpa a te e gli ho detto di no, sarei andata alla polizia e avrei confessato… avrei detto che ero stata io. Lui non era d'accordo, perché se fossi finita in prigione, il mio gesto avrebbe avuto conseguenze devastanti su voi due. Poi mi ha chiesto chi volevo che restasse a badare a tutti noi, e io ero così sconvolta, perché lui è mio padre e io lo amo… ma ho detto: "Voglio la mamma"».

«Perciò è stato quello il momento in cui ha deciso di confessare ed è venuto alla polizia, dopo che ero stata arrestata?», chiedo accarezzandole i capelli, l'amore materno che si diffonde dentro di me.

«Non avrei mai voluto che uno di voi si prendesse la colpa di qualcosa che avevo fatto io», risponde. «Ma papà è stato irremovibile, ha detto che ero giovane e avevo tutta la vita davanti e se provavo a confessare avrebbe fatto qualche sciocchezza».

Perciò si è immolato per lei. Ha fatto finalmente qualcosa di importante per la sua famiglia.

«Farò qualsiasi cosa per i miei ragazzi», ha scritto – e lo ha fatto sul serio.

Mi sono spesso domandata come mai mi fossi messa con un uomo come Simon, ma forse non siamo così diversi, dopotutto. Siamo entrambi genitori e malgrado tutto quello che non va in noi – e in lui – è pronto a fare qualsiasi cosa per i suoi figli. Ho perso la mia figlioletta; non sono riuscita a proteggere Emily. Ma Sophie *ha scelto me* per sentirsi al sicuro. E io *la proteggerò*. Una figlia triste e una madre triste che si sono ritrovate quando più ne avevano bisogno; e il prezzo l'ha pagato il padre, perché non dovesse pagarlo la figlia.

«Come ti senti ora… dopo tutto quello che è successo?», chiedo.

«Mi sento di merda. Piango. Ogni dannato giorno. Mi odio per quello che ho fatto… Chiamerai la polizia, mamma?».

Mi guarda con il naso che gocciola, il viso bagnato di lacrime. Mi torna in mente la bambina che dormiva serena nella sua stanza da letto lilla. Ricordo i suoi morbidi capelli profumati sul cuscino, un gatto di peluche tra le sue braccia. Chi avrebbe potuto immaginare l'orrore che incombeva su di noi?

«No, cara, non chiamerò la polizia», dico e la abbraccio, provando a prendere su di me tutto il suo dolore e tutta la sua sofferenza, perché sono una madre e questo è il mio compito.

Più tardi a letto resto sola con i miei pensieri, mi chiedo se Janet Cornell abbia mai sospettato che la confessione di Simon fosse falsa. Ho sempre avuto la sensazione che non fosse veramente convinta che fosse stato lui a uccidere Caroline. «Ero sicura che fosse stata una donna», aveva detto a suo tempo, tirando fuori "l'istinto del poliziotto". Forse pensa ancora che sia stata io... oppure potrebbe perfino sapere che è stata Sophie? Forse Janet ha *scelto* di perdere la fascia, ha *scelto* di credere alla confessione di Simon, e ha lasciato che lui pagasse per tutto quello che ha fatto? Del resto ha detto, tra sé e sé, «sembra che debba dare parecchie spiegazioni».

Sophie ha sbagliato, ma in fondo non credo che sia colpa sua; la responsabilità è dei suoi genitori. Non avrebbe dovuto pagare per un atto che era stata costretta a compiere a causa del comportamento irresponsabile ed egoista degli adulti che la circondavano.

I nostri bambini sono plasmati da noi, da come ci comportiamo con loro, con gli altri, con noi stessi, e mi prendo tutta la responsabilità di quello che è successo. Sophie è stata risucchiata fin da piccola nel vortice degli errori degli adulti, e chi avrebbe dovuto salvarla non l'ha fatto. Eravamo troppo occupati a salvare noi stessi.

Perciò continuerò ad amare, crescere e proteggere Sophie, e porterò il suo segreto con me nella tomba. Nostra figlia ha fatto una cosa spaventosa ma gli unici che sanno cosa è successo veramente quella notte siamo io, lei e Simon – e nessuno di noi lo dirà.

Una lettera da Sue

Voglio dirvi un grande grazie per aver scelto di leggere questo libro. Se vi è piaciuto e se volete restare aggiornati sulle mie prossime pubblicazioni, iscrivetevi al link qui sotto. Quando ho un libro in uscita vi manderò solo una mail, il vostro indirizzo di posta non sarà mai condiviso con altri e potrete cancellarvi quando volete.

www.bookouture.com/sue-watson

Ho sempre desiderato scrivere un thriller psicologico e *La casa delle bugie* è la risposta alla domanda: fino a che punto puoi spingerti se devi lottare per tutto quello che ami? Sono affascinata da ciò che condiziona i comportamenti della gente: fino a che punto le nostre azioni e i nostri caratteri sono plasmati dalla natura o dalla cultura, oppure da coloro che incontriamo sulla nostra strada? Scrivere questo libro mi ha permesso di approfondire alcuni di questi temi ed è stato emozionante e interessante.

Spero davvero che vi sia piaciuto leggere *La casa delle bugie* quanto a me è piaciuto scriverlo, e se così fosse vi sarei incredibilmente grata se poteste scrivere una recensione. Voglio davvero sapere cosa ne pensate, e il vostro gesto farebbe la differenza, aiutando i nuovi lettori a scoprire la mia opera per la prima volta.

Nel frattempo, mi piacerebbe incontrarvi su Facebook. Chiedetemi l'amicizia, mettete un like e se volete unitevi a me in qualche scambio su Twitter.

Grazie,
Sue

www.suewatsonbooks.com
suewatsonbooks
@suewatsonwriter

Ringraziamenti

Avendo scritto dodici libri spiritosi, che spesso contenevano amore, risate e dolci, sono stata talvolta presa da qualche remora all'idea di pubblicare qualcosa di più cupo. Nei miei precedenti romanzi ho tentato a volte di "far fuori" un personaggio o di trasformare una storia d'amore estiva in qualcosa di più torbido, ma ho ottenuto ben pochi risultati: il mio editor mi ha fatto notare con garbo che le morti violente e i protagonisti maschili malvagi mal si adattano con l'amore, le risate e i dolci. Perciò quando ho proposto l'idea per questo romanzo alla mia editor Isobel Akenhead, sono stata felicissima che le piacesse e che volesse pubblicarlo. Pertanto vorrei esprimere la mia eterna gratitudine a Isobel per il suo meraviglioso entusiasmo e per aver mostrato una grande fiducia mentre consentiva a me, autrice di commedie romantiche ossessionata dai dolci, di dar sfogo al mio lato oscuro.

Un grande grazie alla squadra della Bookouture e, come sempre, a Oliver Rhodes, che ha trasformato in un lavoro il mio sogno di scrivere. Grazie a Claire Bord per avermi ascoltato, a Jade Craddock per il consulto sui termini legali, e a Kim Nash e Noelle Holten, come sempre, per l'incredibile impegno che dedicano ai nostri racconti. Un grazie speciale a Kim per avermi incoraggiato a immergermi nel mio lato oscuro e per avermi aiutato, con le sue arti davvero magiche, a raggiungere il mio obiettivo.

Un grande grazie alla mia squadra di esperti legali, Glyn e Jan Newbold, che mi hanno guidato attraverso gli intricati colpi di scena, le questioni legali e le procedure delle forze di polizia. Sono andati ben oltre ciò che chiedevo, fornendomi un'assistenza preziosa e mettendo in scena una drammatica ricostruzione dell'omicidio a tarda notte, dopo parecchie bottiglie di rosso. Qualsiasi errore è solo mio. Grazie anche a Jackie Swift, che ha dato un'occhiata approfondita a una versione precedente del romanzo e che, oltre a scoprire molti miei errori, mi ha fornito riscontri esaurienti e preziosi. Il suo intuito ha giovato molto al romanzo. Grazie anche a Sarah Robinson per aver letto una stesura non definitiva, individuandone gli errori e – cosa più importante – senza indovinare come finisce! Sono davvero fortunata ad avere amici così gentili, incoraggianti e intelligenti.

Grazie anche alla mia “équipe” medica, a Dave Watson, per avermi spiegato le diagnosi giuste, le medicine e i dosaggi tra un bicchiere di birra e un hamburger – gli errori, ancora una volta, sono solo miei.

Abbracci e grazie alle mie ragazze Lesley Mcloughlin, Sharon Beswick, Louise Bagley, Alison Birch e Kat Everett – siete grandi.

Grazie a mia madre, che mi dice sempre: «Puoi farcela», e a mio marito Nick che si è fatto venire in mente idee così contorte e brillanti su come commettere un omicidio che ho deciso di cancellare immediatamente la mia assicurazione sulla vita!

E infine, grazie a mia figlia Eve che condivide con me la passione per i polizieschi televisivi da due soldi e per i thriller sui serial killer, e mi ha dato il coraggio di scriverne uno.

Indice

p. 7 Prologo
9 Capitolo uno
31 Capitolo due
49 Capitolo tre
64 Capitolo quattro
73 Capitolo cinque
86 Capitolo sei
98 Capitolo sette
112 Capitolo otto
123 Capitolo nove
144 Capitolo dieci
147 Capitolo undici
160 Capitolo dodici
166 Capitolo tredici
174 Capitolo quattordici
184 Capitolo quindici
192 Capitolo sedici
195 Capitolo diciassette
p. 202 Capitolo diciotto
221 Capitolo diciannove
226 Capitolo venti
232 Capitolo ventuno
244 Capitolo ventidue
256 Capitolo ventitré
272 Capitolo ventiquattro
287 Capitolo venticinque
296 Capitolo ventisei
303 Capitolo ventisette
306 Capitolo ventotto
312 Capitolo ventinove
315 Capitolo trenta
327 Capitolo trentuno
334 Dodici mesi dopo

348 *Una lettera da Sue*

349 *Ringraziamenti*